JUSTIÇA BRUTA

JACK HIGGINS

JUSTIÇA BRUTA

Tradução de
Gabriel Zide Neto

EDITORA RECORD
RIO DE JANEIRO • SÃO PAULO
2015

CIP-BRASIL. CATALOGAÇÃO NA FONTE
SINDICATO NACIONAL DOS EDITORES DE LIVROS, RJ

Higgins, Jack, 1929-

H541j   Justiça bruta / Jack Higgins; tradução de Gabriel Zide Neto. — 1. ed.
— Rio de Janeiro: Record, 2015.

        Tradução de: Rough Justice
        ISBN 978-85-01-09354-7

        1. Ficção inglesa. I. Neto, Gabriel Zide. II. Título.

13-05146   CDD: 823
                                         CDU: 821.111-3

TÍTULO ORIGINAL EM INGLÊS:
Rough Justice

Copyright © Jack Higgins 2008

Texto revisado segundo o novo Acordo Ortográfico da Língua Portuguesa.

Todos os direitos reservados. Proibida a reprodução, no todo ou em parte,
através de quaisquer meios. Os direitos morais do autor foram assegurados.

Editoração eletrônica: Ilustrarte Design

Direitos exclusivos de publicação em língua portuguesa somente para o Brasil
adquiridos pela
EDITORA RECORD LTDA.
Rua Argentina, 171 – Rio de Janeiro, RJ – 20921-380 – Tel.: 2585-2000,
que se reserva a propriedade literária desta tradução.

Impresso no Brasil

ISBN 978-85-01-09354-7

Seja um leitor preferencial Record.
Cadastre-se e receba informações sobre nossos lançamentos
e nossas promoções.

Atendimento e venda direta ao leitor:
mdireto@record.com.br ou (21) 2585-2002.

Para Ian Haydn Smith

Podemos dormir tranquilos, porque
homens durões estão prontos para usar a
violência contra aqueles que desejam nos
fazer mal.

GEORGE ORWELL

NANTUCKET

O PRESIDENTE

1

Não havia lugar onde o presidente Jake Cazalet mais gostaria de estar no momento do que naquela praia em Nantucket, com o mar batendo no litoral, sob a estranha luz do fim da tarde, e o vento com gosto de sal.

O presidente tinha sido levado até lá de helicóptero, vindo da Casa Branca, havia apenas uma hora, e ali estava ele, andando com seu adido favorito do Serviço Secreto, Clancy Smith; e seu querido *retriever* de pelo liso Murchison indo e voltando das ondas que quebravam na praia.

— Ele vai precisar de um bom banho — disse Cazalet. — Cachorro bobo. Já devia ter aprendido que a água do mar faz mal para a pele dele.

— Vou cuidar disso, senhor presidente.

— E eu vou fumar um cigarro, agora.

Clancy lhe ofereceu um Marlboro e acionou o isqueiro, cuja chama tremulou ao vento. Cazalet sorriu.

— Eu sei, Clancy. O que os eleitores iriam dizer? Mas esta é a maldição dos velhos soldados.

— Todos já passamos por isso, senhor presidente.

— Harper está na mesa telefônica, como sempre?

— Sim. A única outra pessoa na casa é a Sra. Boulder, que está fazendo o jantar.

— Amém. — Cazalet sorriu. — Eu adoro este lugar, Clancy. O Iraque, o Afeganistão, nossos amigos em Moscou, se é que podemos chamá-los assim, poderiam muito bem estar em outro planeta enquanto estou aqui. — Suspirou. — Pelo menos até aquele maldito helicóptero me pegar e me colocar de novo na Casa Branca.

O celular de Clancy tocou e ele atendeu. Ficou escutando seu interlocutor por alguns segundos e depois se virou para Cazalet.

— É Blake Johnson, senhor. Voltou de Kosovo mais cedo do que esperava.

— Ah, isso é ótimo. Ele está vindo para cá?

— De helicóptero. E também se encontrou com o general Charles Ferguson, que passava por Washington a caminho de Londres, depois de tratar de alguns negócios na ONU. Ele achou que o senhor gostaria de vê-lo, por isso o está trazendo também.

— Ótimo. — Cazalet sorriu. — É sempre bom ver Ferguson, descobrir o que o primeiro-ministro está aprontando. E também ouvir a opinião dele sobre o relatório de Blake.

Eles continuaram andando.

— Pensei que Kosovo pertencesse ao passado, senhor presidente — comentou Clancy.

— Na verdade, não. Depois do que os sérvios fizeram com eles, agora querem a independência. Os muçulmanos são a maioria no momento, e os sérvios, a minoria. Continua sendo um problema. O Corpo de Proteção do Kosovo, que a ONU criou em 2004, continua em operação, com tropas de vários países e um general inglês no comando. Mas quando você vai para o interior, as coisas começam a ficar feias. Nós recebemos relatos de influência externa, boatos sobre a presença de tropas russas.

— E eles sempre apoiaram os sérvios — ressaltou Clancy.

— Exatamente, e foi por isso que decidi mandar Blake dar uma olhada e ver o que está acontecendo. — Ouviu-se o barulho de um helicóptero, ao longe. — Devem ser eles. É melhor voltarmos.

Cazalet chamou Murchison, virou em direção à casa e Clancy foi atrás dele.

Blake e Ferguson estavam sentados em um dos sofás de couro ao lado da lareira, a mesa de centro entre eles e o presidente. Clancy serviu drinques, uísque e água mineral para os dois. Cazalet propôs um brinde.

— Este é para vocês. É uma grande honra tê-lo aqui, Charles.

— O senhor parece estar muito bem, senhor presidente. Você também, Clancy — falou Ferguson.

— A gente se vira — respondeu Cazalet. — Como vai o primeiro-ministro?

— Estive com ele há três dias e parece que vai bem. É claro que a questão do Iraque não ajuda em nada e o Afeganistão continua a ser um grande problema. Lá, os combates são do tipo mais selvagem. Nós não vemos nada parecido desde o corpo a corpo com os chineses na batalha de Hook, na Guerra da Coreia. A maioria dos nossos paraquedistas e soldados de infantaria tem 19 ou 20 anos. Apenas uns meninos, se pensarmos bem. Eles estão ganhando as batalhas, mas talvez estejam perdendo a guerra.

Cazalet assentiu, lembrando do tempo que passou no Vietnã.

— A guerra sempre foi coisa de gente jovem. Então, me conte: por que o primeiro-ministro mandou o seu assessor particular de segurança para a ONU? Pode me dizer ou é confidencial?

— É claro que posso lhe dizer, senhor presidente. Estou de olho na Federação Russa. Eu participei de dois comitês, dos quais também participaram Moscou e Teerã. Eles *diziam* ser delegações comerciais.

— Muito engraçado.

— Eu fiquei prestando atenção ao que diziam, interagindo com as pessoas. O nome que estava na boca de todo mundo era o de Putin.

— E o que você acha que ele quer? — Cazalet levantou a mão. — Não, vou reformular a pergunta. Qual é o objetivo dele?

— Nem é preciso dizer, senhor. Fazer a Federação Russa voltar a ter poder no mundo. E para isso ele está usando as riquezas dos campos de petróleo e gás da Rússia, montando uma rede que chega até a Escócia e a Escandinávia.

— E depois que a Europa concordar, se ele quiser colocar todo mundo de joelhos, é só fechar as torneiras — disse Blake.

Fez-se silêncio. Então, Cazalet falou:

— Ele sabe que, do ponto de vista militar, não tem como ganhar. Só um dos nossos porta-aviões Nimitz, acompanhado por navios de escolta, equivalem à atual marinha russa.

— E nós temos vários porta-aviões — comentou Blake.

— Ele não seria idiota a ponto de acreditar que poderia atacá-los e vencer — disse Ferguson.

— Então o que ele quer? — perguntou Cazalet.

— Um retorno à Guerra Fria — respondeu Ferguson. — Com algumas diferenças. As experiências que ele teve na Chechênia, no Afeganistão e no Iraque lhe proporcionaram entendimentos consideráveis sobre a mentalidade muçulmana. Fundamentalistas islâmicos odeiam os Estados Unidos de uma maneira quase paranoica. Putin sabe disso e utiliza em seu proveito.

— O que você quer dizer? — perguntou o presidente.

— A arma preferida do IRA eram as bombas, e sua influência nos movimentos revolucionários do mundo tem sido enorme. Poucos anos atrás, eles praticamente paralisaram Londres, explodiram a Baltic Exchange e quase destruíram por completo o Gabinete do Reino Unido em Brighton.

Cazalet concordou com um movimento de cabeça.

— Muito bem, e aonde você quer chegar?

— Putin quer semear a desordem, o caos, a anarquia e uma ruptura da ordem social, especialmente nos países que têm negócios com os Estados Unidos. Ao dar ordens ao pessoal de inteligência para cultivar boas relações com os muçulmanos, está na verdade os levando a fazer o trabalho sujo para ele. A arma favorita dos terroristas também são as bombas, o que resulta em um número cada vez maior de vítimas civis e, com isso, um ódio crescente a tudo o que é muçulmano. Nós os odiamos e eles nos odeiam. É o caos total.

Todos se calaram. Cazalet suspirou e virou-se para Clancy:

— Mais um drinque agora cairia bem. Aliás, acho que faria bem a todos.

— Como quiser, senhor presidente.

— E depois, Blake, eu gostaria de ouvir alguma boa notícia. Mas duvido que isso vá acontecer — disse Cazalet.

— Bem, Kosovo poderia estar bem pior, senhor presidente, mas também poderia estar melhor. As tropas da ONU estão lá, porém a Bósnia pretende continuar ali pelo máximo de tempo possível. O governo sérvio em Belgrado tem pressionado os sérvios em Kosovo a boicotar as eleições de novembro.

— E o que os muçulmanos em Kosovo pensam sobre isso?

— A lembrança do que os sérvios fizeram na guerra, a carnificina de muçulmanos, nunca vai ser apagada. Os muçulmanos querem nada mais nada menos que a independência total. E também existem influências externas, que não ajudam em nada a situação.

— Por exemplo? — questionou Cazalet.

— Bem, quando se adentra nas províncias, é possível encontrar aldeias e cidadezinhas de mercado que ainda não entraram exatamente no século XXI. São pessoas muito antiquadas, geralmente muçulmanas. Quando viajei para a parte mais remota do país, encontrei alguns invasores perto das fronteiras. Russos.

Novamente silêncio. Então Cazalet perguntou:

— Que tipo de russos?

— Soldados uniformizados. Não eram aventureiros.

— Você é capaz de descrevê-los? Dizer de que unidade eram, ou outro detalhe assim?

— Sim. Os que eu vi eram da Sibéria. Sei disso porque o comandante deles se identificou como capitão Igor Zorin, de um regimento chamado 15º Batalhão de Choque Siberiano. Dei uma olhada no meu laptop e a unidade realmente existe. É uma tropa de reconhecimento, operações especiais, esse tipo de coisa. Aparentemente, estavam baseados do outro lado da fronteira, na Bulgária, e sua missão era visitar uma cidade chamada Banu, que parece ser um centro de extremistas muçulmanos que atravessam a fronteira e criam confusão na Bulgária.

— E esse tal de Zorin, você o encontrou na linha de comando do regimento? — perguntou Ferguson.

— Ah, sim, ele estava lá. Mas tenho uma informação interessante: enquanto eu conferia o histórico dele no computador... o homem desapareceu.

— Como assim?

— Minha tela ficou preta. É como se ele nunca tivesse existido.

Seguiu-se uma pausa. Cazalet perguntou:

— Talvez você tenha pressionado alguma tecla errada. Sabe como são esses computadores.

— Não, senhor presidente, isso eu posso jurar para o senhor. O que estava sendo organizado em Banu era para ser algo bem trágico, e fui testemunha. E eles claramente não queriam nenhum registro daquilo.

Ferguson concordou com a cabeça.

— Mas, a não ser pela sua palavra, nós não temos nenhuma prova. Se acusarmos o governo russo, eles vão simplesmente negar que algo assim tenha acontecido. Dá para perceber o jogo deles.

— Os desgraçados são espertos — julgou Cazalet. — Em algum lugar das montanhas da Bulgária encontra-se uma unidade que não existe, comandada por um homem que não existe, mas que se chama Igor Zorin.

— Para falar a verdade, talvez não seja bem assim, senhor presidente — falou Blake. Ele se virou para Ferguson. — General, o senhor por acaso conhece um integrante do parlamento britânico chamado Miller? Major Harry Miller?

Ferguson franziu a testa.

— Por quê? Ele está envolvido de alguma forma?

— Pode-se dizer que sim. Ele deu um tiro no meio dos olhos de Igor Zorin. Nunca vi nada parecido.

— E é integrante do parlamento? O que ele foi fazer lá, para começo de conversa? — perguntou Cazalet.

— Exatamente a mesma coisa que eu, senhor presidente: estudar a situação no interior do país. Nós nos encontramos por acaso em uma estalagem rural, a cerca de 30 quilômetros de Banu. Passamos a noite lá, conversamos um pouco e então descobrimos quem éramos. Decidimos trabalhar juntos no dia seguinte.

Cazalet se virou para Ferguson:

— Charles, você conhece esse major Harry Miller?

— Já ouvi falar dele, mas escolhi manter distância. O senhor sabe o que eu faço para o primeiro-ministro. Com a minha equipe, nós fornecemos um serviço totalmente prático para qualquer problema de segurança ou terrorismo. A maior parte do que fazemos é ilegal.

— O que quer dizer que vocês se livram dos vilões sem precisar agir dentro da lei. Eu não tenho nenhum problema quanto a isso, faz parte do momento que vivemos. Blake faz o mesmo trabalho para mim, como sabe. Muito bem, e quanto a esse major Miller?

— Eu não mantenho contato com ele porque tento me afastar do lado político da situação, e ele tem um relacionamento político com o primeiro-ministro. Porém, antes de se tornar integrante do parlamento, ele fez carreira no Exército, no Corpo de Inteligência. Aposentou-se há alguns anos.

— Uma mudança e tanto — comentou Cazalet.

— Pode-se dizer que sim. Ele virou subsecretário de Estado no departamento da Irlanda do Norte, um burocrata ajudando a fomentar o processo de paz na região.

— Um quebra-galho?

— Exatamente. Mas desde que houve mudanças na Irlanda do Norte, o primeiro-ministro encontrou outras utilidades para ele, em outros lugares.

— Também como quebra-galho? — perguntou Cazalet.

— Ele é os olhos e os ouvidos do primeiro-ministro. Já foi mandado para o Líbano, o Iraque, os países do Golfo. Lugares assim.

— E para Kosovo — disse Cazalet. — Deve ser um cara temido por todos.

— Ele é, senhor presidente. As pessoas têm muito medo dele por causa de sua posição privilegiada. Até os ministros do gabinete agem com cuidado. Também é relativamente rico, por herança de família, e casado com uma mulher adorável e inteligente, uma atriz chamada Olivia Hunt, que nasceu em Boston. A propósito, o pai dela é senador.

— Meu Deus — disse Cazalet. — É o George Hunt. Eu o conheço muito bem.

Houve silêncio por alguns segundos, e então Cazalet falou:

— Blake, meu velho amigo, acho que está mais do que na hora de você nos contar exatamente o que aconteceu em Banu aquele dia.

Blake esticou o braço para pegar o copo de uísque à sua frente, engoliu a bebida e se recostou no sofá.

— Foi mais ou menos assim, senhor presidente: fazia um tempo ruim e eu já estava cansado. Viajava sozinho em um jipe, atravessando uma floresta por uma estrada horrível, e, quando caiu a noite, cheguei a uma estalagem perto de Kuman. O dono apareceu e acertávamos o meu pernoite quando, de repente, outro jipe surgiu vindo da floresta, bem no meio da chuva. Eu senti um frio na barriga.

— Por quê?

Blake pensou um pouco.

— Era um lugar muito, mas muito inóspito, como em um filme antigo tendo como cenário a Transilvânia. Tinha chuva, neblina, a noite caindo, e de repente o jipe apareceu do meio de tudo isso. Foi um pouco assustador.

Ele aceitou mais uma dose de uísque oferecida por Clancy, e Cazalet perguntou:

— O major Harry Miller?

— Sim, senhor presidente. Eu não esperava ninguém. Não em um lugar como aquele. E eis que ele aparece no meio do nada.

Cazalet assentiu.

— Conte o que aconteceu, Blake, exatamente do jeito como você se lembra. A história inteira. Sem pressa.

— Vou fazer o melhor que eu puder, senhor presidente.

Blake se recostou, pensando a respeito, e, de repente, era como se estivesse lá outra vez.

ALDEIA DE BANU

KOSOVO

2

Harry Miller tinha pouco menos de 1,85m, olhos cinzentos e sombrios e uma leve cicatriz que riscava a face esquerda. Blake tinha experiência suficiente como soldado para reconhecer que havia sido causada por estilhaços de uma granada. Tinha um rosto que não o denunciava. Só mostrava um homem calmo e autoconfiante. E também que sabia comandar, a não ser que Blake estivesse muito enganado. Usava um sobretudo militar comprido e antiquado sobre um uniforme camuflado de campo, do tipo que qualquer soldado comum usaria, e botas de paraquedista. Um chapéu de combate amarrotado o protegia da chuva enquanto corria até a estalagem, com uma bolsa de lona na mão esquerda.

Chegou à entrada e bateu com o chapéu na perna.

— Merda de chuva. Merda de país.

Então esticou a mão para Blake e sorriu, passando a ser totalmente simpático.

— Harry Miller. E você seria...?

Blake nunca havia simpatizado tão rápido com alguém.

— Blake Johnson.

Alguma coisa apareceu no rosto de Miller, uma mudança de expressão.

— Meu Deus, eu sei quem você é. Você cuida dos negócios do Cazalet.

Blake recebeu a frase com espanto.

— Como você sabe disso?

— Trabalho para o primeiro-ministro. Enfio-me em lugares esquisitos quando ele manda e faço o meu relatório. É isso o que eu estou fazendo aqui. E você?

— Estou fazendo exatamente a mesma coisa para o presidente. Tive que falar com uma pessoa em Zagreb e achei que devia dar uma olhada em Kosovo antes de voltar.

— Ótimo. Vamos relaxar e comparar as nossas anotações durante o jantar.

Quando Blake voltou do quarto um pouco mais tarde, encontrou o dono da estalagem, um sujeito chamado Tomas, atrás do bar. O lugar era agradável, com vigas no teto e uma lareira acesa.

— Vou tomar uma cerveja. Está tudo muito calmo.

— O senhor e o major são os únicos hóspedes.

— Major? — perguntou Blake.

— É o que está escrito no passaporte dele, senhor. — Ele serviu a bebida. — Nós não temos recebido muitos hóspedes atualmente.

— E por que não?

— Porque podem acontecer coisas desagradáveis, exatamente como durante a guerra. As pessoas ficam com medo.

Nesse momento, Miller desceu as escadas para o salão principal e o encontrou.

— Cerveja? — perguntou Blake.

— Perfeito. O que está acontecendo?

— Eu só estava perguntando por que não tem ninguém aqui. Ele disse que as pessoas estão com medo.

— Do quê? — indagou Miller.

Tomas empurrou duas grandes canecas de cerveja sobre o balcão.

— Daqui até a fronteira com a Bulgária não é muito seguro. Eu bem que gostaria de ir embora, mas este hotel é tudo o que tenho.

— E o que lhe causa problemas? — perguntou Miller.

— As pessoas que atravessam a fronteira e atacam as aldeias.

— E quem são eles?

— Gente que não gosta dos muçulmanos. Mas cheguem mais perto da lareira, cavalheiros, e apreciem suas bebidas. Nós temos pão, salsicha e ensopado de cordeiro. Tudo muito gostoso. Eu levo a cerveja para os senhores.

Eles fizeram o que o dono sugeriu, sentando cada um de um lado da grande lareira. Perto de cada cadeira havia uma mesinha, onde Tomas colocou cuidadosamente as canecas.

— A comida já está quase pronta.

Ele se virou e parou quando Miller disse:

— Mas os soldados do Corpo de Proteção de Kosovo não ajudam?

O dono concordou com a cabeça.

— São gente boa, mas a atuação deles é inexpressiva. Jipes, pequenas patrulhas, às vezes um ou dois soldados. Aparecem e vão embora de novo, o que acaba nos deixando à mercê dos invasores.

— Mais uma vez, quem são eles? — perguntou Blake.

— Russos, às vezes.

Miller falou para o dono:

— Você quer dizer soldados uniformizados do exército russo?

— Sim, senhor. Normalmente, eles se mantêm perto da fronteira. — Deu de ombros. — Já vieram até o hotel. Talvez uma dúzia deles. Todos de uniforme.

— E como eles trataram você? — perguntou Miller.

— A comida aqui no hotel é ótima e eu vendo cerveja boa. Eles comeram, beberam e foram embora. O capitão até me pagou, e com dólares americanos.

— Quer dizer que não fizeram nenhum mal a você? — perguntou Blake.

O estalajadeiro deu de ombros.

— Por que fariam? O capitão disse que me veria de novo. Se eles acabassem comigo, prejudicariam a si mesmos. Por outro lado, coisas ruins aconteceram em outros lugares. Muita gente morreu em uma cidadezinha chamada Pazar. Lá existia uma pequena mesquita. Eles queimaram tudo e mataram sete pessoas.

Miller falou:

— Espere um minuto. Eu estive no quartel do Corpo de Proteção anteontem. Pedi para ver os registros de incidentes nos últimos seis meses e havia um sobre essa cidade. Estava escrito que, sim, a mesquita havia sido incendiada, mas, quando o Corpo de Proteção mandou uma patrulha ao local, o prefeito e os conselheiros disseram que foi um incêndio acidental e não havia qualquer menção a sete mortos. E certamente nada se referindo a soldados russos.

— O conselho da aldeia considerou que não era do interesse deles fazer uma reclamação oficial. As autoridades russas sempre negariam e, em uma noite ruim, a população da aldeia ia presenciar tudo de novo. — O dono da estalagem se curvou um pouco. — E agora, se me permitem, preciso cuidar do jantar dos senhores.

Ele desapareceu por trás de uma porta de baeta que conduzia à cozinha.

— O que você acha? — perguntou Blake.

— Acho que o que ele falou sobre o pessoal da aldeia escolher o caminho mais fácil deve ser verdade.

— Você foi do Exército?

— Fui. Do Corpo de Inteligência.

— Então, quando você virou integrante do parlamento, o primeiro-ministro achou que seus talentos especiais poderiam ser úteis?

— Sempre que ele vê algo que pareça ser um problema, manda que eu dê uma olhada. Meu cargo é de subsecretário de Estado, embora não seja subordinado a nenhum ministério. Isso me dá algum poder, quando preciso. — Bebeu um gole da cerveja. — E você?

— De certo modo, estou em uma situação bem parecida. Eu sou o homem do presidente.

Miller sorriu com gentileza.

— Já ouvi falar do seu trabalho. Apenas boatos, é claro.

— Exatamente como preferimos. — Blake se levantou. — Acho que já está tudo pronto para nós. Vamos comer.

— Ótimo — disse Miller e o seguiu.

Mais tarde — e a refeição mostrou ser realmente excelente —, eles voltaram aos seus lugares perto da lareira e o estalajadeiro trouxe o café.

— Andei pensando — disse Blake. — Só estou aqui por alguns dias, viajando para o sul, visitando algumas cidades, sentindo como estão as coisas...

— Daqui até a fronteira? Faz sentido. Já vi todos os mapas. Muitas florestas e cidadezinhas de um tempo que não existe mais. As pessoas não vão a lugar nenhum, só até o mercado, e são reclusas.

— Camponeses que abaixam a cabeça e não querem saber de problemas — concordou Blake. — Você tem algum lugar em mente?

— Tem um lugar chamado Banu, bem no meio da floresta, a cerca de 16 quilômetros da fronteira.

— A que distância fica daqui?

— Uns 50 quilômetros, estradas de terra, mas pode valer a pena. A gente pode deixar o seu jipe aqui e viajar no meu, se você gostar da ideia de irmos juntos.

— Gostar da ideia? Eu adoraria. A que hora da manhã você sugere?

— Não há motivo para pressa. Vamos tomar um bom café e sair entre nove e nove e meia.

— Ótimo. Acho que vou me deitar mais cedo.

Miller olhou para o relógio.

— É mais tarde do que você imagina. Já são dez e meia. Eu vou ficar mais um pouco, tomar mais uma e acertar a minha situação com o dono.

Blake deixou-o e subiu pela ampla escada. Havia alguma coisa em Miller, uma calma que o distanciava das outras pessoas, uma autoconfiança que era óbvia, mas mesmo assim não havia arrogância.

No quarto, ele se sentou diante de uma pequena penteadeira, tirou o laptop da mala, digitou "Harry Miller" e o encontrou sem dificuldade. Tinha 45 anos, era casado com Olivia, de 33, nome de solteira Hunt, atriz por profissão. Sem filhos.

Sua carreira militar tinha um relato tão breve que, aos olhos de um profissional, era evidentemente confidencial. Da Academia Militar de Sandhurst, ele foi trabalhar no Corpo de Inteligência do Exército. Enfrentou uma guerra quase imediatamente, três meses após, como segundo-tenente no Comando 42. Depois disso, seu posto foi na sede do Corpo de Inteligência do Exército, em Londres, onde serviu pelo resto de sua carreira, aposentando-se com a patente de major, em 2003, antes de ser eleito integrante do parlamento de um lugar chamado Stokely, naquele mesmo ano. Como ele havia dito, ocupava o cargo de subsecretário de Estado, embora não fosse subordinado a nenhum ministério em especial. Nada além de mistério em cima de mistério.

— Quem é esse cara afinal? — murmurou Blake para si. — Ou, para ser mais exato, o que ele é?

Como não havia resposta, fechou o laptop e foi dormir.

No dia seguinte, era Blake quem dirigia o automóvel. Miller estava com uma bolsa de lona entre eles, colocou a mão dentro dela e tirou um mapa. Era uma manhã cinzenta e nebulosa, escura em função dos pinheiros que bloqueavam a claridade.

— Parece que esta estrada não teve nenhuma manutenção desde a guerra — comentou Blake. — O que tem daqui até Banu?

— Quase nada. — Miller colocou o mapa de volta na bolsa. — Um lugar meio deprimente, não é? É de se perguntar por que alguém iria querer morar aqui.

— Suponho que sim.

— Você é casado?

— Eu fui, por alguns anos, mas não deu muito certo por causa das exigências da minha profissão. Ela era jornalista.

— Você ainda se encontra com ela?

— Não. Ela morreu. Na verdade, foi assassinada por pessoas bem cruéis.

— Meu Deus. — Miller balançou a cabeça. — Que coisa horrível. Espero que tudo tenha se resolvido.

— Você quer dizer, em um tribunal? — Blake negou com a cabeça. — Eu não tenho tempo para isso. Não no mundo de hoje, e não no mundo em que vivo. A única lei que existe é a que diz que não existem leis. As pessoas em questão foram devidamente punidas por uns bons amigos meus. — Ele deu de ombros. — Já faz muito tempo, major.

— Por que me chama de major?

— Foi Tomas, o dono do hotel. Você teve que mostrar seu passaporte a ele.

— Imagino que você também tenha treinamento militar.

— Sim. Também fui major com 23 anos, mas isso foi no Vietnã. Parecia que todos os meus amigos morriam à minha volta, mas eu não tive essa sorte. Você é casado?

Embora ele soubesse a resposta, seria estranho para Miller se não perguntasse, e ele recebeu uma resposta imediata.

— Ah, sim. Muito bem-casado. Com Olivia. Uma americana, na verdade. Ela é atriz. É 12 anos mais nova, então está no auge da vida. É muito requisitada em Londres.

— Filhos?

— Receio que isso não seja possível.

Blake não disse que sentia muito. Parecia não fazer sentido, e, naquele instante ouviram veio o barulho de tiros. Subiram por um aclive, vendo um jovem camponês pedalar na direção deles. Balançava de um lado para o outro, respirando pela boca e totalmente tomado pelo pânico. Blake freou abruptamente. O ciclista parou ao seu lado e caiu. Miller saltou do carro, se aproximou e o levantou.

— Você está bem? O que aconteceu? — Ele falava em inglês. O rapaz parecia desnorteado e, no lado esquerdo da cabeça, havia sangue em seu cabelo.

— Banu? — tentou Miller.

O jovem fez que sim veementemente.

— Banu — disse com voz rouca e apontou para a estrada. Seguiram-se mais alguns tiros.

— Vou tentar falar em russo — sugeriu Miller e se virou para ele. — Você é de Banu?

A pergunta foi recebida com um olhar de horror e o rapaz, completamente aterrorizado, se virou e seguiu cambaleando em direção à floresta.

Miller voltou para o jipe e se dirigiu a Blake:

— Isso é o que acontece quando se fala em russo.

— Ele ficou apavorado, obviamente. Eu falo um pouco de russo também.

— Excelente. Nesse caso, sugiro irmos até Banu e descobrirmos o que está acontecendo, você não acha?

Miller se recostou no banco e Blake seguiu em frente.

Eles pararam em uma subida, com a aldeia abaixo. Não parecia ser grande coisa: era composta principalmente de casas de madeira dos dois lados da estrada, moradias esparsas que pareciam fazendolas que ocupavam todo o terreno abaixo, um rio com uma ponte de madeira acima, sustentada por grandes blocos de granito. Havia um edifício de madeira com uma lua crescente no topo, que obviamente fazia as vezes de uma pequena mesquita, e uma estalagem tradicional.

Um veículo blindado leve, de tamanho bastante razoável, estava estacionado do lado de fora da estalagem.

— Que diabos é aquilo? — perguntou Blake.

— Tenho certeza de que é russo. Um tanque transportador de soldados chamado Storm Cruiser. Utilizado pelas unidades de reconhecimento. Pode levar até 12 soldados. — Miller abriu a bolsa e pegou o binóculo. — As ruas estão desertas. Eu diria que os moradores estão em suas casas. Dois soldados na varanda, supostamente vigiando a entrada, bebendo cerveja, e algumas garotas de lenço agachadas ao lado deles. Os tiros foram provavelmente de alguém se divertindo na estalagem.

— Então, o que vamos fazer?

— Bem, até certo ponto, eu represento os interesses da ONU aqui. Deveríamos ir lá embaixo e dar uma olhada no que está acontecendo.

Blake respirou fundo.

— Se você acha que é o melhor.

— É, sim. Mas gosto de estar preparado. — Miller tirou uma Browning da bolsa. — Sei que pode parecer um pouco antiquado, mas é uma velha amiga e nunca me decepcionou. — Tirou um silenciador Carswell e o atarraxou à arma.

— Eu jamais contestaria você — disse Blake e levou o jipe até a rua da aldeia, resignado. De cada lado, pessoas colocavam a cabeça para fora das janelas enquanto eles desciam e paravam à porta da estalagem. Os dois soldados ficaram totalmente surpresos. Um deles, com uma pistola automática a seus pés, ficou olhando como um bobo, com a cerveja na mão. O outro apalpava uma das garotas, com a arma em cima dos joelhos.

Miller abriu a porta do jipe e saiu na chuva, com a mão direita às costas, segurando a Browning.

— Largue a menina — falou, em um russo fluente. — Ela não sabe onde você esteve.

O homem ficou imediatamente alterado, afastou a garota e a jogou para o lado, na direção da amiga. Ele começou a se levantar, sacando a pistola automática, e Miller atirou em sua perna direita. No mesmo instante, virou-se para enfrentar o outro soldado, que se levantava, e o golpeou na cabeça com a Browning.

As duas garotas atravessaram a rua correndo e uma porta se abriu para recebê-las. Blake deu a volta no jipe rapidamente e pegou uma das pistolas automáticas.

— E agora?

— Eu vou entrar. Siga por aquela rua e vá para a entrada dos fundos.

Blake, estimulado como não se sentia havia anos, fez o que lhe foi pedido, e Miller partiu na direção da porta, abriu-a e entrou, com a mão de novo nas costas, segurando a Browning.

Era uma estalagem antiga, como se espera de um lugar tão interiorano: vigas no teto, chão de madeira, algumas mesas espalhadas e um bar imenso, com garrafas nas prateleiras de trás. Havia cerca de 15 homens agachados no chão ao lado do bar, com as mãos na cabeça, e dois soldados russos vigiando-os. Um sargento, de pé atrás do bar, bebia de uma garrafa, uma das mãos sobre uma pistola no balcão. Outros dois soldados estavam sentados em um banco do lado oposto do bar, com duas mulheres agachadas no chão ao lado deles; uma delas soluçava, em prantos.

O oficial no comando, um capitão pelo que suas insígnias diziam, estava à mesa, no centro do salão. Era jovem, bonito, até, e um tanto arrogante. Que o som abafado da pistola de Miller com silenciador não tinha sido ouvido na estalagem era algo óbvio, mas, considerando-se as circunstâncias, o capitão pareceu lidar com a repentina aparição daquele homem estranho de uniforme de combate e capa antiga com uma calma impressionante. Tinha uma menina sentada sobre seus joelhos, que nem mesmo conseguia se defender enquanto ele a acariciava, de tão apavorada que estava.

Ele falou em russo:

— Quem é você?

— Meu nome é major Harry Miller, do Exército inglês, adido da ONU. — Seu russo era impecável.

— Mostre seus documentos.

— Não. Você é quem vai responder às minhas perguntas. Não tem nada a fazer deste lado da fronteira. Identifique-se.

A resposta veio em uma espécie de reflexo.

— Eu sou o capitão Igor Zorin, do 15º Batalhão de Choque Siberiano, e nós temos todo o direito de estar aqui. Estes muçulmanos vagabundos atravessaram a fronteira com a Bulgária para estuprar pessoas e saquear os lugares. — Ele empurrou a garota de cima da perna e ela saiu cambaleando na direção do bar e do sargento. — Dê mais uma garrafa de vodca para essa puta. Eu estou com sede.

Ela voltou com a garrafa e Zorin a colocou de volta no colo, ignorando Miller por completo. Então, tirou a rolha com os dentes, mas, em vez de beber a vodca, obrigou a garota a tomar um trago. Ela se debateu e engasgou.

— Então, o que você quer, inglês?

Uma porta se abriu nos fundos do salão e Blake entrou com cuidado, com a pistola pronta em punho.

— Bem, eu já me livrei de dois dos seus guardas na entrada e agora o meu amigo, que acabou de se instalar atrás de você, gostaria de fazer uma demonstração do que ele é capaz.

Blake deu um rápido tiro na direção do teto, o que evidentemente atraiu a atenção de todos, e gritou em russo:

— Larguem as armas!

Seguiu-se um momento de hesitação e ele voltou a disparar para cima. Todos, inclusive o sargento no bar, levantaram as mãos. Foi Zorin quem tomou uma atitude inesperada, puxando a garota para a frente dele, sacando a pistola e encostando-a na lateral do corpo dela.

— Largue a arma ou ela morre.

Sem qualquer hesitação, Miller atirou nele duas vezes, na lateral do crânio, lançando-o por cima da cadeira. Seguiu-se um silêncio total, com os muçulmanos se levantando. Todos aguardaram. Ele falou com o sargento, em russo:

— Recolha o corpo, coloque-o dentro do Storm Cruiser e nos espere lá com os seus homens. Blake, veja se ele vai fazer isso mesmo. — Virou-se para os muçulmanos: — Quem fala inglês aqui?

Um homem deu um passo à frente e a garota se virou para ele.

— Eu sou o prefeito, senhor, e falo inglês fluente. Esta é a minha filha caçula. Alá o abençoe. Meu nome é Yusuf Birka.

Os russos saíam, supervisionados por Blake. Dois deles carregavam o corpo de Zorin, seguidos pelo sargento.

Miller disse para Birka:

— Fique com as armas. Elas podem ser úteis no futuro.

O prefeito se virou e falou com os outros, enquanto Miller saía. Blake estava de pé nos fundos do Storm Cruiser, supervisionando os russos que entravam com o corpo de Zorin e o homem ferido. No chão, havia uma caixa de munição.

— Semtex e bananas de dinamite com timer. Imagino que seriam usados na mesquita.

Os soldados amontoaram-se no tanque e o sargento esperou, com a fisionomia assustada.

— Se essas pessoas pudessem escolher, matariam todos vocês — observou Miller.

Para sua surpresa, o sargento respondeu em um inglês razoável:

— Preciso avisá-lo: a morte do capitão Zorin não vai pegar bem com meus superiores. Ele era jovem e idiota, mas muito bem-relacionado em Moscou.

— Não posso fazer nada quanto a isso, mas tenho uma sugestão para o seu comandante, quando você voltar ao quartel. Diga a ele, em meu nome, que, como vocês nem deveriam estar aqui, para começo de conversa, nós vamos tratar todo este incidente como se jamais tivesse acontecido. Agora vão embora daqui.

— É para já. — O sargento parecia desolado, mas foi para trás do volante e levou o Storm Cruiser dali, para a alegria e os gritos de viva dos aldeões.

As pessoas caminhavam confusas pela rua, olhando tudo com curiosidade. Alguns dos homens começavam a aparecer, mas mantinham distância enquanto Miller e Blake conversavam com o prefeito, que perguntava:

— Como nós podemos agradecer a vocês?

— Seguindo o meu conselho. Fiquem calados sobre o que aconteceu aqui. Se eles voltarem, vocês têm as armas. Mas acho que não vão voltar. É melhor para eles fingir que isso jamais aconteceu, e para vocês também. Eu não vou relatar nada disso ao Corpo de Proteção.

O prefeito falou:

— Faremos o que o senhor mandar. Querem repartir o pão com a gente?

Miller sorriu.

— Não, meu amigo, porque nós não estamos aqui, nem nunca estivemos. — Virou-se para Blake: — Vamos embora. Dessa vez, eu vou dirigir.

Enquanto se afastavam, Blake perguntou:

— Acha que eles vão fazer o que você falou?

— Não vejo por que não. É bem mais vantajoso para eles e eu não acho que valha a pena ser relatado para o Corpo, por causa, como posso dizer?, das circunstâncias peculiares da questão.

— Eu não tenho nada a me opor quanto a isso — disse Blake —, mas terei de relatar ao presidente.

— Concordo. Precisarei fazer o mesmo com o primeiro-ministro. Não será a primeira vez que ele vai ser informado desse tipo de incidente. Enquanto isso, você está com seu laptop aí e o pacote de informações que recebeu do pessoal do Corpo de Proteção inclui os códigos dos serviços militares russos para esta área. Veja o que eles dizem sobre o capitão Igor Zorin e o 15º Batalhão de Choque Siberiano.

Blake abriu o laptop sobre as coxas e se pôs a trabalhar. Encontrou tudo em alguns minutos.

— Aqui. Centro Avançado, Lazlo, Bulgária. Igor Zorin, 25 anos, condecorado na Chechênia. Alistado na unidade, base central nos arredores de Moscou.

— Parece bom.

Então, como em um passe de mágica, a tela ficou preta.

— Droga. — Blake começou a bater nas teclas, desesperado. — Apagou tudo. O que eu fiz?

— Nada — disse Miller. — Imagino que o sargento tenha ligado e dado a má notícia a seus superiores minutos após eles terem partido. Está vendo? Apenas não aconteceu nada, como eu falei. A não ser que, desta vez, os russos estejam sendo ainda mais cuidadosos do que de costume. Então, você volta agora para Zagreb?

— Não, viajarei para Pristina. Vou pegar uma carona daqui para os Estados Unidos com a Força Aérea. E você?

— Eu sigo para Belgrado, e, depois, Londres. Olivia vai estrear na sexta no West End. É uma velha peça de Noël Coward, *Private Lives*. Espero que dê para chegar a tempo. Eu sempre a decepciono.

— Espero que dê tempo. — Blake hesitou, encabulado. — Foi muito bom te conhecer. O que fez lá na aldeia foi impressionante.

— Mas necessário. É isso o que os soldados devem fazer, coisas desagradáveis as quais a sociedade tenta fingir que não vê. Zorin era uma barata que precisava ser esmagada. Só isso. — E acelerou, conforme subiam a ladeira adiante.

NANTUCKET

LONDRES

3

Sentado perto da lareira na casa de praia, Blake terminou seu relato do que tinha acontecido em Banu e fez-se silêncio por algum tempo. Cazalet foi o primeiro a falar:

— Bem, isso supera qualquer coisa que eu tenha ouvido em muitos anos. O que você acha, Charles?

— Certamente foi um tapa na cara dos russos. Não foi à toa que eles apagaram os registros — respondeu Ferguson. — É a maneira mais inteligente de se lidar com a situação.

— E você acha que vai ficar tudo por isso mesmo? Algo que jamais aconteceu?

— Em matéria de repercussões importantes, sim. Como o Kremlin pode reclamar e ao mesmo tempo negar envolvimento? Tudo bem que essas coisas de vez em quando vazam... como se diz, é um telefone sem fio... mas é só. Miller vai contar ao primeiro-ministro, mas nada diferente do que eu tenho a dizer a ele normalmente nos dias de hoje. Querendo ou não, nós estamos em guerra, e não me refiro apenas ao Iraque ou ao Afeganistão.

— Tem algo que me interessa — disse Blake. — De acordo com o currículo no computador, a não ser pelas Falkland, logo que ele saiu de Sandhurst, Miller passou 18 anos atrás de uma mesa na sede da Inteligência do Exército, em Londres.

— O que você quer dizer com isso? — perguntou Cazalet.

— O que ele fez naquela estalagem em Banu não foi o serviço de um burocrata.

Ferguson sorriu gentilmente.

— Tudo o que isso prova é o quanto as informações dos computadores não são confiáveis. Imagino que haja muita coisa que as pessoas não saibam sobre Harry Miller. — Ele se virou para Cazalet: — Se o senhor me permite, vou me retirar.

— Durma bem, Charles. Nós vamos no mesmo helicóptero amanhã à tarde para Washington. Nos vemos no café da manhã.

— Claro, senhor presidente.

Ferguson foi até a porta, Clancy abriu-a para ele, e Cazalet acrescentou:

— E, Charles, sobre esse formidável major Miller, eu realmente gostaria de mais detalhes sobre as "muitas coisas" que as pessoas não sabem sobre ele. Se isso for possível, é claro.

— Verei o que posso fazer, senhor presidente.

Ferguson estava deitado na cama do confortável quarto de hóspedes preparado para ele, recostado nos travesseiros. Dez da noite. Londres estava seis horas à frente, mas ele não se preocupou se haveria alguém para atender o telefonema. Ligou para o esconderijo de Holland Park e a ligação foi atendida na mesma hora.

— Quem é?

— Não me faça de bobo, major, você sabe muito bem quem é.

— O que eu sei é que são quatro da manhã — disse Roper.

— E, se tudo estiver bem, neste exato instante você está confortavelmente instalado em sua cadeira de rodas, na frente dessas porcarias de monitores, explorando o ciberespaço e mantendo sua habitual dieta de sanduíches de bacon, uísque e cigarros.

— Isso mesmo. A vida não é uma merda?

Ele fazia exatamente o que Ferguson tinha falado. Colocou o telefone no viva voz, passou a mão pelo rosto marcado por uma cicatriz causada por uma bomba, serviu-se de uma generosa dose de uísque e engoliu de uma vez só.

— Como foram as coisas na ONU?

— O que já era de se esperar. Os russos estão semeando a discórdia.

— Mas era isso o que eles iam fazer, não é mesmo? Pensei que você fosse voltar hoje. Onde está? Em Washington?

— Já estive lá. Falei com o embaixador daqui e esbarrei com Blake Johnson, que acabou de chegar de uma missão em Kosovo. Ele me trouxe até Nantucket, para me encontrar com Cazalet.

— E...?

— E Kosovo mostrou ser bem interessante para o nosso amigo Blake. Ouça o que vou relatar.

Quando Ferguson terminou, disse:

— O que você acha?

— É uma história excelente para animar uma manhã um tanto chata aqui em Londres. Mas o que você quer que eu faça? Miller é um quebra-galho para o primeiro-ministro, e você sempre me mandou evitar políticos como se eles fossem o demônio. Metem o nariz onde não são chamados e sempre perguntam coisas demais.

— Concordo, mas não gosto de ficar às escuras. Pela ficha, Miller deveria ter passado a maior parte da vida atrás de uma mesa, mas isso não é coerente com o homem que Blake descreveu lá em Banu.

— Tem toda razão — admitiu Roper.

— Então veja o que consegue encontrar. E se isso significar quebrar algumas regras. E você pode fazer o que for preciso.

— Para quando você quer isso? Para quando voltar?

— Você tem até amanhã de manhã, pelo horário dos Estados Unidos. É quando eu vou tomar o café da manhã com o presidente.

— Então é melhor eu andar logo com isso — disse Roper.

Ele desligou, serviu-se de mais uísque, bebeu, acendeu um cigarro e então pesquisou sobre Harry Miller. Encontrou o básico sem dificuldades, mas depois as informações tornaram-se muito superficiais.

A porta se abriu e Doyle, o sargento da Polícia Militar de plantão naquela noite, entrou. Soldado há vinte anos, Doyle tinha ascendência jamaicana, mesmo tendo nascido no East End de Londres, tendo servido seis vezes na Irlanda do Norte e duas no Iraque. Era um admirador fervoroso de Roper, o maior desarmador de bombas durante os Conflitos e, para ele, um verdadeiro herói.

— Eu ouvi a ligação no viva voz, senhor. O senhor não vai começar isso agora. São quatro da manhã, caramba!

— Na verdade, são quatro e meia e eu acabei de falar com o general. Você acreditaria se eu dissesse que ele está com o presidente em Nantucket?

— É. Ele viaja bastante.

— Sim, exatamente, e ele me pediu uma informação até o café da manhã.

— Algo especial?

— Ele quer a ficha completa de um tal major Harry Miller, que resolve alguns problemas para o primeiro-ministro.

Doyle de repente parou de sorrir.

— E talvez um pouco mais do que isso, eu diria.

— Por que diz isso? Por acaso o conhece? Você não tem ido muito à Downing Street nos últimos tempos.

— Não. Realmente, não. Peço desculpas se falei fora de hora.

— Ele me parece bastante íntegro. Sandhurst, viu como era a guerra por alguns meses nas Falkland, e depois passou o resto da carreira na sede do Corpo de Inteligência do Exército, em Londres.

Doyle pareceu desconfortável.

— Sim, é claro, senhor, se o senhor diz. Eu vou preparar o seu café da manhã. Já trago um sanduíche de ovo com bacon.

Ele se virou e Roper o interrompeu:

— Não vá ainda, Tony. A gente já se conhece há muito tempo, então não tente me enganar. Você o conhece de algum lugar. Vamos lá. Desembuche.

— Muito bem, foi na Irlanda do Norte, em Derry, na terceira vez em que servi lá. — Era interessante como os veteranos nunca chamavam de Londonderry, exatamente como o IRA.

— E o que vocês faziam lá?

— Uma parte da equipe cuidava de um esconderijo, perto do cais. A gente não devia saber sobre a nossa missão, mas o senhor entende como as informações vazam. O senhor mesmo esteve lá muitas vezes.

— Então me conte.

— Operação Titã.

— Meu Deus do céu! — gritou Roper. — A Unidade 16. A unidade de eliminação. — Balançou a cabeça. — E você o conheceu? Quando foi isso?

— Há 14 anos. Ele foi recebido, era assim que nós chamávamos, junto a outro oficial mais novo. Estavam muito feridos. O motor tinha sido sabotado. Uma equipe de resgate do SAS apareceu em uma hora e os tirou de lá.

— Eles não estavam uniformizados?

— A Unidade 16 nunca agia de uniforme.

— E depois você não soube o que aconteceu?

— Quatro radicais mortos a tiros na River Street, foi o que aconteceu. Saiu nos jornais no dia seguinte. O IRA disse que foi uma atrocidade cometida pelo SAS.

— Eles iam dizer isso mesmo — concordou Roper. — E depois, quando foi que você o viu de novo?

— Alguns anos depois, na televisão, quando ele virou integrante do parlamento e trabalhou para o departamento da Irlanda do Norte.

— Fica cada vez pior. Certo. Um sanduíche de ovo com bacon, uma xícara de chá e mais uma garrafa de uísque escocês. Fique por perto. Talvez eu precise dos seus conhecimentos nesse caso.

* * *

Harry Miller nasceu em Stokely, em Kent, em uma casa de campo onde a família morava desde o século XVIII. Seu pai, George, serviu com os Grenadier Guards, a infantaria de elite do Exército inglês, na Segunda Guerra Mundial; a família tinha dinheiro e, depois da guerra, ele virou advogado e acabou eleito integrante do parlamento do distrito de Stokely e adjacências. Harry nasceu em 1962, e a irmã, Monica, cinco anos mais tarde. A mãe morreu durante o segundo parto.

A irmã de George Miller, Mary, que era viúva, mudou-se para ajudar a manter tudo em ordem. E até deu certo, com os dois filhos indo para o internato desde cedo: Winchester, no caso de Harry, e Sedgefield, no de Monica, então com 14 anos quando ele foi para Sandhurst. A menina era uma estudante por natureza, o que acabou levando-a para o New Hall College em Cambridge para estudar arqueologia, e quando Roper fez uma pesquisa sobre ela, descobriu que continuava lá, como professora e palestrante, casada com um professor, Sir John Starling, que falecera vítima de um câncer no ano anterior.

Pelo que aparecia na tela, a carreira de Miller no Corpo de Inteligência jamais havia acontecido de fato, mas, mesmo assim, o primeiro-ministro o tinha transformado em subsecretário de Estado no departamento da Irlanda do Norte, o que obviamente significava que conhecia o seu passado e utilizava sua experiência.

Roper estava começando a examinar a Unidade 16 e a Operação Titã quando Doyle entrou com uma bandeja.

— O cheiro está muito bom — elogiou Roper. — Puxe uma cadeira para cá, Tony, e me sirva uma boa xícara de chá, que vou te mostrar o que um gênio é capaz de fazer com um computador.

Suas primeiras sondagens revelaram uma tentativa perfeita do Serviço de Inteligência em Londres de apelar ao lado racional, com Miller absorto em visitas a comitês e apelos ao uso do bom senso, enquanto também tentava proporcionar as coisas que os nacionalistas pareciam desejar. Foi uma discussão civilizada, oferecendo a possibilidade de enxergar o ponto de vista do outro, e a força bruta não entrou na ordem do dia.

Miller se encontrou e debateu com o Sinn Fein e os radicais, tudo absolutamente dentro do razoável. Então chegou o Remembrance Day, com a reunião de vários veteranos do Exército e suas famílias, e uma bomba matou 14 pessoas, além de ter ferido muitas mais. Dias depois, um grupo armou uma emboscada contra uma van da autoridade local que levava dez trabalhadores protestantes para consertar uma estrada. Foram todos alinhados na beira de um barranco e levaram uma saraivada de balas.

Finalmente, uma bomba na beira da estrada, destinada a duas patrulhas do exército em Land Rovers, detonou com atraso e o veículo que acabou atingido foi um ônibus que levava meninas de uma escola.

Foi isso o que mudou radicalmente a opinião de Miller. A justiça sumária era a única maneira de lidar com gente desse tipo, e seus superiores aceitaram os planos. Agora não havia mais a preocupação de usar a racionalidade e o bom senso, só havia a Operação Titã e os corpos retirados pela Unidade 16. Uma bala levava direto ao crematório. Tudo muito eficiente. Um corpo virava 3 quilos de cinzas em questão de horas. Era a eliminação definitiva para qualquer ameaça terrorista, e Roper ficava fascinado de ver que muitos homens durões da Ulster Volunteer Force, um grupo paramilitar protestante, também sofriam a mesma sina, quando necessário.

Ele encontrou os nomes dos participantes da Unidade 16 e os detalhes de algumas vítimas no caminho. Miller tinha sido identificado como analista de sistemas, depois como recrutador de pessoal na sede da Inteligência do Exército, em Londres, e então, como capitão, havia ficado a cargo do chamado Departamento de Organização da Inteligência em outros Continentes, o que soava como algo bastante inofensivo; obviamente, uma fachada.

A Unidade 16 em si consistia em vinte pessoas, das quais três eram mulheres. Cada indivíduo possuía um número, sem que seguisse necessariamente uma lógica. Miller era o número sete. Os relatos de vítimas eram mínimos: uma descrição absolutamente sumária, seus nomes, o lugar do incidente, não muito mais que isso. O número de Miller apareceu em 12 ocorrências ao longo dos anos, mas o caso da River Street vinha com mais detalhes do que o normal.

Miller tinha sido incumbido de remover um jovem tenente chamado Harper, que trabalhava clandestinamente e tinha ligado para dizer que havia sido descoberto. Quando foi resgatá-lo, o carro em que estavam foi imediatamente bloqueado na River Street, perto do cais: um veículo na frente e outro na traseira.

Uma rajada deixou Harper ferido e, sob a mira de um revólver, Miller recebeu ordens de sair do veículo. Felizmente, ele tinha se munido de uma arma pouco comum, uma Browning, com um cartucho de vinte balas. Matou dois radicais atirando pela porta enquanto a abria, virou-se e se livrou de outros dois homens no carro de trás, atirando no para-brisa. Como Doyle havia contado, eles conseguiram chegar ao esconderijo e foram resgatados pelo SAS.

— Meu Deus, major — disse Doyle, estupefato. — Eu nunca soube da verdade, só ouvi aquelas afirmações enfurecidas do IRA. Era de se esperar que ele recebesse uma medalha por isso.

Roper negou com a cabeça.

— Eles não poderiam fazer isso. Perguntas seriam levantadas, o que entregaria todo o esquema. A propósito, o tenente Harper morreu no dia seguinte, no Royal Victoria Hospital, em Belfast.

Doyle meneou a cabeça, visivelmente contrariado.

— Depois de tudo por que passaram.

— É assim que é o jogo, Tony, e não preciso lembrá-lo de que tudo isso é segredo de Estado do mais alto nível.

— Eu trabalhei para o general Ferguson por tempo suficiente para saber o meu lugar, e não é no Afeganistão. É bem aqui em Holland Park. Eu não arriscaria isso por nada neste mundo.

— Muito sensato. Agora deixe eu preparar o relatório para Ferguson.

— Volto mais tarde. — Doyle hesitou. — Desculpe perguntar, mas o major Miller está metido em algum tipo de encrenca?

— Não, mas é difícil livrar-se de velhos hábitos. Aparentemente, ele andou usando a versão original que tem de justiça em Kosovo, em companhia de ninguém menos que Blake Johnson.

Doyle respirou fundo.

— Tenho certeza de que deve ter tido seus motivos. Pelo que eu soube, o primeiro-ministro o tem em alta conta.

Ele saiu e Roper pensou um pouco a respeito, então digitou "Downing Street, 10", inseriu o código particular de Ferguson e verificou os nomes dos que lá estiveram nas 24 horas anteriores; lá estava o nome de Miller, reservado às 17h do dia anterior e admitido na sala do primeiro-ministro às 17h40.

— Meu Deus — disse Roper, baixinho —, ele não perde nem um segundo. Imagino o que o primeiro-ministro falou sobre isso.

Miller nem se preocupou em Belgrado. Um simples telefonema para um contato na Royal Air Force indicou um avião Hércules saindo do aeroporto de Pristina depois que ele e Blake se separaram. Houve um atraso inesperado de duas horas, mas eles acabaram aterrissando na Royal Air Force de Croydon no final da tarde, onde suas credenciais lhe asseguraram um carro oficial para levá-lo rapidamente à Downing Street.

Não ligou para a esposa. Tinha prometido que tentaria chegar a tempo da noite de estreia, e ainda poderia chegar; mas o trabalho exigia que falasse com o primeiro-ministro tão logo retornasse, e essa tinha que ser a prioridade. Seu chefe estava em uma reunião, é claro; sempre havia uma reunião. Ele ficou batendo os calcanhares na sala de espera, aceitou o café de uma das secretárias e esperou. Finalmente, chegou o momento mágico e a porta se abriu.

O primeiro-ministro, que escrevia sentado à mesa, ergueu os olhos e sorriu.

— É tão bom ter você de volta, Harry, e tão bom vê-lo. Como foi? Sente aí e me conte.

E Miller contou.

Ao terminar, o primeiro-ministro disse:

— Bem, você andou bastante ocupado. No entanto, preciso lembrá-lo de que lá não é a Irlanda do Norte e os Conflitos já terminaram. Temos que ser mais circunspectos.

— Sim, primeiro-ministro.

— Tendo dito isso, sou um homem prático. Em primeiro lugar, os russos não tinham nada que estar nessa tal de Banu. Eles vão deixar isso para lá. Putin pode ser qualquer coisa, menos tolo. Até onde posso ver, dar um tiro nesse idiota do Zorin impediu uma atrocidade mais grave. No entanto, isso deve ter pintado um quadro em cores vivas para Blake Johnson. Aposto como o presidente Cazalet vai achar o relatório dele muito interessante.

— É bom saber que essa é a sua opinião sobre o assunto, primeiro-ministro.

— Vamos ser francos, Harry, eu já ouvi coisas piores. Da equipe de Charles Ferguson. O que eles fazem de vez em quando é inacreditável. Aliás, por falar nisso... — Fez uma pausa. — Eu sei que sempre se manteve longe dele, mas seria bom se vocês dois conversassem. Vocês têm muitos interesses em comum.

— Se é o que deseja, primeiro-ministro. Agora, se não há mais nada a tratar, eu poderia pedir licença? É a noite de estreia da Olivia.

O primeiro-ministro sorriu.

— Mande o meu carinho para ela, Harry, e pode ir. A cortina vai subir a qualquer momento.

A cortina subiria às 19h30; ele chegou à porta do teatro às 19h10 e encontrou Marcus, o velho porteiro, em sua mesa, lendo o *Standard*. Marcus ficou maravilhado em vê-lo.

— Meu Deus, major, ela vai ficar tão contente! E sua irmã está com ela, a Lady Starling. Sua esposa está preparando um ator substituto. Acharam que o senhor ainda estava em Kosovo. Anthony Vere quebrou o pé direito, então Colin Carlton vai entrar no lugar dele. É um pouco novo para o papel, mas a madame também parece ser uns dez anos mais jovem.

— Diga isso a ela e ganhará uma amiga para a vida inteira.

— O senhor não tem muito tempo. Seus assentos estão na fileira da frente, no andar de cima. Cadeiras da casa. Eu mesmo as reservei.

Miller estava na porta do camarim da esposa em questão de segundos, então bateu e entrou. Foi recebido com bastante entusiasmo. Ela estava muito bem maquiada, os cabelos ruivos deslumbrantes, e sendo vestida pela irmã dele, Monica, bonita como sempre, os cabelos louros bem-cortados, parecendo mais nova que seus 40 anos.

Ambas ficaram muito animadas. Olivia chegou a chorar.

— Que droga, Harry, você está me fazendo estragar a maquiagem. Eu não achava que viria. Normalmente, você não vem.

Eles se beijaram gentilmente e a irmã falou:

— Vamos lá, rápido. Não vai dar tempo nem de tomar um drinque no bar do teatro.

Ele a beijou na testa.

— Não faz mal. Depois a gente compensa por isso. Você está hospedada na Dover Street, certo?

— É claro.

Monica tinha um apartamento na Universidade de Cambridge, mas a casa de Londres já pertencia à família desde os tempos da rainha Vitória. Ficava perto da South Audley Street, convenientemente perto do Dorchester Hotel, da Park Lane e do Hyde Park, e era espaçosa o bastante para que ela tivesse uma suíte própria. Também compartilhava o uso de Stokely Hall, no interior de Kent, onde tia Mary levava uma vida pacata assistida por Sarah Grant, a governanta, e o marido Fergus, que dirigia o velho Rolls-Royce e resolvia a maioria dos problemas. O casal morava na casa menor e a Srta. Trumper vinha da cidade para cozinhar.

De uma maneira estranha, tudo isso passava pela cabeça de Miller enquanto ele e Monica subiam para o primeiro mezanino. Era uma reação ao que tinha acontecido, à violência em Kosovo, à perspectiva de um fim de semana na paz do campo, na companhia das pessoas que ele amava. Ele e Olivia não tinham filhos, Monica também não, e a velha tia Mary ficaria totalmente sozinha sem todos por lá. Enquanto ele e Monica se acomodavam nas poltronas, sentia-se relaxado e feliz, de volta aos integrantes unidos da família, sempre tão importantes para ele. Amor, gentileza, preocupação — essas eram as pessoas que ele mais prezava na vida, e, no entanto, desconheciam totalmente seus segredos mais obscuros, os assuntos mortais por trás de seu aparentemente pacato trabalho no Corpo de Inteligência.

Nesses anos todos, os amigos da família o cumprimentaram muitas vezes pelo trabalho burocrático na Inteligência. Ele tinha apenas duas medalhas para mostrar em seus 18 anos de Exército: a fita do Atlântico Sul pela campanha nas Falkland, e a Medalha da Campanha pela Irlanda do Norte, que todos os soldados que lá serviram receberam. Era uma ironia quando se pensava na River Street em Derry, nos quatro radicais mortos e nas muitas ocasiões semelhantes que ocorreram em seus tempos de Unidade 16, e, no entanto, as duas pessoas mais próximas dele, a irmã e a esposa, não faziam a menor ideia dessa parte de sua vida. Ele nunca se afastava por mais de uma semana e sempre se supunha que estivesse em Catterick, Salisbury Plain, Sandhurst, na Alemanha ou em algum outro lugar desses.

Respirou fundo, apertou a mão de Monica, a música começou a tocar e então as luzes foram diminuindo e as cortinas se abriram. Era sempre uma velha e maravilhosa emoção, bem o que ele precisava, e então sua mulher entrou no palco com uma aparência fantástica: a mulher por quem havia se apaixonado perdidamente logo no primeiro encontro, tantos anos atrás. Seu coração se aqueceu.

A apresentação foi triunfal, com os atores retornando ao palco quatro vezes para receber os aplausos. O desempenho do jovem Carlton foi mais do que suficientemente bom e Olivia estava soberba. Ela havia reservado uma mesa para jantarem bem tarde no seu bistrô francês favorito no Shepherd's Market, e os três — Olivia, Miller e Monica — se deleitaram, dividindo uma garrafa de Dom Pérignon.

— Ah, estou muito orgulhosa de mim mesma — declarou Olivia.

— É, mas você tem que se preocupar com a noite de amanhã — disse Monica. — Sábado é dia de casa cheia.

— Andei pensando — interveio Miller. — Vou arranjar um carro do gabinete. Depois da apresentação de amanhã, seguimos direto para Stokely, descansamos um pouco no domingo e voltamos para a apresentação de segunda.

— Ah, não. Os dois pombinhos não vão me querer lá — disse Monica. — Vou ficar na Dover Street e sigo para Cambridge amanhã.

— Que nada — discordou Olivia. — Vai ser bom todo mundo junto, para variar, e tia Mary ficará felicíssima. — Colocou a mão sobre a de Monica. — Só para ficar junto. É tão importante. E imagine. Nós conseguimos ficar um pouco com ele, dessa vez. A gente pode ir fazer compras amanhã.

Ela beijou o marido no rosto e Monica falou:

— Topei com Charley Faversham em um evento, semana passada. Ele te chamou de "Rottweiler do Primeiro-Ministro" e perguntou por você. Eu disse que acreditava que você estivesse em Kosovo. Ele esteve lá durante a guerra, fazendo a cobertura para o *Times*, enquanto os sérvios matavam todos aqueles muçulmanos. Disse que foi a pior cena que viu na vida, em todos os anos como correspondente. Imagino que agora as coisas estejam diferentes.

— Totalmente — falou Miller. — E Olivia está certa. Você tem que vir com a gente para Stokely. Afinal, não tem ninguém nesta vida com quem eu esteja mais endividado do que a irmã que implorou e brigou comigo, há muitos anos, para eu levá-la ao Festival de Teatro de Chichester e ver *Um mês no campo*. Como você bem sabe, eu nunca fui um grande fã dele até a moça de Boston entrar por aquelas portas francesas. — Esticou a mão para pegar a de Olivia e a beijou. — E depois, nada mais foi o mesmo em minha vida.

Ela se iluminou e apertou a mão dele.

— Eu sei, querido. Na minha também não.

Monica riu.

— Eu costumava ficar preocupada por causa dele. Mulheres pareciam simplesmente não fazer parte de suas preocupações.

— Bem, dificilmente alguém poderia dizer que eu despertava emoções. Eu não era da cavalaria da rainha, nem dos paraquedistas. Não era boina vermelha, nem tinha uma fila de medalhas. Era sério demais, um Guerreiro de Whitehall. Não um soldado de verdade. Foi algo que ouvi bastante.

— E dou graças a Deus por isso — disse Olivia. — Vamos pedir a conta e ir para casa.

Mais tarde na Dover Street, depois que todos foram dormir, ele e Olivia fizeram amor rapidamente, a paixão verdadeira ainda entre eles. Pouco falaram, mas a alegria continuava presente — e forte. Depois, ela logo pegou no sono e ele ficou ali deitado, ouvindo sua respiração tranquila, incapaz de dormir; finalmente, saiu da cama, encontrou o pijama e desceu.

A sala de estar era seu cômodo favorito na casa. Ele não precisou acender as luzes porque vinha claridade suficiente da rua. Chovia e de vez em quando um carro passava fazendo barulho; ele foi até o armário das bebidas, se serviu de uma generosa dose de uísque, e, em seguida, fez algo que só fazia quando estava estressado. Abriu uma cigarreira prateada e acendeu um Benson & Hedges. A razão era

Kosovo, evidentemente, e tudo o que tinha acontecido lá; isso o fez voltar quatro anos no tempo e ao que o havia feito sair do exército.

As mentiras, o fingimento, todas as trapaças estavam lhe causando problemas. Ele era duas pessoas: o homem que a mulher e a irmã pensavam que era, e o que trabalhava com a morte e os segredos. Uma nova dimensão tinha entrado em sua vida, um novo tipo de pavor, justamente quando ele começava a ter esperanças com a Irlanda do Norte. Chamava-se fundamentalismo islâmico. Começava a ficar claro que era ali que o seu futuro iria se desdobrar, e essa perspectiva o deixava um tanto desesperado porque não queria se envolver.

Mas o destino acabou intervindo e lhe oferecendo uma solução. Seu pai morreu de maneira inesperada, de ataque cardíaco, e eles o enterraram em um dia chuvoso e infeliz na igreja da paróquia de Stokely. Depois, houve uma cerimônia em Stokely Hall, e champanhe, sua bebida favorita, foi servido — bastante champanhe, em homenagem a um homem muito querido.

Miller estava de pé ao lado de uma janela aberta, fumando um cigarro e pensando na vida, quando o agente político de seu pai, Harold Bell, se aproximou dele.

— No que está pensando, Harry?

— Estou contemplando meu futuro. Se eu continuar na Inteligência, vou virar tenente-coronel, e só. Se eu sair, o que teria a oferecer? Em Sandhurst, eles me ensinaram sete maneiras de acabar com alguém só com as mãos. Virei especialista em armas, sei me virar em árabe, russo e francês. Mas o que eu faço com tudo isso se sair do Exército?

Olivia tinha ouvido o marido ao se aproximar e dar-lhe um gim-tônica.

— Anime-se, querido, alguém pode te oferecer um belo emprego na City.

— Esse alguém sou eu — disse Bell aos dois enquanto saboreava a bebida. — Mas não é exatamente na City. O Partido quer que você se candidate ao cargo que era do seu pai. O comitê local o apoia inteiramente. Harry Miller, integrante do parlamento.

Miller levou um susto e não conseguiu dizer nada, portanto, sua mulher começou a falar.

— Isso quer dizer que ele vai voltar para casa todas as noites?

— Perfeitamente — assegurou Bell.

Ela imediatamente comunicou a notícia ao salão inteiro e ele recebeu muitos beijos no rosto e tapinhas nas costas.

— Melhor que Iraque e Afeganistão, meu velho — foi dito.

— Você agora passou dessa fase.

Ele renunciou ao seu cargo e foi devidamente eleito, ficando afinal livre daquilo que havia o atormentado por todos aqueles anos, mas devia ter se lembrado de que as coisas nunca saíam exatamente conforme o esperado. O primeiro-ministro conhecia o seu histórico no Exército e o designou para o departamento da Irlanda do Norte, e, quando finalmente a crise com o país foi resolvida, ele começou a mandá-lo para um lugar de conflito depois do outro.

Rottweiler do Primeiro-Ministro — essa foi boa, e qualquer garantia de que ele voltaria toda noite para casa tinha se desfeito havia muito tempo. Olivia não gostava nem um pouco disso.

Isso era uma coisa, mas o que aconteceu em Banu... era como uma volta ao passado. Podia muito bem ter sido uma operação da Unidade 16. A morte da sentinela, a execução instantânea de Zorin, o próprio fato de ele ter levado a Browning consigo e utilizado suas conexões políticas para driblar a segurança. O que tudo isso queria dizer?

Ele falou baixinho:

— Meu Deus do céu, Harry, mas o que aconteceu com você?

Talvez o gênio tivesse saído da garrafa, mas não fazia sentido. Ele sempre tinha entendido o gênio como uma criatura sobrenatural, que atendia aos desejos das pessoas. Em Kosovo, talvez houvesse acontecido o contrário. Talvez tenha sido ele que acabou atendendo aos desejos do gênio.

Balançou a cabeça em negativa, incapaz de aceitar um pensamento como esse, sequer por um momento, e voltou para a cama.

Em Holland Park, Roper trabalhou até o meio da manhã de sábado e reuniu o máximo de informações sobre Miller que conseguiu arranjar. Às dez da manhã, Luther Henderson, o sargento do dia, entrou.

— Tony me disse que o senhor ia trabalhar nisso a noite inteira, major. Eu perguntei se era alguma coisa especial e de repente ele virou o Sr. Mistério em pessoa.

— Você vai descobrir na hora certa, Luther. O que há de novo?

— Levin, Chomsky e a major Novikova começaram o curso de iniciação no Kingsmere Hall, tentando transformar os agentes do MI6 em lindos russinhos.

— Com todos os anos que passaram na Inteligência Militar Russa, se alguém for capaz disso, são eles. — Ele meneou a cabeça. — Mesmo assim, eles devem ficar um mês inteiro em Kingsmere, o que significa que nós não os teremos à disposição. Espero que Ferguson não se arrependa de ter dito sim quando Simon Carter pediu.

— É difícil negar alguma coisa ao Sr. Carter, major, especialmente quando ele tem o apoio do primeiro-ministro.

— Imagino. — Simon Carter não era uma pessoa das mais populares, mas, infelizmente, era vice-diretor dos Serviços de Segurança, e era difícil contrariá-lo.

— O Sr. Dillon está aí, por acaso?

— Ele ligou há cerca de uma hora, senhor, de Stable Mews. Disse que vai chegar mais tarde. — Olhou para o monitor principal. — Que mulher linda, senhor. Quem é?

— Olivia Hunt, uma atriz — disse Roper. — É casada com o major Harry Miller, que trabalha no gabinete do primeiro-ministro.

— É mesmo, senhor?

— Me diga uma coisa. Você já esteve com ele alguma vez, talvez em Belfast ou em algum lugar desse tipo? Você passou bastante tempo na Irlanda.

— Cinco viagens. Mas nada que chegue aos seus pés, major. O senhor não conseguia sair daquela merda. Mas salvou muitas vidas. E aquela explosão no Grand Hotel de Belfast? Passou seis horas sozinho. Não me admira que tenha sido condecorado com a Cruz de Jorge.

— É, eu mandei bem, não mandei? Mijei nas calças várias vezes porque não tinha nenhum lugar para fugir. — Agora ele debochava de tudo o que havia acontecido. — Fui o rei do castelo até o Toyotazinho vermelho aparecer com uma sacola de supermercado no banco da frente. Nada demais, porém foi assim que aconteceu e agora estou aqui. Com meu uísque e meu cigarro, mas sem aquelas mulheres selvagens da música.

— Que o diabo carregue os filhos da puta que fizeram isso com o senhor, major.

— Muito bem-dito, Luther, mas hoje essa possibilidade não existe mais; portanto, vou me conformar com uma ducha revigorante no *wetroom* e apreciaria a sua ajuda.

— Será um prazer, senhor. — E, enquanto Henderson empurrava a cadeira, ele acrescentou: — Quanto à pergunta que fez sobre o major Miller, senhor... Não, nunca estive com ele.

Não havia sinal de Roper quando Sean Dillon chegou a Holland Park. Usava uma calça preta de veludo cotelê e uma jaqueta de aviador preta. Baixinho, seu cabelo era claro como palha. Outrora um temido defensor do IRA, agora era o braço direito de Ferguson. Estava sentado em uma das cadeiras giratórias, examinando os monitores de Roper, quando Henderson entrou.

— Cadê o major? — perguntou.

— Acabei de ajudá-lo a tomar banho no *wetroom*. Está se vestindo. Virá direto para cá. — Apontou para Olivia Hunt na tela. — Bela mulher. Sabe quem é?

Roper entrou manobrando a cadeira de rodas.

— É claro que ele sabe. Dillon já se envolveu com o teatro, uma vez. Quem é ela, Sean?

— Olivia Hunt. Nasceu em Boston e tem iluminado os palcos da Inglaterra há muitos anos. Essa aí é ela na peça *As três irmãs*, de Tchekhov. Uma produção do National Theatre, no ano passado.

— Eu não disse? Vamos tomar uma xícara de chá, Luther. — E Henderson saiu.

— O que ela faz aí?

— Estou investigando o marido dela para Ferguson. Harry Miller. Trabalha no gabinete do ministro, serve como uma espécie de quebra-galho para o primeiro-ministro. Era da Inteligência do Exército. Pela ficha, só fazia trabalhos burocráticos, mas aparentemente passou por mais coisas. — Henderson chegou com o chá e Roper falou: — Pode ir, Luther. Eu chamarei, se precisar.

Henderson saiu e Dillon falou:

— Que tipo de coisas?

— Tome um gole bem grande desse chá, Sean. Acho que vai se interessar pelo que descobri sobre o major Harry Miller.

Após ouvir a história, Dillon disse:

— Bem, depois disso, acho que vou preferir alguma coisa mais forte.

— Já que você tocou no assunto, pode servir um copo para mim também.

— E você diz que Ferguson quer tudo isso para tomar o café da manhã com Cazalet, no horário americano?

— Exatamente.

— Minha Nossa Senhora. — Dillon serviu as bebidas. — Deve ter sido uma coisa e tanto, ele e Blake juntos.

— Uma coisa e tanto mesmo. Muito bem, você tem alguma informação sobre isso?

— Ouvi alguns boatos sobre a Titã, mas duvido que alguém lá no movimento levasse isso muito a sério, nem a Unidade 16. Nós já tínhamos que lidar com muita coisa. Você também esteve lá, Roper, sabe muito bem do que estou falando. Tanta gente morreu, muito mais do que a opinião pública britânica imagina. Mas lembro desse caso da River Street. É verdade que o Chefe chamou de uma atrocidade do SAS.

— Gloriosos guerreiros da liberdade mortos sem perdão?

— Exatamente. Quer dizer que Miller saiu do Exército há quatro anos, virou integrante do parlamento e ajudou o primeiro-ministro a fazer Ian Paisley e Martin McGuiness governarem juntos? Até que fez um bom serviço. Não sei se vou poder ajudar muito, Roper. Eu larguei os radicais em 1989 para cuidar da minha vida.

— O que inclui um ataque de morteiro contra o gabinete de guerra de John Major na Downing Street, em fevereiro de 1991.

Dillon negou com a cabeça.

— Nunca provado.

— Conta outra, Sean, foi um tremendo pagamento para você. Mas deixe para lá. Tem mais alguma coisa que possa acrescentar à história de Miller?

— Nem uma palavra.

— Então está bem. Vou enviar tudo direto para Ferguson. E vamos ver o que ele faz com esse material todo.

Depois do café da manhã na casa de praia de Nantucket, Clancy serviu café a todos e Cazalet falou:

— Então, Charles. O que conseguiu para mim?

— Algo tão extraordinário que até me surpreendo que meu laptop não tenha pegado fogo, senhor.

— Estou vendo. — Cazalet mexeu em sua bebida. — Conte para nós.

E Ferguson contou. Quando terminou, fez-se silêncio e o presidente se virou para Clancy:

— E então?

— É um grande soldado.

— Sabia que ele tinha alguma coisa de especial quando nos conhecemos — comentou Blake.

— E você, Charles? — perguntou Cazalet.

— É claro que eu já sabia alguma coisa sobre ele — respondeu Ferguson. — Mas fiquei surpreso ao ouvir a história inteira.

— Certamente assustaria o sogro dele, o senador Hunt. Um sujeito muito conservador, o velho Hunt.

— E aí? Como nós devemos lidar com tudo isso, senhor presidente?

— Acho que gostaria de me encontrar com Miller. Ele poderia ser um recruta útil em certas missões para você e para mim, Charles. Mas primeiro discuta isso com ele e o seu primeiro-ministro, é óbvio. O que você acha, Blake?

— Acho que isso pode ser positivo para todos os lados, senhor presidente.

— Ótimo. E agora, por que nós não vamos todos dar uma caminhada na praia e respirar um pouco de ar puro? O mar está especialmente bonito, agora de manhã.

A apresentação de sábado à noite de *Private Lives* foi mais um triunfo para Olivia Hunt; depois ela seguiu para Stokely em um Mercedes, com Harry, Monica e o motorista habitual de Miller, Ellis Vaughan, que havia providenciado uma cesta com sanduíches, caviar e duas garrafas de champanhe.

— Você se superou, Ellis — disse Monica.

— Nós fazemos o possível, madame.

A verdade é que, como ex-paraquedista, ele gostava de trabalhar para Miller. Nos pernoites em Stokely, costumava ficar em um quarto reserva na casa dos Grant.

Olivia estava em alta. Miller, por sua vez, se sentia estranhamente sem vida; uma reação à viagem, disse a si mesmo. Eles só chegaram à uma e meia da manhã e foram dormir quase imediatamente, e Miller passou por uma noite perturbada.

Foi um café da manhã em família na manhã de domingo, e tia Mary chegou mais tarde que o normal. Ela agora estava com 82 anos, cabelos brancos e um brilho saudável no rosto. Até sua distração tinha um certo charme.

— Não se preocupem comigo, vocês três. Podem dar um passeio, se quiserem. Eu sempre leio o *Mail on Sunday* a esta hora.

A Srta. Grant trouxe o jornal.

— Aqui está, madame. Eu vou tirar a mesa, se todos já terminaram.

Miller vestia um suéter, calças jeans e um par de botas de cano curto.

— Acho que vou cavalgar. Pedi a Fergus para selar a Doubtfire.

— Tem certeza, querido? — perguntou Olivia. — Você parece cansado.

— Bobagem. — Ele estava inquieto e impaciente, um pouco irritadiço.

— Então vá — disse Monica. — Comporte-se. Nós vamos ficar olhando, você não pode se opor a isso.

Ele hesitou. Depois se forçou a dar um sorriso.

— É claro que eu não vou reclamar.

Ele saiu pelas portas francesas e foi tia Mary quem colocou as coisas em perspectiva.

— Deve ter sido uma viagem bem difícil. Ele parece muito cansado. Nem parece o mesmo.

— Você deve saber — disse Monica. — Você o conhece há bastante tempo.

Elas se dirigiram ao padoque com calma e ele já estava montado quando chegaram. Fergus ficou junto ao estábulo, observando.

Miller cavalgou por um tempo e então começou a saltar os obstáculos. Sentia raiva de si mesmo por permitir que as coisas lhe fossem impostas, percebendo agora que o acontecido em Kosovo realmente havia tocado em uma ferida aberta, e seria terrível se ele permitisse que isso acontecesse.

Ele fez Doubtfire saltar vários obstáculos, depois girou a pequena e valente égua e, em um impulso, apontou-a na direção do portão dos fundos, com cinco barras de madeira e perigosamente alto.

— Boa menina. A gente pode superar isso. — E fez com que ela galopasse.

Sua esposa gritou:

— Não, Harry, não!

Mas Doubtfire conseguiu saltar e aterrissar na grama, e, assim que ela recuperou a respiração, Miller galopou mais alguns metros para tomar distância, girou Doubtfire e novamente partiu na direção do portão.

A voz de Olivia se ergueu em um grito.

— Não, Harry!

Monica passou o braço em volta do ombro dela. No entanto, Miller saltou com perfeição, trotou até onde estava Fergus e desmontou.

— Faça uma boa massagem nela e dê-lhe bastante aveia. Ela merece.

Fergus pegou as rédeas e disse:

— Se me permite, major, acho que, depois de todos esses anos, eu tenho o direito de dizer que...

— Eu sei, Fergus. Foi uma estupidez. Mas agora faça o que mandei.

Foi até as duas mulheres e Olivia gritou:

— Que droga, Harry! Por que tinha que me assustar assim? Não vou perdoar você tão cedo. Vou entrar.

Ela foi embora. Monica ficou olhando para ele, depois tirou um maço de cigarros da bolsa, ofereceu-lhe um e pegou outro para si. Acendeu-o com seu isqueiro.

Ele tragou com um prazer consciente.

— A gente não devia fazer mais essas coisas.

Ela respondeu:

— Harry, eu te conheço há quarenta anos e você é meu querido irmão, mas às vezes parece que eu não te conheço. O que acabou de fazer foi a mais completa loucura.

— Tem toda a razão.

— Você costumava fazer muitas coisas assim quando estava no Exército, mas nos últimos quatro anos, trabalhando para o primeiro-ministro, você parece diferente. Algo aconteceu com você, não? Foi Kosovo? A viagem que fez para lá? — Ela fez que sim com a cabeça. — O que foi? Vamos lá, Harry, eu sei que Kosovo é um verdadeiro inferno. Milhares de pessoas foram mortas lá.

— Foram mortas e continuam sendo, Monica, minha querida.

— E, de repente, ele lhe deu o "sorriso do Harry" e beijou seu rosto.

— Estou muito cansado e um pouco irritado, só isso. Agora, seja uma boa menina e venha para casa me ajudar com Olivia.

E, assim, ela foi. Relutante, mas foi.

KREMLIN

LONDRES

4

Havia um pouco de neve na chuva que caía em Moscou, enquanto a limusine de Max Chekov o transportava do hotel até o Kremlin. O dia estava horrível e, para ser franco, ele preferia ter ficado em Mônaco, onde uma das melhores clínicas da Europa tinha lhe proporcionado o tratamento necessário à sua perna esquerda, gravemente ferida. Mas quando se recebia uma ligação do general Ivan Volkov, conselheiro pessoal de segurança do presidente da Federação Russa, exigindo sua presença no Kremlin, era difícil dizer não.

A limusine atravessou os maciços portões de entrada e foi passando pelas ruas secundárias e pelos postos de controle até chegar a uma discreta entrada, nos fundos. Chekov saiu e subiu um lance de degraus de pedra com alguma dificuldade, apoiando-se na pesada bengala. Sua aproximação estava, evidentemente, sendo vigiada, uma vez que a porta se abriu antes que ele esticasse a mão.

Um jovem com cara de inflexível e uniforme de tenente da GRU o cumprimentou.

— O senhor precisa de ajuda?

— Está tudo bem, se formos ficar no térreo.

— Vamos, sim. Venha comigo.

Chekov foi mancando atrás dele por uma série de corredores incrivelmente monótonos e silenciosos, que pareciam se prolongar até o infinito, quando então seu guia abriu uma porta para outro corredor muito mais ornamentado, cheio de quadros e antiguidades. No fim, um homem corpulento de terno escuro, com a cabeça raspada, estava sentado ao lado de uma porta, com uma pistola automática ao colo. O oficial da GRU não lhe deu atenção. Abriu a porta e fez sinal para Chekov entrar.

Chekov passou por ele e a porta se fechou. O salão era fantástico, decorado em um estilo parecido com o da França do século XVII. Tinha belos quadros por toda parte, um tapete estupendo no chão e uma lareira de mármore, com o que pelo menos se parecia com um fogo aceso. Havia uma mesa com três cadeiras diante de si e o general Volkov encontrava-se atrás dela. Não existia nada de militar em sua aparência. Sexagenário e com os cabelos rareando, vestindo um belo terno azul-marinho e uma gravata conservadora, ele podia perfeitamente ser o gerente de um banco do interior, não um dos homens mais poderosos da Federação Russa.

Usava óculos antigos com armação de metal e os tirou quando olhou para cima.

— Meu caro Chekov. — Curiosamente, a voz era macia. — Que bom vê-lo andando de novo.

— Andando mal, camarada general. — Chekov continuava usando os velhos títulos, ainda muito populares com os integrantes mais velhos do Partido. Era melhor prevenir do que remediar. — Posso me sentar?

— É claro. — Chekov se sentou. — Sua estada em Mônaco lhe fez bem?

— Estou melhor que antes. — Chekov decidiu ir direto ao assunto. — Posso perguntar por que estou aqui, camarada?

— O presidente demonstrou interesse no seu bem-estar.

A notícia conferiu a Chekov um mau pressentimento, mas se obrigou a dar um sorriso.

— Naturalmente, isso me deixa emocionado.

— Ótimo. O senhor vai poder dizer isso a ele pessoalmente. — Volkov olhou para o relógio. — Estou aguardando a chegada dele para daqui a cerca de dois minutos.

Chekov esperou um tanto receoso e levou um susto quando uma porta secreta na parede de painéis atrás da mesa de Volkov se abriu e o presidente Putin entrou. Ele estava de agasalho, com uma toalha branca enrolada no pescoço. Chekov fez força e se levantou.

— Meu caro Chekov, que bom vê-lo de pé outra vez, e na ativa. Você precisa me desculpar pelo meu aspecto, mas considero a hora que passo na academia a mais importante do dia.

— Camarada presidente — balbuciou Chekov —, que prazer vê-lo.

— Sente-se, meu amigo. — Putin o encorajou a se sentar e se acomodou à cabeceira da mesa de Volkov. — Quer dizer que eles conseguiram salvar sua perna e andam dizendo por aí que você está quase novo?

Volkov acrescentou:

— O que deve frustrar aquele gângster de Londres, o animal chamado Harry Salter, que mandou que atirassem.

— Devo que dizer que o general Charles Ferguson pede ajuda a algumas das pessoas mais desaconselháveis. — Putin sorriu. — Talvez ele esteja tendo dificuldade em encontrar as pessoas certas atualmente. O Afeganistão deve estar cobrando um preço alto. E então, Chekov, pronto para voltar ao trabalho? Estou ansioso para ouvi-lo dizer isso.

Como era a primeira vez que Chekov ouvia falar desse assunto, cometeu o erro de hesitar.

— Bem, eu não tenho muita certeza quanto a isso, camarada presidente.

— Bobagem. Você deve assumir as rédeas de novo. É o melhor a fazer! Além do mais, você tem aquele lindo apartamento que está mofando em Londres. E como CEO da Belov International, suas responsabilidades com a empresa e conosco são muitas.

— Responsabilidades que tive de assumir enquanto se recuperava — sublinhou Volkov.

— Que, obviamente, não podem continuar assim — disse Putin. — Sugiro que você retome o comando nos próximos dias. Qualquer tratamento adicional que precise, com certeza vai poder encontrá-lo em Londres. Depois que voltar ao seu posto, vai retomar a rotina normal e se reportar ao general Volkov.

Chekov nem tentou resistir.

— É claro, camarada presidente.

Como em um passe de mágica, a porta pela qual Chekov havia entrado se abriu, revelando o tenente da GRU. Chekov entendeu que estava sendo dispensado. Quando se levantou, Volkov disse:

— Mais uma coisa. Sei que você está furioso por ter levado um tiro. Mas não quero que se dedique a nenhum tipo de vingança pessoal contra Salter ou o pessoal de Ferguson quando voltar. Isso é assunto nosso. Uma hora, nós daremos um jeito neles.

— Espero que sim — respondeu Chekov, com um pouco de raiva, e saiu.

Putin se virou para Volkov.

— Fique de olho nele, Volkov. Agora ele aparenta estar bem, mas me parece ser o elo mais fraco da corrente. Igual àqueles traidores que perdemos: Igor Levin, um herói de guerra condecorado e capitão da GRU; a major Greta Novikova; e até esse sargento Chomsky, da GRU. Eu ainda não consegui entender o que diabos aconteceu. O que os ingleses estão fazendo com eles?

— O nosso pessoal de Londres diz que, no momento, foram transferidos para dar um curso de imersão total em russo para os agentes do MI6. Ferguson relutou, mas o vice-diretor dos Serviços de Segurança, Simon Carter, convenceu o primeiro-ministro a dar a ordem.

— É mesmo? — O sorriso de Putin era enigmático. — Vai fazer muito bem a eles. E então, Ivan, mais alguma coisa? Senão vou voltar à academia.

— Na verdade, tem mais um assunto, sim, camarada presidente. Um incidente lamentável acabou de acontecer em Kosovo, envolvendo a morte de um oficial que comandava uma patrulha de operações especiais do 15º Batalhão de Choque Siberiano.

Após ouvir, Putin ficou sentado ali, pensando. Finalmente, disse:

— E você tem certeza de que foi esse Miller? Não existe a possibilidade de você estar errado?

— Ele falou o próprio nome quando desafiou o capitão Zorin. O sargento confirma isso.

— E você também pode afirmar com certeza que o outro homem era Blake Johnson?

— O sargento ouviu Miller chamá-lo de Blake, e a equipe baseada localizou a estalagem onde eles haviam passado a noite anterior. O dono tinha anotado as informações dos passaportes. Disse ao nosso pessoal que eles não chegaram juntos, mas pareciam ter se encontrado lá por acaso.

— Isso não me parece muito plausível. — Putin negou com a cabeça. — Blake Johnson, o homem de confiança do presidente.

— E Harry Miller, homem de confiança do primeiro-ministro. O que vamos fazer?

— Nada. A unidade de Zorin não devia estar lá e por isso não podemos reclamar, e se alguém disser que eles estavam, teríamos de negar com veemência. Eu não acho que tenhamos que nos preocupar com aqueles infelizes camponeses muçulmanos daquelas bandas. Eles vão manter a cabeça baixa. E, quanto aos Estados Unidos e à Inglaterra, o comportamento vai ser igual ao nosso. Nada que valha a pena arriscar uma Terceira Guerra Mundial.

— Mas é uma pena perder Zorin. Era um homem bom, condecorado pelo que fez na Chechênia. A mãe dele é uma viúva de saúde frágil, mas o tio... — Volkov olhou em seus papéis — ... chama-se Sergei Zorin. Tem empresas de investimento em Genebra, Paris e Londres. Quanto a ele, o que devo fazer?

— Apenas explique que, para o bem da nação, nós não podemos levar esse assunto adiante. Para a mãe, diga que Zorin foi morto em ação, que morreu de maneira corajosa, essas bobagens de sempre. Diga-lhe que ele terá um enterro com todas as pompas. E cuide para que o comandante do regimento confirme essa nossa versão.

Ele levantou.

— Mas nós devíamos fazer alguma coisa com Miller. Você ainda tem contato com aquele seu homem misterioso, o Intermediário?

— A nossa ligação com Osama? É claro.

— Quero que você ligue para ele. — E saiu.

Excelente ideia, pensou Volkov. Ele ligou para um número codificado e teve uma conversa rápida. Então ligou para o coronel Bagirova do 15º Batalhão de Choque Siberiano e lhe passou algumas ordens, e agora faltava falar apenas com Sergei Zorin. Ligou para o escritório do figurão e foi informado de que Zorin não teria condições de ver ninguém naquele dia, que sua agenda estava cheia. Volkov não discutiu, apenas comunicou à secretária para informá-lo de que o principal assessor de segurança do presidente Putin esperava encontrá-lo no restaurante Troika em 45 minutos, e desligou.

Sergei Zorin já estava lá quando Volkov chegou. Tremia, como sempre acontecia com todos, morto de medo de ter feito alguma coisa errada.

— General Volkov, quanta honra. Infelizmente, o maître diz que não tem nenhuma mesa disponível, só as cadeiras do bar.

— É mesmo? — Volkov se virou, enquanto o indivíduo mencionado se aproximava no mais absoluto pânico.

— General Volkov, por aqui... Eu não fazia a menor ideia de que o senhor viria hoje.

— Nem eu. Vamos ficar na janela. Caviar e tudo o que costuma acompanhar, além da melhor vodca que tiver.

Eles foram acomodados na mesa em questão e Zorin estava apavorado. Volkov falou:

— Fique calmo, meu amigo. As pessoas sempre me tratam como se eu fosse a Morte vestida de capuz, como algo saído de um filme de Bergman, mas posso assegurar que você não é culpado de nada. — A vodca chegou em copos longos, cheios de gelo picado. — Tome essa e mais outra. Você vai precisar. A notícia não é boa, mas você vai ter a satisfação de saber que fez parte de algo que serviu bem à Mãe Rússia.

Zorin parecia estupefato.

— De que maneira?

— O seu sobrinho, o capitão Igor Zorin, morreu em ação, quando participava de uma operação ultrassecreta e perigosa. Eu tive a triste missão de dar essa notícia ao nosso presidente há pouco. Ele mandou seus pêsames.

— Ai, meu Deus. — Zorin engoliu a dose de vodca, depois outra. Mas será que aquela era uma expressão de alívio? Era, sim, pensou Volkov. — Que notícia terrível. Quando aconteceu?

— Nesses últimos dias. O corpo dele já está aqui em Moscou, no necrotério militar.

— Onde foi que ele morreu?

— Lamento não poder dar essa informação. No entanto, ele morreu de maneira honrada, posso lhe assegurar. Pode até receber mais uma medalha.

— Isso não vai ajudar a minha irmã. Ela já é viúva há muitos anos e a saúde dela não é nada boa. — O caviar e mais vodca chegaram.

— Experimente um pouco disto aqui. Um homem precisa continuar vivendo, meu amigo. — O próprio Volkov lhe serviu um pouco de caviar. — A sua irmã está na cidade, agora?

— Sim, ela mora sozinha com a empregada.

— Você gostaria que eu o acompanhasse quando for vê-la?

O alívio no rosto de Zorin ficou ainda maior.

— Isso seria lhe pedir muito, general.

— Bobagem, eu ficaria feliz em estar lá. Agora coma. Vai lhe fazer bem. Depois, pode me levar até a casa da sua irmã para darmos a má notícia a ela.

Zorin se sentia pateticamente grato, o que era esquisito quando se considerava sua estatura, e, no entanto, lidar com um homem tão rico como aquele não era nenhum problema para Volkov. Os oligarcas, os bilionários, aqueles russos que preferiam as maravilhas das escolas públicas inglesas para os filhos e as residências em Mayfair como lar ainda tinham muito o que temer em Moscou. Nos velhos tempos, a KGB mantinha russos de todas as camadas sob controle; agora, era o FSB, a velha casa de Putin. Ele era um presidente extremamente popular — o que significava que Ivan Volkov não tinha que ser. O medo era o suficiente.

O apartamento de Zorin ficava em um grande edifício com vista para o rio e parecia remontar ao tempo dos tsares. A campainha ecoou e a porta foi aberta por uma senhora que atendia pelo nome de Tasha, vestida com uma blusa de camponesa e uma saia longa, melancólica e pouco convidativa, com o cabelo preso com um lenço e o rosto igual a uma pedra.

— Onde ela está? — perguntou Zorin.

— Na sala de estar — disse ela e, com o privilégio que desfruta uma velha serviçal, perguntou: — Desculpem, mas a notícia é ruim?

— Não poderia ser pior. Este é o general Volkov, que veio da parte do próprio presidente, comunicar que o filho dela morreu em uma ação gloriosa contra os inimigos do nosso país.

O discurso empolado foi malrecebido. Ela olhou rápido para Volkov, obviamente não muito impressionada, mas também parecia já viver há milhares de anos. Ela provavelmente havia nascido durante a Grande Guerra Patriótica, então era o tipo de mulher que tinha visto de tudo.

— Vou falar com ela primeiro. Se os senhores puderem esperar aqui... — disse ela.

Simples, direto e não admitia negativas. Ela abriu uma porta de carvalho com uma maçaneta de ouro, entrou e a fechou. Zorin ficou transferindo o peso de um pé para o outro, muito pouco à vontade.

— Ela é muito direta, a Tasha — disse ele. — Camponesa até o último fio de cabelo.

— Dá para perceber. — Veio um lamento horrível de dentro da sala, um uivo perturbador seguido por soluços intensos. Depois de algum tempo, Tasha abriu a porta.

— Ela vai receber os senhores agora.

Eles entraram e Volkov se encontrou em uma sala que parecia uma cápsula do tempo de outra era: janelas francesas altas se abrindo para uma varanda lá fora, uma visão distante do rio, móveis de carvalho antigos, papel de parede com desenhos de pássaros raros, um tapete indiano e um piano de cauda coberto com fotos da família. Havia cortinas de veludo verde e cheiro de mofo por todo o lado. Era como se nada tivesse mudado desde os anos 1920, e até as roupas que a mãe de coração partido vestia pareciam antiguidades.

Ela estava sentada em uma cadeira, segurando uma foto em um porta-retratos prateado, com o cabelo preso em um lenço dourado, e Zorin foi abraçá-la.

— Ora, Olga, você não deve se recriminar. Tudo o que ele sempre quis desde menino foi ser soldado, ninguém sabe disso melhor que você. Olhe aqui, veja quem eu trouxe para falar com você. É o general Ivan Volkov, com palavras do próprio presidente Putin enaltecendo a bravura de Igor.

Ela lançou um olhar vazio para Volkov, que disse:

— Ele morreu pela pátria. Acredita-se que ele vá receber uma medalha.

Ela balançou a cabeça, horrorizada.

— Uma medalha? Ele tinha um monte de medalhas. Eu não entendo. Nós estamos em guerra com alguém? — Ela agarrou Zorin. — Onde ele foi morto?

— Em uma missão da maior importância para o Estado, é tudo o que posso dizer. A senhora pode se lembrar dele com orgulho.

Ela ergueu a foto de Zorin em um uniforme cheio de medalhas, e Volkov viu o rosto bonito, a arrogância, o olhar cruel, e então ela pareceu voltar à vida.

— Para mim isso não adianta, general. Eu queria ver o meu filho vivo outra vez, e ele está morto. O meu coração está petrificado.

Ela explodiu em uma torrente de choro. Tasha a abraçou e fez sinal para Zorin e Volkov.

— Agora os senhores devem se retirar. Vou cuidar dela.

Eles fizeram o que foi pedido, saíram à rua e se colocaram ao lado das duas limusines.

— Não sei nem como agradecer por ter vindo comigo — disse Zorin.

— Quando conversei com o coronel Bagirova, do 15º Batalhão de Choque Siberiano, nós concordamos que o enterro seria depois de amanhã, às dez da manhã, no cemitério militar de Minsky Park, de modo que seu sobrinho vai repousar na morada de alguns dos maiores soldados de toda a história da Rússia. Vamos ver o que dá para se fazer sobre a medalha. Eu posso com certeza prometer uma carta assinada por Putin.

— Duvido que mesmo isso vá animá-la. — Zorin entrou na limusine e foi embora, levado pelo motorista.

— Só mais um dia de trabalho — murmurou Volkov, que entrou em sua limusine e seguiu de volta ao Kremlin.

O enterro em Minsky Park foi tudo o que se poderia desejar. Havia uma companhia de soldados do campo de treinamento do 15º Batalhão de Choque Siberiano que ficava nos arredores de Moscou, muitas pessoas de preto, enlutadas, familiares e amigos. O caixão seguiu em um cortejo militar, desceu à sepultura e vinte soldados deram uma salva de tiros exatamente sob o grito de comando do coronel Bagirova.

Olga Zorin ficou ao lado do irmão, alguns parentes se postaram logo atrás, e Tasha, no fim da fila. Zorin segurava o guarda-chuva, a irmã soluçava e o trompetista do exército prestava uma última homenagem. Volkov estava a alguns metros de distância, em um uniforme militar do mais fino couro, chapéu de feltro preto e um guarda-chuva sobre a cabeça. A multidão foi se dispersando na direção dos vários carros, e Zorin veio até ele.

— Foi muito bom o senhor ter vindo. A família agradece.

Volkov, que observara os olhares furtivos lançados em sua direção, sorriu.

— Ah, eu não sei. Acho que eles estão mais preocupados do que qualquer outra coisa. Este casaco sempre dá a impressão de que a Gestapo chegou a Moscou.

Zorin, **evidentemente**, não podia lidar com esse tipo de piada.

— A recepção vai ser no Grand. O senhor será bem-vindo.

— O dever me chama, infelizmente. O senhor vai ter que dar as minhas desculpas.

— A carta do presidente chegou ontem. Acabou sendo um grande conforto para ela.

— É assim que deve ser. — Na verdade, ele mesmo havia assinado, mas isso não tinha importância.

Olga Zorin soluçava enquanto os parentes a ajudavam a sentar no banco de trás do carro, com Tasha a seguindo.

— O amor materno — explicou Zorin, pesarosamente. — O senhor sabe, eu sou viúvo e não tenho filhos. Igor era meu único herdeiro.

— Agora não é mais — disse Volkov, brutalmente. — O senhor vai se recuperar. Nós sabemos o que vocês oligarcas fazem em Londres. Aquele bar no Dorchester, as maravilhas de Mayfair, as senhoras da noite. Pode deixar. O senhor vai se animar rapidinho.

Ele se afastou sorrindo, deixando Zorin estupefato.

Pouco depois de chegar dos Estados Unidos, Ferguson recebeu um chamado para fazer uma visita ao primeiro-ministro, na qual eles discutiram sobre Miller e a questão de Kosovo em detalhes.

— E então? O que você acha, Charles?

— Eu não discuto a atitude que Miller tomou diante de Zorin. Mas, para ser sincero, primeiro-ministro, eu pensava que o conhecia, e agora vejo que estou enganado. Essas confusões em que ele se meteu ao longo dos anos, a Operação Titã e a Unidade 16... são impressionantes.

— Especialmente se considerar que até pessoas tão bem-informadas quanto você não faziam a menor ideia. É, eu também fico muito impressionado com Harry Miller. — Ele se levantou e andou pela sala. — Ele já fez ótimos trabalhos para mim, excelentes relatórios *in loco*. Tem um olho clínico e um talento para abordagem tática diante de situações difíceis. Você vai ver que ele é muito útil, Charles.

Ferguson podia perceber como as coisas estavam se encaminhando.

— O senhor está dizendo que deveríamos trabalhar juntos?

— Estou. Sei que existe uma linha delicada que separa aquilo que você faz da abordagem mais política dele.

— E o fato de que essas duas abordagens podem entrar em conflito — disse Ferguson.

— Sim, mas acho que Harry Miller é um tipo híbrido, uma mistura dos dois.

— Eu não tenho argumentos quanto a isso. Então, quais são suas ordens?

— Juntar-se a ele e ver aonde vocês chegam, Charles. — O primeiro-ministro meneou a cabeça. — Que mundo, este nosso! Medo, incerteza, caos. É uma guerra. Então vamos ver o que podemos fazer.

No dia seguinte, Roper e Doyle o levaram até o Dark Man em Cable Wharf, em Wapping, o primeiro pub de que Harry Salter tinha sido dono e que ainda ocupava um lugar em seu coração. Quando chegou, Doyle estacionou a van e tirou Roper pela traseira, usando o elevador, e os dois entraram.

Harry Salter e o sobrinho Billy estavam em uma mesa de canto, com os dois guarda-costas, Joe Baxter e Sam Hall, bebendo uma cerveja no bar. Ruby Moon servia as bebidas e, ao seu lado, Mary O'Toole lidava com os pedidos de comida que a cozinha preparava.

Roper se sentou à mesa e fez sinal a Ruby, que imediatamente lhe mandou uma dose generosa de uísque escocês, via Joe Baxter.

Harry Salter e Billy liam um relatório. Roper perguntou:

— Isso é o que eu mandei para você sobre Miller?

— Isso mesmo — respondeu Harry. — Onde é que vocês esconderam esse cara esses anos todos?

— Bem na vista de todo mundo — disse Billy. — Ele sempre esteve por aí. Nós só não conhecíamos esse outro lado dele.

Harry, gângster quase a vida inteira, comentou com o sobrinho:

— E que outro lado! O passado dele é incrível!

— Eu jamais contestaria. — Quando Billy se debruçou na mesa, seu casaco se abriu, revelando um coldre de ombro e o cabo de uma Walther PPK.

— Eu já falei com você — implicou o tio. — Uma arma debaixo do braço, quando se está almoçando... Isso é mesmo necessário? Quero dizer, há mulheres presentes.

— Muito obrigada, Harry — disse Ruby.

— Como agente do Serviço Secreto de Sua Majestade, tenho licença para portar e usar arma, Harry, e neste mundo maluco onde vivemos, nunca se sabe quando será necessário usá-la.

— Dá um tempo, Billy — disse, e Ferguson entrou. — Graças a Deus é o senhor, general. Talvez a gente possa ter uma pessoa equilibrada por aqui. Cadê o Dillon?

— Recebeu um telefonema ontem de Levin, de Kingsmere Hall. Eles pediram Dillon emprestado por um dia, por algum motivo. Ele vai voltar essa noite.

Naquele momento, um homem entrou atrás dele. Uma capa de chuva leve, azul-escura, estava pendurada no ombro, sobre o terno da mesma cor, camisa branca e gravata tradicional.

— Eu tive que estacionar perto do rio — disse ele a Ferguson. — Precisei correr um pouco. — Tirou a capa. — Começou a chover.

Que o terno dele era de Savile Row, dava para ver de longe. Seguiu-se um breve silêncio e Harry falou:

— E quem é esse?

— Desculpe — disse Ferguson. — Esqueci as minhas maneiras. Permita-me apresentar o major Harry Miller. É possível que o veja com mais frequência no futuro. Ele está pensando em se juntar a nós.

O silêncio foi total. Foi Billy quem disse:

— Meu Deus! Isso é o que eu chamo de um grande momento.

Levantou-se e estendeu a mão.

Só uma parte do que Ferguson havia dito era verdade. Ele tinha falado com o major, como o primeiro-ministro havia pedido, e Miller, por sua vez, tinha recebido uma ordem direta, que aceitou com certa relutância. Por outro lado, depois de olhar a pasta que Ferguson havia lhe passado, com detalhes das atividades de sua unidade e da equipe, ele começou a gostar mais da ideia.

— Um drinque, major? — perguntou Harry. — É a melhor cerveja de Londres.

— Uísque com água — disse Miller.

— Um homem que pensa como eu — comentou Roper e chamou Ruby. — Mais um aqui, meu amor, para o major Miller, e mais um para mim.

Billy disse a Ferguson:

— Então, o que Dillon está fazendo em Kingsmere? Sei que ele fala russo, mas Levin, Greta e Chomsky são os originais.

— Talvez eles devam se sentir incentivados pela maneira como Dillon sabe falar a língua — ponderou Roper. — Afinal de contas, no fundo, ele continua sendo um menino de Belfast.

— De qualquer maneira, Simon Carter autorizou e eu não tinha condições de discutir — disse Ferguson.

Miller surpreendeu a todos, dizendo:

— Vocês têm que compreender segundo a lógica dele. Os irlandeses são uns coitadinhos, com caras de cachorro e sapatos surrados. Ao mostrar Dillon falando russo fluentemente, o raciocínio dele seria mais ou menos assim: *Se esse animal conseguiu, então você também pode.*

— Meu Deus, major, assim o senhor ridiculariza Carter.

— Que não é mesmo muito popular na nossa confraria — disse Roper — e, ainda por cima, odeia Dillon.

— Por que, exatamente?

— É uma longa história, do tempo em que John Major era o primeiro-ministro. Major prestava uma homenagem no terraço da Câmara dos Comuns para o presidente Clinton, e Simon Carter era o responsável pela segurança. Dillon disse para Carter que a segurança estava uma bela merda e que ele podia apostar que, independentemente do que Carter fizesse, em algum momento da homenagem, ele ia aparecer no terraço vestido de garçom e servir coquetéis para Major e Clinton.

— E ele conseguiu?

Foi Ferguson quem respondeu:

— Conseguiu. Saindo do rio. Harry e Billy largaram-no ali, usando uma roupa impermeável.

— Eu sou o maior especialista em Londres sobre o rio Tâmisa — disse Harry, modesto. — Você tem que entrar direito na correnteza, senão ela pode te matar.

— O presidente Clinton se divertiu muito — comentou Ferguson.

— Mas Simon Carter, não. — Foi Miller quem falou.

— Não. — Roper riu. — Ele odeia Dillon até hoje, acima de qualquer limite do razoável, talvez porque Dillon seja aquilo que Carter nunca vai poder ser.

— Que é...?

— Carter é um grande burocrata — respondeu Ferguson. — Ele nunca esteve na linha de frente. Sean é uma pessoa que ele simplesmente não consegue entender. É capaz de matar em um piscar de olhos, sem qualquer planejamento, caso julgue necessário.

— Por outro lado, ele leva muito jeito para línguas, com vocação para poeta e para ser um eterno estudante — disse Harry. — Toca bem piano, Cole Porter, inclusive, e sabe pilotar avião.

— E não se esqueça, um ator muito bom quando era mais novo — disse Roper. — Foi aluno da Royal Academy of Dramatic Art e chegou a se apresentar no National Theatre.

— E, como um dia ele mesmo me disse — acrescentou Ferguson —, largou tudo para se dedicar ao palco das ruas.

Miller fez que sim com um movimento de cabeça, estranhamente alerta quanto a esse ponto.

— Foi isso o que ele disse?

— Lembro-me bem. Nós temos o que se pode chamar de um relacionamento especial. Em uma época em que ele não estava mais ligado ao IRA, eu fui o responsável por ele ter ido parar nas mãos dos sérvios e enfrentar a possibilidade de um pelotão de fuzilamento.

— E qual era a alternativa?

— Uma pequena e justa chantagem fez com que trabalhasse para mim. — Ferguson deu de ombros. — O jogo é assim mesmo, mas ninguém sabe disso melhor que você.

Miller sorriu.

— Se você diz. De qualquer maneira, espero conhecê-lo.

— Normalmente, ele pode ser encontrado no esconderijo de Holland Park. Você será bem-vindo lá a qualquer hora.

— Estou ansioso para ir.

Harry Salter interrompeu-os:

— Agora chega de conversa. Este pub aqui faz uma das melhores comidas de Londres. Então, vamos começar?

Mais para o fim da tarde, Miller passou pela Dover Street e encontrou a mulher se preparando para a apresentação daquela noite. Ela estava na cozinha, em um roupão de banho, com os cabelos presos, preparando sanduíches de pepino, um fetiche pessoal e uma espécie de talismã de boa sorte antes de cada performance. Ele roubou um e ela lhe chamou a atenção.

— Não se atreva. — A chaleira fervia. Ela preparava um chá verde.

— Eu vou tomar banho depois disso. Você vai assistir à peça hoje à noite? Não precisa. Eu não espero que você assista toda noite, Harry. De qualquer maneira, vou sair para beber com a equipe depois.

— Eu devo dar uma passada em Westminster. Vai haver um debate sobre política externa e tem umas coisas que preciso fazer. O primeiro-ministro pediu para eu me informar sobre a unidade de segurança do general Charles Ferguson, para servir como uma espécie de consultor.

— Ah, eu não te contei! Voltei para casa de metrô ontem à noite e algo muito estranho aconteceu.

— O que foi?

— Estava razoavelmente cheio e um homem entrou, um sujeito bronco e terrivelmente bêbado. Ele começou a passar entre as pessoas, se esfregando nas mulheres e colocando o braço ao redor de uma ou duas mais jovens. É claro que todo mundo, inclusive os homens, enfiou a cara nos próprios livros ou jornais ou olhou para o outro lado.

Miller começou a sentir uma raiva por dentro.

— Ele mexeu com você?

— Acho que pretendia, porque olhou para mim e começou a vir na minha direção, mas aí foi distraído por uma garota muito mais jovem, e foi até ela, colocando o braço ao redor, no que ela começou a chorar e a se debater.

— O que aconteceu?

— Tinha um rapaz jovem, um negro, que estava lendo o *Evening Standard*. Vestia uma capa por cima de um terno muito bonito e óculos de aros dourados. Parecia um colarinho-branco. De repente, enrolou o jornal e o dobrou ao meio. Levantou-se com o jornal na mão e deu um tapinha no ombro do bêbado. Então falou: *Desculpe, mas ela não quer nada com você.* E você não pode imaginar o que aconteceu depois.

— Posso, sim. Quando você faz isso com um jornal, ele fica duro que nem um tijolo. Igual a uma arma. Imagino que ele tenha dado um golpe no queixo do bêbado.

Ela ficou impressionada.

— Como você sabe dessas coisas? Ele desabou igual a uma pedra e ficou lá caído e vomitando. O trem chegou a uma estação em alguns minutos e todo mundo saltou e deixou ele lá.

— E o rapaz?

— Sorriu para mim, Harry, e falou: *Eu já vi* Private Lives, *Srta. Hunt, e a senhorita estava maravilhosa. Lamento pelo que acabou de acontecer. Nós estamos mesmo vivendo uma época horrível.* Então ele simplesmente subiu pela escada rolante e desapareceu. Mas como você conhecia esse truque do jornal?

Ele deu de ombros.

— Uma pessoa me contou. Que você faça uma bela apresentação, querida. — E saiu. Os olhos de Olivia o seguiram enquanto ele partia.

Em Westminster, ele parou o Mini Cooper no estacionamento subterrâneo, foi até seu escritório e encontrou uma papelada maior do que esperava. Duas horas passaram voando e ele entrou na Câmara e pegou o lugar de sempre, no final de um dos corredores. O debate abordava o envio de tropas para Darfur, para apoiar as forças da ONU. Era difícil, com o Afeganistão ainda sendo um sangradouro de dinheiro para as forças militares. Como geralmente acontecia àquela hora da noite, a Câmara não tinha nem 25 por cento de ocupação. Mesmo assim, era sempre útil ouvir uma opinião bem-informada, e se Miller tinha aprendido alguma coisa sobre política nos quatro anos em que atuou como integrante do parlamento, isso se devia a esses debates noturnos acompanhados por um quórum tão baixo que eram assistidos exatamente pelas pessoas interessadas em levar a política a sério.

Finalmente ele foi embora, passou por um restaurante nas imediações e fez uma refeição simples: torta de peixe e uma salada com água com gás. Quando voltou para o estacionamento subterrâneo, já eram 21h30.

Subiu pela ladeira entre os muros e, como sempre, eles o fizeram se lembrar de Airey Neave, o primeiro inglês a escapar de Colditz na Segunda Guerra Mundial — um herói de guerra condecorado e mais uma vítima do Conflito Irlandês, que encontrou seu fim saindo daquele mesmo estacionamento, vítima de um carro-bomba do IRA, a mesma organização que tinha dado cabo de Louis Mountbatten e outros da família dele.

— Que mundo — disse baixinho enquanto entrava na rua e fazia uma pausa, sem ter certeza exatamente de onde ir. Olivia ainda não teria chegado em casa, estava bebendo com os colegas de elenco. Então, o que fazer? Foi então que ele se lembrou do convite de Ferguson para conhecer o esconderijo de Holland Park.

Parecia mais uma clínica particular ou um estabelecimento parecido, mas seu olho clínico percebeu o equipamento eletrônico no alto de um muro — que certamente daria a um intruso um belo choque, a ponto de precisar de um médico —, os portões pesados e as câmeras de segurança.

Ele baixou o vidro e apertou o botão da câmera do portão de entrada. O sargento Henderson estava de plantão e sua voz era tranquila e distante, obviamente seguindo instruções.

— Quem é?

— Major Harry Miller, convidado por Charles Ferguson.

Os portões se abriram em câmera lenta e ele entrou. Henderson desceu a escada da guarita de entrada.

— Sargento Luther Henderson, Polícia Militar do Reino. O senhor já foi colocado na nossa lista de visitantes frequentes. É um prazer conhecê-lo. Se quiser sair do carro, eu mesmo o estaciono. O general Ferguson não se encontra esta noite, mas o major Roper está tomando um banho no *wetroom*.

— *Wetroom*? O que é isso?

— Instalações especiais, chão antiderrapante, cadeiras retráteis nas paredes. O major só consegue tomar banho assim. Um carro-bomba o deixou muito mal, com quase todos os ossos do corpo quebrados, o crânio, a espinha, a bacia, tudo fraturado. É um milagre ele ainda ter os braços e as pernas.

— Incrível mesmo.

— É o homem mais corajoso que conheço, senhor, e o cérebro dele continua funcionando como se ele fosse o Einstein. É só seguir direto pela entrada e pegar a porta blindada da esquerda e o senhor vai chegar à sala dos computadores. Vou informar ao major que o senhor está aqui. Ele já vai acabar, mas o senhor vai encontrar o Sr. Dillon na sala tomando uma bebida. Ele irá receber o senhor.

Entrou no Mini e fez a curva atrás da casa. Miller subiu a escada, caminhou pelo corredor, parou diante da porta blindada e entrou.

Dillon estava sentado em uma das cadeiras giratórias em frente aos monitores, com um copo na mão direita. Ele se virou, e Miller disse:

— Acredito que seja Sean Dillon. Meu nome é Harry Miller.

Dillon sorria levemente, mas agora estava meio perplexo, e o cumprimentou.

— Já sei tudo sobre você — disse. — Uma ficha e tanto.

— Bem, a sua reputação também é respeitável.

Dillon falou:

— Aliás, eu estava mesmo pensando em você. Olhe isto aqui. Deu na televisão de Moscou.

Ele apertou um botão e na tela apareceu o cemitério militar de Minsky Park e o enterro de Igor Zorin.

— Vê aquele cara ali atrás, de casaco de couro preto e chapéu de feltro? É o assessor de segurança favorito de Putin, o general Ivan Volkov.

— Conheço a reputação dele, é claro.

— Um filho da puta que não é exatamente nosso melhor amigo. Esteve por trás de um golpe patrocinado pelos russos para atingir a todos nós. Infelizmente, funcionou com uma pessoa da equipe. — Seu rosto se fechou.

— Hannah Bernstein — disse Miller.

— Você sabe disso? Bem, é claro que sabe. Volkov estava por trás, com a ajuda de outras pessoas. — Balançou a cabeça. — Uma grande mulher, que faz muita falta.

— Você quer dizer com envolvimento do IRA? Eu pensava que isso já não existisse mais.

— Os Conflitos começaram em 1969, e 38 anos depois, nós deveríamos ter paz na Irlanda. Mas e todas aquelas pessoas para quem eles eram uma maneira de ganhar a vida, que se acostumaram a ter uma arma na mão por vários anos? Qual é o futuro delas?

— Eu diria que sempre existe muita procura por mercenários. — Miller deu de ombros. — O mundo de hoje oferece muitas oportunidades para se matar os outros.

— É um ponto de vista. — Dillon se serviu de mais uma dose de uísque. — Você me acompanha?

— Acho que sim.

— Soube que sua mulher está no teatro com *Private Lives* neste momento. Não vou perguntar sobre o desempenho dela na peça, porque ela sempre trabalha muito bem. Eu a vi em *O refém*, de Brendan Behan, no National. O desgraçado seria capaz de sair do túmulo para abraçá-la. É uma grande peça e ela captou a essência direitinho.

Havia um entusiasmo autêntico na voz dele, e Miller sentiu um sorriso estranho e animado cobrir-lhe o rosto.

— E você pode julgar isso bem, porque um dia já foi ator, mas largou tudo para viver o teatro das ruas.

— Onde diabos você ouviu falar disso?

— Você me contou quando corria pela rede de esgoto de Shankill até Ardoyne, em uma noite bem feia em Belfast, em 1986.

— Meu Deus! — exclamou Dillon. — Eu sabia que você me lembrava de alguma coisa, só não sabia exatamente do quê.

— Faz 21 anos...

Dillon fez que sim com a cabeça.

— Anos longos e sangrentos. E para que serviu tudo isso? Por que tudo isso?

BELFAST

MARÇO

1986

5

Pensando no passado, Harry Miller se lembrava muito bem daquele ano, não só por causa do tempo feio e da chuva constante que caía em Londres em março, mas porque o que aconteceu revelou ser um ponto de virada em sua vida. Aos 24 anos, ele era tenente do Corpo de Inteligência e nada demais parecia não estar acontecendo. Ele dividia uma sala com uma jovem segundo-tenente chamada Alice Tilsey, e foi ela quem soube primeiro. Ele tirou a capa, revelando um terno de tweed comum. Os uniformes estavam proibidos naquele ano, depois que o IRA havia anunciado que todo homem uniformizado nas ruas de Londres seria considerado um alvo legítimo.

Alice falou toda animada.

— Ah, graças a Deus, você está vestindo um terno decente. O coronel Baxter mandou chamá-lo há cinco minutos.

— O que eu fiz?

— Eu menti e disse que você foi pegar a correspondência lá embaixo.

— Você é um anjo.

Ele desceu correndo e se apresentou à recepcionista de Baxter, uma sargento que ele conhecia bem.

— Estou encrencado, Mary?

— Não sei de nada, querido, mas ele com certeza quer falar com você agora mesmo. Pode entrar. O capitão Glover está lá com ele.

Baxter ergueu os olhos.

— Ah, você está aí, Miller. Sente-se.

Ele e Glover estavam com as cabeças bem próximas e conversavam rapidamente sobre algum assunto que não fazia sentido para Miller. Então, Baxter falou:

— Você ainda mora com seu pai na Dover Street?

— Sim, senhor.

— Ele é certamente o tipo de integrante do parlamento em quem se pode confiar. Nos discursos que faz, tem sempre um elogio em relação ao Exército.

— Ele é um veterano, senhor.

— O capitão Glover gostaria de falar com você.

— É claro, senhor.

Glover tinha uma pasta aberta diante de si.

— Você esteve na campanha das Ilhas Falkland no Comando 42, o que evidentemente foi uma valiosa experiência de guerra, da maneira mais difícil. Desde então, foi mandado uma vez à Mesa de Inteligência do Quartel da Infantaria, no Grand Hotel, em Belfast. O que achou?

— Foi interessante, senhor, mas foi só por seis semanas.

Glover continuou:

— Examinando os detalhes da sua vida, posso ver que você é católico apostólico romano, Miller. Se eu lhe perguntar se sua fé é importante para você, por favor, não se ofenda. Pode ser crucial quanto ao motivo de estar aqui.

Sem saber exatamente aonde Glover queria chegar, Miller falou:

— Eu fui criado no catolicismo. Fiz parte do coro da igreja, claro que conheço a liturgia etc. Dito isso, tenho de confessar que, como muita gente, a religião não ocupa a linha de frente da minha vida.

Baxter interveio:

— Quer dizer que você é capaz de ir a Belfast para nós, como católico?

Houve uma nítida pausa, com Miller totalmente atônito, e foi Glover quem explicou:

— Pense nisso como um daqueles velhos filmes de guerra em preto e branco, onde o SOE manda você para a França Ocupada como agente clandestino.

— E é exatamente o que queremos que faça para nós em Belfast. — Baxter sorriu. — Você se considera à altura dessa missão?

O estômago de Miller revirava. Era o mesmo jato de adrenalina que tinha experimentado ao aterrissar em San Carlos, nas Ilhas Falkland, com os Skyhawks argentinos fechando o cerco.

— Com toda certeza. Só tem um detalhe, senhor. Como já estive em Belfast, sei que o sotaque da Irlanda do Norte é muito característico e não sei se...

— Isso não tem problema. Você vai ser inglês mesmo — disse Glover.

— Então, estou às suas ordens, senhor.

— Excelente. Você está nas mãos do capitão Glover.

Na sala de planejamento, Glover abriu um mapa de Belfast sobre a mesa.

— O rio Lagan deságua na baía de Belfast, onde fica o cais. É uma região movimentada. — Ele empurrou um envelope pardo para Miller. — Tudo o que você precisa saber está aqui; mesmo assim, vou dizer a você. Os barcos vão e vêm de Glasgow. Traineiras, cargueiros...

— Cargas ilegais, senhor?

— Às vezes. Como armas, por exemplo. E pessoas. Existe um pub na região do cais no qual estamos interessados, o Sailor. O dono é um homem chamado Slim Kelly.

— Ele é do IRA, senhor?

— Com certeza. Já cumpriu pena em Maze e foi solto; portanto, as fotos dele estão na sua pasta. Atualmente, dizem que está limpo, mas com certeza já matou muitas vezes. Achamos que ele ganhou a antipatia dos radicais. Nos últimos tempos, se envolveu com um homem chamado Liam Ryan, um psicopata que mata por diversão. É mais um de quem o IRA quer se livrar. A informação que temos é de que fez um acordo para fornecer mísseis Stinger a Kelly. Essas coisas podem ser operadas por apenas um homem e são capazes de derrubar um helicóptero. Acreditamos que serão entregues na semana que vem em uma traineira chamada *Lost Hope*. Na hora em que você conseguir confirmar o encontro, deve ligar para o número de contato que vamos dar em Belfast, que trará imediatamente uma equipe do SAS. Parece uma tarefa simples, mas nunca se sabe. O que quer que aconteça, não use o número, a não ser que tenha certeza de que Kelly e Ryan vão estar no mesmo lugar.

— E qual é, exatamente, o meu disfarce, senhor?

— Você é funcionário do Hospital St. Mary, em Wapping. Existe uma filial em Belfast bem próxima do Sailor, um velho priorado administrado por freiras que ajudam as pessoas realmente pobres etc. Ele precisa de uma reforma, e um supervisor de obra já foi para lá, saído de Londres. Você é um ordinando, seja lá o que isso for.

— Alguém que pensa em ser padre.

— Um disfarce perfeito, eu diria. Você é da sede oficial de Londres. Tem todos os documentos sobre o que precisa fazer. Sua missão é ir lá e confirmar tudo. É o homem da sede, por assim dizer.

— Onde vou ficar?

— No priorado. Já foi tudo acertado com a madre superiora, uma tal de irmã Maria Brosnan. Para ela, você é um autêntico noviço.

De um modo meio estranho, isso causou certo desconforto a Miller.

— Posso perguntar como todos esses acertos foram feitos, senhor?

— O irmão mais novo do coronel Baxter é o monsenhor Hilary Baxter, do gabinete do bispo de Londres. O Hospital St. Mary, em Wapping, estava ameaçado de fechar porque o prazo do arrendamento estava terminando. Nós conseguimos resolver esse assunto.

Não havia o que responder a isso.

— Entendo, senhor.

— Se aparecer em Wapping hoje à tarde com os documentos dessa pasta, um sujeito chamado Frobisher irá repassá-los com você. Todo o trabalho necessário já foi feito. Basta ficar fingindo no hospício e parecer ocupado. A irmã Maria Brosnan o espera na segunda-feira.

— E a minha identidade?

— Está tudo na pasta, Harry. Cortesia do departamento de falsificações do MI6.

— As armas?

— Nesse ponto, acho que você já está esperando demais. Afinal, você é um viajante civil entrando em uma zona de guerra. Não tem como chegar lá armado.

— Já entendi, senhor. Hora de eu dizer "aqueles que estão prestes a morrer o saúdam". — Era uma afirmação, não uma pergunta, e Miller foi em frente. — O que vocês realmente querem não são os Stingers no barco. É esse Kelly, o dono do pub que caiu em desgraça com os radicais, e o tal de Liam Ryan, que parece ser um psicopata.

— Há dois anos, ele criou uma facção, com não mais de uma dúzia de pessoas, chamada Movimento de Libertação Irlandês. Carnificina total, tortura e sequestros. O passatempo favorito dele é arrancar os dedos das vítimas com um alicate. Causa uma imagem ruim para o movimento republicano como um todo. O que se diz é que os radicais puseram seu melhor homem contra ele. Temos certeza de que oito pessoas da turma de Ryan foram executadas. talvez mais.

— Mas o próprio Ryan não?

— É um sujeito evasivo horrivelmente talentoso. É um dos poucos figurões que nunca foi preso; portanto, não existem fotos dele na prisão. Ele sempre evitou as câmeras como uma praga, mais ou menos como Michael Collins nos velhos tempos. Mesmo assim, nós temos uma foto.

— Como, senhor?

— Ele tirou um passaporte irlandês há cinco anos, com um nome falso. Uma cópia da foto do passaporte está na pasta.

Miller deu uma olhada. Tinha uma aparência bem comum, as maçãs do rosto esquálidas, tudo muito pouco natural, o semblante de um homem para quem a vida sempre foi uma decepção. Miller recolocou a foto no lugar.

— Muito obrigado, senhor. O senhor teria me contado tudo isso se eu não tivesse perguntado?

Glover deu de ombros.

— É assim que se joga esse jogo. Se eu fosse você, andaria logo com isso. — Deu um tapinha na pasta. — Vou espalhar por aí que você tirou uma licença.

A sala estava vazia quando Miller entrou, então ele se sentou em uma mesa e checou o conteúdo da pasta. Havia um passaporte em nome de Mark Blunt, 24 anos, topógrafo, endereço de Highbury, Londres. Tinha estado uma vez na Itália, duas na França e ido à Holanda em uma viagem de um dia, saindo de Harwich. A foto tinha a habitual expressão assustada, que o fazia parecer um pouco mais magro.

Passou pelos relatórios da topografia referentes às várias partes do priorado de Belfast. Tudo muito bem-descrito e fazendo total sentido. Havia também um pequeno mapa da cidade, algumas fotos do priorado e do cais.

Até aqui, tudo bem. Ele colocou a pasta na maleta e pegou a capa, tenso e um pouco agitado. A porta se abriu e Alice Tilsey entrou.

— Seu sortudo — disse ela. — Saindo de licença, não é? Como foi que você conseguiu?

— Pelo amor de Deus, Alice. Depois de um ano no Corpo, eu pensava que você já soubesse a hora de ficar quieta e cuidar da sua vida.

Um olhar com o mais absoluto espanto e terror se espalhou pelo rosto dela.

— Ai, meu Deus, Harry, você vai para o meio daquela guerra, não vai? Eu lamento tanto.

— Pois é. Eu também — falou e saiu.

O Sr. Frobisher no Hospital St. Mary tinha uns 70 e poucos anos e aparentava mesmo essa idade. Até sua sala parecia ter saído de um romance de Dickens. Estava sentado em uma escrivaninha e examinava uns documentos com Harry, no tipo de voz fininha que parecia vir de outro tempo e outro lugar.

— Nós fizemos essas plantas depois de uma visita a Belfast, há um ano. Eu achava que nunca iríamos conseguir fazer as obras necessárias, mas o monsenhor Baxter explicou que agora tudo mudou. Temos dinheiro. O senhor, é claro, não é um topógrafo experiente. Ele me disse que ia mandá-lo para dar uma opinião de leigo.

— É exatamente isso o que eu sou — reconheceu Miller.

— Bem, está tudo muito claro. Os porões se estendem até a beira da água e em alguns lugares nós temos infiltrações. São as docas, vê?

— Obrigado por avisar.

— Soube que você é um ordinando. O monsenhor Baxter disse que talvez venha a virar padre.

— Talvez — disse Miller. — Ainda não estou certo disso.

— Belfast não estava nada bem quando fui lá. As bombas durante a noite, alguns tiros. É um lugar abandonado por Deus agora.

— É o mundo em que vivemos — disse Miller, piamente.

— Devo alertá-lo sobre o pub aqui ao lado, o Sailor. Eu almocei lá algumas vezes, mas não gostei. Os frequentadores eram muito hostis quando ouviam meu sotaque inglês, especialmente o dono, um verdadeiro animal chamado Kelly.

— Vou me lembrar disso.

— Cuidado — disse Frobisher —, e dê minhas lembranças à irmã Maria Brosnan, a madre superiora. Ela é de Kerry, na República da Irlanda, um condado muito bonito.

Miller saiu dali e caminhou pela Wapping High Street. Passou por acaso por uma barbearia e, em um impulso, entrou e cortou o cabelo bem curto. Isso enfatizava a sua humildade de um modo que o fazia parecer ainda mais com a foto do passaporte.

Seu terno de Savile Row não combinava em nada com o personagem, então foi em busca de uma loja de roupas masculinas baratas, onde comprou um terno simples, três camisas e uma gravata preta. Também investiu em uma capa vagabunda e amarelada, para grande surpresa do vendedor que o atendeu, que o tinha visto entrar de Burberry. Não era possível usar óculos, porque se fosse assim ele teria de usar lentes sem grau, o que poderia estragar seu disfarce em uma situação errada.

Seguiu em frente, chegando à Torre de Londres, ajustando-se aos pensamentos de seu novo personagem: alguém sem importância, o tipo de indivíduo perdedor que se sentava no canto de uma sala cheirando a mofo, ninguém para se levar a sério. Finalmente, fez sinal a um táxi e pediu para ser levado à Dover Street.

Quando ele chegou, abrindo a porta da frente, Monica apareceu, vinda da cozinha no final do corredor.

— Olhe só quem está aqui.

Ele largou as sacolas.

— Você não devia estar em Cambridge?

— Eu decidi, em um impulso, passar um fim de semana com meu bom e velho pai e meu querido irmão. — Ela o beijou e empurrou com o pé a sacola de roupas. — O que você andou comprando? Algo de interessante?

— Não, nada de mais. — Ele colocou a sacola no guarda-roupa e tirou sua capa de grife. — Quanto ao fim de semana, eu lamento, mas só vou passar esta noite aqui. Amanhã vou pegar o trem para o norte.

— Ai, meu Deus. Para onde?

— Para o acampamento de Catterick, sede dos paraquedistas. — *As mentiras fluíam, a trapaça. Ele estava surpreso como era fácil.* — Pelo menos uma semana, talvez mais. Tenho que me apresentar no domingo de manhã.

Ela ficou decepcionada e não escondeu isso.

— Espero que o papai não esteja planejando nada. Venha para a cozinha. Vou fazer um chá para você.

Tem um velho ditado que diz que, em Belfast, a cada sete dias, chove em cinco, e de fato chovia na segunda-feira de manhã, quando Miller desceu pela passarela da barca noturna que vinha de Glasgow. Carregava uma mochila de lona, onde levava sua pasta e os itens mais indispensáveis: pijama, cueca, uma camisa reserva e um pequeno guarda-chuva dobrável. Ele o armou e foi caminhando pelo cais, de terno e com a capa de chuva barata, deixando exatamente a impressão que queria. Depois de examinar detidamente o mapa da cidade, sabia para onde ir e encontrou o priorado de St. Mary sem a menor dificuldade.

A construção tinha vista para o porto, como já acontecia desde o final do século XIX. Ele sabia disso a partir dos documentos que levava na pasta e porque esse foi o período em que os católicos puderam voltar a construir igrejas. Tinha uma aparência medieval, mas era uma imitação, e a igreja tinha três andares, com estreitos vitrais, alguns quebrados e malconsertados. Parecia uma boa igreja, o que o pub mais à frente na mesma rua não parecia. Uma placa balançava ao vento, com o desenho de um marinheiro de outros tempos vestindo uma capa amarela. Na extensa vidraça estava escrito *Bar Seleto do Kelly*. Apesar do horário, dois clientes saíram falando alto e bêbados, e um deles se virou e urinou no muro. Era o bastante, e Miller atravessou a rua.

A placa dizia: *Priorado das Irmãs das Dores de Santa Maria. Madre Superiora: Irmã Maria Brosnan.*

Miller empurrou o grande portão de carvalho e entrou. Na recepção, uma jovem freira conferia uma espécie de registro. Um grande aviso prometia sopa e pão na cozinha, ao meio-dia. Também era servida uma ceia na cantina às seis. Havia os horários das missas na capela e também para a confissão. Quem cuidava desses assuntos era um tal de padre Martin Sharkey.

— Posso ajudar? — perguntou a jovem freira.

— Meu nome é Blunt, Mark Blunt. Eu venho de Londres. Acho que a madre superiora está me esperando.

A garota se iluminou.

— O senhor é de Wapping? Eu sou a irmã Bridget. Fiz o meu noviciado lá, no ano passado. Como está a madre superiora?

O duro que Miller deu para ler toda a pasta valeu a pena.

— Ah, você fala da irmã Mary Michael? Ela está bem, eu imagino, mas trabalho na sala do monsenhor Baxter, no palácio do bispo.

Uma porta na parede de painéis ao lado dela, na qual estava escrito *Sacristia*, estava entreaberta e agora se abria, e um padre de hábito preto apareceu.

— Será que você tem que incomodar esse rapaz com essa conversa fútil, Bridget querida, quando é com a madre superiora que ele precisa falar?

Ela ficou um pouco sem jeito.

— Perdão, padre.

Ele era um homem pequeno, de cabelos lisos, com um rosto inteligente e bem-humorado.

— Você deve ser o rapaz com os planos para as reformas que nós estávamos esperando, não é?

— Mark Blunt. — Ele estendeu a mão e o padre o cumprimentou.

— Martin Sharkey. O senhor sabe como são as mulheres, ficam animadas só de pensar que esta velha igreja finalmente vai ser reformada. — Havia apenas um leve sotaque do Ulster na sua voz, fluente e de certa maneira vibrante. — Vou dar uma saída rápida, mas se tiver alguma coisa que eu possa fazer, é só me dizer. Você vai encontrar a senhora que procura passando por aquela porta no fim do corredor que leva à capela. — Ele se virou e voltou para a sacristia.

A capela era exatamente como Miller esperava. Incenso, velas e água benta, a Virgem Maria e o Filho flutuando na penumbra, os confessionários de um lado e o altar com a lâmpada do santuário. A irmã Maria estava de joelhos, esfregando o chão. Fazia uma tarefa básica como essa para se lembrar de demonstrar a devida humildade. Ela parou e olhou para cima.

— Eu sou Mark Blunt, irmã.

— É claro. — Ela sorriu. Era uma mulher pequena com uma expressão contente. — O senhor me perdoe. O orgulho é a minha fraqueza. E preciso me lembrar disso diariamente.

Colocou a vassoura e o pano em um balde e ele ofereceu a mão para levantá-la.

— Conversei com o Sr. Frobisher um dia desses. Ele pediu que eu lembrasse o nome dele à senhora.

— Ele é um homem bom e generoso. Viu do que nós precisávamos aqui há um ano e duvidou que a ordem pudesse arranjar o dinheiro. — Ela o guiou no meio da escuridão e abriu uma porta que revelou uma sala muito arrumada, uma mesa, mas também uma cama no canto. — Mas tudo isso mudou graças ao monsenhor Baxter em Londres. É uma maravilha termos todo o dinheiro que foi colocado à nossa disposição.

— Como sempre, o dinheiro ajuda.

Ela se sentou atrás da mesa, dizendo:

— Sente-se um instante. — Ele fez o que ela indicou. — Pelo que me disseram, o senhor vai examinar todas as conclusões originais do Sr. Frobisher e fazer um relatório ao monsenhor Baxter?

— Exatamente, mas deixe-me ressaltar que eu não acho que a senhora tenha o menor motivo para se preocupar. Existe uma intenção muito firme de irmos em frente. Eu só preciso de alguns dias para conferir alguns detalhes. Pelo que entendi, posso ficar aqui?

— Perfeitamente. Vou mostrar-lhe a igreja.

— Eu conheci o padre Sharkey quando entrei.

— Um grande homem. Nada mais nada menos que um jesuíta.

— Soldado de Cristo.

— É claro. Nós temos muita sorte em tê-lo aqui. O padre Murphy, o nosso padre comum, teve um diagnóstico de pneumonia semana passada. A diocese conseguiu localizar o padre Sharkey para nós. Ele devia estar dando aula no Colégio Inglês do Vaticano; pelo que sei, é um grande mestre, mas vai nos ajudar até o padre Murphy se restabelecer. Agora, vamos fazer um tour pela igreja.

Ela lhe mostrou tudo, começando pelo último andar, onde havia espaço para vinte freiras dormirem, o segundo andar com acomodações específicas de ambulatório, para diversos tipos de atendimento médico. Havia meia dúzia de pacientes, de quem as freiras cuidavam.

— Muitos pacientes são atendidos?

— É claro. Afinal de contas, somos uma ordem de enfermeiras. Das pessoas neste andar, cinco sofrem de algum tipo de câncer. E eu sou médica, o senhor não sabia?

Tudo o que Miller foi capaz de dizer foi:

— Na verdade, não. Peço desculpas.

As portas ficavam abertas para facilitar o acesso e duas freiras entravam e saíam de maneira serena, oferecendo ajuda à medida que se fizesse necessária. Alguns pacientes estavam cobertos por um festival de agulhas, tubos e ampolas de um tipo ou de outro. A irmã Maria murmurava algumas palavras de conforto enquanto passava por eles. O quarto dos fundos tinha um homem em uma cadeira de rodas e o que parecia ser um gesso apoiando a cabeça, e uma grande bandagem cobrindo seu olho esquerdo. Bebia por um canudo, a partir de um contêiner de plástico com suco de laranja.

— O senhor está indo muito bem, Sr. Fallon, mas tem de tentar andar um pouco. Vai fortalecê-lo.

A resposta dele foi um grunhido, e eles passaram para o quarto seguinte, onde uma mulher, pálida como a morte, se deitava agarrada a um travesseiro, de olhos fechados. A irmã acariciou sua testa e os olhos cansados se abriram.

— A senhora é muito boa comigo — murmurou.

— Durma, meu bem. Não resista.

Eles saíram. Miller falou:

— Ela está morrendo, não?

— Ah, sim, e pode ser a qualquer momento. Cada caso é um caso. Chega a hora em que todos os remédios e a radioterapia fizeram o que podiam e falharam. E uma das nossas tarefas mais importantes passa a ser facilitar a viagem do paciente para o outro mundo.

— E Fallon?

— Ele é diferente. De acordo com as anotações, tem um câncer que atingiu fortemente o olho esquerdo e também a voz. Só está conosco há dois dias, enquanto espera por uma vaga no Instituto Ardmore. O senhor sabe, nós não temos condições de oferecer tratamento com radioterapia aqui. Mas lá, eles fazem coisas maravilhosas.

— Quer dizer que ele ainda pode ter esperança?

— Meu jovem, todos podemos ter esperança. Se Deus quiser. Em alguns casos de câncer, já vi pessoas se recuperarem totalmente.

— Uma espécie de milagre?

— Talvez, Sr. Blunt. — Sua fé simples brilhava em todo o seu ser.

— Proporcionado pelo Nosso Senhor.

Agora estavam no térreo. Cozinhas, cantina, um dormitório para 25 pessoas e uma divisória: homens de um lado, mulheres do outro.

— Moradores de rua. Fazem fila para dormir por uma noite.

— Impressionante — disse Miller. — A senhora realmente faz um trabalho muito bom.

— Gosto de pensar que sim. — Tinham voltado ao hall de entrada e Bridget continuava na recepção.

Ela pegou um pacote. Havia um rótulo de cor berrante que dizia *Glover entregas rápidas*.

— É para o senhor, Sr. Blunt — falou. — Um jovem em uma motocicleta entregou. Tive que assinar o recibo.

Miller pegou o pacote e esboçou um sorriso.

— É algo de que eu precisava para meu trabalho — disse à madre superiora.

Ela aceitou a explicação.

— Por favor, venha por aqui. — Ele a seguiu até a entrada da capela e ela entrou em um pequeno corredor onde havia uma porta que dizia *Lavatórios* e duas outras, uma de frente para a outra. — O padre Sharkey tem um quarto, e agora o senhor fica no outro. — Girou a chave na porta e a abriu. Havia um armário, uma mesa e uma pequena cama no canto.

— Isso está ótimo — disse Miller.

— Ótimo. Obviamente, o senhor está livre para ir aonde quiser. Se quiser falar comigo, é só me chamar. Só uma coisa, mantenha seu quarto fechado. Alguns dos nossos visitantes parecem ter dedos leves.

Ela saiu. Miller trancou a porta, sentou-se na cama e abriu o pacote. Dentro, em uma caixa de papelão, um coldre de couro macio para o tornozelo, uma Colt .25 com silenciador e uma caixa contendo vinte cartuchos de ponta oca, um pacote absolutamente mortífero. Não havia mensagem alguma, o nome *Glover entregas rápidas* já dizia tudo: o motociclista provavelmente era do SAS.

— E assim começamos — disse Miller com suavidade, desembrulhando o pacote.

* * *

Havia uma cripta embaixo da capela; ele já sabia pelas plantas de Frobisher. Encontrou a entrada na penumbra e percebeu duas freiras sentadas em um dos bancos ao lado dos confessionários. A porta se abriu atrás dele e o padre Sharkey entrou na capela, com uma estola violeta no pescoço.

— A confissão já vai começar. Interessa?

— Na verdade, eu vou começar a examinar a cripta.

— Dentro tem uma luz elétrica, mas conforme se segue em frente, passa a ser um lugar meio sinistro.

— Eu já dei uma olhada nas plantas de Frobisher.

Sharkey falava baixinho porque as freiras murmuravam uma oração.

— É um verdadeiro mundo subterrâneo aí embaixo, que passa não só sob o Sailor, mas também sob o próprio cais. Bisbilhotar aqueles lados pode ser perigoso. Não há iluminação. Tem uma lanterna a pilha no alto dos degraus da cripta em caso de emergência.

— Obrigado. Tomarei cuidado.

Sharkey cruzou o salão na direção dos confessionários e entrou em um deles, e Miller abriu a porta da cripta. Era fria e úmida, e ele acendeu a luz, encontrou a lanterna e a levou, enquanto se aventurava a descer os degraus. Havia uma entrada em arco para o porão, um ruído de água correndo, e Miller seguiu adiante. Uma única lâmpada e, depois de uma entrada, somente a escuridão.

Ligou a lanterna e continuou andando, ciente de um barulho perto de si. Uma parte vinha de fora, vozes, gargalhadas; então ele chegou a uma pesada porta de madeira, trancada com enormes ferrolhos. Ao abrir, a luz da lanterna mostrou um grande porão cheio de barris, caixotes, garrafas de cerveja e uma adega. Havia uma mesa, cadeiras, uma porta ao longe e um armário de madeira ao lado.

Ele abriu a porta que levava a uma escada, e as vozes pareciam mais nítidas, vindas lá de cima. Voltou a fechá-la e abriu o armário, encontrando seis rifles de assalto AK-47 em cima de uma caixa de munição bege. Quer dizer que Kelly continuava no ramo? Virou-se para voltar para a outra porta e percebeu uma grade na parede, originalmente uma inovação vitoriana que permitia a circulação do ar, então ouviu alguém gritar pela outra porta, saiu correndo, trancou a porta e desligou a lanterna.

Ficou esperando, a outra porta se abriu e a luz foi acesa, com dedos reluzentes aparecendo pelas grades. Ouvia perfeitamente, conseguiu se esgueirar para olhar e reconheceu Kelly de imediato. O outro homem era um dos dois que viu saindo do bar naquela manhã.

Kelly falava.

— Bem, Deus foi muito bom para nós, e o tempo até que não atrasou muito a *Lost Hope*, Flannery.

— É amanhã à noite, não é? — perguntou Flannery.

— Se tivermos sorte, sim. Vá lá e pegue umas duas garrafas de Beaujolais. Vão animar o nosso almoço.

Seguiu-se o tilintar das garrafas.

— Então vamos ter a chance de conhecer o próprio figurão, o grande Liam Ryan. Eu nunca pude botar os olhos nele — disse Flannery.

— Nem eu. É um homem a se evitar, isso é fato. Ele tem fama de arrancar os dedos das pessoas com alicate e fazê-las engolir.

— Nossa mãe, que tipo de homem faria uma coisa dessas?

— Um monstro, se tudo o que falam dele for verdade. Então, o barco chega, mas ele não vai estar nele. Liam sempre cuida da retaguarda, entende? Quando se certificar de que tudo está seguro, vai entrar em contato e ver se já recebi minha parte em Genebra. Só então a gente descarrega os Stingers. Vamos escondê-los aqui embaixo, por enquanto.

— E ele vai embora com o barco?

— Não faço a menor ideia nem me interessa saber, desde que ele vá embora. Agora chega de conversa. Estou com sede. Vamos subir e provar desse vinho.

A luz se apagou e a porta se fechou com um som oco. Miller acendeu a lanterna, se virou e voltou para a cripta. Foi muita sorte ouvir aquilo tudo. Certamente esclarecia algumas coisas, e o fato de que Ryan não ia estar no barco na hora da chegada era importante. Nesse caso, onde ele estaria? Pensou nisso enquanto voltava para a capela.

Na recepção, a irmã Bridget sorriu para ele.

— Posso ajudar em alguma coisa?

— Eu gostaria de almoçar. Posso comer aqui?

— Certamente, mas de almoço só temos pão e sopa de verdura. É muito nutritivo, mas o Sailor oferece hambúrgueres, tortas e cozido irlandês. — Ela hesitou. — Eles são meio violentos por lá.

— Foi o que o Sr. Frobisher me disse em Londres.

— O padre Sharkey às vezes vai no Sailor. Ele acabou de sair, então imagino que tenha ido lá.

Miller pensou um pouco. De certa maneira, era necessário que ele entrasse naquele antro que era o Sailor. Assim sendo, parecia que teria mais esperança de sobreviver se o padre estivesse presente.

— Vou correr o risco — disse a Bridget, que ficou preocupada. — Não se preocupe.

Abriu a porta da frente do pub, entrou e se viu no meio de um bar típico do porto de Belfast, como os do início do século XIX. Havia cubículos de mogno para dar mais privacidade, mesas de ferro com tampos de azulejo, um bar extenso com um corrimão de metal para se colocar os pés e espelhos trabalhados da era vitoriana. Atrás do balcão, garrafas de todo tipo de bebida se estendiam à sua frente.

Havia talvez uma dúzia de homens enchendo o ambiente, conversando, rindo, marinheiros e estivadores. Kelly estava em um canto afastado, com Flannery, aproveitando o vinho.

Numa mesa perto da janela, o padre Sharkey lia o *Belfast Telegraph* e fumava um cigarro. Tinha uma bebida à sua frente.

— Olá, padre — disse Miller. — Posso oferecer alguma coisa ao senhor?

Sharkey olhou para cima e sorriu.

— É muito gentil de sua parte. Uma Guinness seria excelente.

Seguiu-se uma espécie de silêncio e os homens se viraram para encarar Miller enquanto ele se aproximava do bar. Os olhares eram hostis. O barman tinha o cabelo cortado rente e um rosto duro. Usava um colete preto e mangas arregaçadas, mostrando os braços musculosos.

Miller falou, alegremente:

— Duas Guinness, por favor.

O barman falou:

— Inglês, não é?

— Exatamente. Trabalho no priorado.

— Este é o lado errado do cais para você, queridinho. Os ingleses não são exatamente populares por estas bandas.

Kelly interferiu:

— Agora chega, Dolan, não vamos ser grosseiros com o rapaz. Ele não tem culpa se a mãe dele pariu um inglês. Dê a Guinness para ele e sirva da maneira adequada, em uma garrafa. Quantas vezes eu tenho que dizer que é preciso ter educação, meu rapaz?

— Já entendi o que o senhor quer dizer, Sr. Kelly. Já entendi. — Dolan pegou uma garrafa, sacou a tampa, deu a volta no bar e se aproximou de Miller: — Sua cerveja, senhor.

Ele começou a derramar a cerveja no ombro esquerdo de Miller, depois na frente da capa de chuva. Ele sorria enquanto dizia:

— Isso seria satisfatório?

Alguém gritou e ouviram-se sonoras gargalhadas. Miller estava encurralado. O personagem que representava não deveria ser capaz de lidar com um troglodita como Dolan. Mas, do jeito que as coisas seguiram, não foi necessário. O padre Sharkey tinha se levantado e se aproximava.

— O senhor me permita, Sr. Kelly, trocar umas palavras com seu funcionário aqui. — Ele sorriu para Dolan. — Eu já lhe disse que meu tio lutava boxe sem luvas? Vim para Belfast de County Down para estudar e voltei para casa muito pior, graças ao que me fizeram na escola. E ele me disse: o que você tem que aprender é dar socos com um bom *timing*. Assim.

Bateu com a esquerda no estômago e a direita no rosto de Dolan, e, enquanto este caía, aplicou dois golpes seguidos nos rins; depois se abaixou, segurou-lhe um dos tornozelos e o jogou por cima dele.

Era quase uma execução, a brutalidade nua e crua absolutamente inacreditável. O bar estava reduzido ao mais completo silêncio. Sharkey se voltou para Kelly e Flannery:

— Sabe, o meu Deus é o deus da ira. Pense muito bem nisso, Sr. Kelly. Eu recomendo com intensidade. Quanto ao Sr. Blunt aqui, lembre-se de que ele trabalha para a igreja. Agora eu trataria de cuidar do seu homem, porque ele não me parece muito bem. Hoje nós vamos almoçar no restaurante da Molly Malone. De qualquer modo, o cozido dela é melhor que o seu.

Mais tarde, sentado a uma mesa à janela no café à beira do porto, dividindo um bule de chá depois da refeição, Miller falou:

— O pessoal do Kelly não é fácil.

— É uma vida difícil para eles aqui, com os Conflitos se arrastando um ano após o outro e a situação nunca melhora. Onde você mora em Londres?

De novo as mentiras, a trapaça.

— Highbury — disse Miller. — Perto de Islington.

— Sei onde fica. Morei em Londres muitos anos, quando estava na escola. Em Kilburn.

— Por quê?

— Eu não encontrava trabalho aqui quando garoto e minha mãe morreu quando nasci, então nós atravessamos o mar, moramos três anos lá, então meu pai morreu em um acidente e voltei para casa, para meu tio, e a vida religiosa me chamou. — Tirou um maço de

Gallagher's e acendeu um. — O único problema é que tenho um gênio violento.

— É. Você com certeza não brinca em serviço.

— Eu tenho uma filosofia pessoal, uma questão existencial. A vida deve ser vivida com intensidade. Você deve fazer o que tem vontade. É simples. É você quem cria seus valores.

— Parece ótimo, mas acho que tem horas em que isso não é muito prático.

— Ah, você não tem fé. É melhor nós voltarmos. Eu ainda tenho mais uma sessão no confessionário e depois preciso rezar uma missa.

Durante o resto do dia, ele tentou se fazer de ocupado, começando pelo andar de cima, sempre com uma planta de Frobisher debaixo do braço e uma prancheta na mão. À sua volta, a vida seguia normalmente, com as freiras se ocupando dos trabalhos de enfermagem no segundo andar. Havia uma atmosfera sombria pairando, com a sensação de morte rondando as alas, um gemido ocasional de dor. E uma visão macabra: Fallon, com o rosto consumido pelo câncer, saindo do quarto de cardigã e calça comprida, dando uma volta bem devagar pelo longo corredor, apoiado em uma bengala. Parecia uma cena saída de um filme de terror, a carne apodrecendo debaixo do gesso e o cheiro, quando Miller passou por ele, enjoativamente doce, como o de flores putrefatas.

Isso o fazia se sentir bastante desconfortável e ele voltou para o quarto. Tinha lavado a capa no chuveiro para tirar a Guinness, e a havia pendurado sobre um aquecedor central para secar, por isso não podia usá-la quando decidiu sair e explorar a região do cais. Estava chovendo, mas havia guarda-chuvas ao lado da porta. Ele apanhou um e saiu. Era fim de tarde e não ia demorar muito para escurecer.

Havia barcos de todos os tipos e tamanhos, grandes barcas alinhadas no atracadouro externo, ao lado de cargueiros e embarcações a frete. Mais próximo de onde estava, havia uma série de barcos menores e várias traineiras, mais alguns cargueiros com registro de Glasgow enferrujados.

Foi caminhando devagar e pensando. De acordo com Kelly, havia uma boa chance de a *Lost Hope* atracar na noite seguinte, mas as ordens de Glover tinham sido bem claras. Em hipótese alguma ele deveria usar o número de contato, a não ser que Kelly e Ryan estivessem juntos no mesmo lugar. Então o barco iria chegar com os Stingers a bordo, mas onde estaria Ryan?

Parou para acender um cigarro sob o guarda-chuva. Havia um pequeno supermercado ao lado de um armazém do outro lado da estrada, e a irmã Bridget saiu de lá com um carrinho e parou para abrir seu guarda-chuva.

— Estou fazendo minhas tarefas — gritou. — Como vai?

— Bem — respondeu ele.

Ela atravessou a rua com o guarda-chuva na mão protegendo os mantimentos.

— Dando uma voltinha, não é? O senhor gosta de barcos?

— Acho que sim.

— Fui criada em uma vila de pescadores em Galway. Meu pai e meus três irmãos eram pescadores. Eu costumava adorar a chegada das traineiras ao porto, depois de passarem alguns dias no mar, como aquela ali.

Miller se virou e havia sem dúvida uma traineira de águas profundas entrando no cais, cheia de redes, com homens de capa cuidando do desembarque.

— *Lost Hope* — disse ela. — Não sei por que, mas gosto desse nome. — Os olhos dela brilhavam. — Já atracou aqui várias vezes, desde que estou no priorado.

— É mesmo? — perguntou Miller, tranquilamente.

— Preciso voltar. Eles estão esperando pelas compras na cozinha. Vejo o senhor mais tarde.

— Claro.

Ele ficou olhando enquanto a *Lost Hope* entrava em um atracadouro, onde dois estivadores esperavam para jogar as cordas, e, por um momento, ocorreu uma maior movimentação do pessoal do convés. Agora só havia uma certeza. A chegada antecipada mudava tudo. Mas o que quer que ele quisesse fazer tinha de ser cuidadosamente pensado. Ouviu uma voz de mulher aumentar de intensidade e se virou. Do outro lado do cais, um pouco mais à frente, uma van branca tinha parado. Flannery estava ao lado, a porta do motorista aberta e o carrinho da irmã Bridget do lado, com os pacotes espalhados pelo chão, enquanto ela se debatia contra ele.

— Você quer fazer o favor de me largar? — Havia raiva na voz dela.

Miller chegou na plataforma, tirou Flannery de cima dela e o girou. O cheiro de álcool impregnava o ar. Com toda a certeza, o homem estava bêbado.

Miller arremessou as costas dele contra a van.

— Solte ela.

— Tire as suas mãos de mim, ok? — Flannery tentou golpeá-lo. — Vou mostrar uma coisa a você, seu inglês escroto.

O sargento-mor responsável no Corpo de Inteligência pelo curso de autodefesa com maior dano ao adversário teria ficado orgulhoso dele. Miller acertou um chute preciso debaixo da rótula do joelho esquerdo de Flannery e atingiu seu estômago com o punho direito e, quando o oponente se curvou, ergueu o joelho contra seu rosto, quebrando-lhe o nariz. Então o virou e jogou-o de cabeça dentro do carro.

De repente, Kelly veio correndo do pub em sua direção e, mais além, o padre Sharkey estava do lado de fora do priorado, observando. Miller juntou as compras e os pacotes de Bridget e os colocou no carrinho.

— Está tudo aqui, irmã.

Kelly chegou.

— Afinal, o que está acontecendo?

— Ah, eu só ensinava umas boas maneiras ao seu homem aqui.
— Miller se virou para a jovem freira: — Vejo você lá.

— Muito obrigada. Ele não queria me largar.

Enquanto se aproximavam do priorado, Sharkey chegou perto deles.

— Você está bem, Bridget?

— Estou, sim. Graças ao Sr. Blunt. — E entrou.

— Fiquei bastante impressionado.

— É. Como você vê, padre, eu também tenho um gênio violento.

— Estranho, não foi essa a impressão que eu tive. Parecia que você sabia exatamente o que estava fazendo. Kelly não vai gostar nada disso. De agora em diante, eu tomaria cuidado. Você é realmente um topógrafo dos mais pitorescos.

— Obrigado pelo conselho, padre.

Miller seguiu Bridget até o interior da igreja, soltando uma imprecação baixinho. Que coisa mais idiota de se fazer. De certa maneira, ele tinha acabado com seu disfarce. Havia uma pergunta nos olhos de Sharkey, e foi ele quem a tinha colocado lá, então voltou a pensar na garota e decidiu que não estava preocupado com as consequências.

Ele caminhou até o quarto e se sentou na cama, pensativo, depois foi ao cais e olhou para a *Lost Hope*, toda iluminada enquanto a noite caía. Não podia falar com seu contato enquanto não pudesse garantir o encontro entre Kelly e Ryan: as ordens eram essas. Por outro lado, ali estava a *Lost Hope*, que ele sabia, pela conversa entreouvida no porão entre Kelly e Flannery, que traria os mísseis Stinger a bordo. Talvez metade do serviço fosse melhor que nada.

Abriu o armário, levantou uma parte do forro do chão e tirou a caixa. Tinha carregado a Colt mais cedo e agora amarrava o coldre em volta do tornozelo direito, atarraxava o silenciador e colocava a pistola no coldre. A capa estava seca; vestiu-a e saiu. Bridget não se encontrava na recepção. Ele podia ouvir as vozes na capela. Entreabriu a porta e escutou. Era o padre Sharkey falando com uma mulher.

— Vou falar com a madre superiora pela manhã e ver se podemos ajudar.

Miller aproveitou a oportunidade e abriu a porta da sacristia, entrou e pegou o telefone na mesa de Sharkey. Ligou para o número de contato e a resposta foi imediata.

— Quem fala? — A voz era calma e controlada.

— Tenente Harry Miller. A *Lost Hope* chegou mais cedo. Posso confirmar que os mísseis Stinger estão a bordo. Também posso confirmar os rifles AK-47 no porão do pub de Kelly.

— E Ryan?

— Não tenho a menor ideia. Nenhum sinal dele. Pensei que alguma coisa fosse melhor que nada. O que faço? Estou no priorado.

— Saia e fique de olho na *Lost Hope*, que nós vamos rápido para aí. Isso significa: à paisana.

Miller colocou o telefone no gancho, abriu a porta cuidadosamente e saiu para encontrar Bridget na mesa de recepção.

— Ah, é o senhor, Sr. Blunt. Pensei que fosse o padre lá dentro.

— Não, ele está na capela. Precisei usar o telefone. — Caminhou até a porta, que estava aberta para os moradores de rua que viriam para a ceia mais tarde.

Ficou de pé por um minuto, ouviu um clique estranho e então Fallon apareceu das sombras, apoiando-se na bengala.

— Fazendo um pouco de exercício, Sr. Fallon? — perguntou Miller.

— Para falar a verdade, não — disse. — O que estou fazendo é vendo o que você está aprontando, seu filho da puta. — E sacou um Smith & Wesson .38 do bolso da capa.

Flannery apareceu por trás dele, com o rosto todo machucado.

— E pode ver o que ele fez comigo.

Ele revistou Miller e checou os bolsos.

— Nada, Sr. Ryan. — Deu um tapa em Miller. — Quem é você?

— E, mais importante, de onde você é? — perguntou Ryan. — Toda aquela luta violenta e sem estar armado.

— Talvez seja do SAS.

— Quem quer que seja, vamos entrar com ele pela porta lateral do pub e levá-lo até o porão. Lá ele vai falar rapidinho. Meu alicate está aqui.

Flannery enfiou a espingarda de cano curto nas costas de Miller e o empurrou na direção do pub. Ryan foi atrás.

Lá dentro, com o corpo colado na parede junto à porta entreaberta, Bridget tinha ouvido tudo e estava apavorada. Coisas horríveis faziam parte da vida de Belfast, mas Sharkey veio ao socorro da freira, enquanto acompanhava, saindo da capela, a jovem com quem vinha falando. Ainda usava a estola violeta da confissão.

— Boa noite para o senhor — disse a mulher, que passou por Bridget e saiu.

Sharkey sorria quando chegou a Bridget, mas sua fisionomia mudou ao ver seu rosto.

— O que foi, minha filha?

— É o Sr. Blunt. O nome do Sr. Fallon não é Fallon. Seu verdadeiro nome é Ryan, e ele e Flannery levaram o Sr. Blunt para o porão aí do lado. Acho que algo terrível vai acontecer com ele.

— E nós não podemos permitir uma coisa dessas, não é mesmo? — O rosto de Sharkey estava completamente calmo. Ele abriu a porta da sacristia e levou a jovem freira para dentro. — Fique aí e comporte-se como uma boa menina.

Ela fez o que ele mandou e o padre colocou uma valise Gladstone na mesa, tirou uma Walther e atarraxou rapidamente o silenciador. Colocou-a no bolso direito do hábito com mais um cartucho.

— Fique aqui, querida, e não conte nada a ninguém.

— Mas o que o senhor vai fazer?

— Como padre, eu diria que estou fazendo o trabalho de Deus, mas nem tudo é o que parece.

Ele saiu rápido, entrou na capela e abriu a porta para a cripta. Encontrou a lanterna e desceu.

* * *

Forçado a descer as escadas, Miller encontrou Dolan a sua espera com a porta aberta no porão, segurando uma Browning. Deu um soco na cara de Miller e o empurrou para dentro, onde Kelly aguardava na mesa. Ryan entrou, removendo a maquiagem e retirando o gesso e as ataduras.

— Nossa, como estou feliz de me livrar disso. Que inferno! Façam com que ele se sente.

Tirou a capa e pegou um embrulho de pano. Abriu, revelando alicates de corte e comuns. Sentado diante de Miller, aparentava ser um homenzinho tão comum, mas, na verdade, era um monstro. Ainda guardava o cheiro doce e enjoativo.

Miller fez uma careta, mesmo sem querer, e Ryan disse:

— Você gosta do meu cheiro? Eu não gostava. Era o tipo errado de perfume, mas, você vê, era fundamental que eu tivesse esse cheiro. Foi o que falei ao médico paquistanês que usei para preparar meu dossiê e meu histórico médico. Tudo tinha que ser perfeito, enganou até a madre superiora. As pessoas muito boas são tão fáceis de serem enganadas.

— E o médico? Você o matou? — perguntou Miller.

— Como você adivinhou? Tem toda razão. Ele foi parar em uma fábrica de latas em South Armagh.

— Bem, é claro que ele ia mesmo parar lá, depois de confiar em um monstro como você.

Debruçou-se sobre a mesa, apoiado no braço esquerdo, e deslizou a mão direita, tentando encontrar o cabo da Colt. Ryan falou, todo animado:

— Estes aqui são os alicates de corte, para os dedos. E estes, os alicates comuns, para arrancar as unhas. Pode escolher. Segurem os braços dele, garotos. — Dolan e Flannery obedeceram, e foi exatamente nesse momento que Sharkey, depois de destrancar silenciosamente o ferrolho do outro lado, escancarou a porta e entrou, apontando a Walther.

Deu um tiro em Dolan no lado da cabeça e outro em Kelly, na garganta, e, quando as mãos o largaram, Miller encontrou a Colt, sacou-a do coldre do tornozelo e disparou no meio dos olhos de Ryan, com a bala de ponta oca penetrando no crânio fazendo com que a parte de trás da cabeça se desintegrasse. A força do impacto jogou Ryan contra a cadeira. Flannery se virou em pânico, correndo até a porta, e Sharkey o acertou duas vezes nas costas, depois se inclinou na direção de Kelly, que engasgava, e acabou o serviço com um tiro na cabeça. As armas com silenciador fizeram os habituais sons abafados, mas, de repente, veio do teto o barulho de passos firmes e ordens dadas aos gritos.

— Você por acaso saberia quem é? — perguntou Sharkey.

— A equipe de resgate do SAS. Provavelmente esperavam me encontrar morto.

— Bem, mas você não está, e, como acabei de salvar sua pele, você fica me devendo essa. Vamos dar o fora daqui.

Ele se virou e dirigiu-se até a porta, e Miller foi atrás e trancou-a com o ferrolho. Partiram na direção da cripta.

— Eles vão atacar o priorado. Sabiam que eu estava lá.

Sharkey se virou, segurando a lanterna.

— Você pode sair por aqui, se quiser. Eu não me incomodo, mas tenho minha própria saída.

Ele se virou para o canto mais distante, escuro e todo molhado. Havia um velho bueiro vitoriano e, quando o afastou, o cheiro era muito forte, mas, assim mesmo, Miller tomou uma decisão imediata.

— Vou com você.

— Então vá na frente.

Miller desceu por uma escada de metal e Sharkey o acompanhou, arrastando a tampa do bueiro por cima deles. O túnel era tão pequeno que Miller teve de se agachar, mas acabou desembocando em uma galeria bem maior, por onde passava um rio de água marrom.

— A rede de esgoto principal — disse Sharkey. — Não se preocupe, nós vamos passar por toda a merda que os protestantes cagam em Shankhill e chegar a Ardoyne.

Eles emergiram um pouco mais tarde, atrás do muro do pátio de uma fábrica. Ainda chovia e a neblina cobria o final da rua.

— Aquilo foi um espetáculo — disse Miller. — Como você soube?

— Foi a querida Bridget. Ela viu Ryan e Flannery te levarem e ouviu tudo.

— Deus a abençoe. Onde estamos?

— Em Ardoyne. Aqui, todo mundo é amigo.

— Você quer dizer seus amigos?

— E quem seriam eles?

— Ah, o tipo de gente que acha que Liam e Ryan são garotos-propaganda muito ruins para o movimento republicano, e um chefe de equipe que convocou seu melhor homem para cuidar de tudo.

— E esse melhor homem seria eu?

— Bem, padre você não é, disso eu tenho certeza. Mas teve um excelente desempenho em sua representação.

— É engraçado você dizer isso, porque eu já fui ator. Mas resolvi desistir de tudo para enfrentar o palco das ruas, quando os Conflitos começaram.

— Alguma chance de eu saber seu nome?

— Qual deles? Com certeza não é Martin Sharkey, assim como você não se chama Mark Blunt. Quem mandou você?

— O Corpo de Inteligência.

— Eu bem que achava que você não era do SAS. É inteligente demais para ser um deles. Vire aqui, siga por uns 200 metros e, se tiver sorte, você vai chegar à estrada principal que leva ao centro da cidade. Agora vou embora. Só vou dar um conselho para você: No futuro, assegure-se de estar sempre mandando no jogo e jamais deixe o jogo mandar em você.

Ele se afastou e Miller seguiu em frente. Depois de um tempo, ele se virou para olhar, porém não havia mais sinal do homem que tinha conhecido como Martin Sharkey, só o nevoeiro no final da rua. Era como se ele nunca houvesse existido.

LONDRES

WASHINGTON

6

A reunião na sala do primeiro-ministro na Downing Street contou com a presença de Ferguson, Simon Carter e Harry Miller. A pedido do chefe do governo, Ferguson lhes ofereceu um resumo das atividades de seu departamento nos meses anteriores, e tanto Carter como Miller receberam cópias.

— Estou impressionado com a maneira como você e seu pessoal lidaram com a questão do Rashid — elogiou o primeiro-ministro. — O Martelo de Deus! Um título tão teatral! Mas responsável por tantas mortes. Excelente trabalho, general. — Ele se virou para Carter: — O senhor não concorda?

— O resultado geral foi razoavelmente satisfatório — disse Carter —, embora eu ainda tenha dificuldade em aceitar as ações de Dillon e dos Salters.

— Mas, aparentemente, eles cumpriram a missão designada — comentou o primeiro-ministro, suavemente.

— É claro, primeiro-ministro, mas ainda existem pontas soltas — disse Carter.

Estranhamente, foi Miller quem falou.

— Eu li o relatório e achei excelente. Quais são as pontas soltas?

— O líder desse Exército de Deus que nós descobrimos em Londres, o professor Dreq Khan... Ele podia ter sido preso, mas, em vez disso, vi que os Salters permitiram sua fuga do país.

— General? — perguntou o primeiro-ministro.

— Khan nos passou uma informação importante, que foi absolutamente crucial para o sucesso da operação. Ele não tem utilidade alguma em uma prisão. E nós sabemos exatamente onde encontrá-lo em Beirute e temos gente vigiando. Posso lhe garantir, primeiro-ministro, que vamos saber do próximo movimento que ele fizer antes mesmo de ele perceber. Khan é uma espécie de dádiva que continua dando frutos.

— E esse tal de Intermediário, esse homem-mistério que distribui ordens para os outros? — perguntou o primeiro-ministro.

Carter interveio:

— Você não parece muito próximo de descobrir a identidade dele.

— Acontece que sabemos muito mais sobre os colaboradores dele agora.

Novamente, foi Miller quem apartou.

— E descobrimos que ele fala com os escalões mais altos da inteligência russa. Com o próprio general Ivan Volkov.

— Que é o mais perto que se pode chegar do presidente Putin — comentou o primeiro-ministro. — Não, eu considero o resultado excelente, general. Estou partindo do princípio de que vocês dois discutiram a maneira mais adequada de trabalharem juntos... — Olhou para Miller.

— Perfeitamente.

O primeiro-ministro se virou para Carter:

— Tudo bem, Simon?

— Como sempre, o senhor tem meu apoio incondicional.

— Ótimo. — O primeiro-ministro se voltou para Miller: — Amanhã haverá uma reunião na ONU a que não posso comparecer. Gostaria que você me representasse, e o presidente Cazalet gostaria que desse uma passadinha e se encontrasse com ele em Washington, na viagem de volta. Minha equipe vai lhe passar os detalhes. — Ele sorriu. — Desculpe se isso atrapalha sua vida particular.

— Não tem problema, primeiro-ministro.

Eles se despediram e desceram. Enquanto caminhava até o Daimler de Ferguson, Carter falou baixinho:

— Cuidado com esse cara, major. Ele pode lhe trazer problemas.

— Ah, acho que já sou bem crescidinho — disse Miller.

Ferguson falou:

— Posso lhe dar uma carona, Simon?

— Não, obrigado, Charles. Seria como pegar carona com o demônio. Vou a pé, mesmo. — Começou a se dirigir para os portões da segurança.

— Filho da puta. Sempre foi — disse Ferguson. — E todo o tempo que passou atrás de uma mesa não o melhorou em nada. Que tal um almoço? Está com vontade?

— Será um prazer.

— Dillon e Roper queriam tomar umas no Dark Man. Vamos nos juntar a eles. Isso lhe daria chance de conhecê-los melhor e se encontrar com os Salters, e para eu contar a todos a maravilha que fizemos no caso Rashid.

— E vocês fizeram mesmo. — Miller entrou com ele no Daimler. — Tem pessoas impressionantes na sua equipe.

Atravessaram os portões de segurança e entraram em Whitehall. Ferguson falou:

— Sim. Bem, você também teve um excelente desempenho. O Roper me mostrou o relatório original da sua viagem a Belfast, em 1986. — Balançou a cabeça. — Dillon no papel de padre. — Deu uma risada. — Ele sempre foi bom ator. Falei com ele ontem à noite e me deu mais detalhes.

— Foi uma performance excelente.

Ferguson falou com cautela:

— Mas para você, eu acho que não foi.

— Para mim, imagino que não foi performance alguma. Eu me surpreendi, mas representou o começo de uma nova vida. Nada se mostrou igual depois daquilo.

Ficou com a cara fechada, com um traço de melancolia, enquanto pegavam o Cable Wharf e paravam no Dark Man, a tempo de ver Dillon ao lado da van e Doyle retirando Roper do interior dela.

— Vamos ficar aqui — disse Ferguson. — Pelo menos, você está entre amigos.

Ao retornar do almoço em Moscou, Volkov encontrou informações rastreadas importantes e fresquinhas do Departamento de Informática, que constantemente monitorava viagens das pessoas consideradas VIPs. Assim, observou que Miller estava a caminho de Nova York, e depois, Washington. Ia passar uma noite no Hay-Adams Hotel, o que provavelmente significava uma visita à Casa Branca.

Ficou ali sentado, pensando. As ações de Miller em Kosovo foram inaceitáveis, um ataque frontal ao Estado russo. Washington era uma cidade violenta à noite. Assaltos, crimes de rua... Era uma oportunidade boa demais para ser desperdiçada. Ele ligou para o Intermediário.

Michael Quinn tinha 50 e poucos anos, era poderoso, bem-vestido, chefe da Scamrock Security em Dublin. Oferecia serviços especializados na área de segurança particular internacional, um negócio de muitos milhões de libras, especialmente desde o início da Guerra do Iraque. Nos velhos tempos, havia sido chefe de pessoal do IRA Provisional* e agora era o homem certo para fornecer mercenários e agentes de segurança de todos os tipos, homens que tiveram sua técnica aperfeiçoada pelos serviços no IRA Provisional em mais de trinta anos de conflitos — homens que não sabiam o que fazer consigo mesmos depois dos acordos de paz da Irlanda do Norte.

---

* Facção do IRA que queria libertar a Irlanda do Norte do domínio britânico e uni-la à República da Irlanda. (*N. do T.*)

Quando atendeu ao telefone e ouviu o Intermediário do outro lado da linha, ele ficou imediatamente animado.

— O que posso fazer por você?

E o Intermediário disse, enfatizando o fato de a ordem ter partido do general Volkov, que havia sido muito bom para Quinn no passado, inclusive agindo para que fosse o responsável pela segurança da Belov International.

— Pode ser arranjado?

— Perfeitamente. Tenho um bom amigo dos velhos tempos, Tod Kelly, que controla uma operação bem grande em Washington. Ele faz tudo, desde tráfico de drogas até segurança particular e a maioria das coisas entre os dois. Pode dizer ao general que vou cuidar disso. Vai ser um presente meu para ele.

Em sua casa, em Georgetown, Tod Kelly verificava os lançamentos da contabilidade quando o telefone tocou. Tinha trabalhado sob o comando de Quinn em Londonderry no auge dos Conflitos e ficou maravilhado ao ouvi-lo. Escutou tudo pacientemente enquanto Quinn explicava em detalhes.

— Sem problemas.

— É muito importante. Vem de um cliente muito especial. Por isso, não pode dar nada errado.

— Esse cliente é alguém que conheço?

— Apenas um informante. Poderíamos dizer que é um Intermediário.

— Negócio fechado.

Olivia chegou em casa para tomar banho e mudar de roupa às 16h30, e encontrou Miller fazendo a mala.

— O que está acontecendo? — perguntou.

— Desculpe, amor, mas tenho de ir a Nova York. O primeiro-ministro quer que eu o represente em uma reunião na ONU amanhã.

— Ele realmente tem te explorado bastante nos últimos tempos. A que horas ele quer que você esteja no Heathrow?

— Não vou embarcar no Heathrow. O avião vai sair de Farley Field.

— E onde fica isso?

— Ah, é um aeroporto particular, só usado por VIPs, coisas do gênero. Vou num Gulfstream.

— Com quem?

— Sozinho.

— Em um Gulfstream? — Ela ficou impressionada. — Harry, o que está acontecendo?

— Serei o representante do primeiro-ministro na ONU amanhã, então eles querem ter certeza de que vou chegar lá em segurança. Só isso.

— E você volta amanhã à noite mesmo?

— Não. Terei que fazer mais uma parada em Washington e falar com o presidente.

— Cazalet? Para quê?

— Essa é uma pergunta que não posso responder, querida.

Ela balançou a cabeça e aparentou estar muito infeliz.

— Harry, de alguma maneira você está se afastando de mim. É como se eu estivesse na beira da praia dando tchauzinho para você.

Ele deu uma gargalhada.

— Que drama. Você é uma atriz tão magnífica e eu sou seu maior fã. Mas agora tenho de ir. Você provavelmente viu Ellis esperando lá embaixo, no Mercedes. Depois que ele me deixar em Farley, eu o mandarei vir direto para cá e ficar à sua disposição até minha volta. — Ele a beijou. — Fique com Deus. — Então pegou a mala, uma capa de chuva preta e saiu.

Ela permaneceu sentada por um minuto, balançando a cabeça e se sentindo excluída.

— O que está acontecendo com você?

* * *

Chovia forte em Washington naquela noite de sexta-feira. Tod Kelly esperava em um sedã Ford comum, em frente ao Hay-Adams Hotel. Estava muito bem-vestido, em um terno cinza sofisticado, porque já havia estado no hotel antes. Tinha visto Miller chegar, registrar-se e subir para o quarto, depois de cumprimentar o porteiro com animação. Surpreendentemente, este havia se dirigido a ele chamando-o de major, embora, pensando bem, os porteiros devessem mesmo saber quem eram os clientes.

Ao lado de Kelly, sentava um sujeito no banco do carona, um brutamontes de um de seus clubes chamado Regan, de botas, calça jeans, jaqueta de aviador preta de couro e gorro escuro de lã. Usava luvas de couro pretas, com o que pareciam ser pedregulhos nos nós dos dedos.

— O que você quer? Matá-lo? — brincou Kelly.

— Pensei que fosse essa a intenção.

— Eu não quero que pareça premeditado — avisou Kelly. — Tem de parecer algo que poderia acontecer com qualquer um, só mais um assalto trágico. Leve a carteira dele, os cartões de crédito, relógio, celular. Tudo.

— E se ele não for a pé? E se pegar um táxi?

— Eu o ouvi perguntar quanto tempo levaria para ir andando até a Casa Branca. O porteiro disse que estava chovendo e Miller disse que gostava da chuva, que ela o refrescava e clareava seus pensamentos, que ele tinha passado tempo demais viajando.

Naquele instante, Miller apareceu na porta do hotel. O porteiro falou:

— Achei que o senhor pelo menos gostaria de levar um guarda-chuva, major.

— Você é muito gentil. Em que guerra esteve?

— Vietnã. Fui sargento da infantaria, mas é melhor esquecer isso. Se me permite, senhor, os assaltantes costumam agir até mesmo nesta região.

— Ah, não se preocupe. — Miller apontou para as luzes da Casa Branca. — Eu tenho uma reunião com o presidente.

— É mesmo, major?

— Como vocês dizem aqui nos Estados Unidos, pode apostar que sim. — Ele desceu as escadas e, do outro lado da rua, Kelly ligou o motor e disse:

— Pode sair e seja rápido. Vá bem na frente. Vou para o outro lado e espero por você.

Ele se afastou e Regan mergulhou na escuridão, andando rápido. Miller caminhou na direção da estátua do presidente Andrew Jackson e fez uma pausa, observando-a ostensivamente. Tinha uma visão excelente, aliada a um olhar treinado. Todos aqueles anos na Irlanda do Norte haviam deixado uma marca indelével. Todo lugar era igual à cena de um crime. Tudo e todos estavam ali por algum motivo. Ele tinha notado Tod Kelly na hora em que entrou no hotel porque ele era interessante, um certo tipo de homem. E agora, enquanto conversava com o porteiro, Miller olhou para o outro lado da rua, alertado pelo carro que repentinamente ligava o motor, e reconheceu Kelly ao volante; até chegou a sentir a figura de Regan pulando na noite e desaparecendo no escuro.

Era uma técnica, aperfeiçoada ao longo dos anos, que o tinha mantido vivo por todo aquele tempo. Como Dillon havia comentado fazia muitos anos, você sempre precisava ter certeza de que o jogo não estava mandando em você, mas sim que você é que estava no controle.

Abaixou o guarda-chuva, enrolou-o bem firme e então, de repente, sumiu no meio do parque, passou por arbustos e árvores, atravessando para o outro lado, com o barulho da chuva encobrindo todo e qualquer ruído.

Regan tinha sido totalmente despistado. Ele ficou esperando atrás de uma árvore, olhando repetidas vezes para a estátua de Jackson e começando a se preocupar. Talvez Miller tivesse pegado outro caminho. Apalpou na parte de trás da cintura do jeans a arma que havia levado como reforço, algo que não tinha contado a Kelly, um Smith & Wesson de cano curto, chamado no meio de "Especial para Banqueiros". Deixou-o pronto na mão direita, enquanto chegava na beira das árvores, e ficou ali parado. Miller simplesmente se aproximou por trás e enfiou a ponta do guarda--chuva em sua coluna.

— Se eu fosse você, não me mexeria. — Regan ficou paralisado, e Miller o revistou e tirou dele o Smith & Wesson. — Assim está melhor. Meio antiquado, mas tenho certeza de que dá conta do recado. — Regan começou a se mexer. — Não, não se vire, já falei. Para quem trabalha?

— Vai se foder.

— Impossível. Agora você tem duas opções. Se não me contar o que quero saber, vou enfiar o revólver atrás do seu joelho e acabar com ele. Não vou chamar a polícia, porque seria perda de tempo. Só vou deixá-lo aqui, gritando a plenos pulmões, e desaparecer. Nada? Tudo bem. Lá vamos nós. — Ouviu-se o nítido som de um clique, enquanto ele puxava o cão do revólver.

— Meu Deus, não! — disse Regan. — Eu trabalho para Tod Kelly.

— Era aquele homem com você no Ford preto?

— Era.

— O que ele falou sobre mim?

— Que você era inglês, que seu nome era Miller e que ele estava fazendo um grande favor para um amigo que queria vê-lo morto.

— E quem é esse amigo?

— Não faço a menor ideia. — Ele estava cheio de amargura. — Você pode perguntar direto a ele. Tod deve me pegar deste lado da praça.

A verdade era tão óbvia que Miller nem discutiu. Bateu o Smith & Wesson com força brutal na nuca de Regan, fazendo-o cair, primeiro de joelhos e depois com a cabeça nos arbustos. Não havia uma mureta naquele trecho e, escondendo-se no meio das árvores, Miller esperou. O Ford sedã aproximou-se encostando lentamente e parou no meio-fio. Miller permaneceu escondido nas árvores enquanto o carro se aproximava, acelerando o passo quando passou por trás do veículo e, abrindo na última hora a porta do carona, entrou no carro.

— Harry Miller, e você deve ser Tod Kelly.

Começou o susto de sempre:

— Que diabos é isso?

— Cale a boca. Deixei seu amigo ali atrás, no arvoredo, num estado lastimável. Ele tentou sacar uma arma, mas, como pode ver, ela está comigo agora. Seu parceiro disse que você está fazendo um favor para alguém. Conte quem é.

— A puta que o pariu.

— Pelo jeito, você é de Belfast, Sr. Kelly. Então, vou te dizer que, no meu tempo, eu comia o IRA no café da manhã na sua cidade, portanto, sabe o que significa. — Ele enfiou o cano do Smith & Wesson na lateral do joelho direito de Kelly. — Vou tentar uma perna e, caso necessário, a outra.

Com a experiência de anos de conflitos na Irlanda, Kelly sabia reconhecer um profissional quando o encontrava.

— Michael Quinn, Scamrock Securities, Dublin. Eu trabalhava com ele em Derry nos velhos tempos. Ele está fazendo um favor para um amigo. Queria que você sofresse um acidente.

— Quem era esse amigo?

— Perguntei se era alguém que eu conhecia e ele disse que o sujeito era só um intermediário. — Seguiu-se uma pausa. — Você vai atirar ou posso ir embora?

Miller, então, optou pela primeira alternativa, com a bala passando pela parte carnuda da pele, logo atrás da rótula. Kelly gemeu e trincou os dentes.

— Porra, cara. Estou dizendo a verdade.

— Acho que está, porque, se não estivesse, eu realmente teria feito um estrago. — Ele pegou um maço de cigarros, acendeu um e colocou nos lábios de Kelly. — Lembra de Derry naquele tempo?

Era melhor que isto. Drogas, Lei Seca, qualquer coisa servia para ganhar uma libra. O que aconteceu ao final, Tod?

— Nós perdemos a guerra e vocês, filhos da puta, ganharam.

— Ganhamos? Eu não tenho tanta certeza.

— Caia fora daqui e me deixe chamar uma ambulância.

Foi o que Miller fez, usando seu Codex, o celular seguro, para ligar para Holland Park e acabou falando imediatamente com Roper.

— Oi, são oito horas de uma noite escura em Washington e está chovendo, se a meteorologia estiver certa. Como vai, Harry?

— Escute com atenção, meu amigo.

Miller estava debaixo de uma árvore, com o guarda-chuva levantado, e lhe contou todos os detalhes. Quando terminou, Roper disse:

— O negócio do Quinn é o seguinte: como chefe da Scamrock, ele é responsável por toda a segurança da Belov International, e Volkov é o CEO interino da Belov, enquanto Max Chekov se recupera. Então, o nosso homem misterioso, o Intermediário, cuidou desse caso, evidentemente em nome de Volkov. Você deixou eles putos, Harry.

— Kosovo?

— Provavelmente. Vou discutir esse assunto com Ferguson. Onde você está, agora?

— Caminhando pela East Executive Avenue.

— Cuide-se. Vou chamar o Blake.

Miller ficou onde estava, acendendo um cigarro. Volkov? Interessante. Uma perspectiva russa.

Em dez minutos, um sedã da Chrysler encostou ao lado dele quase sem fazer barulho e um negro em ótima forma e com um excelente terno saltou pelo lado do carona. Miller percebeu que o motorista tinha uma metralhadora automática no colo.

— Major Miller? Parece que o senhor teve um problema. Sou Clancy Smith, do Serviço Secreto, equipe do presidente.

— Bem, certamente houve um probleminha. Fui burro o bastante de querer ir a pé saindo do Hay-Adams. Uma estupidez, eu imagino, com todos esses assaltantes etc.

— O major Roper insinuou que foi mais que isso.

— É. Tive de dar um tiro em alguém.

— Eu soube. — Mais atrás na rua, uma ambulância havia encostado ao lado do Ford.

— Também tem um homem em péssimo estado nos arbustos.

— Está tudo sob controle, major. Não é assunto para a polícia. Se o senhor puder entrar, o presidente está esperando. Ele ficou muito preocupado.

— Não precisava. — Miller sentou no banco traseiro.

— Não precisava mesmo, major. Estou vendo.

Clancy sentou na frente e fez um sinal para o motorista, que seguiu até a Entrada Leste, a melhor maneira de se adentrar a Casa Branca para quem não quer chamar a atenção. O segurança acenou para eles passarem. A partir daí, foi tudo tranquilo. Clancy o acompanhou por muitos corredores até que Miller finalmente se viu no Salão Oval, onde encontrou o presidente trabalhando em mangas de camisa, em sua mesa, recebendo uma fila de documentos para assinar, da parte de Blake Johnson.

— É ótimo vê-lo de novo, Harry — disse Blake. — Os problemas parecem sempre acompanhá-lo.

Foi tudo muito discreto. Cazalet e Blake se sentaram de um lado da grande mesa de centro e Miller do outro. Não foi permitida a entrada de mais ninguém, a não ser Clancy, que serviu as bebidas.

— A coisa mais fascinante em todo este caso é o envolvimento desse homem, o Intermediário, e a ligação dele com Volkov — disse o presidente.

— E sempre que se falar no nome de Volkov, inclua o próprio Putin — acrescentou Blake.

— O que achou da reunião da ONU ontem?

— A Rússia parece estar por toda a parte, envolvida nos assuntos dos outros.

— Nós também fazemos isso — comentou Cazalet.

— Mas não dessa maneira. Veja aquele ataque ousado de caças F-15 israelenses sobre um alvo da Síria suspeito de conter equipamento nuclear. A defesa aérea da Síria é formidável, e mesmo assim os israelenses conseguiram penetrá-la. Então, o que os russos andam fazendo? Melhorando a defesa aérea da Síria para eles.

— São peças que vão se encaixando — disse Blake. — Veja nossa pequena contenda em Kosovo, aquele incidente do capitão Igor Zorin e do 15º Batalhão de Choque Siberiano. Ok, eles não passavam de uma patrulha, mas eram uma unidade de uma força especial de elite, que não tinha nada o que fazer naquele lugar.

— E cujo objetivo era mexer no caldeirão — interveio Miller.

— Foi isso o que eu quis dizer. São pequenas peças que vão aparecendo o tempo todo, mas que podem ser parte de um plano geral. Putin já se provou em uma guerra de verdade, é um líder plenamente capaz e um patriota da velha guarda. Acho que ele quer ver a Rússia na posição que acha que merece estar. A de uma grande potência.

— Uma volta à Guerra Fria?

— Mas desta vez não com submarinos nucleares, mas petróleo e gasodutos. O gás da Sibéria agora percorre todo o norte da Europa, entrando na Escandinávia e na Escócia.

— Se eles ficarem muito dependentes, isso passa a ser uma arma poderosa demais em uma discussão. Tudo o que se tem de fazer é ameaçar fechar a torneira e apagar a luz.

Seguiu-se um silêncio profundo. Cazalet falou:

— Major, como vão as coisas em Londres com os russos?

— No momento, eles têm mais de sessenta diplomatas na embaixada, em missões comerciais e coisas assim. Acreditamos que uns trinta tenham alguma ligação com espionagem. Antigamente, os interesses deles se restringiam aos segredos políticos e militares, mas agora a popularidade de Londres como destino ou local de residência ficou tão grande entre eles que os oligarcas e os milionários da Rússia acabaram inflacionando o preço dos imóveis. A tradicional política inglesa de portas abertas também atraiu dissidentes.

— E, é claro, os dissidentes são investigados pela Rússia — lembrou Blake. — Nos velhos tempos, seria um caso para a KGB. Agora é a SVR.

— E, até certo ponto, nós temos nossos próprios problemas aqui em Washington — lembrou Cazalet.

— Com todo o respeito, senhor presidente, a situação da Inglaterra é singular. Nós até tivemos um ou dois assassinatos, dissidentes notórios que tiveram mortes acidentais.

— E você acha que os assassinos da SVR foram os responsáveis? — perguntou Cazalet.

— Na verdade, não. Porque acredito que Volkov está por trás disso. E ele é da GRU.

— A Espionagem Militar Russa.

Miller fez que sim.

— A GRU tem seis vezes mais agentes operando em países estrangeiros do que a SVR. Ela controla até as atividades da tropa de elite Spetznaz e é uma força especial tão boa quanto as melhores do mundo. O senhor sabia que foi Lenin quem criou a GRU?

— Lenin? — indagou Cazalet. — Eu não sabia. É incrível como o nome dele ainda está presente.

— Fiz um estudo especial sobre ele quando eu estava em Sandhurst — contou Miller. — O objetivo do terrorismo é aterrorizar as pessoas. Era isso o que ele dizia. E é o único jeito de um país pequeno ter alguma esperança de conquistar um império. Lembra dos ingleses se apavorando com o IRA original de Michael Collins? Era um dos seus exemplos favoritos.

— O que é uma má ideia para todos nós — falou Cazalet. — Mas certamente diz alguma coisa sobre o mundo no qual vivemos. Nós estamos em uma guerra, senhores, em uma guerra contra o terrorismo, uma guerra que não podemos nos dar ao luxo de perder ou toda a civilização corre o risco de voltar à Idade Média.

— Amém — disse Blake.

— E então, major, eu soube que o senhor está trabalhando com Charles Ferguson e sua equipe.

— Estou animado com isso, senhor presidente.

— Eu não poderia ficar mais agradecido, porque isso significa atuar do nosso lado de vez em quando e trabalhar com Blake e a Base. Você sabe o que isso significa?

— Já me explicaram, senhor presidente.

— Ótimo, Harry — disse Blake. — E lembre-se do nosso lema. A regra é: não existem regras. No mundo de hoje, se nós não aceitarmos isso, podemos desistir.

— Agora chega de falar de trabalho — ordenou Cazalet. — Eu soube que você veio para cá no Gulfstream de Ferguson. Isso significa que os pilotos dele, o líder de esquadrão Lacey e o tenente de voo Parry, estão aqui. Soube que receberam a fita da Cruz da Força Aérea.

— Com uma roseta, senhor presidente. Eles também estão hospedados no Hay-Adams.

— Ótimo. Tenho uma fraqueza por heróis. Blake já reservou uma mesa para jantarmos mais tarde no Hay-Adams, e Lacey e Parry também são bem-vindos.

Foi, realmente, uma noite memorável e, na manhã seguinte, Miller lia os jornais no avião, quando Parry entrou na cabine.

— Se tiver alguma coisa que queira, major, nós temos na cozinha. Os ianques são sempre muito generosos.

— Vocês se divertiram muito ontem à noite, não?

— Nem precisa perguntar. Obrigado por ter acertado tudo.

— Não posso ficar com esse crédito. O próprio presidente queria conhecê-los.

— Certamente isso vai ser algo de que nunca vou me esquecer.

— Qual é o nosso tempo de voo?

— O tempo está um pouco problemático, mas, com sorte, poderemos chegar a Farley em, vamos dizer, umas seis horas.

— Às 18h em Londres. Se o meu carro estiver esperando em Farley, há uma boa chance de eu ver a *soirée* da minha mulher no Gielgud.

— Com um pouco de sorte, sim.

Sozinho outra vez, Miller telefonou para o chofer, Ellis Vaughan, e descobriu que ele estava esperando do lado de fora da Harrods, enquanto Olivia e Monica faziam compras. Ellis informou que Olivia tinha reservado um lugar para ele e a irmã na apresentação daquela noite.

Miller disse:

— Continue fazendo o que elas combinaram, Ellis, e não conte nada do que falei com você. Ainda existe uma chance de eu fazer uma surpresa.

— Como quiser, major.

Eles se encontravam bem acima dos 10 mil metros e erguiam-se ainda mais sobre o Atlântico. Miller encontrou seu laptop, colocou-o na mesa e começou a escrever seu relatório para o primeiro-ministro. Uma hora depois, Ferguson ligou.

— Soube que você atirou em mais alguém.

— Lamento. Não deu para evitar.

— Existe alguma chance de essa história vazar para a imprensa?

— Absolutamente nenhuma. O homem em quem atirei e o carrasco dele foram pegos na mesma hora pelo Serviço Secreto. A polícia não foi envolvida.

— O primeiro-ministro e Simon Carter têm medo de a mídia ficar sabendo.

— Não tem como. Jamais aconteceu. — Ele se sentiu estranhamente impaciente. — Olhe, Charles, o primeiro-ministro é um cara legal, mas, como todo político, ele se preocupa demais. Quanto ao Carter, não dá nem para comentar. É como uma velha que dá chilique com qualquer coisinha. Não que ele seja o suprassumo do burocrata, é um problema pessoal dele mesmo. Volta e meia, bebe até cansar e aí não sai nada de sua cabeça a não ser veneno, intriga e malícia. Ele agiu assim uma vez quando estávamos no Reform Club em um jantar de que me convenceu a participar, há alguns anos. Tentava cair em minhas graças por causa da minha relação com o primeiro-ministro. A difamação que ele fez com você e sua organização foi algo imperdoável. Não vou repetir essa história para você. Sobrou para todo mundo: Dillon, os Salters, detalhes das missões confidenciais. Eu apenas me afastei dele.

Ferguson falou:

— Conheço bem o ódio que ele sente por mim, sempre soube, mas e daí? Eu trabalho com ele quando é preciso. É melhor trabalhar com o demônio que se conhece.

— Imagino que sim. Se houvesse algum vazamento para a mídia, provavelmente sairia de nós. Mas acho que não vai acontecer. Vejo você em breve.

Desligou e voltou ao relatório.

Quanto ao teatro, conseguiu chegar com meia hora de antecedência. Ele cumprimentou Ellis, que lia o *Evening Standard* no Mercedes estacionado do lado de fora, deu uns tapinhas na cabeça de Marcus e, com uma batida forte à porta do camarim, entrou para encontrar Olivia sentada diante do espelho se maquiando, com Monica ao lado, exatamente como na última vez. As duas mostraram certo entusiasmo, mas foi um tanto sem graça, de um jeito não muito fácil de definir, e ele finalmente se viu ao lado de Monica nas mesmas cadeiras da primeira noite. Nem a peça parecia ter a mesma vibração.

Mais tarde, no restaurante, eles beberam champanha e Monica tentou levantar o astral.

— Vamos lá, como foi? A ONU e depois Washington em um Gulfstream só para você... Conte para a gente!

— Tive que participar de uma reunião do comitê representando o primeiro-ministro. Nada de mais.

— E Washington? Como foi tudo? Você realmente se encontrou com o presidente?

— No Salão Oval da Casa Branca, e nós jantamos juntos. É um grande homem. É tudo aquilo que dizem dele.

— Então, o que foi tudo isso? O que aconteceu?

Miller deu de ombros.

— Não posso contar. É confidencial.

Olivia, que vinha remexendo silenciosamente a comida, de repente deu um pequeno chilique.

— Pelo amor de Deus, Harry. De repente, você se transforma em um figurão, viajando de jatinho particular para ver o presidente, mas nós, pobres plebeias, não somos nada! Deus sabe que não somos dignas o bastante para saber de coisa alguma! Talvez a vida de político tenha lhe subido à cabeça.

— Talvez você tenha razão — replicou ele, calmamente. Empurrou a cadeira, levantou-se e disse para Monica: — Você paga, meu bem, quando sair, e eu avisarei a Ellis que vou a pé mesmo. Talvez o ar puro me faça bem. E eu também vou usar o outro quarto de hóspedes esta noite. Aproveite para dormir bem, Olivia. Acho que está precisando. — E se retirou.

Algumas horas mais tarde, depois que a casa ficou quieta, ele desceu para a sala de estar, serviu-se de um uísque escocês do armário de bebidas, acendeu um cigarro e ficou sentado ali no escuro, só com a luz externa acesa. De uma maneira estranha, ele não sentia emoção alguma sobre o que havia acontecido. Nada.

Uma tábua do piso rangeu e Monica surgiu de camisola. Ele perguntou:

— Quer uma bebida?

— Não, quero é meu irmão querido, Harry, e não que aquilo que aconteceu com Olivia continue acontecendo.

— As exigências do espetáculo provavelmente a estão deixando tensa. — Deu de ombros. — Ela vai saber lidar com isso.

— É você que de repente virou um mistério, Harry. Aonde é que você vai? O que faz? Por que essa súbita elevação de status?

— Eu só fiz o que o primeiro-ministro me mandou fazer.

— Mas para a gente você não conta nada? Nem para Olivia?

— Eu lamento que você e Olivia fiquem frustradas com a minha falta de explicações, mas é assim que tem de ser.

— Segredo de Estado.

— É.

— Você sempre gostou de fazer drama.

— Se você diz. É melhor eu voltar para a cama agora.

Ele saiu.

— Que droga, Harry! — lamentou-se baixinho. Ficou olhando para o armário de bebidas por um minuto e depois se serviu de um uísque.

MOSCOU

LONDRES

BEIRUTE

7

Quinn recebeu um e-mail codificado do Intermediário, observando que o Gulfstream tinha aterrissado em Farley Field com um Harry Miller perfeitamente saudável a bordo, e pediu uma explicação. Não houve resposta imediata e, finalmente, depois de dois dias, Quinn ligou para ele.

— Tod Kelly saiu da casa dele em Georgetown na noite em que Miller estava no Hay-Adams Hotel — disse Quinn. — Estava com um dos melhores atiradores, Jack Regan. Desde então, os dois estão desaparecidos.

— E o que isso deveria significar?

— Exatamente o que significa. Eles não foram detidos pela polícia e sondagens discretas feitas por nossos contatos não conseguiram encontrar nenhum sinal deles. Hospitais, necrotérios, tudo foi checado, sem sucesso. Eles desapareceram sem deixar vestígios.

— O que só pode significar uma coisa — disse o Intermediário. — Eles foram capturados, de alguma maneira.

— Volkov não vai gostar nada disso — alertou Quinn. — Eu tenho a incumbência de fornecer a segurança para toda a Belov International, e acontece isso.

O Intermediário o surpreendeu ao ficar do seu lado.

— Você fez o seu trabalho. Foi Kelly quem falhou. Miller deve ter percebido. Vou contar para Volkov.

Feito, mas Volkov não pareceu tão perturbado quanto ele esperava.

— Miller pode esperar. Eu ia ligar por outro motivo.

— Qual?

— Algo que acabou de aparecer aqui na minha mesa. Assunto de segurança nacional. Segundo uma fonte razoavelmente confiável, a Coreia do Norte está transportando plutônio 239 para a Síria, possivelmente em um velho cargueiro chamado *Valentine*. Pode ser só um boato.

— Vamos ser francos. Você está envolvido?

— Claro que não, e, com algumas negociações internacionais delicadas que acontecem agora, nós não podemos nem parecer envolvidos.

— Entendo o seu lado, mas a verdade é que seria muito conveniente para você se esse carregamento chegasse à Síria.

— Talvez, mas não podemos ter nenhum envolvimento direto nesse assunto, e os sírios, e isso significa os iranianos, não nos contam muito. Se nós soubéssemos que o plutônio realmente chegou a eles, isso aumentaria nosso cacife em todo o jogo nuclear. E, quanto à Coreia do Norte, aqueles filhos da puta desastrados fazem as coisas do jeito deles e depois nos viram as costas.

— Quando, de certa maneira, vocês querem tanto o bem deles e que toda a operação seja bem-sucedida?

— Alguma coisa por aí — admitiu Volkov. — Para ser sincero, seria bom se esse plutônio chegasse ao destino, só para deixar os israelenses com um olho roxo.

— Bem, usar um cargueiro velho e em péssimo estado para entregar bens importados já funcionou muitas vezes. É o truque do navio lento — disse o Intermediário.

— É, mas tem um monte de barcos espalhados da América do Norte passando pela costa do Líbano, seguindo viagem para a Síria e terminando em Latakia. Esse *Valentine* só vai ser um entre muitos.

— E então, o que você quer que eu faça? — perguntou o Intermediário.

— Esse seu homem, Dreq Khan, ele foi parar em Beirute, não?

— Sim.

— Peça para ele investigar e ver o que consegue descobrir. Vou mandar uma dupla de agentes da GRU da nossa embaixada em Beirute para ajudá-lo no que for possível. E lembre-se: os israelenses não podem nem desconfiar disso.

Um dia, Beirute foi um destino tão popular quanto o sul da França, uma Meca para os ricos, com cassinos e hotéis tão bem-estruturados quanto os melhores do mundo. A população era uma mistura de cristãos, muçulmanos e drusos, mas então o nacionalismo islâmico começou a interferir nessa equação e os conflitos irromperam em 1975, entre o Partido da Falange Cristã e a milícia muçulmana. Nos trinta anos seguintes, a morte e a violência praticamente destruíram um país que um dia foi o orgulho do Oriente Médio. E a recente e rápida invasão dos israelenses e a batalha contra as forças do Hezbollah também não ajudaram em nada.

Mas a vida seguiu em frente e o professor Dreq Khan, exilado de Londres, estava sentado no estúdio de uma velha vila francesa com vista para o porto, de onde comandava o Exército de Deus e sua organização paralela, a Fraternidade.

Khan um dia havia sido muito respeitado em Londres, integrante de todo o tipo de comitê de convivência religiosa no parlamento e na ONU, mas então suas atividades terroristas foram reveladas e... bem, ele ainda estremecia com a advertência ríspida de Harry Salter de que, se algum dia voltasse a Londres, estaria morto em uma semana.

O que era uma pena porque gostava daquela cidade mais que qualquer outro lugar do planeta. Agora ele estava em Beirute, um local em escombros se comparado ao que já havia sido, e a recente invasão israelense e a guerra contra o Hezbollah asseguravam que continuaria assim. E lá estava ele sentado em sua vila de época, com quatro empregados muçulmanos, odiando tudo aquilo. A única coisa que não lhe faltava era dinheiro — a al Qaeda cuidava disso —, de modo que era capaz de administrar as várias ramificações do Exército de Deus — ou melhor, seu contador cuidava disso.

Este se chamava Henri Considine, de descendência franco-libanesa, um cristão de uma família que tinha sido importante no Partido Falangista e que sofreu, como muitas outras, as consequências das seguidas guerras civis. Tinha mais de 50 anos, sua casa havia sido arrasada na invasão israelense, e sua mulher, uma das vítimas do bombardeio. Parecia haver pouca coisa que justificasse sua existência, então apareceu o trabalho de contador para Dreq Khan. O salário era muito baixo e o fato de ser cristão era meramente tolerado, mas permitiram que tivesse um quarto no andar de baixo porque Khan era um fracasso ao lidar com as contas.

Considine agora estava na sala ao lado da de Khan, trabalhando com a porta ligeiramente entreaberta, quando o telefone tocou. Khan tinha o hábito de deixá-lo no viva voz e Considine ouviu tudo.

— É o Intermediário. Como vai você, Khan?

Considine costumava anotar tudo o que ouvia, porque muitas vezes o que era comentado acabava vindo parar em sua mesa, para que ele resolvesse. Tinha aprendido taquigrafia na juventude, assim era fácil anotar conversas inteiras.

— Como vão as coisas?

— Horríveis. A cidade está arrasada e não acontece nada a não ser matança. Abomino o dia em que o general Charles Ferguson e sua turma entraram na minha vida.

— Mas pelo menos você está vivo.

— Não se eu voltar a Londres. O que houve? O que você quer?

— Ouça com atenção. Existe um boato de que a Coreia do Norte está transportando plutônio 239 para a Síria em um cargueiro velho que aparentemente se chama *Valentine*. Volkov vai providenciar dois agentes da GRU da embaixada para lhe darem a assistência de que precisar. É importante que o general saiba se um navio desses realmente existe.

— Mas para quê? Você disse que é só um boato.

— Boatos são uma coisa, mas se esse navio estiver realmente para chegar a Latakia com o plutônio, é outra. Se acontecer, Volkov quer saber. Qualquer coisa indo para a Síria teria de passar pelas águas do Líbano, portanto, trate de investigar, falar com os marinheiros e pescadores, obter informações. Deixe claro que está à caça de informações sobre um cargueiro chamado *Valentine*. É importante. Use parte do dinheiro de Osama para essa causa nobre.

— Se você diz.

Dreq permaneceu sentado por um momento depois de desligar, e então decidiu descer para a sala de recrutamento utilizada pelo quartel-general do Exército de Deus.

— Vou sair — falou com Considine e saiu.

Considine pensou um pouco, especialmente na menção a Londres e a esse general Charles Ferguson e ao terrível Osama. Então algo lhe veio à mente: o Café Albert, onde ele ainda podia comprar uma bebida porque o dono era Alphonse, seu amigo de infância. Um inglês sempre se sentava à mesa do canto e, segundo Alphonse, era o adido militar da embaixada britânica. Talvez ele tivesse interesse em uma história dessas. Talvez surgisse até a possibilidade de um visto para a Inglaterra para Henri Considine... Quando chegou à porta, ele já estava quase correndo.

O motivo pelo qual o capitão David Stagg estava na embaixada de Beirute e não em algum lugar do Afeganistão era porque lá foi o exato lugar onde ele se encontrava um ano antes com o 3 Para, o 3º Batalhão do Regimento de Paraquedistas. A liderança daquele ataque violento o mandou para casa com uma bala na nádega esquerda, que o deixou mancando pelo resto da vida. Mas sua indicação como adido militar da embaixada em Beirute tinha sido uma bênção. Havia um monte de coisas acontecendo e ele gostava daquela agitação. Sentava-se à mesa de sempre no Café Albert, lendo uma cópia do *The Times* de dois dias atrás e curtindo um copo de gim-tônica quando Henri se aproximou.

Tinha inglês fluente e, enquanto tocava na aba de seu velho chapéu panamá, ele falou:

— Desculpe, capitão, mas nós podemos conversar?

— Não se você estiver tentando me vender alguma coisa.

— De um jeito meio esquisito, eu acho que estou. Mas, pelo que vou lhe contar, um visto para a Inglaterra seria uma bela recompensa — disse Considine.

— Com toda certeza. — Stagg riu.

De repente, tudo aquilo parecia muito fútil.

— Desculpe ter incomodado.

Ele pareceu bastante tristonho, começou a se virar, depois girou bruscamente e disse com alguma ferocidade:

— A não ser que o nome do general Charles Ferguson signifique alguma coisa para você.

Stagg tinha levantado o copo e estava bebendo. Neste momento, ele o pousou. Tinha parado de sorrir e parecia extremamente alerta.

— Na verdade, sim. Sugiro que se sente, conte o que significa tudo isso e quem é o senhor.

— Conhece o professor Dreq Khan?

— Aquele homem do Exército de Deus?

— Eu sou o contador dele, embora não seja muçulmano. Eu ouvi uma conversa estranha pelo viva voz do telefone dele. Se o senhor me permite...

Havia uma longa carta de vinhos na mesa. Considine se sentou, virou-a, tirou seu caderno de anotações e reproduziu toda a conversa. Stagg leu e franziu o rosto.

— Isso faz algum sentido para o senhor?

— Com certeza faz para o general Ferguson, e suspeito que o resto também. — Ele se levantou. — Vamos, quero voltar à embaixada o mais rápido possível.

A ligação de Stagg para Ferguson foi repassada para o esconderijo de Holland Park, onde ele estava na sala dos computadores com

Roper, Miller e Dillon, discutindo o que havia acontecido com Miller em Washington e suas implicações.

— Major Giles Roper falando. Quem é?

— Aqui é o capitão David Stagg, adido militar da embaixada em Beirute. É crucial que eu entre em contato com o general Ferguson.

— Por quê? — Roper havia ligado o viva voz.

— Porque acabei de receber uma notícia tão impressionante que acredito ser verdadeira.

No momento em que Stagg tinha fornecido a Roper seu nome, sua identidade havia sido processada pelo computador e estava tudo lá: 3 Para, Guerra do Iraque, um turno sangrento no Afeganistão que acabou lhe custando a carreira no exército, mesmo ganhando a Cruz Militar.

— Ferguson falando — disse o general. — Como você me conhece?

— Há cinco anos, no meu último mês em Sandhurst, o senhor deu uma palestra em que sua tese foi de que as forças do terrorismo haviam declarado guerra contra nós, e que tínhamos de agir de maneira apropriada.

— Lembro-me bem disso, e imagino que depois do 3 Para e do Afeganistão, você concorde comigo.

— Totalmente, senhor.

— Então, vamos lá. O que você tem?

Stagg falou.

Ao terminar, Ferguson disse:

— Você fez o que devia. Este é um assunto da mais alta seriedade. Esse Dreq Khan, o senhor conhece?

— Não, senhor, mas já ouvi sobre ele. O sujeito que falou comigo me deu um dossiê sobre ele, indicando sua conexão em Londres, mas deixando claro que ele não era mais bem-vindo.

— E a ligação desse Considine com ele?

— Para começar, ele é franco-libanês, cristão, e é o contador que cuida dos livros de Khan. Perdeu tudo na guerra, inclusive a esposa.

— Certo. Isso é o que eu quero que você faça. Me ligue daqui a uma hora. O senhor falou com o embaixador sobre esse assunto?

— Não, general, ele está tirando duas semanas de licença na Suíça.

— Excelente. Não diga uma palavra a ninguém. Continue com seu trabalho normal, mas agora você trabalha para mim. Considine será fundamental para o que tenho em mente. Certifique-se de que ele esteja de acordo.

— Ele está, sim. Espera obter um visto para a Inglaterra com isso.

— Está barato. Voltaremos a nos falar em uma hora.

Roper falou:

— Esse cargueiro, o *Valentine,* eu posso até dar uma busca, mas o problema de uma embarcação como essa é a identidade falsa. Conheço casos de latas velhas de contrabandistas que trocam de nome três ou quatro vezes por ano.

— Entendo — disse Ferguson. — Também entendo que o boato pode ser falso, mas vale a pena descobrir por causa das ligações entre Dreq Khan e o Intermediário.

— De certa maneira, Considine é a peça mais importante — ponderou Miller. — É os nossos olhos e ouvidos.

— Enquanto quiser dar uma de espião — disse Dillon. — Ele vai ter dois agentes da GRU perambulando por lá.

Ferguson fez que sim com a cabeça.

— Obviamente, eu vou querer ter alguém nosso na região. — Virou-se para Dillon: — Não pode ser você, Sean. Khan já o conhece muito bem.

— Isso é verdade, e ele conhece Billy e Harry mais ainda. Foram eles que colocaram ele numa sinuca.

— Restou só eu — disse Harry Miller.

Ferguson balançou a cabeça.

— Impossível.

— Por que não? Posso ir na minha própria função, representando o primeiro-ministro. Aliás, até já fiz isso, depois que os israelenses saíram do Líbano, como parte de um comitê da ONU.

— Não sabia disso — disse Ferguson.

— Acredite, Charles: nem minha mulher sabia. Eu devia estar na Alemanha. Foram só cinco dias. Nem o Carter e o MI6 sabiam, até eu voltar e estar tudo acabado.

— Deve ter sido bem desagradável — disse Dillon.

— É uma maneira de descrever. Eu continuo integrante do comitê. Nós dois vamos falar com o primeiro-ministro, Charles. Vai dar tudo certo. Eu prometo.

Roper falou:

— Realmente não tem outra opção, general. Volkov sabe quem Harry realmente é, mas o cargo dele é incontestável.

Miller disse:

— Um subsecretário de Estado, em uma viagem para recolher informações, representando o primeiro-ministro da Inglaterra. Podemos alinhavar esses detalhes hoje e eu irei amanhã.

— Muito bem. Então você vai — disse Ferguson. — Vamos ver o primeiro-ministro. E estamos com sorte. Não precisamos daquele chato do Simon Carter na discussão.

— Por quê? Onde ele está?

— No Comitê de Segurança da ONU para a América Central. Partiu ontem para Honduras. Vamos em frente. — Enquanto eles saíam, disse para Roper: — Pegue a ligação de Stagg e passe os detalhes para ele.

Ele e Miller saíram rápido e Dillon pegou a garrafa de uísque escocês, encheu dois copos e passou um para Roper.

— O que acha? — perguntou Roper.

— Do Miller? Nós já vimos do que ele é capaz.

— Mas será que isso basta?

— Sei onde a gente poderia conseguir uma ajudinha. Estive duas vezes em Beirute nesses últimos anos, e em ambas tive cobertura do Mossad. Tem um cara chamado Cohen, general Arnold Cohen. Ele é o chefe da Seção 1, Atividades nos Países Árabes.

— Atividades nos Países Árabes. — Roper sorriu. — Parece interessante. — Então a ligação de Stagg entrou.

— O que está acontecendo, senhor?

— Você é capaz de confirmar que Considine está mesmo disposto a se envolver nesse negócio até o fim? Pode ser perigoso.

— Totalmente, senhor. Tudo pelo visto. Ele vai fazer qualquer coisa.

— Excelente. Se as coisas saírem de acordo com o plano, nós vamos mandar alguém integrante do parlamento amanhã, o major Harry Miller, que ocupa o cargo de subsecretário de Estado e é integrante do comitê da ONU para o Líbano. Ele costumava resolver problemas para o primeiro-ministro, no passado. A presença dele não vai parecer sem propósito e você fará tudo o que ele mandar.

— É claro, senhor.

— Ele é, digamos, muito hábil em se virar em situações de altíssima tensão. Traz à tona o soldado que existe dentro de si.

— Devo dizer que gostei de ouvir isso.

— Agora deixe-me repassar tudo com você...

Uma hora depois, o general Arnold Cohen estava sentado à mesa de sua casa em Tel Aviv, quando o telefone tocou.

— Oi, bandido, aqui é o Sean Dillon. Shalom.

— O próprio demônio. — Cohen ficou empolgado, mas também alerta. — Você ainda trabalha para Charles Ferguson?

— O que mais eu poderia fazer? E aquele seu filho? Continua ocupado como sempre?

Ele falava do tenente-coronel Gideon Cohen, um importante agente de campo do Mossad.

— Sim, ele está na ativa, no trabalho de sempre. Olhe, Dillon, eu sei o que aconteceu com a Hannah Bernstein.

— Nós sentimos muito a falta dela — disse Dillon. — Espero que você também tenha ouvido o que aconteceu com os responsáveis pelo assassinato, Arnold. Mas nós temos um pequeno problema. Vou lhe passar para o major Giles Roper, que, como você deve saber, administra o esconderijo de Holland Park. Ele vai explicar.

— Ficarei encantado. Eu já conheço a fama do major. O que posso fazer por ele?

Roper interrompeu:

— Bem, a situação que temos é a seguinte, general.

Quando terminou, Cohen falou:

— Vou ser honesto com o senhor, major. Sei que o senhor é uma espécie de gênio na sua profissão, mas eu também tenho pessoas muito boas que trabalham para mim. Eu já sabia que Harry Miller tinha muito mais bagagem do que aparenta. Mas essa informação sobre Volkov e o *Valentine* é bem interessante. Boatos como esses são muito comuns na nossa experiência, mas certamente vale a pena dar uma checada nesse.

— Você pode ajudar em Beirute?

— Posso. Tenho um agente lá.

— Pode me dar mais detalhes sobre ele?

— Não — cortou Cohen. — Ele vai entrar em contato com Miller quando parecer que vale a pena. Nós temos de tomar muito cuidado nos dias de hoje. Beirute não é um bom lugar para os judeus.

— Eu imagino.

— Deixe comigo. Vou manter contato à medida que as coisas forem acontecendo.

— Muito obrigado.

Mais tarde, Ferguson entrou no viva voz.

— O primeiro-ministro autorizou. Já dei o ok para Lacey e Parry fazerem o voo de manhã, usando um Gulfstream com as cores da ONU.

— Só para parecer oficial?

— É lógico.

— Tem mais uma coisinha aqui para você. — E Roper lhe contou sobre a conversa com Arnold Cohen.

— Ele e sua equipe sempre foram confiáveis. Se ele diz que tem um homem na área, então ele tem um homem na área. Vou falar para Harry, e você informa Stagg.

— Eu já falei.

— Mais uma coisa — acrescentou Ferguson. — Miller quer receber uma arma adequada para a missão. Pode falar com o oficial de intendência?

— Claro — disse Dillon. — Deixe comigo.

— E, Roper — continuou Ferguson —, vamos fazer tudo com o máximo de discrição possível. Para todos os efeitos, Miller só está fazendo uma visita de rotina em nome do primeiro-ministro.

— Não vai ser difícil. — Roper deu de ombros. — Para a maioria das pessoas, é apenas uma rotina dentro de um quadro mais amplo da situação.

— Eu vou passar um Código Três em Farley, de modo que o departamento e o destino não sejam anotados. Não podemos controlar o registro da chegada dele em Beirute, mas isso significa uma visita inesperada.

A situação na Dover Street tinha melhorado um pouco. Olivia estava totalmente envergonhada do que aconteceu no restaurante de Shepherd's Market e Monica aproveitou umas férias de meio de período para ficar mais um pouco, esperando que sua presença pudesse apaziguar a situação.

Miller tinha alguns assuntos a tratar no parlamento e voltou para a Dover Street mais ou menos às 16h, e descobriu que Olivia e Monica tinham saído no Mini Cooper. Fez as malas e deixou tudo pronto no quarto.

Ellis, que esperava do lado de fora, o levou de volta à Downing Street. Mais tarde, por volta das 17h, ele ligou para a Dover Street e Monica atendeu o telefone.

— Você vai ver a peça?

— Claro. Pedi a Ellis para te pegar. Te vejo lá. Agora estou ocupado no ministério.

— Qual é a grande agitação do dia? Se é que eu posso perguntar. Nós vamos entrar em guerra em algum lugar?

— Não, mas eu vou a Beirute pela manhã. Provavelmente vou ficar uma semana fora, talvez menos. Só vou saber quando chegar lá.

Ela ficou assustada.

— Beirute? Mas por quê? Tudo o que eles fazem lá é dar tiros uns nos outros.

— Eu participo do comitê da ONU para o Líbano, lembra? E não fui na última visita. — *De novo, mentiras e trapaças.* — De qualquer maneira, a situação não parece muito boa e o primeiro-ministro quer que eu faça um relatório.

— Olivia não vai gostar nada disso.

— Monica, querida, isso seria uma pena. Ela tem o trabalho dela e eu tenho o meu. Te vejo no teatro, já reservei um restaurante para depois.

Era estranha a sensação de alívio que passou por ele. Na verdade, até estava gostando de ir para Beirute. Sentou-se junto ao computador e continuou com o trabalho.

Em Beirute, duas horas a mais, já era noite, e Dreq Khan estava sentado atrás de uma mesa na sala de recrutamento no cais, com um de seus assistentes, Abdul Mir. Muitos homens esperavam pacientemente, agachados na sala, à procura de trabalho, entre eles, marinheiros.

— A notícia foi passada a muita gente — disse Abdul. — Demorou um pouco, mas apareceu um problema.

— Qual?

— O capitão Stagg, adido militar da embaixada britânica, também tem feito algumas investigações, para obter informações sobre um cargueiro chamado *Valentine*.

— É mesmo? — perguntou Khan.

Mais cedo naquele dia, dois indivíduos de ternos de linho amarrotados, Bikov e Torin, os homens da GRU da embaixada russa que Volkov havia lhe prometido, se aproximaram dele. Eles o tinham deixado ligeiramente preocupado, uma vez que Khan era muito meticuloso sobre sua aparência, e aqueles eram homens que claramente preferiam deixar a barba por fazer. Tinham ficado sentados em um café lá fora por várias horas e agora ele ia até eles.

— Alguma novidade? — perguntou Torin.

— Talvez. Vocês conhecem um homem da embaixada britânica chamado Stagg?

— Claro que sim. O que ele está aprontando?

— Aparentemente ele também tem procurado informações sobre o *Valentine*.

— É mesmo? — perguntou Bikov. — Nesse caso, vamos ter de trocar algumas palavrinhas com ele.

— Não quero que o matem — alertou Khan. — O que eu realmente quero saber, antes de mais nada, é como ele se meteu nessa questão do *Valentine*.

— Ele vai tratá-lo com todo o respeito — disse Bikov.

— E depois o matamos. — Torin se levantou e falou: — Vamos lá, Boris. Ouvi dizer que, na maioria das noites, ele fica no Café Albert.

Eles o deixaram. Khan viu-os se afastando pelas ruas movimentadas da cidade velha. Deu de ombros e voltou para a sala.

O Café Albert não estava cheio, o que aconteceria mais tarde, quando o trio começasse a tocar. Numa ponta do bar, Stagg aproveitava um grande copo de vodca com tônica e um cigarro. Ele podia ver a porta de entrada refletida no espelho à sua frente e Torin e Bikov chegando. Stagg falava russo razoavelmente, graças a Sandhurst, mas não foi preciso. Tanto Torin como Bikov haviam servido em Londres, e ele sabia bem disso.

— Ah, os irmãos Grimm — disse, enquanto eles se aproximavam. — O que vocês estão armando?

Torin fez sinal para o barman, que serviu duas vodcas sem precisar perguntar.

— Pelo menos, você tem bom gosto para vodca, mesmo matando com água tônica.

— Deixe para lá — disse Bikov. — Nós queremos dar uma palavrinha, amigo.

— Ah, então somos amigos? — perguntou Stagg.

— Nós só estamos perdendo tempo aqui. — Bikov puxou de leve o braço esquerdo de Stagg. — Vamos dar uma voltinha lá fora, e você pode contar para a gente por que está tão interessado em um cargueiro chamado *Valentine*.

— Ah, então tudo isso é por causa desse cargueiro?

— Exato. Vê a mão do Ivan no bolso dele? Não preciso dizer que ele está preparado para meter uma bala na sua cabeça.

— Preparado uma ova. — Stagg ria de verdade enquanto saíam para a rua. — Vocês dois são uns palhaços. Quer dizer que vão acabar comigo em uma rua com essa quantidade toda de gente?

— O preço de uma vida é bem baixo em Beirute — disse Torin.

— Essa frase é tão ruim que você deve ter tirado de um filme B.

Bikov ficou tão furioso que ergueu o punho para golpeá-lo, mas, quando Stagg o bloqueou, um Renault velho estacionado do outro lado da rua, ligou o motor e arremeteu, assustando a multidão. O motorista gritou:

— Seu carro, capitão Stagg.

O motorista saiu, deu a volta e abriu a porta do carona. Vestia um terno de linho barato e parecia ter uns 50 anos, com cabelos longos pretos, bigode espesso e tez olivácea.

— Por favor, senhor.

— Obrigado. Fica para outro dia, cavalheiros. — Stagg entrou, o motorista do táxi assumiu volante e saíram dali. — Para casa, capitão? — Ele tinha um sotaque forte, que Stagg não sabia exatamente de onde vinha.

— Sim, se você souber onde fica.

— No complexo da embaixada britânica.

— Você vai me dizer quem é?

— Eu sou seu motorista. Gente como aqueles dois russos filhos da puta costumam levar uma arma no bolso, sabia?

Stagg levantou o joelho direito até a altura do painel e arregaçou a calça, mostrando um revólver no coldre de tornozelo.

— Colt .25?

O motorista fez que sim com a cabeça:

— Eu devia ter imaginado. — Ele parou em frente ao portão da embaixada. — Não precisa pagar, capitão.

— Muito bem. Estou muito agradecido — disse Stagg. — Tenho certeza de que ainda vamos nos ver. — Ele fez que sim com a cabeça, foi para os seus aposentos e relatou essa última onda de eventos para Roper, em Holland Park.

Naquela noite, em Londres, Miller foi se encontrar com Olivia e Monica no camarim da atriz, como sempre, e encontrou a mulher em ótimo astral enquanto se maquiava.

— Monica estava me contando da sua viagem, Harry.

— É. Desculpe deixar tudo para cima da hora.

— Está tudo bem. Se você tem que ir, então tem que ir. Deve ser um espetáculo e tanto ver o Rottweiler do Primeiro-Ministro entrando em ação.

Monica parecia preocupada, mas Miller riu.

— É uma emoção por minuto. A gente se vê mais tarde.

Foi mais uma noite maravilhosa, com a plateia se deliciando completamente. Monica e Miller esperaram à porta do camarim, e ela disse:

— A temporada vai se estender por vários meses.

— Tenho certeza de que Noël Coward ficaria maravilhado — comentou Miller. — Pena que ele esteja morto.

Alguma coisa na voz de Miller fez Monica olhar para ele.

— Que bicho te mordeu?

— Não faço a menor ideia. Só me sinto bem. — Era Beirute, claro, a perspectiva de voltar a entrar em uma zona de guerra.

O jantar foi esplêndido, com Olivia de ótimo astral, Miller absolutamente encantador e Monica agradecida por tudo ter saído tão bem. Miller pagou, eles foram para a saída e viram que estava chovendo. Havia um caminho para pedestres em volta do mercado. Em alguns lugares, as mesas de metal e as cadeiras do lado de fora dos cafés já haviam sido retiradas. O maître deu um guarda-chuva para mulheres e elas andaram juntas, passando por entre as mesas.

Um jovem falava alto com uma mulher na entrada de um edifício. Ela se livrou dele e saiu correndo. O cheiro de álcool era bem forte e ele bebia de uma garrafa, mas obviamente ainda queria aprontar alguma. Quase caiu em cima da cadeira, agarrando-se a Monica e puxando-a para junto dele. Colocou a garrafa na mesa mais próxima. Sorriu para Miller enquanto a acariciava.

— O que você vai fazer agora?

Miller pegou a garrafa pelo gargalo e bateu nele, na lateral da cabeça. Surpreendentemente, a garrafa não quebrou, mas o rapaz soltou Monica e desabou em uma mesa e de lá para a calçada.

Miller falou:

— Vamos lá, meninas. Rápido.

Pegou o braço de cada uma delas e andou rápido até a esquina, onde Ellis aguardava.

Monica continuava surpreendentemente calma.

— Vai deixá-lo lá assim, sem fazer nada?

— Bem, não tenho alternativa, não é? Se eu chamasse a polícia, iam dizer que eu estava desrespeitando os direitos humanos dele.

Como ia sair de manhã cedo, dormiu no segundo quarto de hóspedes e se viu na sala de estar mais tarde, à meia-noite, tomando um uísque e fumando um cigarro. Foi lá que Monica o encontrou.

— Aquele cara no beco... Parece que você já fez esse tipo de coisa antes.

Agora não era hora de mentir. Nem de trapacear.

— É. Pode-se dizer que sim.

— Eu nunca te conheci de verdade. Conheci, Harry?

— Minha querida irmãzinha, infinitamente pior é o fato de eu nunca ter de fato me conhecido de verdade. Mas agora é um pouco tarde para descobrir. — Levantou-se. — Vou para a cama.

Ao chegar a Farley, não encontrou Ferguson, e sim Dillon esperando por ele com o oficial de intendência, e o levaram até sua sala, onde havia uma Walther com silenciador em cima da mesa, cinco pentes e uma Colt .25 com balas ocas, além de um coldre de tornozelo.

— É um verdadeiro ás na manga se precisar, senhor. Ao longo dos anos, vi que faz diferença.

— Nem precisa dizer, sargento-mor. — Miller colocou as armas na mochila e disse a Dillon: — Graças a Deus, eu tenho passaporte diplomático e não preciso passar pela segurança.

Parry apareceu na porta.

— Pronto para partir, major.

Eles foram até a porta e Miller olhou para a chuva.

— Pelo menos, lá o sol vai estar brilhando.

— Só não esqueça que Dreq Khan é escorregadio como um sabonete — disse Dillon. — Cuidado. — E viu-o andar até o Gulfstream e embarcar. Depois se virou e foi para seu carro.

Quando pousaram no Aeroporto Internacional de Beirute mais tarde, não houve confusão, pois Stagg já havia providenciado tudo. A presença de tropas da ONU no país era diferente de antigamente e as facilidades para o trânsito do seu pessoal eram impecáveis.

Stagg aguardava quando o Gulfstream desligou os motores; Miller simpatizou com ele assim que se cumprimentaram.

— Prazer em conhecê-lo, major.

— O prazer é todo meu — disse Miller.

Lacey e Parry desceram os degraus.

— A ONU tem quartos aqui no aeroporto para pessoas como o senhor. Eles consideram isso a melhor opção. A cidade é muito violenta.

— Ah, mas a gente se vira. — Lacey se voltou para Miller. — Mas tenha cuidado. Nós detestaríamos perder o senhor.

— Pode deixar. Vou ser cuidadoso — disse Miller e seguiu Stagg na direção de um táxi que os esperava e parecia amassado.

— Desculpe pelo estado do táxi — falou Stagg enquanto entravam. — Muitas coisas parecem em condições precárias, mas é porque o país passou por algumas guerras.

— Estive aqui alguns dias depois da última dessas guerras, representando o primeiro-ministro.

— Eu não sabia. O senhor vai ficar no Al Bustan, que, ao contrário de muitos outros lugares, conseguiu sobreviver. Verá que é um hotel perfeitamente civilizado.

— Ótimo. — Miller continuou em russo: — Esse motorista é de confiança?

Stagg respondeu no mesmo idioma.

— Ele é da Falange Cristã. É o que chamamos de um motorista seguro. Como sabe que falo russo?

— O major Roper faz um trabalho bem completo.

— Falei com ele noite passada. Aqui nós estamos duas horas a mais em relação a Londres e eu tive um probleminha.

— Boris Bikov e Ivan Torin, orgulhos da GRU? Ele me contou.

— São sujeitos maus e capazes de aprontar qualquer coisa. O mistério foi o motorista de táxi.

— Nem tanto. Nós temos uma conexão com o general Arnold Cohen do Mossad, e ele disse que tinha um homem na área.

— E acha que foi ele? — Stagg balançou a cabeça. — Não sei. O inglês dele era bom, mas tinha um sotaque muito forte. Não deu para saber sua procedência. Acha que ele voltará a aparecer?

— Tenho certeza, mas agora chega. Preciso me instalar, tomar um banho e um bom lanche até que cairia bem.

Stagg estava certo. O Al Bustan era tudo o que se podia desejar de um bom hotel. Ele estava sentado na varanda, lendo um exemplar do

Times do dia, que trouxera do avião. Dentro do quarto, Miller tomou banho, vestiu uma camisa cáqui confortável e botas de cano curto. Stagg se aproximou e viu-o prender o coldre no tornozelo direito.

— Você está armado? — perguntou Miller.

— Tanto quanto você. E com balas ocas, Colt é o melhor que se pode ter. É muito bem-vindo por aqui, pode acreditar. Tem gente que mataria pelas suas botas.

— Bem, não podemos aceitar isso. — Vestiu um blazer de linho e pegou os óculos Ray-Ban. — Vamos descer.

O bar era agradável, com janelas francesas se abrindo para um terraço do lado de fora e uma bela vista da cidade, embora os bombardeios não tivessem ajudado. O Mediterrâneo continuava lá, o porto cheio de navios e, no meio do oceano, os barcos no horizonte se dirigiam a outros destinos diferentes de Beirute. Gritos de oração ecoavam nos telhados.

Um garçom se aproximou e Stagg falou:

— Pode ser limonada, major? Não dá para conseguir álcool antes das sete.

Miller riu.

— Para nós, deve ser até melhor, imagino. — Stagg fez o pedido. Miller continuou: — Agora fale um pouco mais sobre esse Dreq Khan.

Foi exatamente o que Stagg começou a fazer, informando-o sobre tudo o que sabia.

— Então, o que você sugere? — disse Miller, quando ele terminou.

— Poderíamos dar uma olhada nos lugares habituais. Eu posso mostrar o cais e a sala de recrutamento. Se Khan estiver longe da vila esta tarde, eu poderia pedir a Considine para se encontrar conosco, mas teria de ser bem rápido.

— Você já fez isso?

— Uma vez. Mas, francamente, prefiro falar com ele pelo celular. Basta uma pessoa errada vê-lo conosco e podemos correr um risco muito grande.

— Então, por enquanto, vamos deixar essa alternativa de lado. Ligue para ele e descubra quais são as últimas, enquanto provo esta limonada.

Ele ficou sentado, olhando para o porto, e ligou para Roper no Codex Quatro. Roper, que como de hábito estava diante dos monitores, cumprimentou-o calorosamente.

— E então, como vai?

— Um pouco esquisito. Foi o sol que fez esta cidade ser um paraíso de milionários há muitos anos. Aliás, Stagg é um sujeito de primeira. Nem sei por que estou ligando. Sentado aqui e olhando para o mar, me pergunto por que nós fazemos tudo isso. Você também se sente assim?

— Só uns sete dias por semana. Cuide-se bem, Harry, e cuidado com os bandidos. Lamento não ter nada sobre o *Valentine*, por enquanto.

Stagg voltou.

— Khan telefonou para várias fontes muçulmanas sobre o *Valentine*. Deve estar utilizando a musculatura do Exército de Deus para mostrar a importância da pesquisa dele.

— E o Intermediário?

— Nem uma palavra. Khan agora está na sala de recrutamento.

— Então vamos sair e ver as atrações turísticas. O seu táxi seguro está à disposição ou temos que pegar outro?

— Ele está à espera.

Desceram para a fila de táxis e encontraram o motorista ao lado do carro, verificando os pneus.

— Eu não consigo entender uma coisa dessas. Dois pneus furados, senhor. Vou ter que ir para a oficina.

Ouviu-se o som de um motor sendo ligado e o Renault todo amassado da noite anterior apareceu.

— Táxi, cavalheiros? — O motorista sorria. — O senhor disse que me veria de novo — falou para Stagg.

— Falei, não é mesmo? Imagino que saiba de quem se trata.

— Claro — disse Miller. — Vamos entrar.

Eles se afastaram e o motorista falou:

— Para onde, agora? A sala de recrutamento?

— Quem é você? — perguntou Miller.

— Bem, com certeza eu sei quem o senhor é. — Stagg estava perplexo. O sotaque da noite anterior tinha sido substituído por um inglês perfeito. — Temos uma coisa em comum, cavalheiros.

— E o que é? — perguntou Miller.

— Todos frequentamos Sandhurst. E, por sinal, minha patente é mais alta que a de vocês. Tenente-coronel Gideon Cohen. — Ele riu, e o tom de voz mudou para aquele que Stagg tinha ouvido na noite passada. — Ou, se preferirem, Walid Khasan.

— Caramba, você é corajoso mesmo — disse Miller. — Se soubessem que é judeu, o enforcariam no meio da rua.

— Verdade. Tenho sorte de saber me passar bem por muçulmano. — Desceu a ladeira por um labirinto de pequenas ruas, em direção ao cais. — Algum de vocês fala árabe?

— Eu falo o suficiente para me virar — disse Miller.

— Era algo que eu tinha para me ocupar, quando estava em tratamento — disse Stagg.

— Seis meses no hospital por causa dos seus ferimentos.

— Por que perguntou?

— Falar árabe ajuda a lidar com esse pessoal, porque, na maioria das vezes, é algo que eles não esperam. Vou estacionar ao lado da amurada. Deem uma volta e sintam o ambiente. Tenho algumas coisas para fazer. Peçam um uísque, bebam um café no *Green Parrot*, ao lado da sala de recrutamento. Deixem que eu encontro vocês.

Eles saíram e memorizaram onde ele estacionou. Depois, misturaram-se à multidão. As pessoas entravam e saíam da sala de recrutamento. Miller e Stagg, no meio do tumulto da entrada, deram uma olhada lá dentro e conseguiram ver Dreq Khan em uma mesa na plataforma. Miller o reconheceu imediatamente do material que lhe havia sido mostrado nos dossiês em Holland Park.

— Aquele lá é Khan — comentou Miller. — Vamos tomar aquele café.

Sentaram-se a uma mesa na área cercada em frente ao *Green Parrot*, bebendo um café forte, que mais parecia um xarope, quando Torin e Bikov apareceram, abrindo caminho na multidão.

— Lá vem a GRU — avisou Stagg. Os dois homens falaram alguma coisa entre si e vieram na direção deles.

— Ora, ora, ora. É você mesmo, Stagg? — disse Torin. — Você parece que não consegue se manter longe de nós. Quem é o seu amigo?

Miller se levantou e pisou com violência no pé dele. Torin quase caiu no chão.

— Desculpe — disse Miller. — Sou muito desastrado.

Ele foi abrindo caminho no meio das pessoas, com Stagg o seguindo até onde Cohen havia deixado o táxi. Quando chegaram, o israelense se aproximou.

— Entrem. Vamos embora.

Ele foi se acotovelando entre as pessoas e afastando os russos.

— Tenho uma má notícia. Sua chegada vazou, major. O pessoal do Al Bustan leva jeito para essas coisas.

Ele virou para uma rua estreita, e então mais outra. De repente, o celular de Stagg tocou. Ele atendeu de imediato, enquanto Cohen parava o carro. Ouviu com atenção e levantou a mão, pedindo aos outros para ficarem em silêncio.

— Sim, é claro. Você precisa fazer isso para se proteger.

— Quem era? — perguntou Miller.

— Considine. Khan tinha deixado a secretária eletrônica ligada. Havia duas mensagens. Uma, de um informante falando sobre você, e a outra, de um Ali Hassan, que diz conhecer um velho marinheiro chamado Sharif, com uma informação sobre o *Valentine*. Ele disse que não queria levá-lo até a sala de recrutamento porque ele é muito velho e se confunde todo. Disse que ia levá-lo à vila de carro em uma hora e esperar Khan lá.

— Isso pode servir — exclamou Cohen.

— E o que você falou para Considine?

— Nós temos que pensar na segurança dele. Khan liga com frequência para pegar os recados. Considine pode dizer que saiu para almoçar quando as chamadas foram recebidas, mas ele tem que contar para Khan, mesmo que seja só para se proteger. Eu disse que ele podia fazer isso.

— Concordo. E agora? O que sugere?

— Um pouco mais acima da vila existe um bairro suburbano que foi arrasado pelos bombardeios durante a guerra. Lá ficam as ruínas de uma velha igreja, a capela de Santa Maria. Foi onde me encontrei com Considine. Sugiro que nos posicionemos por lá e fiquemos esperando pelos acontecimentos.

— Enquanto Considine se borra de medo no escritório?

— É melhor vermos como ele está.

Stagg ligou para lá e seu informante falou:

— Eu não posso ficar. Contei para Khan e ele está vindo para cá.

Stagg lhe contou o plano rapidamente.

— Três pessoas estarão na capela. Vamos monitorá-lo o tempo todo. Boa sorte.

— É bem provável que eu precise — disse Considine e desligou.

Do cemitério destruído da capela de Santa Maria, Cohen olhou para a vila lá embaixo com um binóculo da Zeiss. Um velho carro oficial da Peugeot chegou e Torin e Bikov saltaram, seguidos por Khan e Abdul, o gerente da sala de recrutamento.

Cohen passou o binóculo para Miller, que ainda conseguiu ver os homens enquanto passavam sob os arcos em ruínas dos fundos da vila e entravam.

— O jogo começou — disse Miller. — Nós só podemos rezar.

— Especialmente por Considine — falou Cohen.

Khan estava sentado à mesa, ouvindo a secretária eletrônica, obviamente se sentindo satisfeito consigo mesmo, mas também com um grande alívio por conseguir resolver o enigma do *Valentine*. Tinha pagado muito caro e aprendeu, ao longo dos anos, que, no que dizia respeito ao Intermediário, não havia possibilidade de fracasso. O telefone tocou e ele colocou no viva voz.

— Aqui é Khan — disse, em árabe.

O Intermediário respondeu em inglês.

— Sou eu. O que aconteceu? Estou decepcionado por não ter recebido nada.

Em sua mesa, na sala ao lado, Considine ouvia cada palavra e, aproveitando-se do fato de os russos estarem lá embaixo, na cozinha, aproximou-se mais da porta, para escutar.

— O que está acontecendo? — perguntou o Intermediário.

— Quanto a Beirute, um homem chamado Miller acabou de chegar. Aparentemente, ele é integrante do comitê da ONU no Líbano.

O Intermediário ficou espantado.

— Tem alguma ideia do que ele esteja realmente fazendo aí?

— Está na cidade guiado pelo adido militar da embaixada britânica, um homem chamado Stagg. Recebi a notícia de que Stagg também tem procurado descobrir o paradeiro do *Valentine*. Bem, o fato é que nada disso importa. Uma fonte confiável vai trazer aqui, dentro de uma hora, alguém que sabe tudo sobre o cargueiro.

O Intermediário avisou:

— Esse Miller representa o primeiro-ministro britânico e geralmente só traz problemas. A visita dele tem que envolver o *Valentine*, de alguma maneira. O próprio fato de Stagg estar fazendo essas perguntas fala por si mesmo. O que me diz da sua segurança? Todos que trabalham com você são totalmente confiáveis?

Khan ficou alarmado.

— Tenho certeza que sim.

— Espero que sejam mesmo. Ligue para mim quando tiver notícias e dê uma checada no seu pessoal.

Ele desligou, e Khan ficou tremendo de medo. Considine tinha descido metade das escadas e passava pela porta aberta da cozinha, onde Torin e Bikov tomavam um café. Os russos olharam para ele enquanto saía e se dirigia para o pomar.

Khan chamou Considine e, como não obteve resposta, foi olhar na sala ao lado. Vendo que ele tinha saído, imediatamente percebeu o que essa ausência podia significar. Desceu as escadas aos gritos:

— Considine, cadê você?

Torin surgiu na cozinha.

— Ele saiu há uns dois minutos.

— Vão atrás dele — gritou Khan. — Ele é um traidor filho da puta. Acho que me entregou para Stagg! — E foi o suficiente para Torin sair correndo atrás dele, seguido por Bikov.

Considine tinha conseguido atravessar o pomar e chegar ao portão, quando Torin fez o primeiro disparo. No alto do morro, os três homens se puseram de pé e Miller olhou pelo binóculo.

— Ele está encrencado. — Virou-se para Cohen: — Desça com o táxi e bloqueie a estrada. Nós vamos encurralá-los.

Sacou a Colt do tornozelo e começou a descer, e Stagg fez o mesmo, indo atrás dele.

— Vamos ter de chegar bem perto, senhor.

— Então nós vamos chegar bem perto.

Enquanto atravessavam o cemitério, os russos atiravam em Considine, que se esquivava entre os túmulos, mantendo a cabeça baixa. De repente, ele estremeceu e segurou o braço direito. Torin vinha logo atrás e atirou com precisão. Miller, que se aproximava e corria cada vez mais, acertou seu ombro esquerdo. Torin largou a arma, virou-se e caiu no chão. Ainda correndo, Miller tropeçou e Bikov parou para mirar, segurando a arma com as mãos. Stagg, que vinha mais devagar por causa do ferimento na nádega, deu um tiro certeiro que atingiu Bikov no ombro direito. A bala de ponta oca fez um estrago considerável.

Pegou a arma de Bikov e a atirou longe.

— Acho que precisa de um bom cirurgião. É melhor ligar para a embaixada, e pedir que mandem alguém rápido.

— Vá se foder — disse Torin.

— Você ia dizer isso de qualquer maneira, certo?

Bikov estava sentado, recostado em uma lápide, segurando o ombro, com o sangue escorrendo entre os dedos. Stagg pegou a arma, uma Stechin.

— Como ele está? — perguntou a Miller, que ajudava Considine a se levantar.

— Poderia ser pior. Recebeu um tiro no braço e a bala atravessou. — Miller pegou um lenço e o amarrou o mais forte possível. Olhou para baixo, viu Cohen chegar de táxi, e Khan e Abdul se apressaram para entrar na vila. — O que houve? — perguntou a Considine.

— O Intermediário ligou e, quando Khan contou da sua chegada, ele ficou com muita raiva. Disse que você era representante do primeiro-ministro e que só trazia problemas. Disse que o fato de o capitão Stagg estar fazendo perguntas sobre o *Valentine* significava que alguém próximo a Khan tinha vazado a história e o mandou conferir. Foi aí que fugi.

— E o negócio do *Valentine*?

— Ele sabe que existe um informante, porém estava mais interessado em você.

— E imagino que aquele ali que acaba de chegar seja o nosso informante — disse Stagg. Um furgão velho se aproximava e diminuía a velocidade, então parou ao ver que o táxi de Cohen bloqueava a rua. Ele se levantou para falar com os dois homens no interior do furgão. Depois de alguns instantes, ele pegou um revólver e deu um tiro para cima.

— Lá vamos nós. — Miller largou o braço de Considine e eles atravessaram o cemitério.

Stagg vasculhou o bolso de Torin e encontrou um celular. Teclou um número. Passou-lhe o fone.

— Aqui. É a embaixada da Rússia. — E foi atrás dos outros.

Cohen falou:

— Esses são Ali Hassan e Sharif. Sharif, você sabe tudo sobre o *Valentine*, não é? Eu só queria mostrar que não brinco em serviço.

— Ele tinha colocado o mais velho atrás, e o mais novo, o motorista, o acompanhava. — Vocês dois vão com eles. Eu vou atrás com Considine, isto é, se vocês tiverem para onde ir.

— Certo, vou ligar para uma unidade de segurança particular a que tenho acesso — disse Stagg.

— Bem, enquanto você cuida disso, eu vou lá dentro falar com Khan — avisou Miller. — Me dê essa Stechin.

Stagg lhe passou a arma de Bikov.

— O que você vai fazer?

— Ter uma palavrinha com Khan. Não vou demorar.

Ele passou pelo pomar e entrou pela porta dos fundos. Os quatro empregados domésticos que trabalhavam para Khan haviam saído da casa. Miller subiu as escadas, com a Stechin segura na mão direita, e abriu com um pontapé a porta do que revelaria ser a sala de Considine. Abdul saiu de trás para agarrá-lo, mas Miller o atingiu no rosto com a Stechin e ele caiu.

Dreq Khan batia os dentes atrás da mesa, apavorado.

— Você sabe quem eu sou, seu filho da puta miserável?

— Por favor, não me mate.

— Eu bem que gostaria, mas aí você não teria condições de dizer ao Intermediário que eu faço questão de destruir tanto ele como Volkov. Eles fracassaram em Washington com Kelly e o amiguinho dele, e vão fracassar de novo com essa operação do *Valentine*. Está me entendendo?

— Estou.

— Eu li o seu dossiê. Quando os Salters expulsaram você de Londres, a Fraternidade permaneceu intacta. Você deve ter deixado alguém no comando. Quem é?

Khan disse desesperado:

— Por favor, acredite em mim...

Miller deu um tiro na parede com a Stechin. A bala passou perto da cabeça de Khan.

— Se não me contar, a próxima vai ser no meio dos seus olhos.

E Khan acreditou.

— Ali Hassim. Ele tem uma loja na esquina da Delamere Road, em West Hampstead.

— Se eu fosse você, tomaria um banho. Está começando a feder. — E foi embora.

Quando encontrou os outros, Cohen falou:

— Você não o matou?

— Claro que não. Eu estava tirando informação dele. — E relatou a Cohen o que tinha ouvido.

— Muito obrigado. O Mossad vai ficar muito grato por essa informação, mesmo que ele esteja em Londres. Agora vamos andando. O menino-prodígio aqui arranjou de a gente entrar naquele lugar de segurança máxima de que tinha falado.

— Ótimo.

Stagg dirigia, com Hassan e Sharif no banco de trás, assustados e amedrontados. Miller entrou.

— Não tenham medo — disse ele, em árabe. — Não vou fazer mal algum. Só quero informações sobre o *Valentine*. Pensem nisso.

O lugar de segurança máxima era fortemente guardado por homens de uniforme escuro e obviamente havia sido um hotel em outros tempos. Os guardas, como depois se veria, eram todos cristãos libaneses, e o capitão no comando tinha um nome francês, Duval. Ele levou Considine para uma unidade médica e encaminhou Miller, Stagg e Cohen, com os dois árabes, a uma sala de interrogatórios. Tudo se revelou muito fácil, porque Hassan e, em especial, o velho Sharif estavam assustados e ansiosos por agradar.

— Você assume, coronel — disse Miller a Cohen.

Cohen falou com eles em árabe.

— Esse barco, o *Valentine*. O que ele tem? Por que está todo mundo atrás dele, mas ninguém o encontra?

— Ele sabe — respondeu Ali Hassan, ansioso. — Ele sabe tudo. — Sharif fez que sim com a cabeça. — O nome verdadeiro não é *Valentine*. Esse é só o nome da operação.

De repente, Miller percebeu.

— É um código, um nome para o assunto em questão, seja lá qual for o contrabando?

Hassan disse:

— É isso mesmo, e o nome é *Valentine*, antes de o verdadeiro navio ser escolhido. Nesse caso, o navio em questão é o *Circe*, um cargueiro que saiu de Trípoli, arrendado por agentes da Coreia do Norte. Leva um carregamento de plutônio no meio dos equipamentos gerais de maquinaria. Ele deixou Trípoli na semana passada e o destino final é Latakia, na Síria.

— Mas como Sharif sabe de tudo isso? — perguntou Miller.

O velho cutucou o braço de Hassan e sussurrou alguma coisa para ele.

— A mente dele está fraca e ele já está muito velho. Será que alguém poderia arranjar um cigarro? — falou Hassan.

Cohen tirou um maço do bolso, sacudiu até sair um cigarro e acendeu o isqueiro. Sharif pegou o cigarro com os dedos trêmulos. Tragou fervorosamente, e Hassan disse:

— O cunhado da terceira mulher dele tem um sobrinho chamado Hamid, que é marinheiro, mas só trabalha com cargas especiais. Contrabando, drogas, armas, esse tipo de coisa. Ele gosta de muita grana e é por isso que aceitou participar da tripulação do *Circe*.

O velho voltou a cutucar seu braço e sussurrou. Hassan assentiu.

— Ele disse que tudo isso é verdade porque o *Circe* está a apenas 65 quilômetros do Líbano agora e se aproximando do que é conhecido como os Bancos de Areia de Careb.

— E como ele sabe de uma coisa dessas? — interveio Stagg.

Hassan ergueu as mãos.

— Tudo isso é verdade, cavalheiros. Os senhores têm que acreditar. Hamid liga para a casa de Sharif pelo celular, a cada dois dias. Eles se falaram hoje de manhã.

O velho fez que sim com a cabeça e depois tirou um celular de um dos bolsos do casaco.

Fez-se silêncio por alguns instantes, depois Miller falou:

— No fim das contas, é tudo tão simples. O aparelho que revolucionou os tempos modernos mais que qualquer outra coisa. É melhor anotar o telefone dele, coronel, e o de Hassan, se ele tiver um. — Hassan tinha.

— E agora? O que vamos fazer? — perguntou Stagg.

— Isso não é assunto para nós. Eu diria que está mais na esfera do coronel. — Virou-se para Cohen. — Não é mesmo?

— Vou entrar em contato com a minha equipe imediatamente. Nós temos um satélite em cima da Síria e do Irã, que pode ser redirecionado em pouco tempo para identificar um alvo desses. Isso é tudo de que precisamos, completando a informação do velho. Vou deixá-los agora e continuar com o meu trabalho.

— Vamos ver se Hassan e Sharif permanecem detidos aqui por uns dias — sugeriu Stagg, e passaram por um guarda do lado de fora.

— Ótimo. Tenham uma boa viagem de volta, se eu não revê-los. Foi muito interessante — disse Cohen.

Ele saiu, os outros foram atrás e perguntaram ao capitão Duval como estava Considine.

— Ainda dormindo, por causa da anestesia. Vou mostrar a vocês. — Ele os guiou pelo corredor até a pequena unidade médica. Considine dormia, com o braço direito firmemente enfaixado. — Poderia ter sido pior. Pelo menos não atingiu o osso; passou direto. Mais uns três ou quatro dias e vai ficar tudo bem.

— Você pode cuidar dele? — perguntou Miller a Stagg, enquanto saíam.

— É claro, mas... e o visto dele?

— Garanto que não vai ser um problema. Então, o que vamos fazer com o carro de Hassan? Roubar?

Duval se aproximou por trás.

— Nós vamos cuidar disso. Pedirei a um dos meus homens que os leve aonde quiserem.

Enquanto entravam no carro que lhes havia sido providenciado, Stagg perguntou:

— Quando volta para Londres?

— Acho que de manhã, mas vamos tomar um último drinque juntos. Pode ser no Café Albert, logo depois das sete?

— Está marcado.

Em Holland Park, uma hora mais tarde, Roper estava na sala dos computadores, como sempre, com Dillon e Ferguson tomando café em um canto, quando Miller entrou em contato pelo telefone.

— Sou eu — disse a Roper. — Ferguson está aí?

Roper imediatamente o colocou no viva voz e Ferguson entrou na conversa.

— Sim, Harry. O que foi?

— Conseguimos. Não era um navio, era um código. O verdadeiro navio em questão se chama *Circe* e a esta altura o coronel Gideon Cohen já passou a informação para o Mossad.

— Conte tudo — pediu Ferguson.

E foi o que Miller fez, enquanto Roper gravava a conversa. No fim, acrescentou:

— Não vi motivo para matar Khan. Achei que você iria preferir que ele ficasse no mesmo lugar. Arrancar o nome do amiguinho dele na Fraternidade foi um bônus.

— Claro que foi. Nós não vamos sequestrar esse Ali, claro. Já basta saber quem ele é. É um resultado surpreendente, Harry. Meu Deus, você só foi para aí hoje de manhã.

— Todas as peças se encaixaram — disse Miller. — Stagg é um homem bom e certamente vale mais que um posto de adido militar nesta bagunça que virou Beirute.

— Vou me lembrar disso.

— E Henri Considine foi a chave de tudo.

— Ele vai conseguir o visto em alguns dias. Posso pedir a chancela do primeiro-ministro.

— Você pode fazer isso?

— Eu posso fazer tudo, Harry.

— Então agora deixamos esse assunto por conta dos israelenses?

— Acho que sim.

— Eu o vejo amanhã. Roper, fale com Lacey no aeroporto. Marque o embarque para cerca de dez horas. Agora tenho de ir. Ainda vou tomar um drinque com Stagg.

Dillon entrou na conversa.

— Bom trabalho, Harry. A gente se vê logo.

Caiu um silêncio por alguns instantes e depois Ferguson falou:

— Eu vou ouvir tudo isso outra vez mais tarde.

— Pode ouvir quantas vezes quiser — disse Roper. — É interessante ver o quanto o Intermediário ficou assustado com o fato de Harry estar em Beirute.

— Bem, o Código Três que autorizei obviamente surtiu efeito. Nós sabemos que os russos e outros monitoram os detalhes dos voos de lá. Imagino que isso inclua o Intermediário. Afinal, nós fazemos as mesmas coisas quando podemos.

— Tudo aconteceu tão depressa. — Dillon balançou a cabeça. — Ele é o cara, esse Harry Miller. É preciso reconhecer.

— Ah, isso eu reconheço — disse Ferguson. — Agora, tudo o que temos que fazer é esperar pelo capítulo final.

Stagg e Miller se sentaram em uma mesa perto de uma pilastra no Café Albert. Alphonse se aproximou, trazendo um balde de gelo com uma garrafa de champanhe e duas taças, que colocou na mesa. Abriu a garrafa e começou a servi-los.

— Bollinger como pediram, cavalheiros. Parece que o Henri não virá esta noite. Isso não é comum.

— Ele está ocupado, em algum lugar — disse Stagg. — Mas ele está bem, posso garantir.

— Fico aliviado em saber disso. Nós vivemos momentos difíceis em Beirute. Só tem guerra e rumores de guerra. Apreciem o champanhe, cavalheiros.

Miller ergueu a taça.

— A um trabalho bem-feito. Seu desempenho foi excelente.

— Muita gentileza sua. Foi difícil acompanhar o seu passo.

— Se me permite perguntar — disse Miller —, por que você não é casado? É que Roper viu a sua ficha nos computadores dele.

O rosto de Stagg ficou sério.

— Eu quase me casei. Cheguei a ficar noivo. Uma garota maravilhosa, filha de uma família de amigos nossos. Fomos criados na mesma cidade.

Miller pressentiu que alguma coisa tinha dado muito errado.

— E então, o que aconteceu?

— O Iraque aconteceu. Como todo mundo, ela viu pela televisão. E me disse que não podia se casar com alguém que vivia de matar os outros.

— A vida às vezes é uma merda mesmo, mas se era assim que ela se sentia... — Miller deu de ombros. — Eu gosto daqui, sabe? Parece ter saído direto daquele filme *Casablanca*. O Rick's Café.

O trio começou a tocar e o pianista começou a cantar em francês. Stagg falou:

— Concordo, e o seu amigo motorista de táxi chegando atrás de você parece ter saído do elenco do filme.

Gideon Cohen, fantasiado de Walid Khasan, tirou o boné e se curvou.

— Seu táxi, senhor. Sei que cheguei cedo, mas posso esperar.

— Ótimo, a gente se vê daqui a pouco.

Cohen começou a se virar, então sorriu.

— Está correndo uma notícia lá no cais de que um navio qualquer explodiu a uns 65 quilômetros daqui, perto dos Bancos de Areia de Careb.

Ele saiu e Miller pegou o champanhe.

— Bem, aí está. — Ele esvaziou a garrafa nos dois copos. — O que posso dizer? Os sírios não vão gostar nem um pouco disso. Nem a Coreia do Norte.

— Só sinto pena do coitado do Sharif — disse Stagg. — Ele vai passar muito tempo esperando aquele parente dele voltar para casa.

Miller falou:

— Ele não devia ter sido tripulante. Vamos lá. Pode me deixar no Al Bustan e eu aproveito para me despedir de vocês dois.

Em Holland Park, Roper ainda refletia sobre os acontecimentos quando ligou para Ferguson em Cavendish Place. Encontrou-o ainda acordado, sentado ao lado da lareira, bebendo uísque antes de ir para a cama.

— Recebi uma notícia do general Cohen. O *Circe* foi localizado há cerca de uma hora por um F-151 da Força Aérea Israelense. Dois minutos depois, afundou igual a uma pedra.

— Ótimo — disse Ferguson. — Volkov não vai gostar nada dessa notícia. Tente dormir um pouco, major.

Ele desligou e Roper ficou ali vendo o mundo do ciberespaço girar sem parar em suas telas.

— Dormir — murmurou. — Quem é que precisa disso?

Esticou a mão e se serviu de mais um uísque.

LONDRES

STOKELY

8

Quando a má notícia chegou a Volkov, ele sentiu uma raiva com a qual não se deparava havia anos e entrou em contato com o Intermediário na mesma hora.

— Imagino que já saiba do resultado de toda a operação *Valentine*.

— Ainda estou tentando arrancar todos os detalhes de Khan. Eu não consigo falar com ele há horas.

— Aparentemente, Miller fez uma festa em Beirute, apoiado por Stagg, e nesse meio-tempo ainda atirou em dois agentes da GRU que eu havia mandado para ajudar Khan. De um dos relatórios que recebi da cama do hospital onde ele está, parece que Khan tinha um traidor nas fileiras, um tal Considine.

— Imaginei que um sujeito como esse existisse e sugeri que Khan investigasse essa possibilidade na última vez em que nos falamos. Os informantes tinham avisado a ele sobre a chegada de Miller, mas isso não significava nada para ele, então recebeu a notícia de que Stagg estava investigando sobre o *Valentine*.

— Ferguson foi muito inteligente nesse ponto — comentou Volkov. — É um cretino diabólico. Depois que encontrar Khan, ligue para mim com o resto da história.

Khan tinha se recusado a falar com qualquer pessoa por uma única razão. Ele realmente tinha medo da reação do Intermediário, esse representante pessoal de Osama. Mas, no fim das contas, o homem teria de ser confrontado e não havia como escapar disso.

Quando Khan finalmente telefonou, o Intermediário mostrou toda sua raiva.

— Por onde você andou? Explique-se!

— Miller estava doido e esse capitão Stagg também. Você estava certo. Havia um traidor na minha própria sede, Considine, meu contador. Ele saiu correndo, Torin e Bikov foram atrás e conseguiram feri-lo. E então Miller e Stagg atiraram nos dois.

— Fico surpreso de Miller não ter acabado com você quando pôde.

— Só porque ele quis que eu transmitisse uma mensagem. Disse que você havia fracassado em Washington com Kelly, seja lá o que isso signifique, e que iria fracassar de novo com o *Valentine*. Também disse que desejava destruir você e o general Volkov.

— É mesmo? Isso foi tudo?

Khan mentiu, pois era impossível admitir que tinha entregado Ali Hassim, em Londres. A consequência de uma traição dessa, em um assunto da al Qaeda, seria a morte.

— Foi. Foi tudo. Eu juro. O que devo fazer agora?

— Ponha ordem na casa ou assuma as consequências.

Volkov ficou ouvindo, enquanto o Intermediário repassava tudo.

— Nada disso é aceitável — disse o russo. — Primeiro, o pessoal do Quinn sumindo em Washington, agora esse espetacular tapa na nossa cara, em Beirute. Vai ser muito difícil explicar isso ao presidente.

— E também não podemos nos esquecer do caso Zorin.

— Nem toque nesse assunto de novo. Sergei Zorin implorou para eu ajudá-lo, porque a irmã, Olga, descobriu a verdade.

— Como ela conseguiu?

— Aparentemente, ela faz o motorista levá-la todo dia ao Minsky Park. Então, alguns dias atrás, o sargento subalterno dele em Kosovo apareceu trazendo flores, movido por um sentimentalismo de embriaguez. A bebida também o fez contar toda a verdade sobre a morte de Zorin. Ela falou imediatamente com o irmão, que esteve com o sargento Stransky e arrancou a história inteira dele.

— E o que você fez?

— O sargento foi sentenciado a cumprir pena em um batalhão penal. Já está a caminho da Sibéria.

— E a Sra. Zorin?

— Inconsolável, exigindo que o irmão faça alguma coisa.

— E o que ela quer dizer com isso?

— Bem, em Moscou isso seria apenas um trabalho para um assassino da Máfia.

— E em Londres? Se você realmente estiver mirando em Miller...

— Nós não temos tido muito sucesso com a Máfia de Londres, nos últimos tempos. Max Chekov continua de muletas e acabou tendo sorte por não ter perdido a perna. O que quer que eu decida, tem de ser especial. Preciso pensar um pouco. Aliás, avisei para Zorin não se meter nisso. Posso lançar toda a fúria do presidente sobre a cabeça dele se não se comportar, mesmo com todo o dinheiro que tem. Sua irmã vai continuar chorando, mas não por muito tempo, pelo jeito. Eu soube que o coração dela é uma fonte de ansiedade. Parece que só é mantida viva com os comprimidos certos.

Até o Intermediário sentiu um calafrio com as palavras de Volkov.

— Tem certeza?

— Absoluta. Bati um papinho com o médico dela.

Já era o bastante e o Intermediário seguiu com a conversa.

— Imagino que Miller esteja em Londres, a esta altura.

— Está, e Ferguson e aqueles cretinos que trabalham com ele vão estar nas alturas, mas não por muito tempo — disse Volkov. — Eu juro.

Em Holland Park, Miller estava na sala dos computadores com Roper e Dillon, repassando toda a situação. Ainda não tinha estado com o primeiro-ministro. Mas Ferguson sim, e havia uma sensação geral de um trabalho bem-feito.

— Mas tome cuidado — disse Roper. — Volkov deve estar uma fera.

— Kosovo, Washington e agora Beirute. Já foram três vezes, Harry. Isso torna você imbatível. Ele deve estar imaginando quanto tempo essa situação ainda vai durar — disse Dillon.

Roper balançou a cabeça.

— Não. Está pensando: "O que eu posso fazer para acabar com esse cara?" Você tem de tomar cuidado.

— Seria bom começar a andar armado — sugeriu Dillon.

— Com uma Walther? — Miller riu. — Isso é impossível. Eu nunca passaria pela segurança da Câmara dos Comuns, para não falar da Downing Street. De qualquer maneira, ninguém vai atirar em mim agora. Francamente, eu me sinto muito bem. Poderia até suportar mais uma exibição da peça de Noël Coward.

— Bem, eu não posso ir — disse Roper. — Como sou um homem biônico, preciso de muito tempo de antecedência para me preparar para esse tipo de aventura. Tente ir com Dillon. Ele é o especialista em teatro, como todo mundo sabe.

— Gostaria de ir, Sean? — perguntou Miller.

— Por que não? — respondeu e olhou para o relógio. — Se a gente sair agora, vai dar tempo de chegar lá na hora.

Miller disse a Roper:

— A cortina vai fechar às 22h. Você me faz um favor? Veja se conseguimos pegar uma mesa para jantar mais tarde no Savoy. Talvez dê até para dançar.

— Eu aviso a vocês — disse Roper, e eles saíram correndo.

No Gielgud, Miller foi recebido com espanto no camarim da mulher. Entrou lá sozinho, pois Dillon sugeriu ficar esperando no bar. Miller tinha arranjado um lugar extra com Marcus e encontrou Monica, como sempre, vendo Olivia se maquiar.

— O que aconteceu? — perguntou Monica. — Pensei que fosse ficar lá alguns dias.

— Eu também. Mas sabe como é. Todo mundo que eu precisava ver estava completamente disponível. Está tudo muito calmo, poucos transtornos, mas com toda a situação lá, nunca se sabe. Realmente não havia o menor motivo para permanecer. Achei que você já estava em Cambridge.

— Na verdade, vou subir amanhã — disse Monica.

O Codex tocou e ele atendeu.

— Tudo tranquilo no Savoy. Na hora em que falei o seu nome, eles ofereceram tudo. Aparentemente, a fama de Rottweiler do Primeiro-Ministro pode conseguir qualquer coisa. Divirta-se.

— O que foi? — perguntou Olivia.

— Marquei uma ceia no Savoy. Vamos nos despedir em grande estilo, querida — disse ele a Monica.

Olivia falou:

— Na verdade, Colin Carlton convidou todos nós para jantar.

— Ótimo. Ele pode ir junto. Eu também trouxe um amigo. Está esperando no bar.

— Quem é? — perguntou ela, franzindo um pouco o rosto. — Outro integrante do parlamento?

— Longe disso. É um sujeito com quem venho lidando ultimamente, Sean Dillon. Você vai gostar dele.

Ela estava evidentemente irritada por algum motivo. Seus planos haviam sido atrapalhados. Monica logo falou:

— Vamos beber um drinque com ele no bar. Depois a gente se vê, Olivia.

Saíram do camarim e caminharam até a porta do teatro.

— Ela não gostou — comentou Miller.

— Ela não esperava você, Harry. Tinha organizado tudo, e então você aparece de repente e espera que...

De repente, ficou vermelha, e ele falou:

— Espero o quê?

— Ai, Harry, que droga. Eu não sei. Na verdade, nao sei de mais nada. Agora vamos ver onde está esse seu amigo e beber alguma coisa.

Dillon havia conseguido uma mesa de canto e tinha uma garrafa de Krug aberta à sua frente. Monica ficou maravilhada. Ele se pôs de pé, pegou sua mão e a beijou.

— Lady Starling, é sempre um prazer conhecer uma mulher realmente elegante, como diria Darcy, de Jane Austen.

Ela ficou completamente impressionada e riu.

— Devo considerar isso um elogio?

— A senhorita deve considerar isso como quiser, desde que aprove esta Krug sem safra definida. As pessoas de bom gosto e discernimento consideram que é o melhor champanhe do mundo. É a mistura das vinhas.

Ele lhe passou uma taça, serviu uma para Miller, e ela provou.

— Devo dizer que é muito bom.

— Então um brinde a uma noite divertida.

— Eu sou a irmã do Harry, sabia?

— Eu sei tudo sobre a senhorita. Reitora da Universidade de Cambridge, professora de arqueologia, especialista na Idade Antiga, especialmente no que aconteceu aos romanos na Inglaterra, depois da queda do Império.

— O senhor é muito bem-informado.

— É só teclar seu nome em qualquer computador e tudo isso aparece.

— E o senhor? O que faz?

— Consigo arranhar umas notas num piano. Também sou uma espécie de perito em línguas. Dá para ganhar algum dinheiro com isso.

— Uma espécie de perito em línguas! — disse Harry. — Ele fala tudo, inclusive irlandês.

— Estou vendo. — Ela estava intrigada. — Como o senhor não trabalha no parlamento, deve ser uma espécie de servidor público civil, imagino.

— Essa é uma ótima descrição do que faço. Eu sirvo à Coroa. — Ele encheu a taça dela. — É o tempo de esvaziar essa taça e irmos para nossos assentos. Estou ansioso para ver a grande Olivia Hunt nos impressionar com suas falas.

Harry riu e Monica falou:

— O senhor gosta mesmo de teatro, não é?

— Ah, sim. Muito. — A campainha tocou e todos foram chamados aos seus lugares pela última vez. — Então lá vamos nós. — E deu o braço a ela.

Mais tarde, esperaram Ellis por alguns instantes ao lado do Mercedes. Olivia e Colin Carlton chegaram logo, empolgados e triunfantes. Antes de serem apresentados a Dillon, ela disse:

— Ih, o que vamos fazer? Tem gente demais para o Mercedes.

Houve um momento de embaraço, e Dillon agiu rapidamente.

— Eu já tive a honra de vê-la muitas vezes. Permita-me dizer que o velho Noël teria ficado orgulhoso da senhora esta noite. E do senhor também, Sr. Carlton. — Acenou com a cabeça para Miller. — Vejo você em breve, Harry. — Lançou para Monica seu sorriso mais arrasador. — Lady Starling, a senhorita me causou uma grande impressão.

E simplesmente desapareceu na multidão que passava, deixando Ellis segurando a porta aberta e um silêncio um pouco constrangedor.

— Ai, meu Deus — disse Olivia —, será que eu disse alguma coisa errada?

Miller falou calmamente:

— É melhor a gente ir andando, Ellis. Não vão reservar a mesa por muito tempo. Eu vou na frente com você. — Quando passou por ele para entrar, Monica apertou-lhe de leve a mão.

No Savoy, enquanto eles passavam por entre as mesas, várias pessoas reconheceram Olivia e chegaram a ensaiar alguns aplausos. O maître não poderia ser mais gentil e os levou até uma excelente mesa na janela.

Olivia continuava empolgada.

— Champanhe, Harry. — Ela obrigou Carlton a se levantar. — Vamos lá, querido. Eu quero dançar.

Miller acenou para o sommelier.

— Krug, sem safra definida.

— Tem certeza, major Miller?

— Perfeitamente. É o melhor do mundo. — Olhou para Monica. — É a mistura das vinhas.

O garçom saiu e ela riu.

— Gostei do seu novo amigo, Harry

— É. Ele é muito especial, não é?

— Não se irrite com Olivia. Você sabe como são os atores.

— Claro. O comportamento dela com Dillon não foi muito elegante. Mas quem sai perdendo é ela.

— Eu realmente gostei dele — disse Monica, enquanto o Krug chegava. — O que ele faz?

— Trabalha para o primeiro-ministro, na equipe do general Charles Ferguson. Questões de segurança, coisas assim.

— Uma espécie de espião. É isso o que quer dizer?

— Por quê? O que pensava que ele fosse?

— Eu... não estou bem certa. Mas ele tinha uma aura de soldado.

— Uma observação interessante.

— O quê? — Era Olivia, enquanto ela e Carlton se sentavam e o garçom enchia suas taças.

— Ah, só falávamos do novo amigo de Harry — disse Monica.

— Um homenzinho esquisito — comentou Carlton. — O que ele faz?

— Começou na sua profissão — falou Miller. — Foi aluno da RADA aos 19 anos. Fez o papel de Lyngstrand em *A dama do mar*, de Ibsen.

— Mesmo? — Carlton meneou a cabeça. — Sempre considerei um grande erro permitir que os alunos arruínem peças geniais, que evidentemente estão fora do seu alcance.

— Para falar a verdade, ele atuou no National Theatre.

Houve um silêncio na mesa e Monica falou:

— Bem, isso é o que eu chamo de deixar alguém sem palavras.

Olivia ficou levemente aturdida e Carlton falou:

— É estranho. Eu nunca ouvi falar dele.

— Ele desistiu de tudo antes da sua época. Trocou o teatro do palco pelo teatro das ruas.

— E o que isso deveria significar? — perguntou Olivia.

— O que você quiser que signifique. — Miller se levantou e deu a mão a Monica. — Vamos dar um giro pelo salão. Já faz muito tempo que nós não dançamos.

Do outro lado do mar, na República da Irlanda, Michael Quinn visitava Drumore Place, em County Louth, a sede da Belov International. Para ele, não era nenhum sofrimento. O pequeno porto, os aldeões que faziam o que lhes era mandado, o pub, o Royal George, administrado por Patrick Ryan, cuja mãe era cozinheira na casa grande de Drumore Place, com o velho Hamilton de mordomo. Ele sempre se sentia como um senhor feudal quando ia lá fazer uma visita e se sentava agora à lareira do salão, bebendo uísque, quando seu telefone por satélite tocou. Atendeu e descobriu que era Volkov.

— Achei mesmo que ia encontrá-lo aí.

— É bom ouvi-lo, general. O que posso fazer pelo senhor?

— O mistério de Washington. Você ainda não tem notícias do que aconteceu com Tod Kelly e o subordinado dele?

— Absolutamente nada. Desapareceram por completo. Por quê? O senhor tem alguma notícia?

— Miller.

Quinn ficou imediatamente alerta.

— O que ele fez agora?

— Preste atenção — disse Volkov.

Quando ele terminou, Quinn soltou:

— Filho da puta. Será que ele não vai morrer nunca?

— Aparentemente, não. Eu já cansei. Quero ele morto. E agora! Venha para Londres e pegue um dos aviões da Belov.

— Mas e Ferguson? O que vai acontecer quando se espalhar a notícia da morte de Miller em pleno quintal dele?

— Ferguson vai entender. Faz parte do jogo. Você se lembra do ano passado, quando eu queria derrubar Ferguson e a maior parte da equipe dele quanto fosse possível? Aquele negócio do *Green Tinker*? Aquilo foi uma merda. Quatro atiradores do IRA e mais dois vagabundos drogados, e Dillon, Salter e Igor Levin se livraram de todos. "Livrar-se" é uma palavra comum para os operadores, Quinn. Nunca houve nada, essa é sempre a solução que Ferguson dá. Nada vai ao tribunal, e ele tem uma unidade de eliminação que usa um crematório. Se ele acusar você de alguma coisa, também vai precisar acusar o próprio pessoal.

— Isso eu entendo. Mas eu também gostaria de dizer que, nas circunstâncias erradas, ele poderia se livrar de mim.

— Não, a não ser que seja necessário.

— É um grande conforto ouvir isso. Pois bem, diga o que quer que aconteça com Miller.

— Devemos lembrar que não é de conhecimento público que ele possui um lado secreto. Portanto, não quero nada que desperte suspeitas. Não quero uma bomba na limusine, nem alguém atirando pelas costas em uma noite escura e chuvosa. O que eu quero é uma morte acidental. As pessoas vão aceitar um acidente. Ferguson, Dillon e o primeiro-ministro, todos esses vão saber da verdade, mas não vão poder dizer nada. Eles não vão poder nos culpar publicamente. Os russos são culpados com muita facilidade nesses casos, mas dessa vez...

— O senhor vai conseguir sair limpo.

— Exato. Pense nisso por alguns dias. Então, quando estiver pronto para ir em frente, vou providenciar para que Max Chekov o leve a Londres. Você tem de compreender que isso é muito importante. Deverá mandar uma mensagem a Ferguson avisando que *não se brinca com a Rússia.* Eu diria que você pode gastar até 50 mil libras com a morte de Miller.

Volkov obviamente ligou para o Intermediário, porque não passou mais do que meia hora, e Quinn recebeu um telefonema deste.

— Quer dizer que temos um problema?

— Eu, com certeza — disse Quinn. — Quanto a você, não sei.

— Talvez eu possa ajudar. A Fraternidade está crescendo em Londres. Ela pode fornecer pessoal com qualquer habilidade de que precise.

— Dreq Khan caiu fora.

— Mas deixou alguém no lugar, um cara chamado Ali Hassim. Tem uma loja de esquina em Delamere Road, West Hampstead. Vou falar com ele sobre você. Se houver algum meio de ajudar, ele fará isso.

— Eu tenho que pensar. Pode ser que haja alguém dos velhos tempos, gente que costumava fazer esse tipo de serviço, mas não com frequência.

— Você conheceu muita gente assim quando trabalhava para o IRA?

— Conheci. Algumas pessoas em Londres, espiões, alguns em trabalhos respeitáveis de classe média, desde professores até bancários. Às vezes ficavam encarregados de uma única operação. Em 1979, um integrante do parlamento foi destroçado na explosão de um carro-bomba enquanto subia a rampa de um estacionamento do metrô, na Câmara dos Comuns. Nunca encontraram o responsável e, de acordo com os boatos, os envolvidos só tinham feito aquela operação.

— Seria interessante se ainda existissem pessoas assim em Londres. Pessoas comuns.

— E por que não? Há milhares de irlandeses que nasceram em Londres. De qualquer maneira, tem uma coisa que você poderia fazer. Se esse Ali Hassim tiver gente para ajudar, seria útil conseguir um relatório de quem entra e sai da casa de Miller, onde quer que seja.

— Já sei onde ele mora. A família tem uma casa em Mayfair há muitos anos. Uma região excelente, lugar chique, Dover Street, 15. Vou deixar o endereço com Hassim.

Dessa forma a conversa acabou e Quinn se serviu de mais uma generosa dose de uísque, remexeu o fogo, sentou-se e pensou em toda a situação.

Ali Hassim percebeu que, com a idade, seu sono havia se tornado muito leve, e, frequentemente, cochilava no sofá ao lado da lareira, no quarto dos fundos da loja. Foi lá que o Intermediário o encontrou quando telefonou.

— Você está acordado, meu irmão? — perguntou, em árabe.

— Quem é?

— É o Intermediário.

— Que Alá o abençoe.

— Você também. Recebi a notícia de que sua mulher faleceu desde a última vez em que nos falamos.

— Um ataque cardíaco. Era a hora dela. O que posso fazer por você?

— As coisas vão bem para o Exército?

— Vão, graças ao dinheiro que Osama envia. Nós fazemos muitas coisas visivelmente boas, como dar sopa aos infiéis e alojamento para os pobres, esse tipo de coisa. É muita caridade para sermos considerados vilões.

— O que deve dificultar para alguém como Charles Ferguson.

— A intenção é justamente essa. O Exército encobre as atividades da Fraternidade, mas elas ficaram muito reduzidas nas atuais circunstâncias. Eu não queria atrair a atenção das autoridades para nossas atividades, mas assim mesmo seria difícil para Ferguson provar alguma coisa.

— Você tem falado com Khan, nesses últimos dias?

— Muito raramente. O trabalho dele em Beirute deve estar exigindo muito.

— E também traz sua própria cota de problemas. Preste atenção.

— E o Intermediário lhe contou tudo.

Em seguida, Ali Hassim falou:

— É verdade. Alguma providência tem de ser tomada. A morte desse Miller não me incomodaria nem um pouco. Como sabe, Ferguson e sua equipe foram os responsáveis pelo sumiço do meu sobrinho Abu. Você pode contar comigo e com meu pessoal para ajudá-lo nesse assunto.

— Ótimo. Sabia que podia contar com você. Vou deixar por sua conta.

Ali Hassim permaneceu sentado, pensando. De repente, não se sentia mais cansado, mas totalmente alerta. Foi até o laptop e logo os detalhes sobre Miller surgiram na tela; leu tudo com muito interesse e então imprimiu algumas fotos. Pegou o celular e discou um número.

— Abdul? Vou mandar uma cópia para seu laptop. O cliente é um político, Harry Miller, endereço Dover Street, 15. Vigilância básica. Rotina diária, idas e vindas, informações em geral. Tudo muito discreto. Mas é prioridade.

E assim a vida voltou a ficar interessante, e ele foi fazer um café na pequena cozinha.

Na manhã seguinte ao Savoy, Olivia dormiu até tarde, como era habitual depois de um espetáculo como o da noite da véspera. Miller dormiu no quarto de hóspedes para não perturbá-la. Ele e Monica tomaram o café da manhã juntos.

— Você vai para Stokely este fim de semana?

— É muita gentileza sua, Harry, mas está mais que na hora de eu voltar ao trabalho. E ainda tem meu livro.

— Ainda? Mesmo depois de quatro anos?

— É um assunto muito complicado.

— Sim, os romanos eram bastante complicados. Vamos, Ellis vai chegar a qualquer momento. Vamos levá-la até King's Cross para pegar o trem.

Ela terminou o café.

— Estive pensando em Dillon. Ele é espião, não é, Harry?

Miller disse:

— Ele vai morrer de rir quando eu contar isso a ele. Na verdade, ele era um dos grandes defensores do IRA Provisional.

Ela quase se engasgou com o café, de tanto rir.

— Francamente, Harry, você às vezes não passa de um idiota.

— Tudo bem, eu desisto. Vamos lá. Está na hora.

Eles a deixaram na estação, e Harry lhe deu um beijo de despedida; então Ellis levou o patrão à Downing Street. Ele não tinha hora marcada com o primeiro-ministro, mas o encontrou por acaso quando o grande homem saía do gabinete. Este levou Miller a um canto e falou, em pouco mais que um sussurro:

— Excelente trabalho. Meu Deus, você acertou em cheio aqueles merdas.

Enquanto ele se apressava e ia para o andar de baixo, Simon Carter apareceu.

— Ah, você está aí, Miller. Andou aprontando seus truquezinhos de novo, enquanto eu estava fora.

— Bem, meus truquezinhos deram resultado — disse Miller. — Você não gostou?

— Existe um modo de ajeitar as coisas, uma maneira adequada, com aberturas sutis e diplomáticas. Não é a maneira de Ferguson nem a sua. Você está indo longe demais. Meu Deus do céu, homem. Essa pode ser sua sentença de morte, será que não percebe?

Miller às vezes o chamava de Simon, porque sabia que assim o deixava irritado.

— Meu caro Simon, eu não sabia que você se importava tanto comigo.

— O que você quer? Continue assim e verá aonde sua estupidez vai levá-lo. — E desceu as escadas.

Miller conferiu algumas coisas, então chamou Ellis, deixou o prédio, adentrou no Mercedes e pediu que o levasse à Câmara dos

Comuns. Ele entrou pelo acesso de St. Stephen, atravessou o salão central até seu escritório, então desceu à Câmara, passando pelo bar. Os debates eram sobre algum aspecto da política de habitação, os discursos, muito ideologizados, e de repente ele estava tão aborrecido que já não aguentava mais. Foi até o gabinete do líder do partido, disse que tinha algo a fazer para o primeiro-ministro pelos próximos três dias (coisa muito comum de acontecer) e então saiu da Câmara, usando o Codex para chamar Ellis.

Mandou que o levasse à Dover Street, mas quando chegou lá, não havia sinal de Olivia, então telefonou para ela e a encontrou no cabeleireiro.

— Você quer almoçar? Ou talvez dar uma escapada para o campo?

— Meu Deus, não — disse ela. — Eu tenho um almoço de trabalho com Colin e tenho a tarde inteira para passar o texto com minha nova substituta. Francine recebeu uma oferta para fazer uma peça na West Riding Playhouse e a produção disse que ela podia ir.

Então era isso.

— Estou de partida para o campo por um ou dois dias. Vou deixar Ellis com você em tempo integral. Vou levar o Mini Cooper. Tudo bem para você?

— Acho que sim. Para onde você vai?

— Não vou a Folly's End há séculos. Estou com vontade de dar uma escapada por uns dias. Está mais que na hora de eu dar uma olhada nas coisas por lá.

Ela pareceu perfeitamente animada.

— Se isso é o que você tem que fazer, então tudo bem. Diga para Ellis onde estou. Ele pode me pegar aqui.

Ele trocou de roupa e vestiu algo mais confortável — calça preta de veludo, camisa preta, jaqueta de aviador —, jogou algumas coisas em uma velha bolsa de viagem, apanhou uma capa de chuva e desceu. O Mini Cooper estava no meio-fio com uma autorização de estacionamento para moradores, como acontecia com muitas casas em Mayfair. Ellis estava com o carro parado mais à frente, a sua espera, sentado ao volante e lendo o *Mail*.

Ali perto, havia um homem com um jaleco e um carrinho amarelos. Varria a rua com movimentos lentos e estudados. Miller falou:

— Mudança de planos, Ellis. A madame está no cabeleireiro. No Joe Hansford.

— O que vai fazer, major?

— Acho que vou descer até West Sussex e passar alguns dias em Folly's End. Vou ver como estão as coisas lá em casa.

— Não vamos lá há um ano, no mínimo.

— Eu sei, Ellis, e está na hora de ir. Pode sair, agora. — Fechou a porta, e Ellis partiu. Miller cumprimentou o varredor com a cabeça, simpático, e dirigiu-se ao Mini Cooper. Entrou e deu a partida. Minutos mais tarde, passava pela Park Lane e entrava em Marble Arch.

Seu destino ficava a alguns quilômetros da costa de Bognor Regis, que não era sequer uma cidade, só um braço de mar com espaço para uma meia dúzia de barcos atracarem, umas poucas casas espalhadas e um pub chamado Smugglers'. Atrás dele, o que havia sobrado das pistas de grama do Haddon Field, o ponto de partida dos caças que travaram a Batalha da Bretanha. Seu pai havia comprado uma das casas depois da Segunda Guerra, por 500 libras. As temporadas passadas ali estavam entre as mais queridas da sua infância. Ele mal podia esperar para chegar lá.

Abdul, o chefe do varredor, havia estado na Dover Street e contou o que tinha entreouvido para Ali Hassim, ao celular.

— Você fez um bom trabalho — disse Ali. — A vigilância não precisa ser 24 horas por dia. Só mande seus rapazes ficarem de olho em tudo e contar tudo que souberem de interessante.

Procurou em uma prateleira sobre a mesa que continha uma série de guias de viagem da maior parte da Inglaterra, e encontrou o que procurava, um mapa de West Sussex. Logo localizou Folly's End. Pensou um pouco, então ligou para um integrante da Fraternidade que trabalhava para uma instituição financeira na City.

— Você está disponível?

— Desde minha promoção, sou dono do meu próprio nariz. O que você quer?

— Venha até a loja que eu explico.

Sam Bolton na verdade se chamava Selim. A história dele era bem simples. Sua mãe era muçulmana e desprezava seu povo, e assim se casou com um inglês, que o criou em uma cultura totalmente cristã. Durante seu primeiro ano de contabilidade na Universidade de Londres, seu pai morreu e sua mãe voltou à fé islâmica. Mais tarde, vieram aqueles que viram uma excelente oportunidade em um rapaz bem-apessoado, que usava bons ternos, parecia inglês e tinha excelentes relações na City. Na verdade, Bolton não era nem um pouco religioso e aceitou o trabalho de espião mais por uma ânsia de aventura que por qualquer outro motivo. A outra verdade era que Ali, homem já experiente, sabia perfeitamente disso.

Ali não via motivos para Bolton saber sobre o que se referia a missão, nem quem era Miller. Bolton ficou meio confuso quando Ali lhe passou o nome e pesquisou sobre Miller no laptop.

— Mas por que ele? — perguntou, olhando para a tela em seu colo. — Ele parece um típico parlamentar engravatado que teve uma carreira totalmente burocrática, a não ser pelo período que passou nas Ilhas Falkland.

— As aparências enganam.

— Você sabe de mais coisas do que me disse?

— Veja o que você mesmo acha dele.

— Se for um desafio, está aceito. — Bolton fechou o laptop. — Imagine que nem tomei café. Vou parar no *Little Chef* no caminho.

— Pretende ir desse jeito?

— Você diz vestido assim, como um contador de uma das melhores empresas da City, a caminho de Bognor Regis em seu Audi e perdido no labirinto de estradinhas de interior que é West Sussex?

— Vá com a minha bênção, seu patife, e que Alá o proteja. — Ali deu-lhe um tapinha no rosto quando Bolton saiu.

Miller deixou Londres bem rápido, passando por Guildford e indo até Chichester e o sul, para a melhor parte de West Sussex, um emaranhado de estradinhas de interior que ele conhecia bem. Foram duas horas e meia de estrada, de modo que chegou a Folly's End às 13h30.

Havia barcos a vela ancorados no promontório, uma única lancha solitária e quatro carros do lado de fora do pub. Ele estacionou o Mini Cooper e caminhou até a prainha, aspirando o mesmo cheiro de sal que sentia na infância, então entrou no Smugglers'. Ao chegar, dois casais estavam sentados em mesas separadas, comendo saladas de presunto e tomando cerveja.

Atrás do bar, limpando um vidro, estava a dona do pub, Lizzie Arnold, viúva fazia sete anos e com um filho no Exército, um paraquedista. Tinha 45 anos e era bonita, filha de um fazendeiro da região. Miller a conhecia desde pequeno.

— Meu Deus, veja que surpresa! — Ela se debruçou sobre o bar e o beijou. — Há quanto tempo. Onde você esteve?

Ele estendeu as mãos sobre o bar.

— Ah, por toda a parte. É melhor nem saber. Tudo bem lá em casa?

Entrando pela porta, Sam Bolton ouviu tudo isso e fez uma excelente representação de alguém que não tinha a menor ideia de onde estava.

— Com licença...

Lizzie pegou uma chave das muitas que estavam na tábua atrás do bar.

— Tudo na mais perfeita ordem, Harry. — Ele começou a sair e ela se dirigiu a Bolton: — E você, meu bem. Qual é o problema?

— Estou vindo de Londres e consegui chegar a Chichester. Ia para Bognor Regis, pensei em pegar a rota panorâmica e entrar pelo interior, mas acho que estou totalmente perdido.

Miller falou da porta:

— E está mesmo. Mas ela já vai te colocar no caminho certo. Eu já volto, Lizzie.

Ele saiu e Bolton falou:

— Imagino que eu possa aproveitar e almoçar, já que estou aqui, e tomar uma caneca de cerveja. Mas só uma, porque estou dirigindo.

Ele realmente era muito bonito, pensou ela, enquanto bombeava a cerveja.

— Vou só trancar o carro.

— Aqui não é preciso, querido. Pode confiar.

— Mas é que tenho alguns papéis muito importantes para o cliente que vou ver lá em Bognor.

Ele se posicionou atrás do volante do Audi, esticou a mão embaixo do painel e revelou uma abertura onde havia uma Walther PPK. Colocou-a dentro da pasta que carregava e voltou ao pub. Provavelmente estava exagerando, mas o típico parlamentar engravatado que aparecia no laptop era uma coisa, e aquele homem de calça preta, jaqueta de aviador e Ray-Ban Wayfarer era outra completamente diferente. Agora tinha certeza de que Ali não havia sido sincero com ele, que o tinha envolvido em algo que era mais do que as aparências diziam.

Ela esperava com a cerveja numa mesa de canto.

— O movimento nesses dias é quase todo à noite, por isso não tenho mais almoço. Mas tem bife, torta de cevada e batata frita feita no micro-ondas. Interessa?

— Pode trazer tudo — disse e começou a beber.

A casa estava em excelentes condições, nem um sinal de umidade, cheiro de verniz por toda a parte e a cozinha encontrava-se imaculada. Miller pegou a fotografia da mãe. Ela foi a coisa mais importante de sua vida em seus cinco primeiros anos, e então morreu tragicamente durante o parto de Monica. Ele beijou a foto, como sempre fazia, colocou-a em cima da estante, pegou o Codex e ligou para Roper.

— É o Harry. Tirei o dia de folga. Estou em uma vila chamada Folly's End, na costa de West Sussex. Temos uma casa aqui há muitos anos.

— E...?

— Roper, a única razão de eu ainda estar vivo aos 45 é porque todos aqueles anos na Irlanda do Norte me deixaram calejado. Quando vejo uma pessoa fora do comum, eu sei instintivamente e sem sombra de dúvida que se trata de um suspeito. Um cara acabou de aparecer do nada no pequeno pub daqui, dizendo que errou o caminho para Bognor Regis. Não sei seu nome, mas eu anotei a placa de um Audi cupê prata.

— Então passe para mim. — Foi o que Miller fez. Segundos depois, Roper apresentava: — Samuel Bolton. Tem um apartamento em Belsize Park. MBA da Universidade de Londres, gerente de investimentos da Goldman-Greene, na City. Isso ajuda?

— Eu não conhecia esse nome quando perguntei, portanto, terei que me informar. É só isso? Tem mais alguma coisa?

— Só o fato de a mãe dele ser muçulmana e iraniana. Aliás, ela morreu, de ataque cardíaco, há cinco anos. Está tudo aqui. Essas instituições financeiras costumam fazer um levantamento bem completo. O que é isso, Harry?

— Saí da minha casa na Dover Street hoje de manhã. Eu estava dando ao motorista do gabinete as ordens do dia, dizendo que vinha para cá de Mini Cooper, então vi algo que nunca tinha visto na vida.

— E o que seria?

— Um homem de jaleco amarelo com um carrinho amarelo varria a rua. Parecia ser muçulmano e estava perto o suficiente para me ouvir.

— O Exército de Deus — disse Roper. — Os varredores, a Fraternidade. O que você vai fazer?

— Eu contei no meu relatório sobre Beirute que Dreq Khan confessou que um homem chamado Ali Hassim era quem comandava a Fraternidade. Vou ver o que Sam Bolton pensa a respeito.

— Cuidado, Harry. Ninguém sabe que essa Fraternidade existe. Mas, se esse tal de Sam Bolton for um agente, você já imaginou qual é o motivo para ele estar aí?

— Bem, eu sempre posso perguntar isso diretamente a ele.

Um pouco mais cedo, uma lancha tinha chegado ao promontório e Lizzie havia se aproximado da janela dizendo:

— Ele de novo, não.

Bolton olhou para fora e viu o homem ao volante embicar com a proa na direção da pequena faixa de areia, saltar pelo lado e sair da água. Era grande e poderoso, usava um colete de marinheiro, tinha o cabelo todo sujo e precisava desesperadamente se barbear. O rapaz que vinha atrás parecia ter uns 18 anos e ser uma versão mais jovem do outro.

Um dos casais do outro lado do bar olhou para fora, trocou um olhar rápido, levantou-se e foi embora. O outro casal ficou realmente preocupado.

— Algum problema?

— Nada além de problemas. Seth Harker. Ele gosta desse visual de marinheiro, mas é um milionário aposentado de Londres, do ramo imobiliário, que fez a vida passando por cima de todo mundo. Um beberrão a maior parte do tempo. O outro idiota é o Claude, o filho dele, que está sempre aprontando. Tentei barrá-los, mas é difícil. E não tem um único homem por aqui até a noite cair.

Harker entrou rindo, seguido pelo rapaz, e o outro casal que almoçava se levantou para sair.

— Já de saída? — rosnou Harker, e, quando o casal passou por eles, o filho deu um tapinha na bunda da mulher.

— Ela tem uma bunda bonita, pai.

O casal saiu dali rapidinho e Lizzie deu a volta no bar.

— Não vou aceitar esse tipo de comportamento no meu bar e vou falar para vocês pela última vez. Estão barrados aqui, por isso, tratem de sair.

Claude Harker veio por trás e passou-lhe a mão por baixo da saia.

— Assim está bom — sussurrou, lascivo, completamente excitado, pelo que se podia ver. — Eu gosto disso.

Lizzie Arnold não podia fazer nada, chorando de raiva, enquanto se debatia. Harker pai foi para trás do bar, morrendo de rir, e se serviu de uísque. Sam Bolton se pôs de pé e entrou em cena.

— Ela não gosta disso, entendeu, idiota? — Ele virou Claude, deu-lhe uma bofetada e simplesmente o jogou para longe, então virou-se para Lizzie e perguntou: — Você está bem?

Harker, movendo-se com uma velocidade surpreendente para um homem do seu tamanho, tinha passado por baixo do bar na mesma hora e estava com um braço em volta do pescoço de Bolton, agarrando seu punho.

— Você está a fim de encrenca, hein, seu filho da puta? Então veio ao lugar certo. Vamos lá, Claude, arrebente ele.

Lizzie soltou um grito de indignação. Claude Harker acertou-lhe um soco e foi então que Miller chegou correndo por trás e o golpeou nos rins. O jovem Harker deu um urro de agonia e Miller apenas o arrastou e jogou sobre uma mesa.

O pai parecia incrédulo, olhando para Miller como se não acreditasse. Soltou Bolton, que cambaleou para longe, com o sangue escorrendo pela boca. Claude, levantando-se, tentou socar Bolton com força, mas este bloqueou o golpe com facilidade e o atingiu no rosto. Harker falou:

— Você vai me pagar por isso, mas antes vou quebrar os braços do seu amigo. Os dois.

Ele se jogou de corpo inteiro em cima de Miller, com as mãos para a frente. Miller apenas girou o braço esquerdo dele, agarrou-lhe o punho e o dobrou, jogando-o contra as garrafas nas prateleiras no final do bar. Nesse momento, seu braço estava rígido e seu punho direito desceu como uma marreta.

O grito de dor de Harker foi verdadeiro, e Miller lhe disse:

— Você mencionou dois braços quebrados. Desta vez, vou te deixar só com um quebrado. Se der as caras por aqui outra vez, eu quebro o outro.

Harker agarrava o braço fraturado. Miller o agarrou pela nuca e gritou para Bolton:

— Traga o outro filho da puta para cá, tá legal?

Arrastou Harker até a prainha, e dali à lancha.

— Entre aí — disse e o atirou de cabeça lá dentro. Bolton vinha atrás com Claude, e o atirou atrás do volante, onde ele ficou sentado, com sangue no rosto, parecendo realmente muito mal.

— Use o cérebro, se é que você ainda tem um, e vire a chave. Quando o motor ligar, você se manda. Se voltar, já sabe o que esperar. — Miller se virou para Bolton: — Esses dois filhos da puta vão precisar de um empurrão.

Os dois empurraram a lancha e ela entrou nas águas do estreito. O motor deu a partida e o barco se afastou. Miller disse:

— Acho que eu aceitaria uma bebida. E você?

— Eu estou dirigindo, mas adoraria uma xícara de chá. — Bolton havia tirado um lenço e tentava estancar o sangue do soco que tinha recebido na boca.

— Desagradável — disse Miller.

— Nada que chegue perto do que você fez com Seth Harker. Ele é sempre assim?

— Não faço a menor ideia. Minha família tem uma casa de campo aqui desde que eu era criança, mas já faz um ano que não venho. Você disse "Harker"?

— Foi assim que a senhora o chamou.

Eles entraram no pub e encontraram Lizzie pegando as garrafas que tinham sido derrubadas no bar. Ela se virou, jogou os braços em volta de Miller e o beijou. Havia uma expressão de respeito no rosto dela.

— Meu Deus, Harry, eu te conheço desde que éramos pequenos. — Balançou a cabeça. — E fiquei com a impressão de jamais ter conhecido você quando vi o que fez com aquele vagabundo.

— Ah, ele me deixou com muita raiva — disse Miller. — Agora chega, Lizzie. Se ele voltar a te incomodar, posso pedir às pessoas certas que façam com que ele se comporte melhor.

Ela se virou para Bolton e estendeu a mão.

— Lizzie Arnold. Quando aquele vermezinho colocou a mão por baixo da minha saia, senti nojo, mas aí apareceu você. — Ela o beijou no rosto. — Também te considero um herói. Posso saber seu nome?

— Pode ficar com meu cartão, se quiser. — Bolton o tirou da carteira e passou a ela.

— Harry Miller. — Esticou a mão. — Posso ficar com um cartão também?

— Certamente. — Bolton encontrou mais um, e Miller leu: — Goldman-Greene Investments. Você está bem longe da City.

— Indo para Bognor. Nós temos alguns clientes por lá. Aliás, acho que é melhor eu me mandar.

— Bem, vá com Deus, meu bem. Você sempre será bem-vindo — agradeceu Lizzie.

— Eu te acompanho — disse Miller, e os dois saíram.

Caminharam um pouco até a praia, com a areia estalando debaixo de seus pés. Sam Bolton se sentia calmo, melhor do que havia muito tempo.

— Este é realmente um lugar muito especial. Eu invejo você. — Simulou uma hesitação. — Sabe, de uma maneira meio esquisita, acho que o conheço ou já vi você em algum lugar.

Miller achou aquilo divertido, mas não demonstrou.

— Já apareci algumas vezes na televisão. Sou do parlamento.

— É claro. — Bolton riu. — Bem, se me permite dizer, você não se parece com nenhum integrante do parlamento que eu já tenha conhecido.

— Às vezes eu perco a calma. Conseguiu o que você queria?

Bolton respondeu instintivamente — seu grande erro.

— Sim. Acho que sim.

Ficou paralisado por um momento, e Miller sorriu.

— Que bom. Tenha uma boa viagem e obrigado por ter inferido. Ainda existe uma fraternidade de homens de boa-fé dispostos a se levantar quando a situação fica feia neste mundo. Eu gosto disso. — Virou-se e voltou para o pub.

O que ele havia dito, o uso da palavra fraternidade, só podia significar uma coisa. Bolton entrou no Audi e saiu dali, e, por alguma razão, se pegou rindo, porque tinha simpatizado com Miller, tinha gostado muito dele.

— Ele sabe — disse em voz alta. — O filho da puta sabe mesmo. Só imagino como.

Quinze minutos depois, ele encontrou a estrada principal e voltou direto para Londres.

Enquanto Lizzie preparava para ele sanduíches de presunto na cozinha, Miller ligou para Roper pelo Codex.

— Pode cancelar a cavalaria — disse e fez um breve relato do que aconteceu.

— Meu Deus, Harry. Você parece predisposto a transformar tudo em uma batalha campal, até em uma cidadezinha de nada.

— Desta vez, não foi bem o caso. Sam Bolton chegou primeiro, para proteger a honra de uma dama. Ele não hesitou, mesmo lutando contra dois. Ele não sabia que eu ia chegar para dar cobertura. Mesmo assim, sabia se virar e estava disposto a fazer uma tentativa. Não era um homem qualquer, porém o mais importante foi a resposta instintiva que deu quando perguntei se ele tinha conseguido o que queria.

— Ele disse que achava que sim.

— E o que você acha que ele queria?

— Dar uma checada em você, Harry. Alguma coisa assim. Ele deve ter te achado interessante.

— Disse que eu era diferente de todos os integrantes do parlamento que ele conhecia.

— Não se preocupe, meu velho. Você com certeza é um caso à parte. Talvez fosse isso o que ele precisava descobrir. A gente volta a se falar.

Em Londres, Bolton foi direto a Hampstead quando chegou e encontrou a loja da esquina ainda funcionando, com uma garota de lenço na cabeça atrás do balcão. Pediu para falar com Hassim, e ela foi para os fundos, voltou e manteve a porta aberta. Ele entrou.

Hassim estava sentado atrás da mesa e ergueu os olhos.

— Como foi?

Bolton se sentou perto da lareira.

— Ele é um homem excepcional.

— Eu já sabia. Conte o que aconteceu. Obviamente foi algo fora do comum.

— Pode-se dizer que sim. — Bolton começou seu relato. — É um homem muito perigoso. Sua imagem, o fato de ser integrante do Reform Club, um parlamentar engravatado, tudo isso dá uma impressão totalmente falsa de quem ele é.

— *Do que* ele é seria mais exato. — Ali suspirou. — Claro que é uma pena que as suas ações também tenham deixado entrever suas credenciais. Tem certeza de que ele sabia quem você era?

— Claro. Senão, por que usar a referência à Fraternidade? Mas tinha mais alguma coisa. Eu senti. Era como se ele me conhecesse.

— O que é uma pena — disse Ali Hassim. — Você estava no seu próprio carro e só a placa já forneceria uma quantidade enorme de informações sobre sua identidade.

— Como espião, minha utilidade vem do fato de minha identidade ser autêntica. Eu dei a ele meu cartão porque sou o que digo que sou, um gerente de investimentos em uma empresa importante da City. Nós moramos em um mundo onde as checagens são imediatas. Minha identidade provaria na mesma hora, até para a polícia, que eu sou totalmente respeitável.

— Mas mesmo assim você diz que ele desconfia que você participe da Fraternidade?

— Verdade e, se eu estiver certo, deve ter mais coisas acontecendo por trás disso do que até mesmo você saiba. Já imaginou que seus inimigos possam saber que, sob a respeitável fachada do Exército de Deus, existe a Fraternidade? Talvez esse tipo de situação agrade a eles. — Bolton se levantou. — Bem, fiz a minha parte. Agora preciso voltar a ganhar a vida.

Ele saiu, e Ali Hassim permaneceu sentado e pensando. Bolton tinha razão no que havia dito, a implicação de que pessoas como Ferguson ficavam muito felizes em permitir que as atividades da Fraternidade continuassem, porque eram capazes de monitorá-la. Um pensamento um tanto deprimente era o fato de que Bolton estava começando a questionar as coisas. O problema é que ele não era religioso, portanto, não podia ser controlado. Isso significava que não era confiável. Então, no futuro, teria de ser tratado com mais cautela. Por outro lado, era tão útil à causa, tão aceito como um deles pelo inimigo, extremamente inteligente... Valioso demais para se perder. De qualquer modo, tinha feito um juramento de servir a Alá até a morte. Se algum dia tentasse renegar esse voto, só haveria uma saída possível. Suspirou, foi até a cozinha e preparou uma xícara de chá.

9

Dois dias depois, Miller voltou a Londres para um momento extremamente movimentado na vida política, com um debate após o outro no parlamento, votos cruciais sendo necessários a todo instante. Adicione-se a isso a participação no gabinete do primeiro-ministro, e ele via Olivia muito pouco. Também via pouco Ferguson.

Mas ele mesmo não foi esquecido, com certeza não por Quinn, que pensava muito nos velhos tempos e em um homem em especial. Tinha sido não só um grande fabricante de bombas, mas também um gênio da mecânica, e seu nome era Sean Fahy. Nascido em Kilburn, o bairro irlandês de Londres, havia morado lá a vida inteira, um solucionador de problemas de primeira linha. Quinn se perguntou se...

Foi ao laptop e logo descobriu um nome e um endereço: Derry Street Garage. Ligou para um número especial dos velhos tempos e aguardou. Parecia tocar para sempre — então, inacreditavelmente, alguém atendeu.

Fahy estava com 65 anos e parecia mais velho, com as bochechas amareladas e um ar de eterna tristeza, a expressão de um homem que achava que a vida havia sido mais decepcionante do que tinha esperado. Usava uma velha capa de chuva por cima de um terno escuro, uma camisa tão antiquada que não tinha nem colarinho, e um boné surrado de tweed, com manchas de óleo de todo o tempo passado debaixo de automóveis. Estava no quintal, prestes a sair de casa, quando ouviu o som do velho telefone, instalado ilegalmente por alguém do Movimento na despensa. Não atendia a uma ligação ali fazia muitos anos, simplesmente porque nunca mais tinham ligado. Afundou-se em uma cadeira, arfando da corrida para atender, e levou o fone à orelha.

— Quem é?

— Michael Quinn, seu filho da puta. Como vai?

— Meu Deus do céu, depois desses anos todos. Quinn! O que você quer?

— Um pouco de gentileza seria bem-vinda, especialmente porque tenho trabalho para você, aí na sua região. Anote meu número. Estou ligando de County Louth. Vamos lá, pode anotar. Você não vai se arrepender.

Havia um lápis velho em uma jarra ao lado do telefone e relutantemente ele o usou para anotar na parede branca da despensa. Estava ligeiramente descrente e, de toda a forma, não se sentia bem.

— Pelo amor de Deus, Quinn, isso acabou. O negócio todo. A Irlanda está em paz e tudo o mais. Eu era seu melhor fabricante de bombas, mas os dias delas acabaram, a não ser por aqueles malditos muçulmanos.

— Esqueça as bombas. Você também era um mecânico genial, entendia mais de motor de carro que qualquer um que eu conhecesse. Lembra daquele juiz morto no próprio carro em County Down quando você voltou de uma missão em Londres? Não houve uso de bomba, apenas uma intervenção sua no motor.

— Eu me lembro bem dele e também da mulher que estava junto, e ficou presa a uma cadeira de rodas pelo resto da vida. Não. Seja lá o que for, não estou interessado. Agora sou esperado em um hospital para visitar minha mulher, portanto, adeus.

— Cinquenta mil libras.

Fahy ficou ali por um momento, agarrado ao telefone.

— Para quê?

— Para fazer aquilo que você já fez muitas vezes. Ajudar alguém a sair deste mundo doido e ir para o lado de lá.

— Você deve estar maluco. Me deixe em paz, estou falando sério. Não me ligue mais.

Quinn pensou a respeito e falou com o Intermediário.

— Tenho um sujeito que pode ser útil, mora em Kilburn. O nome dele é Sean Fahy, de um lugar chamado Derry Street Garage. Tem um apartamento no andar de cima. Veja se esse seu amigo Ali Hassim pode dar uma geral nele para ver em que situação ele está. Pode ser importante.

— Vou ver o que posso fazer. Alguma ideia nova?

— Acho que sim.

Fahy caminhava pela chuva escura, com a cabeça abaixada em um turbilhão, e a dor no estômago que tinha começado havia algumas semanas realmente incomodando. Ele ia chegar atrasado na visita a Maggie e detestava isso, mas quando a secretária do Dr. Smith ligou do hospital com o laudo das radiografias, foi muito direta com ele. O médico precisava vê-lo e ponto final. Dez minutos depois, chegou ao consultório e a recepcionista mandou-o entrar direto.

Já sabia que a notícia seria ruim. Dava para ver pelo rosto de Smith; tinha as radiografias na tela e o laudo do hospital. Fahy facilitou as coisas para ele.

— É feio, não é?

— Câncer no pâncreas. A gente se conhece há tanto tempo...

— Eu já venho cuidando do seu carro há anos. Quanto tempo de vida ainda tenho?

— No máximo, três meses.

— Não tem nada que possa ajudar? Uma quimioterapia ou algum medicamento?

— Nisto aqui, não. — Smith hesitou. — Eu sei que vai trazer dificuldades com relação a sua esposa.

Fahy se levantou, surpreendentemente calmo.

— Agora não, doutor.

No Hospital St. Joseph, ele se sentou segurando a mão da mulher, enquanto ela permanecia deitada na cama, sem saber de sua presença, e então Fahy percebeu o quanto o Alzheimer pode ser cruel, ao destruir a verdadeira pessoa que ela havia sido por todos aqueles anos e só deixar uma casca vazia.

A irmã Ursula veio ver como estava a paciente.

— Acho que por hoje é o suficiente, Sean.

Ele beijou as mãos de Maggie e saiu atrás da jovem freira, pensando em como elas podiam ser boas e que pelo menos Maggie podia contar com o amor e a bondade do hospital.

No hall de entrada, a irmã Ursula falou:

— Sente aqui um minuto, Sean. — Ele sentou, e ela continuou: — A administração do hospital local quer transferi-la. Eu avisei que isso poderia acontecer. Eles dizem que as instalações deles são perfeitamente adequadas e têm um preço melhor.

— Quero que ela fique aqui com vocês. Eu arranjo o dinheiro que for preciso.

— Não é essa a questão. Nós somos uma clínica particular e eles não gostam disso. Ficaríamos felizes em mantê-la aqui com o mesmo preço que cobram, mas eles vão se recusar a pagar se ela ficar aqui e vão ter uma justificativa para isso, pois têm quartos vagos por lá.

— Aquilo não é melhor que um hospício no estilo vitoriano. Eu não deixaria nem um cachorro lá.

— Mas você pode pagar esta clínica, Sean? Seria um valor muito alto.

Ele se levantou.

— Não se preocupe, irmã. Acabei de receber algum dinheiro. Só vou precisar de uma semana ou duas para acertar as coisas.

O sorriso dela irradiou a sala.

— Eu me sinto tão aliviada...

— Para falar a verdade, eu também.

Fahy entrou pela porta principal. A oficina era grande e se estendia até os fundos do terreno. Cheirava a óleo e gasolina. Havia um grande furgão branco da Ford com as palavras *Resgate de veículos* pintadas de um lado, e também um velho Triumph de dois lugares. Ele deu uns tapinhas na capota quando passou por ele e chegou à cozinha por uma porta pequena. Pegou uma caneta e um bloco de anotações para qualquer eventualidade, sentou no banquinho da despensa e telefonou.

— Voltou atrás? — disse Quinn. — Ótimo. Bom para você, Sean.

— Não precisa passar a mão pela minha cabeça. Em primeiro lugar, antes que diga qualquer coisa, essas são as minhas condições.

— Pode falar.

— Você vai arranjar um cheque administrativo de 50 mil libras nas próximas 24 horas.

— Você quer receber adiantado?

— Não. Eu quero a primeira parte adiantado. Se eu completar o trabalho com sucesso, vai custar a você mais 25 mil.

Quinn riu.

— Seu bandido. Você achou que eu ia pechinchar? Pode considerar o dinheiro na sua mão. É a primeira coisa que vou fazer amanhã.

— Muito bem. Quem você quer que eu envie para o outro lado?

— Um tal de major Harry Miller. É integrante do parlamento e subsecretário de Estado. Isso te assusta? Ele colocou muitos dos seus camaradas na cova, nos velhos tempos, pode acreditar.

— Não me preocupa nem um pouco. E então? Quais os detalhes?

— Você tem computador?

— Tenho um há muitos anos. É um pouco velho, mas acho que dá conta do recado.

— Vou te passar um monte de informações agora. Quando conversávamos mais cedo, você disse que tinha que sair para ver sua esposa em um hospital. Maggie, se me lembro bem. Ela está com algum problema?

— Nada de mais — disse Fahy. — Coisa de mulher.

— Ótimo. Então me dê seu e-mail.

Usou o computador do escritório e imprimiu todos os anexos, em um total de três folhas. Tirou uma garrafa de Bushmills de uma gaveta, serviu uma dose e então se sentou e começou a ler. Exatamente como nos velhos tempos: detalhes do alvo, família, circunstâncias gerais, a esposa de Miller, a irmã e então o próprio Miller. Ele ficou olhando para as fotos e o material reunido pela equipe de Ali Hassim, fotos da Dover Street. O uísque que tomava já havia aliviado a maior parte da dor e assim ele se recostou e fumou um cigarro, permitindo que toda aquela informação fosse processada. Uma coisa era fundamental: ele precisava ver a Dover com os próprios olhos; assim desceu as escadas, abriu a garagem e saiu com o Triumph.

Ele gostava de Mayfair, sempre havia gostado daquela rede de ruas com belas propriedades, algumas do século XVIII. A Dover Street não era exceção. A maioria das casas não possuía garagem, mas isso era comum e as pessoas estacionavam no meio-fio, quando podiam. Fahy viu o Mini Cooper do lado de fora da casa de Miller. Já a havia visto em uma foto discreta tirada por um dos varredores.

Fahy entrou de ré no beco sem saída. Havia outros dois carros parados e, quando ele conferiu, ambos tinham permissão de estacionamento para moradores. Foi até a Dover Street e entrou num café. Havia algumas mesas com cadeiras no amplo corredor. Por um momento, o lugar estava silencioso, com apenas uma garota atrás do balcão. Ele entrou e pediu um café. Então se sentou na entrada, olhando para a rua.

Foi sorte, é claro, mas não demorou muito para uma limusine preta entrar no fim da rua, não um Mercedes, mas um Amara. Parou ao lado do Mini Cooper e um motorista saiu e abriu a porta do passageiro. Miller carregava um monte de pastas debaixo do braço além de uma maleta. Fahy sabia tudo sobre o Amara, um automóvel de luxo e também um carro de alto desempenho. O motor ficava atrás, o que facilitava o que pretendia fazer. Por outro lado, ele não tinha como saber se a troca de automóvel era permanente. Miller ficou falando por alguns instantes, depois o motorista voltou ao volante e partiu, passando pelo Chico's. Fahy ficou olhando enquanto Miller lutava para tirar a chave e finalmente conseguia entrar em casa. Era curioso ver o quanto ele podia chegar perto de seu alvo — tinha se esquecido daquela sensação. Mesmo assim, tudo começava a fazer sentido. Quando se levantou para sair, percebeu um varredor de rua de amarelo virar a esquina. Teve a intuição de que teria de fazer algo quanto a isso, voltou ao Triumph e olhou em volta. Havia uma tampa de bueiro perto da parede com *Esgoto de Londres* escrito. Parecia um sinal dos céus. Sentou ao volante e partiu.

De volta à oficina, Fahy estava em sua mesa bebendo mais uma dose de Bushmills. Tinha que tomar cuidado, mas por um tempo era um verdadeiro alívio para a dor. Ligou para Quinn.

— O dinheiro já foi providenciado?

— Já. Vai vir do pessoal do Ali Hassim, de um sujeito que eles chamam de Intermediário.

— Para mim não importa de onde venha, desde que seja dinheiro.

— Acertei de eles conversarem com você daqui a pouco.

— Ok.

— Posso perguntar como você vai fazer o negócio?

— Você disse que queria que fosse um acidente de carro.

— E pode fazer isso?

— Acho que sim. Mas sempre tem um elemento de incerteza. Veja o caso da princesa Diana, em Paris. Quatro pessoas na limusine. Três morreram e o guarda-costas sobreviveu. Ficou muito ferido, é verdade, mas você entende.

— Bem, vamos ter de nos arriscar quanto a isso. De que tipo de ajuda você precisa?

— O material que o Ali Hassim mandou foi muito útil. Mas tenho uma pergunta quanto aos varredores de rua.

— Vou dizer uma coisa: por que você não conversa com o próprio Intermediário, quando ele ligar?

— Por mim, tudo bem.

Demorou apenas meia hora para o telefone tocar. Fahy fazia um sanduíche.

— Aqui é o Intermediário, Sr. Fahy. Quinn ficou muito esperançoso sobre esse assunto depois de falar com o senhor. — Ele era caloroso e gentil, muito inglês, de uma maneira um tanto antiquada. Fahy basicamente repetiu o que havia dito a Quinn.

Quando terminou, o Intermediário disse:

— Faz todo o sentido. Afinal, tudo tem seu risco na vida. Não havia um assassino na Londres vitoriana que sobreviveu a três tentativas de enforcamento?

— É o que dizem.

— Quinn falou que você gostou do material que os varredores de Hassim conseguiram.

— É. Tudo muito bom. Mas eu estive na Dover mais cedo, dando uma olhada pessoalmente, e um varredor apareceu no final da rua. Eles dão muito na vista com aquela roupa amarela. Hassim consegue recrutar qualquer tipo de pessoa?

— Com certeza.

— Então, deixe o varredor para lá e arranje um guarda de trânsito. Eles são bem mais discretos.

— Considere isso feito.

— E veja quais são as relações de Hassim com o pessoal da Águas e Esgotos. Eles têm um monte de vans verdes, de manutenção. Eu gostaria que uma delas fosse entregue na minha oficina amanhã. Vou deixar a porta destrancada.

— Pode contar com isso também. Eu soube dos detalhes do seu histórico com o IRA. Muito impressionante.

— É. Já matei um integrante do parlamento antes.

— Você realmente acha que vai conseguir fazer com que Miller acabe se matando em um acidente de automóvel?

— Você não entendeu direito. Estou vendo se consigo com que o motorista mate ele. Agora, e o dinheiro? Se não estiver aqui de manhã, vou dar o trabalho como encerrado.

O Intermediário falou:

— Exatamente ao meio-dia de amanhã, um mensageiro chegará à sua oficina. Ele vai entregar a você um envelope contendo a chave de um armário em um estabelecimento em Camden. Não fica muito longe daí.

— Na mesma rua. Que tipo de estabelecimento?

— Depois que o mensageiro tiver ido embora, vou telefonar com o nome do lugar e o número do armário, e o dinheiro estará em um envelope pardo, com um cheque administrativo tendo o Banco de Genebra como sacado. Você está de acordo com isso?

— Essa não é uma maneira meio tortuosa de fazer as coisas?

— É uma maneira segura, Sr. Fahy. Ainda nos falamos.

Em seguida, o Intermediário falou com Ali Hassim e lhe disse para fazer exatamente o que Fahy desejasse. Depois ligou para Volkov em Moscou. O russo ouviu pacientemente e, depois que o Intermediário terminou, disse:

— Posso ver aonde Fahy quer chegar. Sejamos francos, você pode quebrar o pescoço se descer da calçada e pisar em falso. Vamos ver o que esse irlandês apronta. O histórico dele é de muito tempo atrás, mas mesmo assim é impressionante.

— Mesmo que Miller fique apenas em uma cadeira de rodas, já valeria a pena — disse o Intermediário. — Só uma coisa. Quinn deveria vir a Londres. Você lhe disse que Ferguson não se atreveria a prendê-lo, mas ele teme que Ferguson não consiga resistir.

— Em outras palavras, ele amarelou.

— Aparentemente, sim. Ele não voltou ao escritório de Dublin. Está em Drumore Place, muito bem-guardado pelos velhos sócios.

— Meu Deus. — Volkov soltou uma gargalhada rouca. — Bem, as coisas mais importantes em primeiro lugar. Vamos deixar Fahy seguir com seu plano. Depois eu lido com Quinn.

Para Fahy, havia os analgésicos que o Dr. Smith tinha receitado a princípio e, somando-os ao Bushmills, ele passou a noite melhor do que havia esperado. Levantou às oito, desceu para tomar um café na rua seguinte e experimentou o conforto de um desjejum inglês completo. Então voltou para a oficina e esperou, meio sem ter o que fazer, até que aconteceu. Ao meio-dia em ponto, um portador de entregas especiais, de capacete e roupa de couro preta e dirigindo uma moto BMW, apareceu. A porta da oficina se abriu e Fahy estava ali, esperando. Foi-lhe passado um envelope.

— Tenho que assinar?

— Não. — E o mensageiro foi embora.

Havia uma chave de cadeado lá dentro e um cartão de plástico azul no nome de Smith & Co., com os dizeres *Associado pleno*. Não dizia do quê, mas antes que Fahy pudesse pensar um pouco mais sobre o assunto, o telefone tocou e o Intermediário falou:

— Recebeu?

— Recebi. Junto a um cartão de plástico inútil.

— Esse é um cartão de associado de um lugar chamado *The Turkish Rooms*, em Hoxley Grove, perto da Camden High Street. Você simplesmente entra lá com o cartão, atravessa uma passagem em arco, vira à direita e vai chegar ao vestiário, com painéis de madeira, tudo muito agradável. Os armários servem para guardar a roupa.

A sua chave é do armário número sete. Vai encontrar o que quer lá dentro. Depois, é só trancar e sair.

A não mais de três quilômetros no caminho para Camden, Fahy encontrou um velho edifício vitoriano com a placa de *The Turkish Rooms* e estacionou do lado de fora. Entrou pelo hall de mármore e encontrou uma mesa de recepção vazia e um botão dizendo *Toque a campainha para ser atendido.* Deixou isso para lá, virou à direita e encontrou o vestiário. Não tinha ninguém, porém, mais à frente, por outra passagem em arco, podia ouvir o som de vozes e de chuveiros atrás das portas de metal.

Ele abriu o armário número sete rapidamente. Encontrou um envelope pardo e lá estava o cheque administrativo. Voltou a trancar e saiu, passou pela recepção ainda vazia, entrou no Triumph e conduziu o carro até Kilburn, para a agência do HSBC onde ele tinha conta.

Pediu para falar com o gerente, esperou até receber a confirmação de que o dinheiro havia sido creditado em sua conta e partiu direto para o Hospital St. Joseph, onde visitou a mulher.

Estava como sempre pálida e perdida, mas o cabelo estava bem-penteado e o robe e a camisola eram novos. As freiras eram excelentes nesse quesito. Cuidavam dela de verdade. Ela estava lá, acomodada em travesseiros, olhando fixamente para o próprio mundo particular.

A irmã Ursula o encontrou.

— Ela está um pouquinho melhor esta manhã, Sean.

Ele a perdoou pela mentira.

— Uma pequena herança entrou na minha conta, irmã. Eu posso fazer um cheque pagando um ano adiantado, se quiser.

— Ah, isso seria maravilhoso. — Ela estava mesmo animada.

— Ponha tudo no papel para eu ver na próxima vez que vier fazer uma visita.

— Pode deixar, Sean. Pode deixar.

Ele foi embora e entrou no Triumph, onde ficou por um momento e pensou em Miller.

— Lamento muito, meu velho, mas, como você vê, não tive escolha. Você vai depender da sua sorte.

Quando voltou para a oficina, uma van com as palavras *Águas do Tâmisa* escritas na lateral encontrava-se lá dentro. Deu uma olhada rápida. A chave estava na ignição e um uniforme verde cuidadosamente dobrado, em cima do banco, com as palavras *Águas e Esgoto de Londres* grafadas em letras pretas. Ao abrir a porta traseira, descobriu uma pequena caixa de ferramentas e as estacas de madeira necessárias para demarcar um bueiro aberto.

Tudo isso serviria como disfarce para que pudesse trabalhar no bueiro do final do beco sem saída. No mundo ideal, o motorista de Miller estacionaria a limusine, independente da marca dela, e iria tomar um café no Chico's, enquanto esperava por ele. Isso daria a Fahy tempo de colocar um artefato mortal embaixo do motor, que ele iria preparar misturando equipamentos eletrônicos e ácido nítrico. Uma vez no lugar, 15 minutos depois de dar a partida, o carro passaria a sofrer de uma catastrófica perda de fluido, inutilizando totalmente os freios. Tinha funcionado antes, havia muito tempo, e resultado na morte de um coronel do exército de licença de Ulster — a longa mão do IRA tinha estado pronta para impor sua punição, mesmo em Londres. É claro que poderia acontecer de o motorista não ter tempo de entrar no café. Tudo bem. Se não desse certo em um dia, daria em outro.

As pressões no trabalho tinham mantido Miller ocupado e ele não via muito a esposa. A relação entre os dois estava perfeitamente agradável, e no entanto, ela parecia ter desenvolvido uma indiferença calculada a respeito. Ele tinha visto fotos dela na mídia, em companhia de Colin Carlton. De sua parte, Miller não sentia nenhum ciúme, embora já circulassem rumores nas colunas de fofocas de que entre os dois houvesse mais que amizade.

Estava trocando a camisa no quarto de hóspedes quando ela abriu a porta e olhou para dentro.

— Ah, você está aí? Vai ao teatro esta noite?

— Lamento, mas é impossível. Tem um debate importante sobre Kosovo. Podem surgir novos problemas e muita gente quer ter certeza de que não vamos nos intrometer. O primeiro-ministro quer que eu faça a minha parte.

— Que saco. Os produtores vão dar a maior festança no Annabel's. Acho que vou ter de ir com Colin.

— É o preço da fama, meu amor. Os paparazzi e as colunas de fofocas vão adorar. Você é capaz até de aparecer na revista *Hello*. É muito mais divertido que um debate sobre a política externa britânica em países pelos quais o eleitor médio não tem o mais remoto interesse.

Ela se sentou na beira da cama e o viu ajeitar a gravata e vestir o paletó de um terno azul-marinho.

— Eu nunca vi esse terno.

— É verdade. Eu estava passando pela Harrods e eles estavam em liquidação. Achei que podia me dar uma aparência de homem sério e objetivo, junto a uma camisa branca, abotoaduras caras e uma gravata listrada. Lembre-se de que também vou representar esta noite.

— Seu bobo. Por outro lado, você está realmente muito bem-vestido, Harry. O primeiro-ministro bem que podia colocá-lo no ministério.

— Só por cima do meu cadáver. — Ele penteou o cabelo e se olhou no espelho. — Nada mal.

Ela pegou um lenço branco e o colocou no bolso do terno dele.

— O que aconteceu conosco, Harry?

Havia uma pequena nota de desespero na voz dela e ele sorriu, colocou as mãos nos ombros dela e a beijou na testa.

— É o que se chama de casamento, meu amor. A gente acha que vai durar para sempre, mas isso nunca acontece. As coisas nunca permanecem as mesmas. Olhe o seu caso. Você se mata de representar desde que saiu da escola de artes dramáticas, há 13 anos, e agora dá uma performance de que todo mundo está falando em Londres. — Ele a sacudiu de leve. — Tudo está acontecendo, meu amorzinho. Hollywood te chama. Aproveite, porque você merece.

— E onde você fica nisso tudo?

— Eu, o chato de galocha?

Ela balançou a cabeça.

— Eu conversei com Monica. Ela acha que Dillon é um espião. Disse que você desconversou, mas que, quando ela tocou no assunto de novo, você disse que ele havia sido um alto-comandante do IRA.

— E ela morreu de rir.

Olhou para ele, à procura de uma resposta.

— Eu dividi minha cama com você, Harry. Se tem alguém que eu conheço, deve ser você e você não é de brincadeirinhas. É um homem sério e enérgico. Acho que o que disse para Monica sobre Dillon deve ser verdade.

Ele pegou as mãos dela e apertou com força.

— Sean Dillon provavelmente é um dos homens mais impressionantes que já conheci na minha vida. — Foi pego por um desejo de contar a verdade à única mulher que ele tinha verdadeiramente amado e pensou que sim, aquele era o momento. — Você sempre me considerou um burocrata, um Guerreiro de Whitehall, não é?

— E isso não é verdade?

— Em 1985, aos 23 anos, fui mandado disfarçado para Belfast, para lidar com um assassino de merda altamente deplorável. Vim a conhecer um padre chamado Sharkey. Nós matamos juntos e fugimos pelos esgotos de Belfast. *Aquele homem*, eu descobri recentemente, hoje se chama Sean Dillon e trabalha para a equipe de segurança do primeiro-ministro.

— "Matamos juntos"? Você matou alguém? — Havia uma expressão preocupada no rosto dela. — Depois que nos casamos, aquelas viagens que fez foram...

— Para a Irlanda do Norte. Eu nunca me afastei por muito tempo, lembra? Só por alguns dias. No máximo, uma semana.

— E o que aconteceu nesses dias? O que você andou fazendo? — Ela soltou a mão direita e deu um soco no peito dele. — Aquele homem horrível em Shepherd's Market, aquele em quem você deu uma garrafada. Agora tudo faz sentido. Meu Deus, Harry. Eu nunca te conheci de verdade.

— E então? Como a gente fica?

— Eu não sei. — Ela estava com raiva e um tanto amedrontada. — Vá embora, Harry. Só vá embora. Eu preciso pensar nisso.

— Desculpe se isso a deixa perturbada. Eu queria ser honesto com você há muito tempo. Muito tempo mesmo.

— Ser honesto? — Agora ela estava com raiva de verdade. — Você nem sabe o que significa essa palavra. Você estava vivendo uma mentira quando a gente se casou. Que tipo de amor é esse? Você me enganou completamente e que tipo de confiança mostrou em mim?

— Tive medo de você não aceitar quem sou.

— Tem toda a razão. Eu não aceito mesmo. — Abriu a porta com força e saiu.

Miller ficou só, entristecido, mas agora o estrago já havia sido feito e não tinha como remendar. Pegou o telefone, avisou a Ellis que já estava pronto para sair e desceu.

Mais tarde, muito mais tarde, depois de já estar farto do parlamento, ele saiu e caminhou sem rumo pelas ruas da cidade. Tinha mandado Ellis de volta a Dover Street mais cedo para pegar Olivia, e mandou-o ficar com ela. Finalmente, sem ter mais para onde ir, parou um táxi e pediu para levá-lo a Holland Park, onde encontrou Roper na sala dos computadores.

— Vejo que você se cansou dos debates — disse Roper. — Eu acompanhei por algum tempo na televisão, peguei até seu pequeno discurso. Sucinto, mas muito prático. *Os sérvios gostam de assassinar os muçulmanos; assim, é compreensível que os muçulmanos desejem a independência de Kosovo. Vamos encarar os fatos, cavalheiros.*

— Se fosse assim tão fácil... — disse Miller. — Posso provar esse seu uísque?

— Só se você servir um para mim também. — Foi o que Miller fez. — Você parece meio deprimido.

— E estou mesmo. E, além disso, as coisas não vão muito bem em casa.

— Bem, se quiser compartilhar algo, estou aqui.

E Miller lhe contou tudo.

Depois, Roper lhe serviu mais uma bebida.

— Você realmente está enterrado até o pescoço.

— De certa maneira, cavei a minha própria cova. Agora posso ver que é pouco provável que ela me perdoe.

— E por que diabos você decidiu abrir o jogo, depois de tanto tempo?

— Um impulso desvairado. O amor, um relacionamento adequado, pela própria natureza implica total honestidade entre as pessoas. Aos olhos dela, eu agi tão mal como se houvesse tido um caso com outra.

Roper sentiu pena dele.

— Olhe, você é um homem direito, Harry. Um homem honrado. Lembra de Derry naquele tempo? Você arriscou a própria vida para salvar aquele jovem oficial, matou quatro guerrilheiros do IRA. Os soldados cuidam das coisas que as pessoas comuns não têm condições de cuidar. E você foi um grande soldado. Tiro meu chapéu para você.

— Deus o abençoe por dizer isso, Roper, mas infelizmente não me ajuda. É melhor eu ir. O sargento Doyle pode chamar um táxi para mim.

Ele saiu, e Dillon entrou na sala. Roper falou:

— Eu não tive chance de dizer que você estava aqui. Ele simplesmente colocou tudo para fora. O que você ouviu?

— O suficiente. Ele é um bom sujeito.

— Mas agora está consumido pela culpa.

— E quem precisa disso?

— Talvez ela o perdoe.

— É, talvez. Mas eu duvido. Vamos dar um pulo no Dark Man. Você precisa de um descanso.

Em Kilburn, Fahy estava sentado em sua banqueta de trabalho, enchendo de ácido os tubinhos ligados ao circuito eletrônico, tudo encapsulado em uma caixa de plástico com clipes que podiam ser presos ao tubo de fluido de freio em questão de segundos. Era um trabalho cansativo, que ele realizava com ajuda de uma enorme lente de aumento, mas no final ficou satisfeito, especialmente com a minúscula bateria de relógio que faria as vezes de um agitador por baixo, depois que o motor fosse ligado. Vinte minutos depois que esse artefato entrasse em ação com a partida do carro, o tubinho se romperia e o ácido faria o seu trabalho quase que imediatamente.

Estava cansado, os olhos ardendo, e agora a dor voltava. Pegou a garrafa de Bushmills e se serviu de uma dose generosa, pois pretendia dormir rápido. O telefone tocou e, ao atender, ouviu o Intermediário do outro lado da linha.

— Está correndo tudo bem?

— E alguma coisa corre bem na vida? O artefato está pronto.

— Ele vai deixar algum vestígio depois do acidente, se os peritos analisarem os destroços?

— É tão pequeno que eu duvido muito. Há alguns anos, quando usei esse mesmo artefato para dar cabo de um coronel do exército, em Londres, o legista fez um laudo de morte por acidente. Uma fatalidade.

— Gostei.

— Os relatórios do varredor dizem que o motorista de Miller nunca chega antes das oito e meia, mas vou estar no beco às sete e meia. E o guarda de trânsito?

— Hassim encontrou um guarda de verdade. O nome dele é Abdul e ele só sabe do mínimo necessário. — Era mentira, é claro, já que Abdul fazia operações de campo para Hassim.

— Ótimo. Agora vou dormir.

O Intermediário falou com simpatia:

— Tenho a sensação de que você não está bem, meu amigo.

— Eu estou bem o bastante para levar isso até o fim. Boa noite.

Fahy desligou o telefone.

O Intermediário ficou pensando nisso e imaginando se devia falar com Volkov, mas preferiu não ligar. Deixaria para o dia seguinte de manhã, quando, se possível, receberia uma boa notícia. Seria um grande triunfo ver Miller partir desta para melhor. Havia quatro garrafas de bebida em sua mesa: gim, uísque, conhaque e vinho do Porto. Ele optou pelo último, encheu um copo e disse:

— Um brinde a você, Miller. Que você apodreça no inferno.

A distância, o Big Ben começou a bater.

Na Dover Street, Miller se sentou na janela em arco, no meio da escuridão, fumando um cigarro e saboreando uma dose de uísque. Sua mulher ainda não havia voltado — não que isso lhe importasse — e então o telefone tocou. Era Monica.

— Harry?

— Oi, meninona. Onde você está?

— Em New Hall, no meu quarto. Olivia falou comigo mais cedo e me deu a espantosa notícia sobre sua vida. É verdade?

— A resposta mais simples é sim.

— Não sei o que dizer.

— Bem, eu imagino que você possa tentar dizer: "Harry, eu te amo mesmo assim."

— Eu sempre vou te amar, você sabe disso. Mas é um choque tão grande...

— O quê? Ter um assassino na família? Eu consigo viver com isso desde 1985, e tenho certeza de que ela disse que foi assim que conheci Dillon. Você me disse que gostava dele. Gostaria menos, agora que soube um pouco do passado dele?

Seguiu-se um silêncio e então ela murmurou:

— Eu não sei nem o que dizer.

— Na verdade, é a segunda vez que você diz isso. Meu conselho é não dizer nada, querida. Boa noite. Fique com Deus.

Ele desligou e ouviu um carro, olhou para fora e viu um automóvel preto parar na porta. Olivia saiu rindo, obviamente meio bêbada, com Colin Carlton atrás dela.

— Muito obrigada, querido — disse ela. — Foi maravilhoso. Te vejo na BBC amanhã cedo.

Ela se esticou para beijar o rosto dele e os braços de Colin a enlaçaram. Ela deixou a bolsa cair e seus braços também correram em volta dele. O beijo foi longo e obviamente proveitoso. Era quase que engraçado.

— Ah, bem — falou Miller baixinho. — É o show business.

Virou-se, saiu rápido da sala escura e logo chegou ao quarto de hóspedes no andar de cima, antes que ela abrisse a porta da frente. Tirou a roupa em um instante e se enfiou na cama, apagando a luz.

Ele a ouviu subir as escadas, atravessar o corredor, parar e então seguir para a suíte principal.

— Então é isso — disse Miller, baixinho. Fechou os olhos e dormiu.

10

Fahy chegou à Dover Street às 7h30. Chovia sem parar. O guarda de trânsito já estava lá, de chapéu e uniforme, usando uma capa que batia quase no tornozelo e segurando um guarda-chuva sobre a cabeça, uma prancheta e a maquininha de multas pendurada no ombro.

Não havia carro algum no beco sem saída e o guarda se aproximou quando Fahy saiu da van.

— Pelo que me disseram, as pessoas que costumam estacionar aqui foram trabalhar. Sou Abdul.

— Você tira daqui qualquer um que queira estacionar, a não ser o chofer do Amara.

— Deixe comigo.

O guarda saiu e foi se posicionar na esquina, enquanto Fahy abria a parte de trás da van, tirava duas alavancas e erguia a tampa do bueiro. Havia uma escada bem pequena, vários canos e o cheiro não chegava a ser desagradável. Pegou os sinalizadores da van e fez um pequeno cercado circular em volta da abertura, depois apanhou um banquinho que tinha encontrado, uma bolsa cheia de ferramentas e um guarda-chuva preto velho. Evidentemente, o pessoal de manutenção das Águas do Tâmisa estava acostumado a trabalhar na chuva.

O motorista de Miller apareceu no final da Dover Street às 8h15, e Abdul, de pé na esquina ao lado do Chico's, virou-se e fez um leve sinal para Fahy, que se preparava para parecer ocupado. O que ele não sabia é que Ellis Vaughan já havia falado com Miller, que tinha dito que não precisaria dele por pelo menos meia hora e que ele poderia tomar seu café da manhã no Chico's.

O Amara passou pelo beco sem saída, depois deu marcha a ré e entrou. Vaughan saiu, olhou para Fahy e disse para Abdul:

— Vou ficar no café por uns vinte minutos. O patrão ainda não está pronto.

Continuou andando e entrou. Abdul se virou para Fahy e fez um gesto afirmativo. Depois de quase quarenta anos lidando com carros, o mecânico possuía uma pequena bolsa de couro de chaves-mestras e, entre elas, sempre havia uma que era capaz de abrir qualquer carro. A terceira que ele experimentou abriu o capô. Tirou a caixa de plástico do bolso e os clips se encaixaram perfeitamente no alvo. Fechou o capô. Fez sinal para Abdul e voltou direto para o banquinho.

Quinze minutos depois, Miller desceu e encontrou Olivia com uma capa de chuva por cima de um terninho, terminando de tomar apressadamente uma xícara de café.

— Ah, você está aí — disse ela. — Eu já ia te procurar. Eu e Colin fomos convidados para ir ao programa da BBC da hora do almoço. Seria uma divulgação excelente para a peça.

— Não acho que você precise disso, mas espero que tudo corra bem.

Ela sorriu.

— Olhe, Harry, liguei para o cabeleireiro e, como favor especial, eles vão abrir mais cedo para mim, se eu chegar lá o mais rápido possível. Vou te pedir uma coisa. Posso sair com Ellis?

— É claro. — Miller pegou o telefone e ligou para Vaughan, que atendeu na hora. — Sou eu. Ellis, nós vamos precisar de você agora.

A Sra. Miller vai participar de um programa de televisão e quer que você a leve ao cabeleireiro o mais rápido possível.

— Já estou indo, major.

Ellis desligou, e Miller sorriu para ela.

— Sua carruagem a aguarda, madame.

Havia uma pequena nota de melancolia quando ela disse:

— Você é muito bom para mim, Harry.

Mas não o beijou. Simplesmente abriu a porta da frente e desceu as escadas enquanto Ellis aparecia.

No beco sem saída, Fahy ficou surpreso com a saída repentina de Vaughan, mas partiu do princípio de que era mesmo Miller quem iria utilizar o carro. Abdul veio em sua direção.

— Eu tinha entendido que o passageiro deveria ser um homem.

— Por quê? O que diabos você está querendo dizer?

— Foi uma mulher, por sinal muito bonita, quem desceu rápido as escadas, e o motorista saiu com ela.

Demorou apenas alguns segundos para que Sean Fahy compreendesse as implicações da situação.

— Meu Deus, não. Isso, não!

Ele voltou para o beco sem saída e, freneticamente, recolocou a tampa no bueiro e enfiou tudo na van. Seu estômago pegava fogo e a dor era lancinante. Apoiou-se na parede, passando muito mal.

Abdul chegou por trás.

— Você está bem, homem?

— Não, não estou.

— O que faço agora?

— A porra que você quiser.

Ele estava desesperado quanto entrou na van, deu a ré e pegou a Dover Street, passando em frente à casa. Não sabia o que fazer, mas na verdade não havia nada que pudesse fazer e continuou dirigindo devagar por Mayfair.

Pouco depois, Ellis Vaughan dirigia pelo fim da rua que levava a Park Lane. Enquanto se aproximava, o sinal mudou para verde e ele acelerou para aproveitar que estava aberto, mas teve de frear quando encontrou o trânsito engarrafado. Contudo, em alguns momentos terríveis e desesperadores, ele descobriu que os freios não funcionavam. Era como escorregar em um piso molhado, e ele bateu no carro à esquerda, fez um giro de 180 graus e acabou embicado na contramão, na via expressa. O motorista do ônibus que vinha em sua direção não pôde fazer nada nas difíceis condições do trânsito, na hora do rush matinal. O ônibus acertou em cheio o Amara, atirando-o para o lado como se fosse um brinquedo. Olivia Hunt mal teve tempo de gritar, mas Ellis ainda a ouviu e depois não escutou mais nada.

O congestionamento e o aumento da lentidão do trânsito levaram Fahy na direção certa. Ele deixou a van no pátio e seguiu a pé. A polícia estava no local e tinha fechado aquele lado da via de mão dupla. Três ambulâncias já se encontravam ali, além de um veículo de resgate do Corpo de Bombeiros e homens trabalhando nos destroços. Fahy se juntou aos curiosos que passavam e viu o motorista ser retirado. Havia mais gente trabalhando na parte de trás do carro.

Um motoqueiro da polícia de roupa de couro preta atravessou a rua.

— Vamos lá, pessoal, vocês estão atrapalhando a passagem. Circulando.

— Alguém morreu? — perguntou uma mulher de meia-idade.

— Não sei. Eles tiraram o motorista e o estão levando para o hospital. Tem uma mulher no banco de trás e está difícil tirá-la de lá. Se quiser mais informações, vai ter que ler no *Evening Standard*.

As pessoas começavam a se dispersar, mas Fahy continuou por ali, observando quando finalmente retiraram Olivia Hunt em uma maca e a colocaram em uma ambulância. Ele se virou e caminhou de volta até a van, deixou-a ali mesmo e voltou para Kilburn.

Miller decidiu ficar em casa mais algum tempo naquela manhã. Tinha trazido muitos papéis do gabinete de governo para trabalhar.

Eram só 9h45 quando a campainha tocou. Ele assobiava alegremente enquanto andava pelo corredor. Esticou o pescoço na sala de estar e olhou pela janela para ver quem era. Um carro da polícia estava estacionado ao lado do Mini Cooper, com dois policiais, um homem e uma sargento, na porta. Franziu a testa e a abriu.

— O senhor é o major Miller? — perguntou a sargento. — Gostaríamos de conversar com o senhor.

— Pois não. Sobre o quê?

Na mesma hora, o telefone tocou.

— Com licença — disse aos policiais. — Podem entrar.

Era Henry Frankel, secretário do gabinete, do outro lado da linha.

— Meu Deus, Harry. É algo tão horrível que não sei nem como contar.

— O que é tão horrível, Henry? Do que você está falando?

E então ele viu a tensão no rosto da policial e ela colocou a mão no seu braço.

— Por favor, senhor, sente-se. Eu realmente acho que será melhor.

E, de alguma maneira, ele já sabia. A polícia sempre manda um homem e uma mulher na hora de dar a pior notícia possível. Entrou na sala de estar e se sentou em uma cadeira com muito cuidado, enquanto ela pegava o telefone:

— Aqui é a sargento Bell, senhor. Nós vamos dar a notícia ao major Miller agora. Sim, vou dizer a ele.

Colocou o aparelho na mesinha ao lado de Miller e fez sinal para o colega.

— George?

Ele foi até o armário de bebidas e serviu um conhaque, que passou a Miller.

— Era o Sr. Frankel, da Downing Street, senhor. Ele diz que o primeiro-ministro está arrasado.

— Sobre o quê? — perguntou Miller, estranhamente calmo.

— Sobre sua esposa. Lamento informar que houve um acidente horrível na Park Lane.

— Horrível? Como?

A sargento chorava.

— Ela já estava morta quando a tiraram das ferragens.

O rosto de Miller não demonstrava nenhuma emoção.

— E o motorista?

— Ainda está vivo, mas em estado muito grave. Os dois foram levados para o Guy's Hospital.

Miller engoliu o conhaque em um só gole.

— Me diga. Nos Estados Unidos são cinco horas a menos que aqui ou seis?

— Acho que agora são seis, senhor. — Ela hesitou. — O senhor quer que o acompanhemos até o hospital?

— É muita gentileza, mas preciso fazer duas ligações. Por que você e seu amigo não preparam uma boa xícara de chá na cozinha?

Ela assentiu, e eles saíram. Eram quatro da manhã em Washington, mas para que servem os amigos?

O telefonema despertou Blake Johnson de um sono profundo. Pelo Codex, ele sabia que se tratava de algo importante, mas ficou totalmente arrasado pela notícia que Miller lhe deu, e imediatamente alerta.

— O que posso fazer, Harry? Qualquer coisa. Me diga!

— O pai dela, o senador George Hunt, mora em Georgetown. O presidente disse que o conhecia.

— Todo mundo o conhece.

— Ele é viúvo e mora sozinho. Olivia era filha única e a menina dos olhos dele. Sei que é pedir muito, mas você poderia dar-lhe a notícia? Eu seria só uma voz pelo telefone, e acho que ele vai precisar de mais que isso.

— Pode deixar comigo, vou garantir que ele embarque no primeiro voo possível.

— Vou manter contato.

Depois ele ligou para Roper. Quando atendeu, Miller perguntou:

— Você já sabe?

— Vi no boletim do noticiário da manhã. O que posso dizer? Eu sinto muito. Parece que Ellis Vaughan está em coma. E você já soube da Olivia?

— Já. E agora, o que vai acontecer?

— Será feita uma necropsia. De acordo com a lei, Harry.

— É claro. É muito ruim pensar no que isso significa. Vou ao Guy's agora. Darei notícias, depois que receber mais informações.

Ligou para Monica, mas só conseguiu falar com a empregada.

— Ela está dando uma palestra, major. É importante?

— É sim, Sra. Jones. Minha mulher acabou de morrer em um acidente de carro, em Londres. Mande-a entrar em contato comigo, quando puder.

Pegou a xícara que a sargento oferecia e bebeu a metade. Obrigou-se a sorrir.

— Vocês foram muito gentis. Agora vamos.

E, em Cambridge, a Sra. Jones se aventurou a subir no palco de onde Monica se dirigia a cerca de cem alunos. Para quem estava assistindo, Monica pareceu cambalear e então se segurou ao pódio com força.

— Meus queridos amigos — disse —, acabei de receber a pior notícia possível sobre minha família. Lamento, mas preciso sair.

No Guy's Hospital, Miller foi levado a uma recepção particular, onde já se encontravam Ferguson e Dillon.

Ferguson falou:

— Que coisa horrível, Harry.

Dillon simplesmente apertou a mão dele com força por alguns momentos, e então Miller disse:

— O que está havendo agora?

— Estamos com dois dos melhores profissionais de Londres — disse Ferguson. — O professor Henry Bellamy, excelente cirurgião, estava aqui na chegada das ambulâncias. E também o professor George Langley, nosso principal médico-legista. Estarão conosco em breve.

Nesse momento, Bellamy entrou, de uniforme verde.

— Major Miller, lamento muito, mas não havia nada que pudéssemos fazer por sua esposa.

Miller respirou profundamente.

— O senhor poderia ser mais específico?

— Ela teve lesões internas profundas e um grande choque cardiogênico. — Fez uma pausa. — A ressonância mostrou que o pescoço estava quebrado. Se servir de consolo, eu diria que ela morreu na hora. Não houve dor.

Miller falou tranquilamente:

— Eu posso vê-la?

— É claro, ela agora está sendo preparada para a necropsia. O senhor entende que isso é necessário.

— É claro. Eu já lido com a morte há muito tempo.

— Eu vou falar com meu colega, o professor Langley. — Nesse exato instante, o referido médico entrou na recepção. Vestia um paletó de tweed e uma camisa aberta. — Aí está ele — falou Bellamy. — George, você já conhece Ferguson e Dillon, é claro. Este é o major Harry Miller.

— Desculpem o atraso — disse Langley e cumprimentou Miller. — Estive no local do acidente, em Park Lane. Haverá um inquérito legal, é óbvio, e uma necropsia. Uma fatalidade para o senhor, major.

— Eu gostaria de ver minha mulher o mais rápido possível.

— O senhor vai.

— Em quanto tempo?

— Daqui a uma hora e meia?

— E gostaria de ver pessoalmente o local do acidente. — Virou-se para Ferguson: — Charles?

— É claro. Nós vamos com você.

Miller concordou.

— E como está Ellis Vaughan?

— Sofreu múltiplas lesões internas. Fraturou a pelve e o crânio. Vou começar a cirurgia mais séria daqui a pouco — disse Bellamy. — Ele está inconsciente, e acredito que esteja em coma traumático.

— Então não existe chance de sabermos o que houve?

— No momento, não.

— Muito obrigado. Nos falamos mais tarde.

Era estranha a velocidade com que a vida seguia em frente em uma cidade grande. Praticamente não havia mais vestígio do ocorrido. Ferguson, Miller e Dillon saíram e ficaram na calçada.

— Ninguém diria que aconteceu alguma coisa aqui — disse Miller. — Houve algum ferido no ônibus?

— Falei com o superintendente de trânsito — disse Ferguson. — As pessoas foram arremessadas dos seus lugares e cinco tiveram de ser levadas a um pronto-socorro. Acho que uma mulher quebrou um braço. O ônibus, é claro, está no depósito do departamento de trânsito, com o que sobrou do Amara.

— Podemos ir lá?

— Sim. Você sabe onde fica, não, Hawkins?

— Com certeza, general.

Era uma garagem enorme, lotada de veículos, cada um em estado pior que o outro. Um sargento da polícia em um avental branco e sujo de óleo os levou até o Amara. Olharam em silêncio. Finalmente, Miller comentou:

— Difícil imaginar que alguém possa ter sobrevivido.

A limusine tinha sido reduzida a ferragem, com o capô totalmente destruído e o próprio motor destroçado, com gasolina, óleo e fluido de freio espalhados por toda parte.

— Como se pode averiguar o que aconteceu a partir desses destroços?

— Com grande dificuldade, senhor, e talvez nós nunca saibamos. E ainda tem mais um problema. Com o motorista no estado em que se encontra, talvez nunca saibamos o que houve. De acordo com os depoimentos, ele veio de uma transversal em velocidade e entrou direto no congestionamento do rush da manhã.

— Isso me surpreende, sargento. Ele é meu motorista há muito tempo. Um chofer absolutamente competente e ex-paraquedista.

— Bem, só ele vai poder nos dizer. Só nos resta torcer para ele sair dessa.

O telefone de Miller tocou e ele atendeu.

— Horrível, Miller. O que posso dizer? — Era o diretor da peça. — Colin Carlton está arrasado, pensando até em suicídio.

— Ele vai sair dessa — comentou Miller. — Você quer alguma coisa?

— É só para dizer que nós vamos fechar a casa pelo resto da semana, em sinal de luto. Vamos passar o tempo ensaiando a substituta dela para ver se conseguimos reestrear na semana que vem.

— Bem, você sabe o que dizem, Roger, o show tem que continuar.

Desligou e se virou para os outros:

— Já vi o suficiente. Muito obrigado, sargento.

— Vou fazer o melhor que puder, senhor. Foi uma fatalidade.

E para isso não havia resposta, porque cada hora alguém falaria o mesmo.

De volta à Derry Street, Fahy se sentou à sua mesa na garagem com o estômago pegando fogo, e entornou um copo de Bushmills, o mais próximo que ele já esteve do desespero. Era estranho, considerando-se a quantidade de mortes que passaram por suas mãos ao longo dos anos, e mesmo assim essa era diferente e ele sabia por quê. Maggie fazia parte disso. Um novo conforto para ela havia sido comprado a um preço escabroso.

O telefone tocou e o Intermediário falou:

— O que deu errado?

— Nada. Tudo funcionou perfeitamente bem, a não ser pela esposa dele ter saído e entrado no Amara. Em um minuto, o motorista estava tomando o café da manhã e esperando por Miller, no outro, ele estava com pressa.

— Tem certeza de que uma perícia nos destroços não vai levar à descoberta da causa da morte?

— Não posso dar certeza de nada na vida. Mas é muito improvável.

— Ouvi dizer que o motorista está em estado grave, talvez jamais consiga sair do coma. Então teremos de torcer para ele morrer.

— Meu Deus! — disse Fahy. — Que tipo de homens nós somos? Talvez sua próxima sugestão seja mandarmos alguém ao hospital retirar os tubos ou algo parecido.

— É uma probabilidade a se pensar. Medidas desesperadas às vezes são necessárias, meu amigo. Você faria bem em se lembrar disso.

Sam Bolton viu a notícia pela televisão em sua sala e ligou revoltado para Hassim.

— Seu filho da puta — disse ele. — Eu sabia que tinha mais coisa quando me mandou dar uma olhada em Miller em Folly's End. Você estava planejando o assassinato dele.

— Cuidado com o que fala.

— Obviamente, o que quer que tenha acontecido se destinava a ele. A mulher só estava no carro na hora errada.

— Mantenha a sua língua quieta, Selim — advertiu-o Hassim. — Senão, ela pode ser cortada com a maior facilidade.

— Por que você não vai se foder? — disse Bolton e desligou na cara dele.

De volta ao hospital, eles encontraram Monica à espera, com uma aparência horrível e totalmente aterrorizada. Ela correu para abraçar Miller.

— O que vamos fazer, Harry? Eu não consigo acreditar. Ontem mesmo a gente se falou por telefone.

— Não há nada a se fazer, querida, a não ser providenciar o descanso dela da melhor maneira possível.

Naquele momento, George Langley apareceu de jaleco verde.

— O senhor está aí, major. Eu já preparei tudo. Estou pronto para começar. Tem certeza de que ainda quer entrar?

— É claro. Esta é a minha irmã, Lady Starling.

— Gostaria de acompanhar seu irmão? — perguntou Langley.

Ela se virou para Miller, chorando:

— Eu não posso, Harry. Eu sou tão covarde...

— Não. Não é, não. — Ele se virou para Dillon: — Sean?

Dillon deu um passo à frente e passou o braço em volta dela.

— Pode ir, Harry.

Langley o conduziu até uma sala de azulejos brancos e lâmpadas fluorescentes, onde havia uma fila de mesas de operação de aço inoxidável e Olivia Hunt estava deitada em uma delas. Estava completamente nua e evidentemente ferida, embora com o corpo limpo na medida do possível. O corte preliminar em Y já havia sido feito e o alto da cabeça tinha sido coberto por um protetor de borracha para o crânio, com o sangue vazando por ali. O pescoço tinha sofrido sérios ferimentos.

Duas enfermeiras esperavam e uma delas vestiu luvas cirúrgicas nas mãos de Langley. Ao lado, um carrinho com os vários instrumentos e uma câmera de vídeo. Uma das enfermeiras ligou o aparelho, e Langley falou:

— Retomando a necropsia: Olivia Hunt Miller, Dover Street, 15, Londres. — Ele parou. — E o senhor, major Harry Miller, residente no mesmo endereço, confirma que esta é a sua esposa?

— Confirmo.

Langley fez sinal para uma das enfermeiras.

— Major, em alguns instantes vou solicitar uma serra para retirar a parte superior do crânio de Olivia, para que o cérebro possa ser retirado e pesado. Depois vou ter que quebrar as costelas e abrir a caixa torácica para a retirada dos órgãos internos. Pode acreditar. O senhor não vai querer presenciar isso. É infinitamente melhor se lembrar dela do jeito que era.

Os olhos de Miller pareciam queimar. Ele respirou o mais fundo que pôde na vida e concordou.

— É muita consideração de sua parte, professor. Obrigado pelo conselho.

E saiu.

O Intermediário conseguiu achar Volkov no Kremlin e deu a notícia. Volkov recebeu tudo com enfado.

— Parece impossível completar uma única operação contra eles com algum tipo de êxito.

— Com o máximo respeito, acho que o senhor não está entendendo — disse o Intermediário. — A tentativa de Fahy foi plenamente bem-sucedida. Ele só não poderia ter previsto que Miller emprestaria o carro para a esposa.

— É, pode ser — rosnou Volkov, a contragosto. — E Quinn? Já contou a ele?

— Não.

— Agora ele vai ter mais medo ainda de pôr os pés em Londres. Afinal, e se Miller pensar que o acidente foi muita coincidência? E se isso levá-lo a fazer perguntas?

— Ele pode perguntar o que quiser. Um acidente é um acidente e não existe prova alguma que contrarie isso. Se existisse a possibilidade de o motorista dizer que os freios não funcionaram, isso ainda poderia despertar suspeitas, mas é muito improvável que consiga sair do coma.

— Como você pode ter tanta certeza?

— A fraternidade de Hassim tem muitos integrantes que são enfermeiros. Pode acreditar em mim. Vou falar com Quinn.

— E fique de olho nesse tal de Fahy.

— Ele não vai causar problemas. Por que causaria? Se for o caso, eu o mato.

Em Drumore Place, Quinn ouviu horrorizado o relato do Intermediário.

— E que diabo você vai fazer? Se Miller descobrir o que realmente aconteceu, vai vir atrás de todos nós.

— Você está supervalorizando Miller. Ele não é invencível. Eu já falei com Volkov, que, por sinal, não está nada feliz com o fato de você ainda não ter ido a Londres.

— Talvez, mas acho que vou ficar aqui até podermos ver para que lado o vento vai soprar.

— Cercado por seus camaradas dos velhos tempos? No fim das contas, você não passa de um covarde, Quinn. — E o Intermediário desligou na cara dele.

No hospital, Ferguson atendeu a uma ligação da Downing Street.

— O primeiro-ministro gostaria de vê-lo, Harry — avisou-lhe.

— Tudo bem. Estou indo.

Monica falou:

— Gostaria de ir à Dover Street, mas não tenho certeza se vou conseguir ficar lá sozinha.

— Você não vai ficar sozinha — disse Dillon. — Vão vocês dois. Eu vou levar Monica para sua casa e ficar com ela.

— Fale com a tia Mary — pediu Miller à irmã. — Ela precisa saber, e o vigário, Mark Bond, também. Ela vai precisar dele.

E assim ficou tudo resolvido. Hawkins deixou Miller e Ferguson na Downing Street, onde foram recebidos por Henry Frankel, que saía do gabinete do primeiro-ministro. Estava muito atordoado.

— Não sei nem o que dizer, Harry.

— Então é melhor não dizer nada, meu velho.

— O primeiro-ministro está ocupado? — perguntou Ferguson.

— Ele chamou Simon Carter para uma conversa rápida, alguma coisa que aconteceu com aquelas votações idiotas sobre os problemas em Kosovo. Se tiver algo que eu possa fazer, Harry, é só me dizer. Falei com sua secretária no escritório do partido em Stokely e já adiantei o pior. Ela ficou muito abalada e informou que iria direto à casa da sua tia.

— Obrigado. Foi muita consideração da sua parte.

A porta do gabinete do primeiro-ministro se abriu e Simon Carter saiu, viu-os e na mesma hora ficou sério.

— Olhe, Miller, Deus sabe que nós tivemos as nossas divergências no passado, mas eu não gostaria que ninguém passasse pelo que você está passando. — Ele estava tenso e hesitante, com o rosto cinzento contraído, e Miller ficou com pena dele.

— É muita gentileza sua. Eu agradeço. — Entrou na sala do primeiro-ministro, com Ferguson atrás.

— Horrível, Harry. — O primeiro-ministro o abraçou. — Você vai precisar de uma licença. O enterro vai ser em Stokely?

— Certamente. O pai dela, o senador George Hunt, já está a caminho.

— Faço questão de comparecer ao enterro com minha esposa.

— O senhor será mais que bem-vindo, primeiro-ministro.

— Ótimo. Então resolva o que for preciso nos próximos dias.

— Sem dúvida.

Do lado de fora, Henry Frankel reapareceu com duas folhas digitadas.

— São algumas instruções do gabinete sobre como proceder. Exigências legais, alguns bons cerimonialistas de funerais. Lamento ter que ser assim tão prático.

— Deixe disso, Henry, você é ótimo. Será que poderia escolher o cerimonialista para mim? Eu tenho muita coisa para ver. O enterro será na igreja da paróquia de Stokely. O nome do vigário é Mark Bond. Eu sou católico, lógico, mas ela não era.

— Vou cuidar de tudo.

Ferguson olhou no relógio.

— Tanta coisa aconteceu hoje e ainda são duas horas. Podemos almoçar em um pub decente. Vamos ao Dark Man. Você precisa dos amigos em uma hora dessas.

De carona no Daimler, Miller recebeu uma ligação de Dillon.

— O seu sogro já chegou. Acho que estou atrapalhando. Eles estão aos prantos, nos braços um do outro.

— Pegue um táxi e nos encontre no Dark Man.

— Vejo vocês lá.

Eles encontraram Harry e Billy em uma das cabines do canto, falando no ouvido um do outro com expressões tristonhas. Joe Baxter e Sam Hall estavam no bar, com Ruby do outro lado.

— Major, o que posso dizer? — falou Harry Salter, abrindo os braços. — Às vezes, a vida é um vale de lágrimas.

Ruby foi até ele, enxugando os olhos, e beijou Miller no rosto.

— É tudo tão cruel. O que eu posso fazer?

— Abrir uma garrafa de champanhe, para que possamos brindar a uma grande mulher, e então comer uma torta de carne moída — disse Ferguson. — Precisamos comer alguma coisa.

Todos tomaram uma bebida, depois a segunda. Com o passar do tempo, foram ficando menos encabulados, a comida chegou e Dillon apareceu.

— Está tudo bem na Dover Street? — perguntou Miller.

— Ah, sim. O senador é um cara legal. Ele quer falar com você. Esse champanhe está com uma cara muito boa e a torta também. Vou querer os dois.

No Guy's Hospital, Ellis Vaughan estremeceu um pouco, sua cabeça se mexeu e ele exalou um suspiro roufenho e estranho. Uma enfermeira, que tinha acabado de conferir os vários tubos e estava prestes a sair, era a mais próxima quando o alarme soou. Segundos depois, toda a equipe de emergência já estava em ação, com Bellamy chegando não mais que dois minutos depois para se juntar à força-tarefa. Nada disso adiantou e Bellamy tinha o rosto triste quando desligaram tudo.

— Hora da morte: 15h15. Todos concordam? — Fizeram que sim. — Então é melhor eu ligar para o major Miller.

A turma do Dark Man voltou a cair em depressão com a notícia, e Ferguson balançou a cabeça.

— Agora não tem mais jeito de se saber o que aconteceu.

— Ele era um bom homem — disse Miller. — Sobreviveu à Guerra do Iraque e a dois turnos no Afeganistão.

— E morre depois de ser atingido por um ônibus em Londres — comentou Billy Salter. — Isso não parece justo, não acha?

Na sala do Dr. Smith, Fahy se vestia atrás de um biombo depois de um exame físico completo. A dor havia ficado insuportável e ele teve de aceitar o fato de que apenas entornar copos de Bushmills não seria a resposta. Tinha ido ao consultório com a expectativa de obter algum analgésico realmente forte. Vestiu o casaco e foi se sentar em frente ao médico.

O olhar de Smith era grave.

— Não vou fazer rodeios. Houve uma piora considerável na sua condição. Você evidentemente está bebendo muito. Chega até a feder.

— Mas isso ajuda, doutor. Ajuda de verdade.

— Só por pouco tempo, aí já tem que beber outro copo e depois mais outro.

— Você não tem nenhum remédio realmente forte?

— A doença já avançou demais a essa altura.

— Então o que você quer dizer?

— Eu quero que você seja internado hoje. Somente em um hospital pode ser administrado o tratamento analgésico de que precisa.

— Para eu poder morrer mais facilmente? — Fahy balançou a cabeça. — Isso quer dizer que não vou mais poder ver minha Maggie. Ela não tem condições para sair da clínica, como você bem sabe.

— Realmente sinto muito, mas a doença se alastrou com mais velocidade do que eu imaginava. Só posso sugerir o que está ao meu alcance.

— De jeito nenhum, doutor. — Fahy se levantou. — Eu recebi algum dinheiro, por isso estou acertando, exatamente agora, o futuro da Maggie no St. Joseph. Como vê, tenho mais o que fazer, além de morrer. — Brindou Smith com um sorriso horrível. — Obrigado pelo seu tempo.

Deu a volta na esquina e entrou no City of Derry. Sentou-se em um canto do bar. Obrigou-se a comer um pastel quente e engoliu tudo com uma dose dupla de Bushmills. Foi quando recebeu uma ligação pelo celular. Era o Intermediário.

— Acabei de receber a notícia de que o chofer, Ellis Vaughan, morreu.

— E o que você quer dizer com isso?

— Que, obviamente, qualquer informação que ele tivera morreu com ele. Achei que você fosse gostar.

— Na verdade, não. Tenho outras coisas com que me preocupar.

— Algo que eu possa ajudar? — Mais uma vez, o Intermediário soava tranquilo e atencioso, e, por algum motivo, Fahy respondeu:

— A minha mulher está no St. Joseph. É um hospital daqui. Alzheimer.

— Sinto muito, meu amigo. — O Intermediário parecia sincero. Fahy falou:

— Não há nada a fazer. Mas pelo menos eu posso mantê-la lá com as freiras, em vez de ser jogada em algum hospital público hororoso.

O Intermediário voltou a perguntar:

— Tem alguma coisa que eu possa fazer?

— Você já me ajudou me arranjando um trabalho. Agora eu tenho que desligar. Está na hora da visita.

Sentado à sua mesa, o Intermediário pensava no assunto. Ele gostava de saber tudo o que pudesse sobre as pessoas e apreciou a ironia de duas mortes pagando pelo sustento da mulher de Fahy, em estado terminal. Quem saberia o que estava acontecendo com ela?

Ligou para Quinn e lhe falou sobre a morte de Vaughan.

— Portanto, como vê, todas as preocupações de que Miller pudesse descobrir a verdade acabaram de desaparecer.

— É muito bom ouvir isso. Quando vai ser o enterro?

— Na quarta.

— Vou ficar bem mais feliz quando tudo isso acabar. Com certeza.

— Vamos todos, meu caro Quinn. Vou mantê-lo informado.

Finalmente, ligou para Ali Hassim.

— Você soube do motorista?

— Soube.

— Isso põe fim a tudo.

— Mas tem algo que ainda está me preocupando.

— Conte.

— O meu agente mais importante, Selim Bolton.

— Aquele que trabalha na City? O que você mandou a Folly's End para saber mais sobre Miller?

— É. Eu disse a ele que só queria informações gerais. Não dei nenhuma pista do meu interesse verdadeiro por Miller.

— E então?

— Ele veio me ver. Já tinha entendido tudo. É um rapaz muito inteligente. Discutimos e ele saiu daqui com muita raiva. Ele não aprova o papel que tive no que ele chama de "morte acidental" da mulher.

— Não vale a pena discutir uma coisa dessas — disse o Intermediário. — Mate-o, antes que a consciência dele fale mais alto.

— Eu já coloquei uma integrante da Fraternidade como temporária no banco de Bolton. Ela pode descobrir algo útil.

E foi exatamente o que ocorreu. Como acontecia nas principais casas bancárias de grandes negócios, as pessoas trabalhavam até tarde. A garota em questão era uma jovem muçulmana chamada Ayesha e, de olho em Bolton, ela percebeu que a mesa atrás dele tinha vagado mais cedo, então se instalou lá e tratou de se fazer de ocupada. Já eram quase 19h e a noite caía. Mesmo assim, muita gente continuava trabalhando. Bolton ainda deu mais um telefonema de negócios e Ayesha ouviu tudo nitidamente.

Por fim, ele permaneceu ali sentado alguns instantes e então fez mais uma ligação. Ficou óbvio que foi atendido por uma secretária eletrônica. Depois, começou a deixar o recado:

— Major Miller, lamento sobre sua esposa. Quem fala é Sam Bolton. Eu dei meu cartão ao senhor quando nos encontramos em Folly's End. Vou ligar de novo em outro momento. Tem algo que precisa saber sobre o que aconteceu hoje de manhã.

Ela manteve a cabeça abaixada quando ele se levantou e saiu, e então foi atrás dele, ligando para Ali Hassim pelo celular e repetindo o que tinha acabado de ouvir.

— Não o perca de vista — ordenou Hassim. — A esta hora da noite, provavelmente ele vai comer alguma coisa.

Em seguida, ele chamou Abdul na garagem dos fundos da loja.

— Vista-se rápido. Motocicleta e roupa de couro. Tenho um alvo para você, prioridade absoluta.

Bolton dobrou em uma rua de mão única e entrou em um café simples chamado The Kitchen. Escolheu uma mesa de canto e pediu uma taça de vinho tinto e uma salada de presunto. Do lado de fora, Ayesha se escondeu em um vão escuro e ligou para Hassim.

— The Kitchen, na Brook Street. Bem perto do trabalho dele.

— Como é o trânsito no local?

— É uma rua de mão única.

— Espere até a moto passar por você e depois vá embora.

Ela fez como lhe foi mandado, permanecendo no vão. Pela janela, pôde ver Bolton jantando, e então uma motocicleta passou por ela perto do meio-fio, parou no fim da rua e estacionou em uma entrada. O motociclista desceu e parecia extremamente ameaçador, todo de preto e capacete da mesma cor. Ela saiu do vão e partiu dali correndo.

Bolton terminou a salada e bebeu o vinho, pensando no que pretendia fazer. Que havia alguma ligação entre o motivo pelo qual tinha sido mandado a Folly's End e os acontecimentos daquela manhã que levaram à morte da mulher de Miller, parecia óbvio. Ele tentou ligar de novo e mais uma vez caiu na secretária eletrônica. Repetiu a mensagem. Levantou-se, pagou a conta e saiu, extremamente perturbado com tudo aquilo. O que ele estava pensando para ter se envolvido tanto com Hassim e seu pessoal, em primeiro lugar?, perguntou-se ao caminhar na rua. Ele não era um fanático religioso. Aliás, não era nem um pouco religioso.

Passou por um vão escuro, sentiu a presença de alguém atrás de si e então a ponta afiada de uma faca pressionando sua roupa. Ele já havia sido assaltado antes, fazia parte da vida de Londres, e então ergueu as mãos.

— Tudo bem, tudo bem. A carteira e os cartões de crédito estão no meu bolso esquerdo e tem 110 libras no direito. Um relógio da Seiko no pulso esquerdo. Celular no bolso esquerdo da calça. Já está bom?

— Não quando você ofendeu Alá de maneira tão absurda — disse Abdul, e a faca rasgou para cima, coisa de profissional, e encontrou o coração de Bolton.

Ele morreu na hora e Abdul limpou os bolsos dele, arrancou o relógio e o deixou no escuro — mais uma estatística policial, mais um assalto. Instantes depois, ele saiu com a moto e, a alguma distância dali, parou e ligou para Hassim.

— Está feito.

— Ótimo. Volte para casa.

Ele tinha o número da casa de Miller gravado no celular e ligou para lá. Ainda caía na secretária eletrônica, significando que tudo o que Miller tinha como base era a mensagem deixada por Bolton, que não dizia absolutamente nada. No fim, tudo havia sido muito satisfatório. Que Bolton tivesse morrido era uma pena, mas infelizmente ele possuía uma consciência maior do que havia imaginado.

Miller tinha passado parte da noite no restaurante francês em Shepherd Market com Monica e o sogro. Seu relacionamento sempre tinha sido bom com o senador, que além de ser um advogado de renome em Boston, quando jovem também havia sido soldado da infantaria na guerra do Vietnã.

Tiveram uma noite agradável mas triste relembrando Olivia, cada um com suas histórias. Para Miller, estava claro que a morte extemporânea de Olivia tinha sido um golpe para o senador, do qual provavelmente jamais iria se recuperar por inteiro. Ele ficava agarrando a mão de Monica, ansioso, e exibia um olhar atormentado no rosto. Falou:

— Foi muita consideração sua, Harry, mandar Blake Johnson me dar a notícia. Ter outro ser humano ao meu lado, que além disso é meu amigo, foi um apoio maravilhoso. Eu não sabia que você o conhecia.

— Ele é um bom homem.

— E então o presidente falou comigo por telefone. Foi tão gentil, e ainda me autorizou a usar o Gulfstream.

— Pois é. Ainda existem pessoas boas no mundo — disse Harry. — Mas você precisa de uma boa noite de sono, George. Vou levá-lo para casa.

Monica acomodou o senador no quarto e Miller foi até a sala e apertou o botão de mensagens da secretária eletrônica. Havia muitas, recados de condolências etc., aí veio a ligação de Bolton, e não só o que ele tinha dito era interessante, como também o fato de ter ligado duas vezes. Miller ouvia de novo, com a testa franzida, quando Monica entrou.

— Coitado. Está arrasado.

— Eu sei. Tenho as minhas dúvidas se algum dia ele vai conseguir se recuperar.

— Também não sei se eu vou me recuperar. Mas poderia tomar um trago e ir dormir. E você?

— Eu gostaria muito, mas o fato é que tenho que sair.

— Mesmo, Harry? Quer dizer... depois disso tudo?

— É que pode ser importante. — Ele tirou a fita da secretária e a guardou no bolso. Foi até a cozinha e de lá ligou para Roper: — Apareceu algo importante. Poderia mandar o sargento Doyle vir me buscar? É que eu andei bebendo...

— Claro. O que houve?

— Eu conto pessoalmente.

Voltou à sala de estar e se juntou a Monica, que já tinha preparado uma bebida para ele.

— Bem, este brinde é para nós, querida.

— Ou para o que sobrou de nós.

— Amanhã à tarde, em Stokely. Você ligou de novo para a tia Mary?

Monica fez que sim.

— Duvido que ela vá se recuperar.

A campainha tocou. Ela disse:

— Será que é importante, Harry?

— O que estou fazendo agora? É. Muito. — Beijou-lhe o rosto. — Trate de dormir.

Saiu, entrou no carro ao lado de Doyle e partiram. O que não sabia era que a 5 quilômetros de onde se encontrava, na City, dois policiais examinavam o corpo de Sam Bolton, chamados por um cidadão qualquer.

— Totalmente depenado — comentou um policial. — Carteira, cartões de crédito, relógio, celular. Foi tudo embora. Típico assalto. Não tem identidade.

— Vou te dar uma dica — disse o colega. — O bolso do lenço do paletó. É impressionante o que as pessoas enfiam nele. — Tentou a sorte e tirou um cartão de visita. — Aí está.

Quando Miller entrou na sala dos computadores, Roper falou:

— Eu já ia ligar para você. Acabei de falar com Ferguson. O inquérito vai ser no tribunal de homicídios, em Westminster, amanhã, em um acerto especial feito com a chancelaria. Também vão fazer o inquérito de Ellis Vaughan na mesma ocasião.

— E por que fariam uma coisa dessas?

— Porque é o mais prático e sensato a se fazer e porque você é uma pessoa importante e tem amigos em lugares importantes. É para o bem comum fazer o que é mais adequado e cuidar um do outro nesse processo. Às dez da manhã. Um júri estará presente porque é isso o que a lei exige, mas tudo deve se desenrolar sem maiores transtornos. Agora, qual é o mistério?

— Ouça isto. É a fita da minha secretária eletrônica. Os dois últimos recados são iguais.

Roper ouviu e falou:

— *Tem algo que precisa saber sobre o que aconteceu hoje de manhã.* Isso é intrigante.

Miller olhou em um dos compartimentos da carteira e encontrou o cartão de visitas que Bolton tinha lhe dado em Folly's End.

— Aqui. Eu estava convencido de que ele estava envolvido com o Exército de Deus. Foi a sua checagem que me informou que ele era meio muçulmano. Faça mais uma checagem, um rastreamento geral do nome e veja se aparece mais alguma coisa.

Foi isso o que Roper fez e a tela ficou repleta de notícias, a Polícia Metropolitana apareceu junto a várias estatísticas, e a tela não parava de se encher diante dos olhos deles.

— Que diabo aconteceu? — perguntou Miller.

— Um momento. — Roper fez algumas anotações usando o teclado e finalmente digitou *Região de Londres, Crimes Graves* e apareceu: "Samuel Bolton, Belsize Park Mansions, 5, deu entrada morto no hospital de Kensington."

— Não pode ser ele — disse Miller. — Olhe a hora da chegada. O corpo foi recebido há uma hora, mais ou menos.

— Assassinado. Ferimento a faca no coração. Tudo aponta para um assalto de rua — disse Roper. — Deus sabe o quanto isso é comum nos dias de hoje. Tudo de valor foi levado. Identidade confirmada por um cartão de visita encontrado no bolsinho da lapela.

— Viu-se uma cópia do papel.

Miller ergueu o cartão que Bolton havia lhe entregado.

— Exatamente igual ao meu. A primeira ligação na minha fita foi às 18h45, e a segunda, às 19h35.

— Ele foi encontrado em Martins Lane às 20h30 por um pedestre, que chamou a polícia.

— Então, o que nós temos aqui? Um cara com alguma ligação com o Exército de Deus, o que provavelmente significa a Fraternidade?

— Da qual não se tem a menor prova — disse Roper. — Digamos que você tente prender o organizador, esse tal de Ali Hassim. Ele seria solto tão rápido que você nem perceberia. A promotoria não ia poder tocar nele nem com uma vara. As organizações de sempre estariam gritando pelos seus direitos humanos na mesma hora.

— *Tem algo que precisa saber sobre o que aconteceu hoje de manhã.* — Miller estava completamente calmo e controlado. — O que aconteceu hoje de manhã foi a morte da minha mulher e do meu motorista, em um acidente tão incomum que nós nem sabemos como ocorreu. Agora, você é uma das pessoas mais inteligentes que conheço. Qual é a sua opinião?

— Eu diria que é tudo muito óbvio. O Amara foi sabotado de alguma maneira, um acidente fadado a acontecer, mas que devia ter acontecido com você, Harry. Olivia simplesmente se meteu no meio. Estava no lugar errado, na hora errada.

— Exato. — Miller continuava extremamente calmo. — E vou encontrar o responsável, mesmo que seja a última coisa que eu faça.

— Quem quer que tenha feito isso, foi um profissional. A pergunta mais importante é quem pagou. — O rosto de Roper se contorceu e ele agarrou o braço e pegou o uísque. — Desculpe, Harry, mas está doendo muito esta noite. Isso é tudo o que ajuda.

— Também vou tomar uma dose. — E Miller se serviu.

— Vamos ver com quem estamos lidando. — Os dedos de Roper correram pelo teclado. — Para começar, os russos. — Na tela apareceu Vladimir Putin, seguido por Volkov e Max Chekov. — Esses três controlam a Belov International.

— E...?

A tela mudou e apareceu o rosto de Michael Quinn.

— Não posso falar do IRA, porque estamos em um momento de paz e isso não devia ser mais problema, mas esse filho da puta não sossega.

A tela voltou a mudar para Osama Bin Laden.

— Eu só estou mostrando Osama porque ele criou a al Qaeda e os principais nomes de tudo isso parecem ser Dreq Khan, que fundou o Exército de Deus com o dinheiro da organização, e o operador dele, Ali Hassim. — Miller olhou para os dois.

— E então...

— Você quer o assassino, mas não posso mostrar o rosto dele porque não sabemos quem ele é. Tem mais alguém que eu não posso mostrar. Na minha opinião, é o mais importante de todos.

— O Intermediário?

— Exatamente.

Miller concordou com a cabeça.

— De um jeito ou de outro, vou pegar todos eles. Mas primeiro tem o inquérito e depois Stokely, para eu me despedir da minha esposa da maneira mais digna possível.

Roper assentiu.

— E eu vou estar lá, meu amigo. Todos nós estaremos.

11

O gabinete arranjou uma limusine para Miller, um Mercedes, com um motorista chamado Arthur Fox, também ex-combatente, dessa vez do Blues & Royals, um dos regimentos mais antigos do Exército inglês. Miller foi na frente com ele, e Monica e o senador Hunt ficaram no banco de trás.

Várias pessoas estavam sentadas em bancos do lado de fora da sala de inquérito, no meio dos policiais, e mais gente, de toga, destacava-se ao passar por ali. Uma mulher que aparentava ter 30 anos se levantou e deu um passo à frente, hesitante.

— O senhor é o major Miller, não é? Eu sou Jean, a irmã de Ellis Vaughan. — Obviamente, ela estivera chorando.

— É claro — disse Miller. — Eu consegui autorização para que você fosse à festa nos jardins do Palácio de Buckingham há dois anos. Esta é a minha irmã, Lady Starling.

Monica veio e passou um braço em volta dela. Jean começou a chorar.

— Não sei o que vai ser de mim sem ele. Meu marido, Tony, foi morto no Iraque no ano passado. Minha mãe se casou de novo e mora na Nova Zelândia.

Monica se sentou com ela e tentou confortá-la, e, nesse momento, as portas duplas se abriram e um oficial de justiça gritou:

— Está aberta a sessão.

Eles entraram, com meia dúzia de pessoas, e tomaram seus lugares. Dois ou três funcionários de toga já estavam presentes, um sargento corpulento e o escrivão do tribunal em uma mesa abaixo da bancada do juiz. George Langley entrou e se dirigiu a ele.

Miller falou para o senador Hunt:

— Aquele ali é o legista, o que fez a necropsia.

O escrivão gritou:

— Levantem-se para o magistrado de Sua Majestade. — E o magistrado responsável pela investigação de mortes suspeitas entrou, aparentando 70 anos, os cabelos brancos. Pouco depois, um funcionário abriu uma porta e o júri entrou e tomou seus lugares.

O magistrado falou:

— Este inquérito é um tanto incomum. A Sra. Olivia Miller e seu motorista, o Sr. Ellis Vaughan, morreram no mesmo lamentável acidente. O gabinete da chancelaria me deu permissão de analisar os dois casos juntos. O depoimento da polícia, por favor.

Um sargento leu uma longa declaração, apresentando os fatos do caso em questão e cinco testemunhos juramentados a respeito do Amara ter avançado um sinal vermelho. O magistrado ordenou que o escrivão os aceitasse e disse:

— Poderia haver alguma falha mecânica para o sucedido?

O sargento apresentou mais uma declaração juramentada do sargento da polícia que havia examinado o Amara. O motor tinha ficado totalmente destruído e não havia maneira de se chegar a uma conclusão. O magistrado pediu ao escrivão que juntasse a declaração ao processo.

O escrivão chamou então George Langley, que subiu à bancada e prestou seu juramento. O magistrado falou:

— Professor Langley, eu tenho as duas necropsias desse processo. O senhor cuidou de ambas, pessoalmente?

O escrivão passou as cópias para o júri, enquanto Langley dizia:

— Sim.

— O senhor tem alguma observação especial a fazer?

— Os dois mortos tiveram ferimentos bastante graves em decorrência da batida, detalhados nos relatórios. Se o senhor me permite, existe algo que vale a pena citar sobre o fato de o veículo ter avançado o sinal em alta velocidade, em plena hora do rush.

— Pois não, professor.

— Não havia indícios de álcool na corrente sanguínea do motorista, nem o menor traço de qualquer tipo de droga.

Seguiu-se uma leve pausa, então o magistrado falou:

— Em toda a sua longa e distinta carreira, o senhor já teve experiência com casos semelhantes?

— Tive. Muitas vezes.

— E que conclusão o senhor pode tirar?

— Que algum tipo de falha mecânica aconteceu, alguma coisa fora do controle do motorista, embora eu não tenha nenhuma prova concreta para apoiar isso.

— Por favor, aceite os agradecimentos desta corte e pode se retirar, professor.

O magistrado juntou seus papéis e passou a se dirigir aos jurados.

— Senhoras e senhores, o que nós temos de considerar são os fatos, e não as conjeturas. Só os fatos. Essa tragédia fala por si. Uma mulher talentosa e brilhante, no auge da carreira, teve a vida cruelmente arrancada, assim como um rapaz com um histórico de relevantes serviços prestados a referendá-lo.

Ele juntou os dedos, pensando.

— Eu aprecio a observação feita pelo professor Langley e lhe agradeço por isso, mas não podemos dizer que se trate de um fato e sim de uma suposição. No entanto, ele tem razão quanto ao fato de que Vaughan não dirigia sob influência de substâncias entorpecentes. E aqui temos um mistério. Nessas circunstâncias, eu sugeriria um veredicto em aberto. Os senhores, evidentemente, estão livres para se retirar e debater sobre o caso.

Eles murmuraram entre si, com as cabeças abaixadas, e o jurado principal se levantou.

— O veredicto em aberto parece ser uma decisão sensata.

— Então, que conste dos autos. Agora, passamos para a questão do parente mais próximo. Se Jean Marlowe estiver presente, que se levante.

Sentada ao lado de Monica, Jean se levantou. O magistrado falou:

— Eu vou emitir uma ordem de enterro em seu nome, como irmã de Ellis Vaughan. A senhora tem a minha solidariedade. Pode retirar o corpo quando lhe aprouver.

Jean afundou na cadeira e Monica a reconfortou.

— Major Harry Miller. — Miller se levantou. — Eu também vou emitir uma ordem de enterro em seu favor. O senhor igualmente conta com a minha solidariedade.

O escrivão gritou:

— O tribunal se levanta para o magistrado de Sua Majestade.

De repente, o movimento tomou conta do tribunal. O júri foi levado para fora e a sala começou a se esvaziar. Miller encaminhou-se até a mesa do escrivão e Jean o seguiu, assustada. Cada um recebeu uma ordem de enterro. Saíram e pararam ao lado do Mercedes.

— O que você vai fazer agora? — perguntou Miller.

— Eu vou ficar bem. Sou enfermeira no Guy's Hospital. Não é estranho que ele tenha acabado indo parar lá? A minha chefe e consultora tem sido muito boa para mim. Já arranjaram uma funerária. Estarei só com alguns amigos na cremação, depois de amanhã. O senhor, eu imagino, irá para Stokely.

— Hoje, no fim da tarde. O enterro é amanhã — disse Monica.

— Ellis adorava Stokely. A vida é bem estranha, não é? — Virou-se de repente e foi embora.

— Coitada — disse Monica. — E agora?

Miller segurava a ordem de enterro.

— Vamos entregar isto ao pessoal da funerária que Frankel arranjou para mim. Vine Street, 10, Arthur. — E todos entraram no Mercedes.

* * *

A funerária se chamava Howard and Son, ficava em uma imponente casa vitoriana e se parecia mais com outro mundo quando se entrava: um mundo de paredes de painéis de mogno envernizados, cheiro de lírios no ar e apenas uma música suave ao fundo. Foram recebidos por um homem bem-barbeado e de cabelos pretos chamado Jarvis, que vestia um terno preto.

–- Os senhores gostariam de ver a falecida? — perguntou.

Foi o senador Hunt que de súbito ganhou vida, depois de praticamente não ter dito uma palavra pela manhã e absolutamente nada no tribunal.

— Ah, sim. Com certeza.

Foram levados a uma arcada, com capelas dos dois lados, muitas delas ocupadas. Olivia estava na terceira. Encontrava-se deitada, vestida em um robe branco, o cabelo muito bem-ajeitado e o rosto coberto de maquiagem.

— O nosso embalsamador, Joseph Bilton, fez o melhor trabalho possível com a Sra. Miller, major. Preciso dizer que tivemos de ter bastante cuidado. Ela ficou muito machucada.

Miller só olhou para ela por um instante, mas essa não era a mulher dele, não tinha nada a ver com Olivia. O senador disse:

— Ela está tão linda. Parece até que está dormindo.

Miller se virou para a porta, e Jarvis foi atrás dele e pegou a ordem de enterro.

— Você falou com o vigário de Stokely, Mark Bond?

— Falei, major. Nós vamos levá-la amanhã cedo. A cerimônia vai ser ao meio-dia. O Sr. Frankel, da Downing Street, já acertou tudo.

— Ótimo. — Miller não discutiu. — Qualquer coisa de que precisar, é só tratar com minha irmã, Lady Starling. Eu vou ficar no meu carro.

— Sim, senhor, major. É claro. — Ele voltou para a capela, onde Monica abraçava um homem muito perturbado.

* * *

A viagem até Stokely foi extremamente triste, em grande parte porque o senador estava muito condoído, deixando-se levar pelo desespero. Monica fez o melhor que pôde para confortá-lo.

— Como a vida pode ser tão cruel? — perguntou ele, com lágrimas no rosto. — Tanta coisa para se viver, agora que ela conseguia o sucesso pelo qual lutou por tanto tempo. — Ele balançou a cabeça. — Tudo acabou sendo destruído. Não faz sentido.

E para ele não fazia. Não dava para lhe contar a verdade sobre o acidente. O coração dele já não ia bem nos melhores momentos, tinha até passado por uma cirurgia de ponte de safena. A notícia de que sua filha havia morrido como a vítima inocente de um plano para matar o marido poderia ser o suficiente para empurrá-lo para o precipício.

A simples ideia de dizer isso a Monica enchia Miller de pânico e, mesmo assim, em algum momento, ele teria de lhe contar. Miller estava ali, levado em um carro pelo interior de Kent, com a mulher atrás em um caixão, quando na verdade deveria ter sido exatamente o contrário. Ele tinha escolhido levar uma vida com grandes riscos, e foi Olivia quem pagou o preço.

Tia Mary estava igual a um fantasma, perambulando pela casa, a voz quase um sussurro. Ela e Hunt se sentaram perto do fogo, totalmente perdidos. Fergus Grant e Sarah, de luto, ficaram profundamente emocionados com os acontecimentos. Eles cuidaram de Arthur Fox, dando-lhe o segundo quarto de hóspedes da casa do caseiro, deixando fechado o que Ellis costumava usar, em sinal de respeito.

Miller tomava uma xícara de chá na cozinha quando Monica entrou.

— Alugaram o Badger's End para o dia inteiro. — Era um pequeno hotel ao lado da igreja. — Vão fazer um bufê para 150 pessoas.

— Imagino que muita gente virá de Londres.

— É claro que sim, e também muitos amigos do teatro.

— Você falou com o vigário?

— Ele tem sido muito prestativo. Conseguiu que o Cooper's apressasse os trâmites da cerimônia. Também está escolhendo os cânticos, pois disse que sabia de quais ela gostava. Vou dar uma passada e ver como está o hotel. E você?

— Acho que vou dar uma olhada no meu escritório local. Se não estiver acontecendo nada de mais, vou passar no pub, comer um sanduíche e conviver com outras pessoas.

— Talvez eu te encontre lá.

— Por que não?

O escritório local de atendimento aos eleitores estava fechado. O aviso na porta da frente dizia *De Luto* e junto havia uma fita preta. As pessoas passavam para dizer que sentiam muito, algumas inclusive se desviavam dele, constrangidas, e as mais idosas eram as mais perturbadas. Algumas o conheciam desde a infância. Ele caminhou até o pátio da igreja de St. Michael. Era bem bonito e datava do século XV. A St. Michael era uma igreja anglicana, não católica, mas Olivia sempre tinha gostado de lá e colocava flores regularmente no terreno da família, perto do muro mais distante, onde um velho cipreste se erguia. Os restos mortais do pai e da mãe dele estavam ali, por uma consideração especial da igreja, e o sacristão também fazia as vezes de coveiro. Tudo estava evidentemente pronto para o enterro e coberto com uma lona verde.

— Obrigado — disse ele.

O vigário Mark Bond saiu por uma porta lateral, vestindo um hábito preto. Ia rezar uma missa, mas viu Miller e passou entre as pedras, com a expressão grave. Cumprimentou-o calorosamente.

— Como você está enfrentando a situação?

— Estou conseguindo lidar com as coisas. Hoje de manhã foi o inquérito do magistrado sobre a morte dos dois. Eu imagino que já saiba que o motorista morreu.

— Sei. Howard, de Westminster, me contou.

— Você sabe que o primeiro-ministro vai estar presente, o que significa que a imprensa também?

— Já fui alertado quanto a isso. A casa vai ficar cheia, Harry. Todo mundo gostava muito dela em Stokely. Todos vão comparecer.

— Evidentemente, Monica estava no tribunal hoje de manhã, com o pai da Olivia, o senador George Hunt.

— Que eu conheci alguns anos atrás. Eu posso dar uma passada lá mais tarde, se você permitir.

— É claro que permito. — Miller balançou a cabeça. — Não sei como você aguenta, Mark. Na sua profissão, você tem de estar sempre lidando com a morte.

— É verdade.

— Mas, por outro lado, você tem sua fé para apoiá-lo.

— E você não tem fé, Harry?

— Perdi na Guerra das Falkland, quando o vento afastou a neblina em Tumbledown e vi os mortos e os feridos, e ouvi o choro dos dois lados. Acho que aquele vento levou também minha fé. É estranho, porque fui criado como católico, entretanto descobri que eu não conseguia mais rezar.

Bond pôs a mão em seu ombro.

— Nesse caso, vou ter que rezar por você. Eu passo lá mais tarde.

Ele saiu e Miller ficou ali de pé, pensativo, ouvindo os pássaros gritarem uns para os outros nas árvores acima dele. Então caminhou na direção do Stokely Arms. Holly Green, a mulher do dono do pub, e também sua amiga de infância, estava atrás do balcão, naquela hora calma da tarde. Ela deu a volta imediatamente e o abraçou.

— Deus te abençoe, Harry — disse ela, e deixou por isso mesmo.

— Eu vou beber uma dose dupla de uísque.

— Sente ali que eu já levo.

Havia, talvez, meia dúzia de pessoas espalhadas pelo antigo bar, com o fogo queimando na lareira aberta. Ele se sentou no reservado de carvalho do canto, ela trouxe o uísque e Monica entrou.

— Esse uísque está com uma cara boa. Acho que vou me castigar com um também. Como vai, Holly?

Elas se abraçaram e Holly foi pegar mais uma dose. Tudo parecia ocorrer em câmera lenta. Monica recebeu a bebida.

— Tudo está organizado. E o que você fez?

— Estive com Mark Bond. Está tudo pronto. Até Deus está do lado dele.

— E você, Harry? Está bem?

— Eu acho que nunca mais vou estar bem, mas a questão não é essa. Você continua sendo minha irmãzinha querida, mesmo tendo ouvido de Olivia uma coisa assustadora. E agora vou assustá-la mais uma vez, porém é algo que tem de ser feito.

— Diga.

— Não foi um acidente. O Amara foi sabotado. A batida foi uma tentativa de assassinato contra mim, uma forma de vingança porque tive sucesso ao me livrar de umas pessoas muito más.

O horror estampava-se no rosto dela.

— Ai, meu Deus.

— Deus não existe. Pelo menos, não para mim. O Amara esperava por mim, mas aí Olivia quis sair rápido para ir ao cabeleireiro e se preparar para o programa de TV, então ela perguntou se podia usar o carro. Simples assim.

Ela respirou fundo.

— E você sabe quem foi?

— Existem várias possibilidades, mas isso não importa. Eu vou pegar todo mundo, se puder. A culpa é toda minha, você entende? Se eu não os tivesse atingido com tanta força, eles não teriam tentado se vingar. A culpa está nas minhas costas e não divido isso com ninguém. Mas vou fazê-los pagar.

— E o senador?

— Não estou tentando fugir de nada. Tanto é que abri o jogo com você. Mas acho que ele saber disso não vai ajudar em nada.

— Eu concordo. — Agora ela estava bem calma. — Diga uma coisa: O seu amigo Sean Dillon também está envolvido nisso?

— Bem, geralmente ele está. Por quê? Isso te incomoda?

— Não. Se você vai à guerra, tem que ter os soldados certos. — Ela se levantou. — Não se preocupe, meu bem. Seja lá o que for, sou sua irmã e estou do seu lado. Agora, vamos para casa.

* * *

O cortejo chegou cedo e estacionou na propriedade, com a maioria vindo de Londres aos poucos, e, diante dessas circunstâncias incomuns, Miller deixou Monica tomando conta da sala e foi liderar na igreja um grupo de moradores da região, enviado pelo escritório político local para recepcionar os visitantes.

Os carros eram estacionados por toda a parte, à medida que as pessoas chegavam, muitas delas de Londres. Vieram o elenco da peça, liderado pelo diretor, com Colin Carlton muito pálido e constrangido, Ferguson, Roper de cadeira de rodas, Dillon, Harry e Billy Salter, vários participantes do parlamento, e, quem diria, Simon Carter, que cumprimentou Miller e disse·

— Eu tinha que vir prestar uma homenagem e o primeiro-ministro me ofereceu uma carona.

— Foi muita consideração você ter vindo. — Cumprimentaram-se rapidamente e o primeiro-ministro chegou com a esposa, momento em que vários fotógrafos se adiantaram.

Os assistentes os ajudaram a entrar, todos os lugares foram ocupados, e Mark Bond apareceu de hábito na porta e ficou de pé esperando. Miller se juntou a ele, e o cortejo desceu o morro e os homens de Londres, liderados por Jarvis, assumiram o comando.

Monica, tia Mary e o senador saíram do Rolls-Royce fúnebre e se adiantaram. Miller deu o braço à tia e Monica e Hunt ficaram juntos, e seguiram atrás de Bond, enquanto o órgão tocava sua música.

Quando tudo acabou na igreja e chegou a hora do enterro, o tempo continuava firme. De pé ao lado de Monica à beira do túmulo, Miller sussurrou:

— Dizem que sempre chove na hora do enterro, especialmente em março. Eu tinha certeza de que ia chover.

Ela apertou a mão dele

— Mas não choveu. Que Deus fique com ela. Agora, vamos deixar os outros prestarem suas homenagens, ir embora e manter uma aparência de calma, o melhor que pudermos.

E assim fizeram. O primeiro-ministro ficou por meia hora na recepção, depois passou um braço em volta de Miller e beijou Monica.

— Fico tão feliz por nós podermos ter vindo. Desculpe a pressa, mas o dever me chama.

Carter assentiu e pareceu um pouco rígido, enquanto Ferguson aparecia e levava o primeiro-ministro e a esposa até a limusine, acompanhado da pequena comitiva de segurança, e eles saíram.

Miller se virou para Ferguson na hora em que Roper, os Salters e Dillon haviam se juntado a eles.

— Bem, pelo menos Carter veio.

— Vamos lá. Pegaria muito mal se ele não tivesse vindo — disse Harry Salter.

Monica se juntou a eles.

— Sucinto como sempre, Harry. — Miller se virou para Monica. — Estes são uns amigos meus que você ainda não conhece. O general Charles Ferguson e equipe.

— Lady Starling — disse Ferguson —, todos já ouvimos falar da senhora. Imagino que conheça meu primo, também arqueólogo, o professor Hal Stone, de Corpus Christi.

— É claro que conheço, é o brutamontes de Cambridge. Alguém deu um tiro nele no ano passado e... — Ela parou, olhou para todos e perguntou a Miller: — Todos aqui são espiões?

— Não. O outro Harry ali era um gângster, mas descobriu que possuía a mesma facilidade para ser rico no mundo dos negócios. ·

— Bem, não vou contestar isso. — Monica de repente percebeu que estava se divertindo. — Será que alguém vai me oferecer uma taça de champanhe?

— O prazer será todo meu. — Dillon tomou o braço dela e a levou dali.

Ferguson falou para Miller:

— Podemos trocar uma palavrinha, Harry?

Ele foi para um grande solário e os outros foram atrás, juntando-se em um canto depois que sentou.

— Roper já espalhou o que aconteceu com o tal Bolton. É algo que todos temos que levar em consideração.

— Eu diria que é muito óbvio o que aconteceu — disse Harry Salter.

Billy fez que sim.

— Eu concordo. E então, o que vamos fazer? Está mais que na hora de a gente fechar o cerco sobre esse pessoal do Exército de Deus e de Ali Hassim.

— Segure as pontas. — Ferguson se virou para Miller: — Você pensou, lá em Folly's End, que ele era do Exército de Deus?

— Pensei. E ainda deixei isso transparecer para ele, quando fiz uma referência à fraternidade.

— Mas você não tem nenhuma prova mais concreta de que ele era um integrante?

— Não, mas Roper descobriu que a mãe era muçulmana.

— E daí? Legalmente, isso não teria o menor significado. Do ponto de vista jurídico, o Exército de Deus é uma instituição de caridade legalmente constituída, que vem a ser islâmica, e a Fraternidade não passa de um boato. Então não acho que alguém vai sair arrombando portas por causa disso.

— Uma pena — comentou Harry Salter. — No ano passado, quando tivemos um problema com aquele verme do Dreq Khan, ele falou tudo o que sabia quando o penduramos no *Lynda Jones* e o mergulhamos no Tâmisa.

— Eu não quero nada disso — disse Ferguson. — E isso é uma ordem. Nós precisamos de evidências, uma pista mais concreta. E tenho um pressentimento de que vamos conseguir. É só esperar.

Monica, desfrutando de uma taça de champanhe no pátio, na companhia de Dillon e ao lado de uma porta francesa, tinha ouvido a maior parte da conversa, mesmo com Dillon tentando levá-la dali. Ferguson e companhia se levantaram e foram com Roper para o hotel, onde o almoço já estava sendo servido.

— Que turma, hein? — comentou Monica para Dillon. — Não consigo acreditar. Vocês são todos uns bandidos.

— O jovem Billy Salter é agente dos Serviços de Segurança de Sua Majestade. Roper foi o maior especialista em desmontagem de bombas, até que tentou desmontar uma em especial e acabou em uma cadeira de rodas e com uma Cruz de Jorge. E o bom e velho Charlie Ferguson tem uma Ordem por Serviços Excepcionais e a confiança total do primeiro-ministro, assim como seu irmão. Eles ajudam a manter o perigo longe da vida das pessoas, em um mundo que parece ter perdido a razão. São soldados que tratam daquelas coisas que as pessoas comuns não conseguem cuidar.

— E você, orgulho do IRA?

— O que nós temos agora, Monica, é a paz na Irlanda. — Ele esticou o braço para um garçom que passava com uma bandeja, pegou duas taças cheias e entregou uma a ela. — Eu simplesmente vou com o vento.

— Aposto que sim.

Ela bebeu o champanhe, sentindo-se mais animada do que em muitos anos.

Mais tarde naquele dia, na Derry Street, Fahy se sentia muito pior. A dor era indescritível e a dose de uísque que tomava quando as coisas pioravam não conseguia mais dar conta do recado. Começou a se sentir grogue, com a bebida subindo à cabeça, e finalmente ligou a secretária eletrônica, desabou no sofá e apagou. Uma hora mais tarde, o telefone tocou e uma mensagem foi recebida, mas ele não respondeu. Na verdade, o telefone tocou umas três ou quatro vezes, mas nada conseguia atravessar aquela barreira de álcool, e ele continuou a dormir.

No começo da noite em Stokely, os convidados começaram a se retirar. Tia Mary saiu um pouco antes e o senador foi com ela. Miller e Monica continuaram na sala de estar, tomando café.

— Estou exausta — disse ela. — Que dia.

— O que achou dos meus amigos?

— Não sei o que eles fazem com os inimigos da rainha, mas me assustam.

— Pois eu achei que você se entrosou muito bem com Sean Dillon. Acho que pode ter esperanças, Monica.

— Que bobagem. Provavelmente ele dorme com um revólver embaixo do travesseiro. Você fez amizades com pessoas bem estranhas. Aonde as coisas vão parar?

— A esperança é chegarmos em quem esteja por trás do plano para me matar. — Ele se levantou. — Estou cansado, minha querida. Não vou ficar aqui mais tempo que o necessário. Faça-me um favor. Console um pouco tia Mary e veja se o senador consegue ficar mais alguns dias, o tempo que ele quiser. Acho que vai precisar.

— E você?

— Eu vou ligar para Arthur e dizer que estou voltando para a Dover Street.

— Tem certeza?

— Absoluta. — Ele pegou o telefone.

Ela se despediu dele na porta, 15 minutos depois, e o abraçou com força.

— Promete que vai tomar cuidado?

— Eu sempre tomo.

Ela ficou ali olhando e ouvindo o Mercedes sumir a distância, e, quando se virou para voltar para dentro, percebeu que estava com medo.

Fahy voltou à vida, com a cabeça doendo. A luz no telefone estava acesa, e assim ele se serviu de mais uma dose de uísque, foi até a cozinha, abriu a torneira de água fria e jogou um pouco no rosto.

Atrás dele, a voz da irmã Ursula dizia:

— Sr. Fahy, é muito urgente. Maggie não está nada bem. Por favor, venha para cá agora. — Ela desligou, e ele esfregou a cabeça vigorosamente com a toalha enquanto a máquina emitia mais uma mensagem, e na terceira ele já se debatia com o paletó. Quando se encaminhava para a porta, o telefone tocou de novo e ele atendeu.

— Meu caro amigo — falou o Intermediário —, queria justamente saber como você estava.

— Agora eu estou sem tempo — disse Fahy. — Surgiu uma emergência com a minha mulher. — Bateu o telefone e correu até a garagem, levantou a porta, entrou no Triumph e saiu.

Em sua mesa, o Intermediário ligou para o Hospital St. Joseph, cujo telefone já havia conseguido. Quando uma freira na recepção atendeu, ele disse:

— Estou ligando para saber do estado de saúde de uma paciente, Margaret Fahy.

— O senhor é parente?

— Sou, sim. O cunhado dela. — A mentira veio com facilidade.

— Lamento ter de lhe dar a má notícia. Ela morreu há algumas horas. Teve um derrame.

— Ah, sim. Muito triste.

Um pouco mais tarde, Fahy estacionou o Triumph do lado de fora do hospital e cambaleou para dentro.

— Eu quero ver minha mulher — exigiu. — Sou Sean Fahy e quero ver minha mulher agora.

A freira acionou o alarme.

Foi preciso dois porteiros para segurá-lo, enquanto a irmã Ursula era chamada e conseguia acalmá-lo. Levaram-no até uma câmara mortuária pequena e de azulejos brancos, onde sua esposa jazia em um carrinho com um lençol branco por cima. Ursula puxou o lençol para que ele pudesse ver o rosto pálido e sem vida.

— Foi muito rápido. Ela morreu em segundos. Um derrame fulminante. Na verdade, foi até uma bênção, uma bênção de Deus.

Fahy se afundou em uma cadeira de metal.

— Eu nunca fiz nada de bom para ela, não passei de uma preocupação até o fim, quando achei que podia lhe dar um pouco de felicidade por algum tempo. Mas nem isso eu consegui acertar, e ainda custou a vida de outra mulher.

— Eu não estou entendendo — disse a irmã Ursula, e achou que ele delirava. — Vá para casa e trate de dormir. Volte de manhã que o padre Doyle estará aqui para ajudá-lo com os preparativos.

— Está bem. — Ele fez um pequeno movimento de sim com a cabeça, passou pelos porteiros e foi embora.

Voltou para casa, estacionou o Triumph na garagem, deixou a porta aberta e foi para o andar de cima. Ficou ali sentado, tonto, a dor de volta, e então encontrou o Bushmills. Ele o bebia direto do gargalo quando o telefone tocou de novo.

O Intermediário disse:

— Estava preocupado com você. Liguei para a clínica para saber da sua mulher e recebi a péssima notícia.

— É isso mesmo. Ela morreu, amaldiçoada por Deus, uma punição por eu ter matado uma mulher inocente, porque foi exatamente isso o que fiz. Eu aceitei a tarefa por causa desse seu maldito dinheiro, para dar um futuro melhor à minha esposa, e quer saber por quê? Porque estou com câncer no pâncreas. Só tenho mais alguns dias de vida, só isso, e se eu puder consertar o que fiz, então é isso o que vou fazer. Portanto, pode ir para o inferno. — E bateu o telefone.

O Intermediário ligou para Ali Hassim e em poucos instantes explicou a situação.

— Esse homem está visivelmente desequilibrado e precisa ser eliminado. Não dá para saber o que ele vai fazer.

— Você está certo. Deixe comigo.

Fahy estava de pé, sentindo-se estranhamente alerta. Tomou mais um gole da garrafa. O tempo não tinha mais qualquer significado e o uísque parecia já não fazer nenhum efeito, então ele ouviu o barulho de um motor vindo lá de baixo e desceu para a oficina. Havia uma moto BMW estacionada ao lado do Triumph. Ele a examinou, achando estranho, e nisso Abdul entrou em ação, com a faca penetrando na parte esquerda do estômago, quando Fahy olhou para ele.

— Meu Deus — gritou ele e cambaleou para o que havia sido uma lareira na época vitoriana.

— Não. Alá. — Abdul ficou ali de pé, olhando para ele, com a faca na mão.

Fahy disse:

— Escute, seu filho da puta, eu servi ao IRA por muitos anos em Londres, e a polícia nunca me atacou, mas, se tivesse atacado, eu sempre teria um ás na manga, e ainda tenho.

Enfiou a mão dentro da chaminé e agarrou um revólver Smith & Wesson .38, que ficava pendurado em um prego, e acertou com ele um tiro no meio dos olhos de Abdul.

Começou a chover de novo e com muita força. Fahy foi até a porta e ficou ouvindo. Ninguém pareceu ter se incomodado, mas aquela também era uma região da cidade onde as pessoas só se metiam em seus próprios assuntos; e com a violência do jeito que estava em Londres naquela época, onde tiros e facadas não eram incomuns, não valia a pena procurar problemas.

Sua mão esquerda estava coberta de sangue e ele se sentou na escrivaninha, abrindo uma gaveta enorme. Lá havia alguns objetos úteis dos velhos tempos do IRA, alguns kits de medicamentos do Exército inglês e vários remédios. Tirou o invólucro de um dos pacotes, abriu um frasco de Dettol e despejou em cima da ferida, sem se preocupar com mais nada. Apertou as tiras de linho com o máximo de força possível, daí encontrou um pacote plástico de ampolas de morfina, arrancou o bico de uma e enfiou na pele.

— Seu idiota, chegou a sua vez. Agora acabou tudo para você, Ali Hassim, o Exército de Deus e este verme. — Virou o corpo de Abdul com o pé. — Terroristas muçulmanos, al Qaeda. Quer dizer que o Intermediário deve ser muçulmano, mesmo com todo aquele linguajar afetado. — Balançou na cadeira, mas se endireitou e continuou falando consigo mesmo: — Você não pode morrer ainda, seu filho da mãe. Ainda tem que dar o troco nesses filhos da puta, e só tem um homem que pode fazer isso por você.

Abriu a gaveta, tirou as anotações que havia utilizado para planejar toda a operação da Dover Street e encontrou o número de telefone de que precisava.

Arthur Fox deixou Miller em casa, depois de receber instruções para o dia seguinte, e este entrou na casa que parecia curiosamente silenciosa, como se ela soubesse que as coisas nunca mais seriam as mesmas. Ele ficou escutando o silêncio por alguns instantes, então foi à cozinha, voltou à sala de estar e olhou pela janela em arco, quando o telefone tocou.

Atendeu e as primeiras palavras que ouviu foram "Meu Deus, como dói!", seguidas por um grunhido horrível.

Após uma pausa, Miller falou:

— Quem fala? O que está acontecendo com você?

— Eu estou morrendo, é isso o que está acontecendo. Um muçulmano do Exército de Deus enfiou uma faca em mim e eu atirei no filho da puta. Me deixe só tomar mais um gole de Bushmills. — Alguma coisa foi engolida. — Assim fica melhor.

— Quem é você?

— Se você for Miller, eu sou o homem que tentou matar você, mas saiu tudo errado e você sabe disso melhor que ninguém. Meu nome é Sean Fahy.

Ele teve a sensação de que tudo se encaixava em uma outra dimensão do tempo e, mesmo assim, sentia-se totalmente controlado.

— Só permaneça calmo e me diga onde está.

— Mas antes você tem de me prometer uma coisa. Nada de polícia e nada de ambulância. Estou falando sério. Tenho um revólver na mesa e, se eu ouvir o barulho de alguma sirene, vou me matar.

E agora? Quer ouvir mais sobre Quinn, sobre um cara chamado o Intermediário, Ali Hassim e a Fraternidade dele? Até os russos estão nessa.

— Só me diga onde você está.

— Eu quero a sua palavra, major, de que você vai me deixar morrer.

— O fato de você morrer não vai me trazer nenhum problema.

— Derry Street Garage, em Kilburn. Vou me aguentar esperando você. — Riu roucamente. — Espero ter Bushmills suficiente.

Miller pegou uma capa de chuva, enfiou uma Walther e um silenciador no bolso e foi pegar o Mini Cooper. Dirigiu com cuidado pelas ruas vazias e encharcadas de chuva enquanto ligava para Roper pelo telefone. Roper dormia na cadeira, como muitas vezes fazia, mas despertou assim que a voz de Miller entrou pelo viva voz.

— O que foi? — perguntou Roper e Miller lhe contou.

Quando ele terminou, Roper disse:

— Você vai precisar de reforços.

— O que eu preciso é que ninguém se meta. Fahy quer desabafar e acho que ele está sendo sincero, por isso não quero ninguém se metendo.

— Dillon adiantaria?

— Eu não quero ninguém. Tenho que ouvir o que Fahy tem a dizer, mais que qualquer outra coisa na vida.

— Bem, tudo o que posso dizer é boa sorte. Vou avisar os outros.

Derry Street estava escura e silenciosa e, pelos faróis, Miller viu que muitas casas tinham tábuas na frente, provavelmente esperando que os empreiteiros lhes dessem alguma atenção. Havia um pequeno beco sem saída ao lado da oficina e ele encostou e desligou o motor. A porta tinha sido baixada até a metade, com a chuva caindo como uma cachoeira. Passou por baixo e achou tudo bem escuro. A única luz acesa vinha do fundo, onde Fahy se sentava atrás de uma mesa.

— É você mesmo, major? Pode entrar. Está bem tarde. Uma da manhã.

Miller passou pelo Triumph, viu a moto BMW, Abdul caído de costas e o revólver que Fahy erguia na mão esquerda ensanguentada.

— O senhor teria um revólver como esse no seu bolso, major?

— De outro modelo.

— É, eu já imaginava. Isto aqui estava pendurado dentro da lareira. O filho da puta me esfaqueou e teve a maior surpresa da vida dele. Um tiro bem no meio dos olhos. Eu nunca fui grande coisa com armas. As bombas eram minha especialidade.

— Muito bem... — Miller esperou, com as mãos nos bolsos.

— Eu costumava trabalhar para Quinn nos dias de glória, mas já não estou na ativa há muitos anos. Ele me ligou de Drumore Place em Louth e me ofereceu cinquenta mil libras para destruir você e disse que estava cuidando da segurança da Belov International e que algumas pessoas queriam ver você morto. Falei para ele cair fora.

— Mas aí você mudou de ideia?

— Minha mulher estava internada em uma clínica aqui perto, sofrendo de Alzheimer. As freiras lá são maravilhosas, mas o pessoal do Serviço de Saúde disse que não ia mais pagar a internação dela. Iam jogá-la em algum lixo. E eu não podia aceitar. Eu só causei a ela problemas, esses anos todos, e queria recompensá-la de alguma forma.

— Com cinquenta mil libras?

— Alguma coisa assim. Quinn me disse que você matou alguns dos rapazes na época dos Conflitos. Então era uma espécie de vingança.

— O que você fez com o Amara?

— Montei um mecanismo que eu usava nos velhos tempos. Vinte minutos depois de dar a partida, o sistema do fluido de freio se derrete. Eu armei tudo enquanto ele estava no café. Na sua rua. Ele não tinha mais freio quando tentou parar no sinal. — Sua voz se esvaía. — Devia ser para você. Quinn e os chefes russos dele queriam isso, e o tal do Intermediário também. Ele representava a al Qaeda e fez o meu pagamento com dinheiro do Osama. Ali Hassim e o pessoal dele são controlados pelo Intermediário.

— Você algum dia viu esse Intermediário?

— Nunca. Só falei com ele pelo telefone. Tinha voz de inglês, e bem afetada. Um mensageiro entregou um envelope com uma chave dentro, ao meio-dia. Saiu na mesma hora e o Intermediário ligou minutos mais tarde para dizer que aquela era a chave do armário número sete de um lugar chamado *The Turkish Rooms*, em Camden.

— Explique isso melhor.

Foi o que Fahy fez e continuou:

— O envelope continha um cheque administrativo no valor de cinquenta mil libras, uma daquelas contas suíças que não dá para rastrear. O HSBC aceitou sem hesitar.

— Quando foi isso?

— Na véspera do acidente. — Sua cabeça girou e ele caiu sobre a mesa, depois fez força para se levantar, deixando a marca da mão ensanguentada na superfície do móvel. — Eu nunca nem vi sua mulher entrar no carro. Isso sequer passou pela minha cabeça, mas o fato é que ela entrou e você ainda não ouviu a melhor parte. Minha mulher morreu, major, de um derrame. Ela está numa câmara mortuária no Hospital St. Joseph. Eu devia ir me encontrar com o padre Doyle, pois ele ia cuidar de todos os preparativos logo mais.

Seus olhos estavam fundos, e o rosto, suado. E tremia, enquanto Miller dizia:

— Então é isso. Você me contou tudo?

— Acho que sim. Lamento pela sua esposa. Existe alguma chance de você me perdoar?

— Não. Eu não consigo perdoar nem a mim mesmo.

Fahy lhe deu um sorriso horroroso.

— Eu já esperava que fosse dizer isso. — Caiu em uma espécie de câmera lenta, com a cabeça virando de lado e os olhos fixos. Sean Dillon saiu da escuridão, se inclinou por cima do corpo e tentou sentir o pulso.

— Morreu — disse e fechou os olhos de Fahy, retirando-o da cadeira e estendendo-o no chão.

— Você ouviu alguma coisa? — perguntou Miller.

— Praticamente tudo. — Ligou para Roper e a resposta foi imediata. — Dois corpos. Urgência máxima. Vou esperar pela equipe. Derry Street Garage, Kilburn. Eu passo os detalhes mais tarde.

— E agora? O que acontece?

— Há alguns anos, Ferguson se encheu de um sistema onde a gente prendia os bandidos e uns advogados inteligentes apareciam e soltavam. Se você aceitar que uma bala é uma resposta mais eficiente, vai precisar de uma equipe de limpeza para dar conta de tudo. Esses dois aí vão virar três quilos de cinzas daqui a cerca de duas horas.

— E vocês podem fazer isso?

— Ferguson pode fazer qualquer coisa. Blake Johnson faz mais ou menos o mesmo para o presidente. Você vai discutir? Veja o caso do Abdul aqui. — Ele se abaixou e tirou a faca da mão de Abdul. — Ouviu como ele fez parte da trama da Dover Street que culminou na morte da sua esposa, sob as ordens do Exército de Deus. E Fahy? Será que ele merecia alguma compaixão porque a esposa dele morreu?

— E eu mereço?

— Agora você está dando uma de idiota. Sam Bolton queria te passar uma informação sobre a sua mulher e acabou morto, provavelmente por Abdul, com esta mesma faca e seguindo ordens de Ali Hassim.

— E nós não devíamos aproveitar e nos livrar dele também?

— É bem possível, mas quem toma a decisão final é Ferguson.

— Era a minha esposa — disse Miller tristemente.

— Eu sei, meu velho, eu sei. — Veio um barulho de motor lá fora e depois o silêncio. — Chegaram.

Dillon levantou a porta e um grande furgão preto entrou. Quatro homens de uniforme preto saíram e o que estava obviamente no comando os cumprimentou com a cabeça.

— Cavalheiros.

Foi até os corpos e examinou Abdul e Fahy. Os outros três apareceram com sacos plásticos, colocaram os cadáveres dentro deles e depois os enfiaram na traseira do furgão. Então dois deles vieram com um equipamento de limpeza e começaram a trabalhar.

— O muçulmano de roupa de couro devia ser o dono da moto BMW, certo? — perguntou o que estava no comando.

— Certo, Sr. Teague — disse Dillon. — A van branca e o Triumph são do Sean Fahy, o dono da oficina.

— Vamos tirá-los daqui. Deixar tudo em ordem, mas com uma indicação de que Fahy foi procurar novos ares.

— E essa moto BMW?

— Alguém da equipe vai deixar em um edifício-garagem, até a levarem para um depósito da polícia. Se eu fosse vocês, iria embora, cavalheiros. Vamos ficar para limpar tudo.

Miller foi com Dillon para a rua.

— Você veio de quê?

— Aquele Mini Cooper antiquíssimo ali é meu.

— Vai para casa?

— Não, vou até Holland Park contar os detalhes mais escabrosos para Roper. Nós temos alojamentos muito bons lá. São sempre muito úteis.

— Nesse caso, é capaz de eu me encontrar com vocês depois.

— Não vai fazer nenhuma besteira, vai?

— Eu tenho cara de quem vai?

— Para falar a verdade, tem — disse Dillon, entrou em seu próprio Mini Cooper e foi embora.

Miller sabia onde Ali Hassim morava a partir das discussões que teve com Roper sobre o Exército de Deus, especialmente quando voltou da viagem a Folly's End, onde tinha conhecido Bolton. Uma loja de esquina em Delamere Road, West Hampstead. Foi até lá, em meio à chuva cada vez mais intensa. A esta altura, já eram três da manhã. A loja estava totalmente às escuras, mas, quando deu a volta até os fundos, havia um quintal com uma garagem e um lance de escadas para uma porta, com uma leve luz saindo pela janela.

Ele se afastou um pouco, ficou sentado no Mini por um tempinho, atarraxando o silenciador na Walther, então saltou do carro, trancou-o e caminhou até a casa. Não havia vivalma na rua, nem carros passando. Subiu os degraus dos fundos e ficou no alpendre, segurando a pistola junto à perna. Havia uma campainha que ele experimentou.

Ali Hassim tinha descoberto que, com a idade, o sono ficava mais leve. Ele cochilava na poltrona ao lado da lareira, depois de ter acordado meia hora antes e se sentido perturbado por não ver nem sinal de Abdul ou da moto BMW. Consequentemente, quando a campainha tocou, foi direto para a porta e a abriu, ainda com a corrente a travando.

— Abdul, é você?

Ele havia falado em árabe, e Miller respondeu na mesma língua:

— Surgiu um problema e tenho que falar com você.

Quase que em um reflexo, Hassim tirou a corrente e Miller invadiu, fechou a porta com o pé e deu-lhe um tapa na cara que o mandou cambaleando contra a parede. Ele continuou em inglês:

— Tenho certeza de que você já conhece meu rosto, já que demonstrou tanto interesse em mim. Harry Miller. Abdul manda lembranças. Ele esfaqueou Fahy e, em resposta, Fahy atirou nele e o matou. Você sabe como os irlandeses são mesmo imprevisíveis.

Hassim tentou escapar, mas Miller o agarrou e o jogou de volta na sala.

— Me deixe em paz — gritou Hassim, desesperado.

— Não posso fazer isso até você ouvir o resto. Fahy sangrou até morrer, mas não antes de ter me convidado para ouvir sua confissão. Eu sei de tudo. Sei de Quinn em Drumore Place, de Volkov e companhia, e não devemos nos esquecer do Intermediário. Imagino que vá me dizer que nunca esteve com ele.

Ali Hassim se agarrou a essa pergunta, como se pudesse lhe trazer alguma oportunidade.

— Nunca ninguém o viu. Eu juro. Nem mesmo o general Volkov ou os outros russos. Ele é só uma voz. É ele quem escolhe as pessoas com quem faz negócios. Ele serve a Osama. Quando falou pela primeira vez comigo em árabe, pensei que fosse um, mas o inglês dele é perfeito.

— Fale mais sobre Bolton. — Empurrou o silenciador no estômago de Hassim. — Quem o matou? Ele foi assassinado na City. Eu sei que você o mandou me espionar em Folly's End, por isso é melhor falar a verdade, senão, mato você.

— Foi Abdul. Ele não gostava de Bolton, tinha inveja do trabalho dele na City. Do sucesso que fazia.

— E você não teve nada com isso e não mandou Abdul para a Dover Street, fingindo ser um guarda de trânsito?

— Não. Eu juro.

— Você é capaz de jurar qualquer coisa, seu filho da puta. — A Walther girou e cuspiu uma bala, que atingiu Ali Hassim no meio dos olhos, matando-o instantaneamente. Na parede ficou o sangue de quando ele deslizou para baixo. Miller deu-lhe as costas, abriu a porta, apagou a luz e saiu. Quinze minutos depois, chegou ao Mini Cooper, sentou-se atrás do volante e partiu.

Ele não sentia nada. Fez o que tinha de ser feito. Alguém em quem o sistema não podia tocar, um homem obviamente responsável por muitas mortes, havia sido erradicado e ele não sentia o menor sinal de arrependimento.

Vinte minutos mais tarde, foi admitido em Holland Park pelo sargento Doyle, no turno da noite, e deixou o Mini para ele estacionar. Encontrou-se com Roper e Dillon na sala dos computadores.

— O que você fez? — perguntou Dillon.

— Eu me livrei dele. Vai ser encontrado amanhã por quem quer que trabalhe para ele. Pessoas envolvidas nesses grupos extremistas islâmicos não ficam só brigando mas também estão sempre se matando. — Virou-se para Roper: — Que ele mandou Abdul matar

Fahy é um fato, mas negou ter dado a ordem para Abdul matar Bolton. Disse que foi um ato de ciúme da parte de Abdul.

— Mais alguma coisa?

— Para Fahy, o Intermediário é só uma voz ao telefone. Descreveu-o como um grã-fino. Hassim disse que o inglês dele era perfeito, mas que no começo pensou que ele fosse árabe, de tão bem que falava a língua. Jurou que nem Volkov e seus amigos russos ouviram mais do que uma voz ao telefone, e sou obrigado a dizer que acreditei nele.

— E atirou nele — disse Dillon. — Ferguson não vai gostar nada disso.

— Que pena. E agora? Quem vai tomar um drinque comigo?

12

O corpo de Ali Hassim foi descoberto às 7h pela moça que trabalhava para ele no balcão, e, portanto, o assunto foi parar rapidamente nas mãos da polícia. Um detetive-inspetor deu uma olhada e mandou o sargento chamar a perícia.

— Imagino que é um desses casos muçulmanos com questões religiosas. Todo mundo fica calado quanto a isso, mas temos que seguir os trâmites.

A notícia se espalhou rapidamente pela comunidade do Exército de Deus, e assim, horas depois da descoberta, o Intermediário estava ao telefone com Moscou. Volkov ficou horrorizado com a notícia.

— É inacreditável. Quem foi o responsável? Poderia ser alguma facção islâmica?

— Na minha opinião, não. Todo mundo sabe que a al Qaeda sustenta o Exército de Deus. Nos atacar não seria muito inteligente.

— E a equipe de Ferguson? Talvez o próprio Miller?

— Não há provas de que soubessem de Hassim. E isso não é tudo. Me deixe falar de Fahy.

Quando ele terminou, Volkov comentou:

— Parece um romance muito mal-escrito. A porra da mulher dele morre, ele se vê devorado pela culpa e perde as estribeiras. Hassim contou que mandou Abdul para lidar com ele? Ele contou isso?

— Fui conferir pessoalmente a oficina de Fahy. A porta dos fundos estava destrancada, o apartamento estava vazio e a garagem não tinha nenhum carro dentro. Totalmente deserta.

— Quer dizer que ele se mudou? E Abdul?

— Morava nos fundos da loja de Hassim. Também desapareceu, com a moto BMW. É isso o que corre pela Fraternidade.

— Dizer que estou com um mau pressentimento sobre tudo isso seria pouco. Muitos anos longos e violentos nesse negócio me dizem que Fahy e Abdul tiveram o mesmo destino de Ali Hassim.

— O que você quer que eu faça?

— Vou ter de falar com o presidente. Logo, logo eu volto a entrar em contato com você.

Putin ouviu tudo sem demonstrar a menor emoção e Volkov terminou de maneira lamentável:

— Tudo parece meio misterioso.

— Não fale um absurdo desses. Está até bem óbvio. Tudo foi organizado por Ferguson, e Miller decidiu se juntar querendo vingar a mulher.

— Então, o que fazemos?

— Vamos recuar um pouco e ver como tudo se desenrola. Mas estou ficando desiludido com o Intermediário. Já foram falhas demais. Aliás, essa identidade oculta dele já virou um absurdo. Avise-o de que, se não estiver disposto a revelar a própria identidade, então também não quero mais nada com ele. E, no momento, acho que o melhor é todos manterem distância dele. Avise Chekov também. Quanto a Fahy, ele foi contratado por Quinn, e estou ficando farto dele. Livre-se dele da maneira que achar melhor.

A porta secreta se abriu e fechou e ele foi embora.

* * *

No telefone, Chekov recebeu todas essas notícias e disse, meio deprimido:

— Parece uma noite infeliz de sábado em Moscou, com a Máfia à solta. Certamente não é o que vim fazer em Londres.

— Não seja idiota. Você não foi fazer nada em Londres, você foi *enviado* a Londres, e, no que diz respeito ao presidente, assinou um compromisso para a vida inteira. Tem várias maneiras de ele acabar com aquela sua conta bancária. É isso o que você quer?

— Claro que não. — Pessoalmente, Chekov não acreditava que isso pudesse acontecer, mas não podia correr esse risco.

— Então pare de reclamar e lembre-se: se o Intermediário ligar, você não está interessado nele.

— E Quinn?

— Vou fazer uma visitinha a ele. E vou levar Yuri Makeev e Grigorin.

— Os executores? — Chekov estremeceu. — Deus o ajude.

— Evidentemente, você não vai contar nada disso para ele. Eu ficaria muito irritado se descobrisse que você contou.

— É claro que não — apressou-se a dizer Chekov.

— Ótimo. Quero que seja uma verdadeira surpresa para Quinn.

Quinn era o próximo da lista e Volkov passou-lhe a mesma mensagem a respeito do Intermediário, mas mandou-o não se preocupar.

— Vamos voltar a nos falar e dar um jeito em tudo.

Desligou, deixando Quinn sentado ao lado do fogo no salão de Drumore Place, muito nervoso e se perguntando o que significaria "dar um jeito em tudo".

E, finalmente, o Intermediário. De uma maneira esquisita, Volkov sentiu grande satisfação ao esperá-lo atender o telefone.

— Sou eu de novo — disse Volkov.

— O que o presidente disse?

— Ele não ficou muito contente. Basicamente, quer que recuemos um pouco e sejamos mais discretos. Mas também deixou uma coisa bem clara, no que diz respeito a você. Ele está cansado de você ser só uma voz ao telefone. Ele quer saber quem você é, de verdade.

Seguiu-se uma leve pausa. O Intermediário respondeu:

— Não posso fazer isso.

— Essa é a sua palavra final?

— Com certeza.

— Então ele me deu ordens para informá-lo de que não quer mais nada com você, nunca mais. Não ligue mais para mim, nem para Chekov, nem para Quinn.

A voz do Intermediário estava tranquila como sempre.

— General Volkov, o senhor está ciente de que eu falo em nome da al Qaeda? Osama não vai gostar disso.

— O presidente não dá a mínima para isso, meu amigo. Ele tem outros assuntos para tratar.

O Intermediário continuava calmo.

— Ele talvez venha a se arrepender disso.

— Vou dar um conselho a você, meu caro. Nunca tente ameaçá-lo. Ele é mais poderoso que Osama, mais poderoso que você.

— Vamos esperar que ele não esteja confiante demais.

Pouco depois, Quinn respondeu ao telefone, ainda ao lado do fogo, mas agora bebendo uma generosa dose de uísque.

— Quem é?

— É o Intermediário.

Quinn, com muita raiva, respondeu:

— Vá se foder e não ligue mais para mim.

— Mas você pode estar correndo um grande perigo, meu amigo.

— Tenho corrido um grande perigo nos últimos trinta anos, meu velho. Agora, me esqueça.

Encarou o telefone, o aparelho especial usado nas ligações do Intermediário, e então o atirou na lareira.

Chekov estava na varanda, olhando para a Park Lane e o Hyde Park mais à frente, lembrando-se do que Volkov havia dito. Levava o celular especial no bolso porque uma das mãos segurava a bengala, e a outra, uma bebida, então sabia quem seria quando tocou.

Pôs a bebida no parapeito da varanda, pegou o telefone e então ouviu o Intermediário dizer:

— Meu caro Chekov.

— Nunca mais.

Chekov largou o telefone no chão, pisou em cima com o pé esquerdo e pegou seu drinque, olhando para o Hyde Park e saboreando uma estranha sensação de liberdade.

Em Holland Park, estavam todos reunidos: os Salters, Dillon e Miller, espalhados pela sala dos computadores, os sargentos Doyle e Henderson em uma rigidez militar, apesar dos blazers azul-marinho e das gravatas.

Ferguson estava tranquilo, mas rígido.

— Apesar da maneira como trabalhamos, tem de haver um método nessa loucura. E no caso de Ali Hassim você extrapolou seus limites, Harry. Sei como se sente, todos entendemos. Mas você não pode fazer nada parecido com isso outra vez. — Depois, baixou o tom. — Por outro lado, você correu um risco ao agir sozinho e não gostaríamos de perdê-lo.

— Compreendo sua posição.

— Ele tem razão — disse Dillon. — Lembra do que o padre Sharkey ensinou?

— Eu nunca me esqueci — afirmou Miller. — É por isso que ainda estou vivo.

— E agora, como vai ser? — perguntou Billy.

— Nós ainda não podemos fazer nada quanto ao Intermediário, visto que não sabemos de quem se trata. Já Quinn é outra questão.

Billy se empertigou.

— Já trabalhamos uma vez naquele lugar onde ele se esconde, Drumore. Um pequeno tiroteio, há algum tempo. — Ele sorriu. — Alguns bandidos não vão incomodar mais ninguém. Eu não me importaria de fazer tudo de novo.

Roper disse a Ferguson:

— Moscou pode não gostar. Até que ponto você quer ir?

— Quinn já cometeu inúmeros homicídios ao longo dos anos e certamente teve participação nas mortes de Olivia e Vaughan. Ele tem de pagar.

— Gostaria de ver esse parasita no tribunal de Old Bailey — disse Harry Salter.

— E estou pensando em uma coisa bem mais simples — revelou Ferguson.

— E muito mais precisa — completou Miller.

— Se você quiser acabar com tudo, de uma vez por todas, vai ser preciso um ataque frontal. — Quem falou foi Dillon.

— Precisaríamos de mais informações sobre a situação de Quinn por lá — disse Roper.

Billy olhou para o tio e sorriu.

— E eu sei muito bem quem poderia passar essas informações para a gente. Max Chekov. Sei onde ele mora.

Harry Salter se levantou.

— Faça a felicidade de um velho homem, general, e deixe que eu e Billy tiremos ele de lá.

Ferguson sorriu.

— Que diabo, por que não? Mas sem pegar pesado, por favor.

— Provavelmente não será necessário. Nós o deixamos de bengala, lembra? A gente volta em um instante.

Eles saíram e, alguns minutos depois, o telefone de Miller tocou.

— Alô, meu querido, cadê você? — Era Monica.

— Ah, estou com o general Ferguson e a equipe. Como vão as coisas aí em Stokely?

— Estavam ótimas quando saí de lá. Tia Mary de repente ganhou vida e isso surtiu um bom efeito no senador. Eles estão se dando maravilhosamente bem. Como têm o casal Grant para tomar conta deles, pensei em me juntar a você por alguns dias. Vou pegar o trem e chegar a King's Cross. Mas não se preocupe, eu pego um táxi. Também tenho a chave. E, por acaso, Dillon está aí?

Miller sorriu.

— Sean? É uma amiga sua. — Passou-lhe o telefone. — Monica.

Dillon estava verdadeiramente satisfeito e foi conversar em um canto. Ferguson perguntou:

— O que houve? Dillon vai virar aristocrata?

Miller deu de ombros e disse algo surpreendente:

— Ela poderia ter feito uma escolha bem pior. Já é viúva há muito tempo.

— Bem, Deus nos ajude, porque Dillon pode virar a vida dela de cabeça para baixo.

Max Chekov decidiu se divertir um pouco, e não havia lugar melhor que o bar do Dorchester Hotel, local predileto de muitos dos seus amigos e a pouca distância de onde ele se encontrava. A caminhada lhe faria bem, serviria para exercitar a perna direita, seriamente atingida no joelho por um atirador enviado pelos Salters que se passava por entregador de flores. É claro que o próprio Chekov tinha que confessar que havia pedido por aquilo. Foi em frente, andando com a bengala, e o Alfa Romeo escarlate encostou no meio-fio. Harry Salter saltou do veículo.

— Max, meu velho amigo. Bom te ver. Não precisa andar, nós te damos uma carona.

Chekov entrou em pânico.

— Não. Afaste-se de mim!

Harry abriu a porta do passageiro e chegou por trás dele.

— É claro que eu poderia dizer que vou partir sua coluna ao meio se você não fizer o que digo, mas tenho certeza de que isso não será necessário. — Empurrou a cabeça dele para baixo e o enfiou dentro do carro, entrando depois. — Aí está. Um velho amigo quer ter uma conversinha com você.

— E quem seria?

— O general Charles Ferguson. Para você, apenas o melhor, Maxie garotão.

Chekov gemeu.

— Ai, meu Deus.

Billy falou:

— Bom te ver de novo, Max.

E partiram.

Billy conduziu Chekov e todos se reuniram. Ferguson falou:

— E então, Sr. Chekov, como o senhor está?

— Como você quer que eu esteja? Isso é ilegal e você sabe disso. O que vai fazer?

— O que você espera? Um voo para o Egito e uma pequena cela de concreto, onde os torturadores trabalhariam em você? Nós não fazemos coisas desse tipo.

— E seu amigo Dillon? Acho que me lembro que o truque dele favorito é arrancar metade da orelha a tiro se o sujeito não falar.

— Estou me abstendo durante a Quaresma, Max — disse Dillon. — Seja razoável e responda a algumas perguntas. Deixe-me apresentá-lo ao major Harry Miller aqui. Ele foi um alvo procurado por Volkov, pelo Intermediário e pelo Exército de Deus, mas eles são tão ruins que tudo o que conseguiram foi matar a mulher dele e o chofer. Não é de surpreender que ele não esteja feliz com você.

— Tudo bem, foi um erro. Mas não houve erro algum quando ele matou o capitão Igor Zorin, do 15º Batalhão de Choque Siberiano, em Kosovo.

Roper interrompeu-o:

— Ah, você conhece essa história? É claro que o fato de Zorin estar prestes a estuprar algumas meninas e atear fogo em uma mesquita não interessa.

— Olhe, eu não sei o que vocês querem. Não sei de nada sobre a morte da mulher do major. Não tive nada a ver com a morte daquele Fahy ou do tal de Hassim.

De repente, ficou em silêncio, sabendo que tinha falado demais.

— Quem disse que o tal do Fahy morreu? — perguntou Miller.

— O homem a quem você se refere não existe. Aliás, não existe relato algum da morte dele. Nem corpo. De onde saiu essa informação?

Ninguém disse nada, até que Ferguson tomou a iniciativa:

— Este é um esconderijo sob meu comando. Posso manter você aqui pelo tempo que eu quiser e não preciso contar a ninguém que está aqui. Nossa versão de uma cela é extremamente confortável, mas cem por cento segura. A comida é excelente. Eu mesmo como aqui. Tem livros, televisão. Ela é toda sua, mas você vai ficar aqui até me dizer tudo o que eu quiser saber, e se tiver de ficar até o Natal, você vai ficar pelos próximos nove meses. Os sargentos Doyle e Henderson ficarão responsáveis por você. Podem assumir, cavalheiros.

Chekov de repente estava farto de tudo aquilo e isso incluía todo mundo: o presidente, a Federação Russa, o general Ivan Volkov, o Intermediário, Quinn, tudo.

— General Ferguson — disse ele, exausto —, eu estou cansado e a dor no meu joelho direito, graças à generosidade dos Salters, está quase me matando, por isso vou fazer um trato com vocês. Me deem uma dose bem grande de vodca, depois outra, aí respondo a qualquer pergunta que quiserem me fazer.

— Negócio fechado. — Ferguson sorriu. — Aliás, pode ficar com a garrafa inteira, se quiser.

Chekov abriu o jogo e, no final, estava completamente bêbado.

— Isso é tudo?

— Certamente — disse Ferguson. — O senhor nos deu informações muito boas. Ainda terá de ser nosso hóspede por uma semana, até acertarmos tudo.

— Como quiser. Agora posso dormir?

— É claro. Tenha uma boa-noite. — Doyle e Henderson o escoltaram.

— Então o Intermediário foi totalmente desertado — disse Roper.

— Interessante. Putin jogando duro com a al Qaeda — comentou Dillon.

— E agora nós temos que armar contra Quinn em Drumore Place, além de todos os guardas — respondeu Ferguson.

— Você gostaria de sequestrá-lo?

— Ou coisa parecida — respondeu Ferguson. — Depois de amanhã, Volkov vai chegar.

— Você não está pensando em sequestrá-lo também?

— Não. Mas ele sempre poderia estar na linha de fogo.

— Se houver uma linha de fogo.

Todos ficaram esperando, até que Ferguson falou:

— Estou farto desse pessoal e de todo o mal que faz. Quinn e todos esses camaradas que são burros o bastante de ainda apoiá-lo merecem tudo o que puderem ter. Se Volkov estiver lá, tanto melhor.

Todos começaram a se animar.

— No que está pensando? — perguntou Billy.

— No ano passado, nós atacamos em uma lancha grande chamada *Highlander*, partindo de Oban, lembram?

Dillon sorriu.

— E como poderíamos esquecer? Mas chegar perto daquele portinho mínimo, especialmente na luz do dia, seria impossível, do jeito que as coisas estão agora. Quinn com certeza estaria bem preparado.

— Não se você estiver com o barco certo — disse Ferguson.

— Do tipo que só os multimilionários podem pagar.

Todos olharam para ele.

— Você está falando de uma espécie de iate superluxuoso? — perguntou Billy.

— Isso mesmo. Um amigo ricaço meu tem um iate enorme e muito bonito. Como deve saber, também sou uma espécie de marinheiro, nos velhos tempos cheguei a atravessar o Atlântico sozinho. Um barco como esse desperta muita atenção, especialmente com uma mulher deslumbrante no deque, bebendo um coquetel. Ninguém vai imaginar que ele tenha outra função ali senão o prazer, um cruzeiro pela costa irlandesa.

Eles ficaram impressionados. Harry Salter disse:

— Genial! Mas a tal mulher deslumbrante. Uma beldade dessas estaria se arriscando muito.

— Tem alguém em mente? — perguntou Dillon.

— Helen Black.

— A sargento-mor? Lembro bem dela — disse Billy. — Um mulherão!

— Mas primeiro preciso conseguir o barco emprestado. Vão bebendo alguma coisa enquanto falo com meu amigo. Usarei o escritório. — E saiu.

Miller falou:

— Sargento-mor?

— Da Polícia Militar — respondeu Harry Salter. — Costumava administrar este lugar para o Ferguson.

— Ganhou a Cruz Militar por atirar em um integrante do IRA, que saía de um furgão com Semtex, ao lado de um albergue de freiras, em Derry — disse Dillon. — Ela levou uma bala na perna esquerda, acertou o cara que a feriu e ainda no amigo dele pelas costas, quando fugia. Foi para Oxford, mas recusou todos os empregos que lhe ofereceram. O marido era oficial da cavalaria britânica. Morreu no Iraque há dois anos.

— Lamento ouvir isso, mas devo admitir que ela tem um currículo impressionante — disse Miller.

— E é muito bonita. Nunca teve filhos. E tem mais ou menos a idade de Monica.

— É mesmo? — disse Miller. — Seria bom conhecê-la.

Ferguson voltou.

— Arranjei o barco. Espere só para ver. *Avenger Class 10*. Se você acha que sabe o que é uma lancha, é melhor rever seu conceito. No momento, está na ilha de Wight, e meu amigo vai levá-la às pressas para Oban, guiada por dois homens dele. Estará nos esperando na parte da tarde.

— Bom Deus — disse Billy —, será que vai dar tempo de chegar?

— Acredite, a lancha é sensacional. Espere só para ver a casa de máquinas. E tem um manche de comando em cima.

— Quem vai? — perguntou Miller.

— Eu, porque tenho de dar legitimidade à operação. Você, Dillon, Billy e Helen Black. Desculpe — falou para Harry Salter —, mas dessa vez você não vai.

— Não faz mal. A minha artrite maldita não me deixaria aguentar mesmo. Fiquei triste com a notícia de que o marido da Sra. Black morreu no Iraque. Eu não sabia.

— Faz uns dois anos. Ela já superou. Tem escrito livros infantis. Eu disse que a missão é bem parecida com uma na qual ela nos ajudou há uns três anos. Também é boa marinheira e aceitou sem fazer perguntas. Convidei-a para jantar esta noite no Quantinos. Harry — disse para Miller —, gostaria que a conhecesse. Você também pode vir, Sean.

— Aliás, como ouviu, minha irmã acabou de chegar de Stokely. Talvez ela também possa ir.

— E juntar-se ao grupo? — Ferguson pensou um pouco. — Bem, por que não? Agora, tenho mais o que fazer. Nos vemos depois, cavalheiros.

Miller seguiu Ferguson até onde os carros esperavam. Este disse:

— Quero que me diga uma coisa, Harry. Até que ponto Lady Starling sabe disso tudo?

— Se você ficar chamando-a assim, ela vai acabar dando uns cascudos em você. O nome dela é Monica e é assim que espera ser chamada. A resposta é que, recentemente, ela teve de encarar meu passado sombrio porque contei a ela. Quando você discutiu aquelas coisas conosco no funeral, ela estava do lado de fora, no pátio, com Dillon. Ouvindo boa parte da conversa.

— Aquele idiota deveria ter tentado tirá-la de lá.

— Ele tentou, mas ela é uma mulher determinada. Discuti alguns pontos com ela antes de voltar para Londres. Eu disse que ia fazer todos pagarem.

— E ela sabe desses acontecimentos mais recentes?

— Não. Mas vai saber quando eu voltar à Dover Street.

— Ótimo. Então vou poder contar tudo a Helen Black quando nos encontrarmos à noite.

Miller se apresentou no gabinete do ministro para agradecer a Henry Frankel toda a ajuda que deu no funeral.

— É o mínimo que eu podia fazer, meu velho — disse Frankel. — Por acaso, você não está querendo falar com o primeiro-ministro, está?

— Para falar a verdade, não. Por que perguntou?

— Porque ele vai passar três dias em Chequers, recebendo os ministros do Exterior da França e da Holanda na casa de campo oficial. Os assuntos de sempre, tentando dar algum sentido à União Europeia.

— Bem, deve ser um fim de semana bem divertido.

— E você, Harry? Vai fazer o quê?

— Nada de mais. Devo voltar a Stokely e relaxar um pouco. Se alguma coisa aparecer, você sempre pode me ligar. — Saiu do gabinete e Arthur o levou de volta à Dover Street.

Era fim de tarde, e ele encontrou Monica na sala de estar lendo *Country Life*. Ela jogou a revista de lado.

— O que está acontecendo?

— Para começar, pretendo beber uma bebida antes do jantar e você talvez queira me acompanhar. Depois disso, acho que devia tomar um banho e se arrumar, porque vamos sair para jantar.

— Parece uma boa ideia. Algum lugar especial?

— Quantinos, às 19h. É cedo, mas amanhã teremos um dia muito cheio. E tem a ver com o que vou contar para você agora. Eu fui honesto sobre meu passado e, depois de ouvir Ferguson no funeral, você me perguntou se eu sabia quem era o responsável pela tentativa de assassinato. Eu disse que havia várias possibilidades, mas que pretendia pegar todo mundo.

— E já pegou?

Miller foi até o armário lateral e serviu um conhaque e ginger ale.

— Quer um Horse's Neck?

Passou para ela e se serviu de outro.

— Acho que vou precisar.

— Sean Fahy, que antigamente fazia bombas para o IRA, recebeu essa incumbência e a pôs em prática — disse Miller. — Ele já está morto e removido.

— Você o matou?

— Não, foi morto por outras pessoas ligadas ao plano, que queriam silenciá-lo. Ouvi a confissão dele enquanto morria, e Dillon também.

Ela bebeu um pouco e se aprumou.

— Pode continuar.

— Se é o que quer, então escute a história inteira.

Depois de tudo, ela disse:

— Acho que vou precisar de mais um desses. — Entregou seu copo ao irmão. Ele lhe deu a bebida e ela continuou: — Esse Ali Hassim, esse homem horroroso, terrorista, posso entender tudo isso, uma vez que ele foi o responsável por tudo. Mas você não se importou em matá-lo?

— Nem um pouco.

Ela concordou e engoliu a bebida.

— E Charles Ferguson sabe que você está me contando tudo isso?

— Sabe.

— E qual é o próximo passo?

— Michael Quinn está em Drumore Place, muito bem-protegido, e o general Volkov está indo para lá, sei lá com qual intenção, mas ele quer fazer uma surpresa para Quinn.

— E você quer aproveitar a situação e agir?

— Exatamente. Você vai saber mais no Quantinos, onde Ferguson e Dillon vão colocar Helen Black a par da operação.

— Pensando bem, eu devo até gostar de encontrar a sargentomor. — Ela se levantou. — É melhor eu ir e arranjar um traje bonito. Você sabe como é quando nós, mulheres, nos deparamos com alguma concorrente.

Ela o deixou e subiu.

No Quantinos, Ferguson e Dillon tomaram um drinque no bar e foi lá que Helen Black os encontrou. Tinha os cabelos pintados de louro e um rosto sem rugas, e estava muito elegante em um vestido preto aparentemente simples e um terninho preto com brilhos. Beijou Dillon no rosto.

— Sean, seu diabinho. — Virou-se para Ferguson. — Você continua indestrutível, Charles? — E colocou o braço em volta dele.

— Sinto muito pelo Terry, querida. — Ele se referia ao marido dela.

— Agora é coisa do passado, Charles. Já se foi o tempo em que a cavalaria real era formada por soldadinhos de chocolate andando por Londres de armadura no peito. A Irlanda, a Bósnia, o Kosovo, o Iraque e o Afeganistão só provocam vítimas nos dias de hoje e as honrarias dadas falam por si. Deixe para lá. Peça para mim um uísque com soda e me conte sobre esse Harry Miller. Achei que fosse só mais um político, então você me diz que ele tem um outro lado. Será verdade?

— Bem, ontem à noite mesmo ele matou alguém — disse Dillon.

— Para ser mais exato, foi no início da madrugada, mas a pessoa em questão já merecia há tempos — continuou Ferguson. — Olhe ele aí.

— Essa mulher bonita que ele está trazendo é a irmã dele, Lady Starling. Reitora em Cambridge e viúva — sussurrou Dillon.

— E é um segredo muito mal-guardado que Dillon gosta dela. — Ferguson sorriu. — Os Salters estão nutrindo grandes expectativas para ele.

Miller e Monica foram abrindo caminho. Ele pegou a mão de Helen.

— Harry Miller.

— E você é a Monica — disse Helen. — Dillon já me disse coisas maravilhosas sobre você.

— Você é debochada, mulher — falou Dillon. — Quer parar?

Helen riu.

— Ficou todo vermelho. Não posso acreditar. Você está em Cambridge, pelo que eu soube. Que faculdade?

— New Hall.

— Eu frequentei Oxford. St. Hughes.

— Não é culpa sua.

— Não, não. Sem disputas entre Oxford e Cambridge, por favor. Vamos à mesa — pediu Ferguson, levando Helen pelo braço.

Eles começaram tomando champanhe, e Dillon insistiu na Krug, como sempre.

— Então, qual é o plano? — perguntou Helen.

— Desta vez não é brincadeira. Lembro da sua última vez na velha *Highlander*. Usava botas de paraquedista.

— Ainda uso, quando estou no jardim. São muito confortáveis.

— E você tinha uma Colt .25 com balas ocas na bota direita. Quando o adversário entrou, você atirou em um cara chamado

Kelly, que estava no comando, e foi parar dentro d'água, no meio da escuridão, comigo e Billy Salter encarando a morte no convés. Como você saiu daquela? — perguntou Miller.

— Billy dobrou o corpo embaixo da quilha e saiu pelo outro lado da casa de máquinas, e tinha a Walther escondida na bota.

— Lembro que tudo foi feito com muito sangue-frio — disse Helen.

— Bem, imagino que ia ter que ser assim mesmo. — Monica tentava entender aquilo tudo. — Tenho que dizer que são as pessoas mais impressionantes com quem já jantei. Será que agora nós podemos fazer os pedidos?

A comida, como sempre, estava ótima, e eles beberam conhaque e café depois, exceto Dillon, que continuava tomando chá. Helen falou:

— Então, me fale sobre essa lancha.

— *Avenger Class 10*. Você precisa mesmo ser muito rico para ter uma. É a mais luxuosa de todas. Está na ilha de Wight, mas uma tripulação de dois homens vai conseguir levá-la até a Escócia. Estará nos esperando no porto de Oban, amanhã à tarde.

— Posso perguntar por que Oban? — indagou Monica.

— Atende aos meus objetivos. Existe uma base de resgate marinho da RAF, e assim podemos descer lá com o Gulfstream. A viagem a Louth passa por Islay, depois segue pelo Canal do Norte até o mar da Irlanda. Isso vai ser brincadeira para uma lancha com a velocidade que a *Avenger* é capaz de atingir. Será uma viagem bem interessante.

— Agora me conte direitinho quais são seus planos.

— É muito simples. Nós vamos nos vestir com aquilo que meu amigo mandar. Roupas de marinheiro que vão nos fazer parecer com a tripulação de uma lancha como essa. Você pode aparecer no convés ou no leme lá em cima, com óculos escuros e bebendo champanhe.

— Em outras palavras, vou fazer o papel de uma puta rica.

— Exatamente. Dando uma volta pelo litoral em direção ao sul. Não precisa se esconder. Então ancoramos naquilo que eles chamam de porto.

— E chegamos ao esconderijo deles protegidos pela escuridão?

— Mais ou menos isso. Nossa aparência e seu comportamento vão deixar os locais curiosos, mas satisfeitos, e isso deve incluir o pessoal de Quinn.

— Parece um bom plano — concordou Helen.

Monica respirou fundo.

— Mas seria melhor com duas.

— Duas o quê? — perguntou Ferguson.

— Duas putas ricas perambulando pelo convés.

— Monica, querida, você não pode estar falando sério.

— Por quê? Acho que faria todo o sentido, não, Harry?

— Acho que você está exagerando, meu bem. A vida acadêmica...

— Não vá me passar um sermão sobre escadas reluzentes, jantares de alto nível e de como os reitores levam uma vida tão diferente da do restante dos mortais que chega a ser desumana. Eu não só admirava minha cunhada como uma boa e talentosa atriz, como também a amava como ser humano. Se, ficando no deque dessa sua lancha, eu ajudar a pegar os desgraçados responsáveis pelo assassinato dela, então a ideia me atrai. — Virou-se para Helen: — Acho que terei de deixar esse negócio de arma presa na bota por sua conta, Helen. Não sou muito boa com essas coisas.

— Tem certeza de que é isso o que quer? — perguntou Ferguson.

— É um grande passo.

— Que eu estou preparada para dar. Então, já podemos dizer que está tudo resolvido? — Ela se virou para Dillon, que sorria timidamente: — Não diga nada, a não ser que seja para me pedir para dançar. Estamos desperdiçando uma música maravilhosa aqui.

Ela se levantou e Dillon foi atrás.

— O prazer é todo meu, Lady Starling.

— Nem vem — respondeu ela, e foram para o meio do salão, onde outras pessoas dançavam.

O resto da mesa ficou olhando.

— É uma mulher e tanto — comentou Helen Black. — No que depender de mim, será muito bem-vinda.

Ferguson se virou para Miller.

— Harry?

— Descobri que nunca vale a pena discutir com Monica.

— Então seremos seis. Vamos marcar em Farley Field para pegar o Gulfstream amanhã ao meio-dia.

— Por mim está bem. — Miller se virou para Helen: — Gostaria de dar uma volta pelo salão? — Ela sorriu e eles se juntaram aos outros na pista.

Ferguson ficou olhando, sentindo-se meio paternal. Pegou o Codex e ligou para Roper.

— Uma pequena mudança de planos. Serão seis pessoas amanha no voo para Oban. Lady Starling decidiu que duas putas ricas no comando vão se sair melhor que uma só.

— Meu Deus. E Miller aceitou?

— Ele não teve escolha. A mulher tem vontade própria. Está dançando com Dillon agora. "Our Love Is Here to Stay". Essa não é do Cole Porter?

— Então ele ainda tem esperança. Vou passar a mudança para Billy. Falei com o oficial de intendência, contei o tipo de operação, e ele vai fazer com que o armamento adequado esteja a bordo.

— Nada mais a relatar?

— Para falar a verdade, não. Confirmei que há um plano de voo para um Falcon da Belov International saindo de Moscou depois de amanhã para Dublin, com permissão para pousar na base deles em County Loach. Os dois pilotos são citados como Yeltsin e Sono, e adivinha quem mais?

— Manda ver.

— Chekov falava mesmo a verdade. São três passageiros, incluindo Grigorin e Makeev, os orgulhos da GRU.

— E o terceiro?

— Ivan Petrovsky, que aparece como especialista em segurança.

— Petrovsky, hein? Esse é o Ivan Volkov fingindo que não vai estar a bordo. Isso sinaliza um pouco de perigo. Desperta certa agitação.

— Com certeza. — Roper riu. — Vou ficar aqui a noite toda, portanto, se precisar de mim...

Ele desligou exatamente quando os dançarinos voltavam à mesa. Ferguson olhou para o relógio.

— Quase 22h. Acho que já está na hora de pagar a conta. Amanhã vai ser um dia cheio. Eu a deixo em casa, se você quiser, Helen.

— Muito obrigada.

— Nós estamos sendo bem-cuidados — disse Miller. — O grande Arthur está no comando do Mercedes.

— As vantagens da profissão. — Ferguson beijou a mão de Monica. — Fico feliz em tê-la na equipe. Até amanhã. — Ofereceu o braço a Helen.

Miller e Monica os seguiram e encontraram Arthur esperando do outro lado da rua.

— Para casa, Arthur — disse Miller, beijando Monica no rosto. — Você gostou?

— O que acha? — Ela sorriu. — O único problema que tenho agora é o que vestir. Vou ter que dar uma busca em todo o meu guarda-roupa quando chegarmos à Dover Street.

— Mulheres! Como vocês são práticas nas coisas mais importantes da vida...

Na Dover Street, ela entrou direto, enquanto Miller parava para explicar a situação a Arthur e como isso iria afetar sua rotina de trabalho nos próximos dias. Acertou que o motorista ficasse de prontidão na manhã seguinte, desejou-lhe boa-noite e foi atrás de Monica, apressando o passo, já que começava a chover. A irmã tinha ido direto para o andar de cima e ele já podia ouvi-la remexendo as coisas. Então sorriu e foi até a sala de estar, percebendo a luz vermelha na secretária.

Parou ao lado do armário, servindo-se de uísque, e pegou o telefone enquanto bebia. Ouviu a mensagem. Teve de se sentar. Estava impressionado. Era um homem falando árabe.

— São 22h e evidentemente o senhor não está em casa, major Miller. Se tiver algum interesse na identidade do Intermediário, um mensageiro estará esperando próximo à sua casa, no cemitério da igreja de St. Mary, na Coin Street, até as 23h. E todas as suas perguntas serão respondidas.

Ele podia perceber que o árabe era claro e fluente, e olhou para o relógio. Vinte para as onze, e a Coin Street ficava um pouco mais embaixo, perto da praça de St. Mary.

Faltava pouquíssimo tempo. Ele abriu a gaveta do meio do armário, tirou uma Walther com silenciador, enfiou-a na capa de chuva e partiu para a porta da frente. Ao abrir, Monica apareceu no alto da escada.

— Harry, para onde você vai a esta hora?

— Negócios, querida, e estou com pressa.

Desceu a escada e começou a correr pela Dover Street na chuva, com o Codex na orelha enquanto chamava Roper, que atendeu imediatamente.

— Quem é?

— É o Harry. — Agora atravessava a praça correndo. — Recebi uma mensagem em árabe. Disseram que um mensageiro espera por mim no cemitério da St. Mary, na Coin Street.

— E o que diabo está acontecendo?

— É alguém que pode revelar a identidade do Intermediário.

Roper estava assustado.

— Caramba, Harry. Isso pode ser uma armadilha. Você precisa de reforços.

— Não dá tempo. O mensageiro só vai esperar até as 23h, e isto aqui é Mayfair, Giles, não Beirute. Já estou chegando à St. Mary. Eu retorno.

Roper já fazia uma *conference call*, colocando Dillon, Billy e Ferguson na linha.

Havia luzes nos pesados portões de ferro da igreja, algumas no próprio muro, e o caminho de cascalho a partir do portão ficava na sombra, enquanto ele serpenteava em meio a um labirinto de lápides e monumentos góticos. Seus ombros estavam ensopados da chuva forte, e ele colocou o Codex no bolso e agarrou a Walther sem tirá-la da capa.

Viu um Anjo da Morte, muito comum na época vitoriana, e um mausoléu com duas figuras de mármore na entrada. Então algo se mexeu e uma moça saiu das sombras, segurando um pequeno guarda-chuva. Na meia-luz vinda do muro da igreja, ele pôde identificar que era muçulmana. Não conseguiu ver se estava totalmente coberta pelo chador, porque vestia uma capa por cima da roupa, mas a cabeça certamente estava envolta por ele, assim como parte do rosto. Quando falou, seu inglês era excelente.

— O senhor é o major Miller?

Miller olhou mais adiante na escuridão e em torno da jovem.

— Você está sozinha?

— Estou.

Ela não podia ter mais que 16 ou 17 anos, com grandes olhos luminosos. O véu desceu um pouco de seu rosto. Era bem bonita.

— Quem a mandou? — perguntou ele. — Disseram que haveria um mensageiro, mas da parte de quem?

— Eu sou o mensageiro. Faço parte do Exército de Deus, que serve a Alá, como ordena o Intermediário.

— Você conhece o Intermediário? — Miller estava mais ansioso do que a prudência mandaria. — Quem é ele? — Pôs a mão no ombro dela. — Conte para mim, minha filha.

— Ele é a voz de Alá que fala comigo pelo telefone, que fala com muitas pessoas. Ele me disse o que eu tinha de fazer. — E acrescentou em árabe: — Você está amaldiçoado diante de Alá.

Ele estava bem perto, com a mão no ombro dela e, como a jovem ainda segurava o guarda-chuva, ele não percebeu a mão direita dela com a faca sendo desferida contra o seu lado esquerdo. Deu um grito de dor, tentando empurrá-la para longe, meio que se virando, e então ela passou a esfaqueá-lo debaixo do ombro esquerdo, tão profundamente que a faca chegou a ficar presa por alguns segundos. Ele se afastou, com a mão remexendo o bolso e encontrando a Walther.

Quando sacou a arma, sua perna bambeou e ele caiu de costas no chão, tentando se levantar com o braço levantado para se defender dela. A garota era um demônio que não conseguia ficar satisfeito e voltou a esfaqueá-lo diversas vezes. Ele empurrou o silenciador contra o coração dela e disparou, uma só vez, mas foi o bastante, e o corpo dela foi lançado contra as portas do mausoléu e deslizou.

Engatinhou até ela, colocando a pistola no bolso com a mão ensanguentada. Sentia muita dor, com o sangue escorrendo em vários ferimentos, mas a única coisa importante era a menina e o que a penumbra da igreja revelava. O rosto jovem gravemente tranquilo e os olhos mortos semiabertos.

Percebeu um zumbido estranho dentro do bolso e viu que se tratava do Codex. A voz de Roper era urgente.

— Você está bem, Harry? Dillon e Billy já estão indo para aí.

— Estou sangrando igual a um porco, se bem que deve ser isso mesmo o que eu sou. Agora mato crianças. — Uma espécie de choro se apossou dele.

— O que há, meu velho? Qual é o problema?

— Foi o próprio Intermediário que fez a ligação. O filho da puta mandou uma discípula, uma garota linda de mais ou menos 16 anos. Eu não esperava por isso e tentei conversar com ela. — Miller agora definhava. — Ela me disse que eu estava amaldiçoado diante de Alá e começou a me esfaquear sem parar. Então, atirei nela. — Respirou fundo. — Quer dizer que Dillon e Billy vêm para cá?

— Com toda a certeza.

— E você já ligou para a equipe de remoção? Não podemos nos esquecer deles. — Tentou rir. — Somos mesmo uns filhos da puta, Roper.

— É o mundo em que vivemos, meu amigo.

O Alfa Romeo vermelho de Billy Salter embicou na estrada e Dillon apareceu correndo, e de joelhos.

Miller abriu os olhos.

— Quem está ali atrás do carro?

— É o que chamamos de ambulância das trevas. Temos um hospital muito discreto chamado Rosedene. Segurança total, privacidade absoluta e o melhor cirurgião-geral de Londres, o professor Henry Bellamy.

Os paramédicos entraram correndo pelo parque, todos em roupas escuras.

— Realmente é muito engraçado — comentou Miller. — Está parecendo cada vez mais um enterro.

E perdeu a consciência.

Em Rosedene, Dillon se sentou com Ferguson e uma Monica muito estressada. Estavam calados, esperando notícias, e a enfermeira-chefe, Maggie Duncan, veio vê-los.

— Antes que me perguntem, ele foi esfaqueado várias vezes, por isso está demorando um bom tempo para fazer todos os curativos. Vou pedir para uma das meninas trazer mais chá e café. Se quiser algo mais forte, Sean, você sabe onde o uísque medicinal é guardado na sala do professor Bellamy. — Virou-se para Monica: — Lady Starling, ele não vai morrer, por isso pare de se preocupar. Ele está muito machucado, sim, mas as feridas vão fechar com o tempo. Eu sou *expert* nesse assunto. Nós somos especialistas em pessoas que vêm parar aqui retalhados. O jogo é assim mesmo.

Monica se levantou e a beijou.

— Muito obrigada.

Maggie sorriu e saiu, e no instante seguinte Roper entrou de cadeira de rodas, com Billy e Harry Salter atrás. Disse:

— Bellamy já deu alguma boa notícia?

— Não, mas Maggie ajudou — disse Ferguson.

Monica acrescentou:

— Ela disse que ele está muito machucado, mas que vai ficar bom com o tempo.

— Mas existe outra questão em meio a isso tudo — disse Roper. — O Intermediário armou para cima do Harry. A garota estava entupida de cocaína e de coisas piores. Um exame de sangue mostrou. O Intermediário a usou como arma. Simples assim. Ela disse ao Harry que ele estava amaldiçoado diante de Alá. Foi transformada em um zumbi religioso por um homem muito cruel mesmo. Harry chorava quando falou comigo. Ele disse: *Agora eu mato crianças.*

— Isso é besteira — praguejou Harry Salter. — Só existe um bandido nessa história toda e Deus o ajude se um dia eu puser as mãos nele.

— Então pode entrar na fila — disse Ferguson. — Ela já está bem grande. — Virou-se para Roper: — E a pobre garota?

— A equipe de remoção tomou conta dela há uma hora. — Suspirou. — Eu e Billy estávamos lá.

Billy estava constrangido.

— Não gostei nada do fato de ela estar lá sozinha. Tudo o que tinha era a faca, e não existe maneira de descobrir a identidade dela. O Intermediário quis se garantir caso alguma coisa desse errado.

— Vai chegar o dia do juízo final, você vai ver — disse Harry Salter.

Pouco depois, Bellamy chegou direto da sala de cirurgia.

— Um negócio muito feio, foi preciso suturar muito bem, como se diz no meio. Uma facada quase custou um rim, mas errou por pouco. Foram muitos os ferimentos, mas a capa que ele usava ajudou a conter a penetração da maioria.

— Posso vê-lo? — pediu Monica.

— Por enquanto, não. Ele ainda está inconsciente. Se quiser ficar, a enfermeira-chefe pode arranjar um quarto para você, sem o menor problema.

— Sim, acho que vou querer.

Bellamy se virou para Ferguson:

— Ele vai precisar de umas duas semanas para ficar razoável. Vamos dizer que ele teve uma pneumonia, só para dar uma satisfação à liderança do partido no parlamento. Ele não tem um único corte no rosto e o resto do corpo vai estar coberto mesmo, de um jeito ou de outro.

— Parece razoável. — Bellamy saiu.

Ferguson se dirigiu a Monica:

— Sinto pelas coisas terem se desenrolado dessa maneira, mas isso me deixa ainda mais determinado a fazer essa viagem até a Irlanda. Vamos deixá-la agora para ficar com ele. — Olhou seu relógio. — Uma da manhã.

Monica ainda conseguiu esboçar um sorriso fraco.

— Boa sorte a todos.

Seguiu para a sala de Maggie Duncan.

— É, eu sei que já é madrugada, mas sugiro irmos todos a Holland Park discutir esse assunto.

— Muito bem. O que mudou? — perguntou, mais tarde.

— Harry Miller e a irmã não poderão ir — disse Billy. — Então serão Dillon, Helen, eu e o senhor, general. Dá para ser feito?

— Bem, eu poderia mandar minha artrite para o espaço — sugeriu Harry.

— Então está bem — concordou Dillon —, mas tive uma ideia. Nós pegamos a lancha em Oban amanhã de tarde e partimos à noite ou de manhã cedo, no dia seguinte. Passamos pelo Canal do Norte até o mar da Irlanda e cruzamos a costa de County Down e as montanhas Mourne.

— Isso é uma aula de geografia? — perguntou Ferguson.

— Meu tio por parte de mãe, Mickeen Oge Flynn, tinha uma oficina em um lugar chamado Collyban. A 2 quilômetros dali existe uma entrada pouco utilizada no penhasco e um belo píer vitoriano. Vocês me deixam lá. Vou andar uns 2 ou 3 quilômetros e chamar Mickeen, que estará com um carro me esperando. Vou usar um uniforme preto, chapéu preto e uma estola de padre e óculos Zeiss escuros, desses que mudam de cor, um pequeno disfarce, se preferirem.

— E o que nós vamos fazer?

— Vocês ancoram no porto de Drumore, como planejado. Volkov e os brutamontes dele vão pela estrada costeira até Drumore, quando saírem do avião. Eu vou ver o que eles vão aprontar.

— Está querendo dizer o que *você* vai aprontar — corrigiu Ferguson.

— Se for alguma retaliação para cima dos russos, já vai compensar o fato de Harry estar em uma cama em Rosedene, e aí só faltaria lidar com Quinn e companhia.

— Bobagem — disse Billy. — Sozinho você não vai poder fazer muita coisa com os russos.

— Ah, mas não vou ser eu. Quem vai entrar em ação é o padre Martin Sharkey.

— Bem. Eu sou contra — disse Billy.

Ferguson balançou a cabeça.

— Miller é uma perda considerável para toda a operação. Dillon está certo. O que quer que faça para pelo menos tentar equilibrar esse jogo pode se revelar crucial. — Virou-se para Dillon: — Muito bem, pode fazer do seu jeito. — Ele se levantou. — Não sei quanto a vocês, mas eu preciso dormir algumas horas. Pode ser aqui. Sugiro que façam o mesmo.

Ele saiu e Harry Salter falou:

— Vamos voltar para o Dark Man, eu e Billy, e poupar uma viagem pela manhã. Meio-dia em Farley Field. A gente se vê lá, Dillon. — E saiu.

— Você também vai ficar ou ir nessa, Dillon? — perguntou Roper.

— Prefiro ir a Stable Mews e preparar meu disfarce. Mickeen não iria me agradecer se eu ligasse para ele a esta hora.

— Nunca se sabe.

— É verdade. Ele sempre ficava acordado na época dos Conflitos. — Pegou o Codex e discou o número. — Pronto. Transfira para o sistema para todo mundo ouvir.

Tocou por alguns minutos e então se ouviu uma voz arrastada e ligeiramente bêbada.

— Quem é o idiota que está me ligando a esta droga de hora?

— É o seu sobrinho, ô bandido.

A voz do outro lado mudou e ganhou vida.

— Sean? É você mesmo?

— Ninguém menos que eu. Vou dar uma passada para te ver amanhã de manhã. Hoje, não. Amanhã.

— Vindo de onde?

— Do mar, seu burro. Você vai ter um carro me esperando e eu vou ter mil libras em notas de 50 para botar na sua mão.

— O que foi, Sean? O que você está aprontando? Estamos de volta aos velhos tempos?

— Isso acabou para sempre, mas ainda existem pessoas que nós temos de tirar do caminho em Drumore. Pronto para isso?

— Você está insultando seu velho tio? Estarei aqui com seu carro. — Ele riu. — Mas traga o dinheiro!

Desligou e Dillon voltou-se para Roper:

— Viu? Está combinado.

— Parece que sim. Você precisa de mais alguma coisa?

— Sim. Peça ao oficial de intendência para me arranjar uma espingarda de cano duplo e .12. Cano curto, evidentemente. Vejo você de manhã.

Ele saiu e Roper acendeu um cigarro, despejou uísque em um copo de papel e passou a navegar pelo ciberespaço.

Escócia

Irlanda

13

Monica seguiu o conselho de Maggie Duncan e tomou um remédio para dormir, de modo que ela só foi se mexer às 9 horas, com a mão de Maggie em seu ombro.

Monica baixou as pernas para o chão.

— Como ele está?

— Acredite, ele acabou de tomar uma xícara de chá, com minha ajuda. Tome um banho e se arrume, que já vai poder vê-lo.

Quando ela entrou no quarto, o irmão estava mais desolado do que jamais o tinha visto, com os olhos fundos. Haviam subido o encosto da cama e ele estava com duas intravenosas, e um lençol hospitalar solto cobria os curativos sobre as feridas.

— Oi, meu anjo. Desculpe fazê-la passar por isso de novo.

Ela o beijou com carinho.

— Deixe de dizer bobagem.

— Coitada daquela garota. Parecia um demônio me esfaqueando, me esfaqueando... — Ele estava emocionado. — Eu estava desesperado, e a arma, ali no meu bolso.

Ela se sentou na cadeira ao seu lado e tentou acalmá-lo.

— Não foi culpa sua. O Intermediário usou aquela menina de maneira abominável, com certeza a drogou e a convenceu que ia fazer a vontade de Alá. Eu não aceito isso nem por um segundo. O próprio Profeta o amaldiçoaria. A verdadeira maldade desse homem foi convencer a garota a fazer o que *ele* queria!

A porta se abriu silenciosamente e Dillon entrou.

— Eu não podia concordar mais — falou para Miller. — Sua irmã está certa. Você é tão vítima nisso tudo quanto todo mundo. Como se sente?

— Muito mal, mas a morfina está fazendo efeito. O que está acontecendo, Sean?

— Vamos sair ao meio-dia, como planejado.

— Mas eu não vou estar presente e isso é um desfalque para vocês. Será que Harry Salter pode pegar meu lugar?

— Ele não está mais em condições de enfrentar uma operação desse porte, mas nós estamos determinados a ir até o fim. Falei com Helen e ela confirmou que vai. Refiz os planos para tentar equilibrar mais o jogo.

— E como vai fazer isso?

— Ressuscitando o padre Martin Sharkey.

Quando ele terminou, Miller concordou.

— Eu entendi aonde quer chegar, mas é um plano muito ousado, Sean. Você vai estar sozinho.

— Verdade, mas estive sozinho a maior parte da vida e continuo vivo. Vou ficar bem.

— Makeev e Grigorin são os melhores homens da GRU, e isso quer dizer que eles são muito bons mesmo.

Monica pareceu perturbada.

— Não se preocupe comigo, meu amor — disse Dillon. — Deixe-me contar primeiro como fui parar nesse negócio. Charles Ferguson me libertou de uma prisão na Sérvia, onde eu esperava para encarar um pelotão de fuzilamento, com a única condição de que eu teria de trabalhar para ele. Disse que ele tinha de lidar com tantos bandidos que precisava ter alguém ao seu lado que fosse pior que eles.

Ela ficou furiosa.

— Isso é uma tolice.

— Para falar a verdade, não. Ele viu o que eu era de verdade, e você devia fazer o mesmo. — Voltou-se para Harry: — Manterei contato, pode contar comigo.

Monica não se levantou.

— E eu? Posso contar com você também?

— Existe um velho poema irlandês: *Ela virou a minha cabeça, não uma vez, mas duas.* — Dillon sorriu. — E esse é o tipo de mulher que você é, Lady Starling. Então deixe-me sair dessa antes que você me arrume problemas. Fiquem com Deus.

A porta se fechou e Harry viu Monica sorrindo.

— Você gosta dele, não gosta? — perguntou ele.

— É muito fácil gostar dele.

O rosto de Miller estava suado e ela o limpou com uma toalha de papel.

— Mas imagino que ele meta um pouco de medo.

Ela fez uma pausa e franziu o rosto de leve.

— Mas não acho que você meta medo. Nem um pouquinho. Por que com Dillon seria diferente?

Miller sorriu.

— Talvez ele tenha medo de você.

— Pois eu duvido muito. Sou mulher e nós sabemos dessas coisas. Deus nos criou com uma superioridade moral, o que aliás é muito bom, porque, não fosse por nós, o homem já teria destruído o mundo há muito tempo.

— Deixe esse papo afetado de Oxford para lá, Monica. Aqueles filhos da puta russos que ele quer enfrentar sozinho são perigosos mesmo. — Ele estava furioso e voltava a suar. — E eu estou aqui, preso a esta cama.

— Sei o que quer dizer. Mas agora se acalme. — Apertou um botão e, quando uma enfermeira olhou para dentro, falou: — Pode pedir à enfermeira-chefe para ver como a morfina está agindo no meu irmão? Acho que ele voltou a sentir dor. E chá para dois, se for possível.

A enfermeira saiu e Miller falou:

— Você está bem tranquila.

— Na verdade, não, mas sei que aqui você está em boas mãos. Quanto a Dillon, é a GRU que deveria ficar preocupada se soubesse que ele está atrás deles. Que eu saiba, vai ser um salve-se quem puder.

A enfermeira se apressou em trazer o chá.

— Falei com a enfermeira-chefe e ela vai providenciar algo para aliviar a dor.

Saiu e Monica o serviu.

— Meu Deus — disse Miller —, você vai com eles?

— Talvez eu possa ser útil. Vale a pena tentar. Vão ser três dias, no máximo. E eles vão cuidar bem de você aqui.

Ele levantou a xícara de chá, meio sem jeito, com os dedos da mão esquerda que não estavam feridos.

— O que houve com você? Está diferente. É como se eu nunca tivesse te conhecido.

Ela riu.

— Meu caro Harry, tenho de dizer que isso é uma grande ironia, vindo de você.

A porta se abriu de novo e Maggie Duncan entrou, com uma enfermeira carregando uma seringa e a morfina em uma bandeja.

— Nós não estamos nos sentindo muito bem, não é mesmo?

Monica se levantou.

— Tenho um assunto muito importante para tratar nesses próximos dias, enfermeira-chefe, por isso, cuide bem dele para mim. — Debruçou-se e beijou Miller na testa. — Fique com Deus, querido. Vejo você logo.

— Sua doida — disse Miller. — Desmiolada. — Mas Monica já havia ido embora e a porta tinha se fechado com força atrás dela.

Maggie Duncan encontrou um lugar no braço direito dele onde não havia curativos e a enfermeira lhe entregou a seringa.

— Isto vai ajudar, major. Aí o senhor vai poder dormir direito outra vez.

Em Farley, Harry Salter deixou Billy pouco antes do meio-dia. Parry e o oficial de intendência colocavam uma caixa no avião, sob a supervisão de Dillon. Do lado de fora da sala, Ferguson falava com Lacey, enquanto Monica e Helen estavam juntas ao seu lado. Harry Salter juntou-se a eles, e Billy foi até Dillon.

— O que Monica está fazendo aqui?

— Ela decidiu ir em frente, quer ajudar a pegar os filhos da puta pelo que fizeram com Harry. Mais alguns dias em Rosedene e ele vai ficar bem.

— Se é o que você diz. O que temos aí?

O oficial de intendência respondeu:

— Pistolas Uzi com silenciadores, cinco Walthers com silenciadores, Colts .25 com silenciadores, granadas de efeito moral e algumas granadas clássicas. Todas armas de combate de curta distância, por isso não incluí os rifles. O senhor está indo para a guerra, Sr. Dillon?

— Bem que poderíamos estar, sargento-mor.

— Há vinte anos, eu caçava o senhor, em South Armagh.

— E nunca pegou esse verme — observou Billy.

— Bem, não vou usar isso contra o senhor, Sr. Dillon, por isso é melhor esquecer. Traga de volta o que puder que eu guardo. A propósito, o senhor também vai encontrar a espingarda de cano curto duplo que pediu, com balas de aço.

Ele voltou para a sala, parou perto das duas mulheres e disse a Helen:

— Bom vê-la de novo. Lembro da senhora, lá de Derry.

— Isso faz muito tempo, sargento-mor.

Ele entrou e Ferguson disse:

— Então, vamos andando.

Partiram na direção do Gulfstream e Harry Salter gritou:

— Traga-o de volta inteiro, Dillon.

— Não é o que sempre faço?

— Na verdade, não.

Ele esperou, vendo-os subir os degraus e Parry fechar a porta. Lacey já estava a bordo, por isso não houve atrasos. Taxiaram pela pista, os motores rugiram ao máximo, e alçaram voo para um céu de março, cor de chumbo.

— Mande os filhos da puta para o inferno — sussurrou Harry.

— É isso o que quero. — Voltou para o Bentley, entrou e foi embora.

Lacey estava no comando, mas depois de meia hora de voo, Parry assumiu os controles e o líder de esquadrão voltou.

— Todos bem aí? — perguntou. — Tem sanduíches e salada na geladeira, e todas as bebidas, de champanhe para baixo. Chaleira e cafeteira no armário. Vamos atingir a velocidade de 640 quilômetros por hora, de Farley para Oban. Mesmo com alguns ventos contra, devemos chegar lá em umas duas horas.

— Ótimo — disse Ferguson. — Arranjaram alojamento para vocês com o comandante da RAF em Oban?

— Ah, sim. Eles vão cuidar da gente.

Voltou para o cockpit e Helen fez um café. Dillon já abria uma garrafa de meio litro de uísque escocês, tirada do bar.

Sentado à sua frente, Billy disse:

— As pessoas têm diferenças surpreendentes. Eu era um malandrinho de rua, mesmo com Harry tendo me colocado na St. Paul.

— Alguns diriam que é a melhor escola de Londres.

— Bem, ele queria que eu virasse um grã-fino. De qualquer forma, lembro de um cara aparecendo com uma garrafa de meio litro de rum que tinha conseguido, de algum jeito, contrabandear lá para dentro. Nós éramos quatro e foi como uma espécie de teste de masculinidade. Só um gole, Dillon, foi tudo o que foi preciso. Álcool foi a pior coisa que experimentei na vida. E nunca mais bebi aquilo. Nunca mais mesmo.

— E seus amigos?

— Acabaram com a garrafa e ficaram bêbados de verdade. Foi no salão de jogos. O professor de ginástica os descobriu e todo mundo levou umas varadas. — Ele sorriu por causa do passado. — Para aqueles merdinhas adiantou bem, menos para você, Dillon. Desde que te conheço, você bebe esse negócio mais que qualquer pessoa que eu já tenha visto. E nunca te vi ficar bêbado.

— É o meu fígado, Billy. — Dillon sorriu. — A gente se entende muitíssimo bem.

Ferguson estava na frente, bebendo o café feito por Helen, e Dillon foi se sentar diante do general.

— Já passou pela sua cabeça que talvez você esteja ficando um pouco velho para esse jogo?

— Muitas vezes, mas então vem este mundo louco onde vivemos, que fica cada vez pior, e não posso parar. É a maldição do homembomba que recebe ordens de gente como Osama para cometer homicídio em massa. O que mais me perturba é a falta de qualquer enfoque moral. Em outros tempos, as pessoas pelo menos tentavam inventar algumas regras para as guerras que lutavam. Havia um conceito de honra, mas tudo isso mudou quando os rebeldes abandonaram a ideia do uniforme e, de repente, você não sabe mais quem é seu inimigo, exatamente como com vocês lá no Ulster.

— O IRA não inventou nada disso — observou Dillon. — Talvez os bôeres.

— Sim, mas foi Michael Collins quem criou, em 1920, o conceito de assassinos em trajes civis atuando com frequência.

— Tem toda a razão, mas aí, como eu já disse antes, a frase favorita dele era *o objetivo do terrorismo é aterrorizar*. É a única maneira que um país pequeno pode conquistar um grande, com alguma expectativa de sucesso.

— Lenin disse isso antes dele e é um agouro horrível que vem assustando o mundo há anos — disse Ferguson. — Até hoje.

— Então vamos tomar um drinque e melhorar nosso astral — sugeriu Dillon.

— É uma ótima ideia.

Helen se inclinou e cochichou alguma coisa para Monica.

— São engraçadas umas pessoas que a gente encontra às vezes em um avião, não é?

— Com certeza.

E começaram a rir.

Em Londres, o Intermediário estava sentado à sua mesa, finalmente tendo que encarar o fato de que sua armação da noite anterior havia evidentemente falhado. Foi mesmo uma ideia louca e malpensada, como ele mesmo reconhecia agora, um sintoma de como seu desespero crescia conforme sua sorte mudava. Foi idiotice deixar uma mensagem achando que isso faria Miller partir em uma investigação. Afinal, um homem como aquele, com forças políticas por trás e apoiado pela equipe de Charles Ferguson, deveria ser tratado com cuidado. Foi por essa razão que ele não havia mandado espiões vigiarem sua casa ou seguirem seus passos. Com alguém assim, isso seria suicídio.

Por outro lado, aparentemente a garota maluquinha que ele tinha escolhido com tanto carinho, que havia sofrido um longo processo de lavagem cerebral e enfim recebido um coquetel de drogas, estava desaparecida. Essa era a informação passada pelo Exército de Deus.

Portanto, tudo o que isso provava era seu desespero, que era imenso. Ligou o computador e pesquisou quanto a *Crimes Graves* na região central de Londres, com um fio de esperança, mas a tela não lhe mostrava nada.

Como já havia feito muitas vezes, solicitou detalhes dos embarques dos aviões da Belov International saindo de Moscou e viu a reserva do Falcon, mas os nomes não significavam nada para ele, e as instalações da Belov em Louth eram usadas com frequência para os assuntos formais da empresa. Passou para as informações de Farley, mas também não encontrou nada. O que não sabia era que Ferguson havia bloqueado qualquer relatório dos movimentos do Gulfstream.

Desligou e ficou ali, inconsolável, o homem que um dia havia tido tudo, poder em todos os países do mundo, no mesmo nível de Putin, agora sendo chutado, com todos os contatos negados. A verdade era que ele estava com medo; medo do que isso poderia significar para si quando a notícia chegasse à al Qaeda e, assim, a Osama.

Março em Oban e nas Terras Altas da Escócia era sinônimo de chuva, e efetivamente estava chovendo. Eles aterrissaram um pouco mais tarde do que Lacey havia previsto e foram transferidos para uma van dirigida por um sargento da RAF, deixando Lacey e Parry no avião. O sargento falou:

— O senhor é o general Ferguson?

— Sou.

— Saudações. Devo levá-los direto ao porto, onde o senhor vai encontrar sua embarcação esperando. Ela foi entregue por dois cavalheiros há algumas horas, que telefonaram conforme combinado, e acabaram conseguindo pegar o trem para Glasgow. Está ancorada no porto, e eles deixaram um grande bote inflável no quebra-mar, escrito *Propriedade da Avenger.*

— Ótimo, sargento. — Ferguson se recostou para ver a paisagem.

— Eu diria que o tempo está meio triste — disse Helen.

— Bem, são as Terras Altas em março — ponderou Monica. — Eu já fiz algumas escavações arqueológicas nestas ilhas com um tempo diferente. Por outro lado, não é bem o tipo de clima para se tomar um coquetel no deque principal.

Billy riu.

— A senhora está coberta de razão, Lady Starling.

Ferguson disse, testando:

— Não é preciso ser desmancha-prazeres a esta altura. A chuva cai em cima dos ricos tanto quanto dos pobres. Não vai fazer a menor diferença para os nossos planos. A *Avenger* vai continuar sendo tão imponente como sempre foi, mesmo se o mundo estava caindo em Drumore.

— Só vou acreditar vendo.

Na verdade, o humor dela mudou ao passarem pela cidade de Oban e pela beira-mar, ladeada de casas e prédios de granito da região, e virarem na direção do cais.

Era bem evidente qual lancha era a *Avenger*. Estava ancorada a 200 metros de distância e Billy disse:

— Só pode ser aquela. Realmente chama a atenção.

— E bota atenção nisso — comentou Dillon. — Olhe para a aerodinâmica dela.

Era branca como a neve, com frisos azul-marinho, e emanava estilo, beleza e classe. O sargento elogiou:

— É um cavalo puro-sangue, senhor.

— Com certeza — apoiou Ferguson. — Mas nós vamos ficar todos ensopados indo até lá.

— Eu posso ajudar nisso, senhor. Tenho dois guarda-chuvas grandes, de golfe, na mala. Vou deixá-los com o senhor.

E assim foi, com as mulheres descendo os degraus primeiro, e Billy na frente puxando a fila. Cada uma recebeu um guarda-chuva. Os outros esperaram, enquanto Ferguson se despedia do sargento, indo encontrá-los. Dillon e Billy pegaram a caixa de armas e as bagagens, e pouco depois estavam a bordo. Ferguson experimentou ligar o motor, que pegou de imediato, então assumiu o leme e partiram.

Encostaram a popa do bote no iate, Billy pulou para o deque, esticou a mão e ajudou Helen e Monica a subirem para a parte coberta. Elas fecharam os guarda-chuvas e atravessaram uma porta que ia dar em um salão. Ferguson foi atrás e Billy e Dillon foram carregando aos trancos a caixa de armas e as bagagens. Depois, juntaram-se aos outros.

— Magnífico! — exclamou Ferguson. O salão era de mogno, com uma mesa de centro e cadeiras giratórias ladeando-a. Em uma das pontas, havia uma cozinha totalmente equipada, e, na outra, uma escada que levava a um banheiro com chuveiro e a um toalete, com um longo corredor e várias cabines.

Uma escada de bordo levava à casa de máquinas, embora fosse totalmente diferente de todas as que Ferguson conhecesse. Ali também havia mogno por todo lado, uma visão de 360º, um painel de controle futurista e cadeiras giratórias forradas de couro, em frente à roda de leme.

— A sensação deve ser igual a pilotar um carro de corrida — disse Billy. Ele e Dillon passaram a examinar tudo, mas agora este subia por outra escada e gritava:

— Aqui em cima é fantástico, mas me traga um guarda-chuva. Está chovendo muito.

Billy entregou-lhe um dos guarda-chuvas e Dillon já o havia aberto quando Billy foi se juntar a ele.

— É impressionante — disse Dillon. — Esta cabine de comando... Você pode pilotar a lancha daqui, se quiser, e que lugar ótimo para receber seus convidados. É perfeita, mas não para hoje. — Ele se encolheu debaixo do guarda-chuva.

— Olhe isso — falou Billy. — Exatamente igual à primeira vez que me trouxe aqui. Um horror.

Oban estava submersa na chuva e na neblina, com o vento batendo sobre as águas do porto. No horizonte, em terra, as nuvens cobriam as montanhas e as águas do estreito de Lorn pareciam tormentosas.

— Que lugar — disse Billy. — Vou dar um pulo lá embaixo e ver o que há para comer.

Em Holland Park, Roper ouviu a descrição que Ferguson fazia da lancha e percebeu o óbvio entusiasmo dele.

— Ah, que bom é ser rico — disse.

— Meu amigo que é. Eu, não — lembrou-lhe Ferguson.

— Dá no mesmo, pois é você quem está colhendo os frutos. Dei uma olhada na previsão do tempo para os próximos dias e espero que as senhoras gostem de saber que qualquer esperança de uma versão irlandesa de Mônaco está fora de cogitação.

— Isso já foi discutido — disse Ferguson. — A lancha continua sendo o que parece, um brinquedinho de ricaço, e essa é a impressão que ele vai causar, independentemente do tempo. Alguma notícia aí do seu lado?

— Eu continuo procurando o Intermediário, mas sem sucesso. Também falei com Maggie. Harry está bem, mas muito sedado.

— Direi a Monica. Mais tarde, ela vai poder falar com Rosedene. É claro que sabemos, pelo que disse Chekov, que todos os contatos com o Intermediário foram proibidos.

Roper interrompeu-o.

— E aparentemente por ordem de Volkov, que segue as instruções de Putin.

— Um presidente que parece estar deixando bem claro que não vai mais dançar a música da al Qaeda. — Ferguson riu. — Foi maravilhoso o que a sugestão de Salter de sequestrar Chekov conseguiu. Uma informação tão útil...

— Sempre partindo do princípio de que Quinn vai fazer o que mandarem e também cortar todos os contatos com o Intermediário. O mais importante que Chekov nos passou foi a ordem estrita do general de não dizer nada a Quinn sobre a chegada dele. Imagino que, se ele se sente assim, também vai mandar o pessoal do controle ficar de bico calado.

— Será interessante ver no que isso vai dar, Quinn sendo pego desprevenido — disse Ferguson.

— E com a *Avenger* se aproximando, ele vai ficar entre um penhasco e um desfiladeiro. Se ele soubesse quem está do nosso lado: duas belas senhoras, uma delas, heroína de guerra condecorada que costuma levar uma arma na bota direita, um gângster do East End que é a encarnação de Billy the Kid, e um velho guerreiro durão.

— E Monica?

— Ela vai encontrar um papel para si. Boto a maior fé.

— Do mesmo jeito que eu ponho em um homem à paisana que um dia foi o defensor mais temido do IRA Provisional. Mas esse, só Deus sabe o que vai aprontar.

— Uma coisa é certa — disse Roper —, ele vai dar um sermão e tanto.

Algumas das roupas que o proprietário da lancha havia deixado estavam sendo examinadas no salão. Havia uniformes de tripulação azul-marinho e capas impermeáveis amarelas que iam até abaixo dos joelhos e com a palavra *Avenger* escrita nas costas. Monica e Helen as experimentaram.

— Ficaram ótimas em vocês — disse Ferguson. — Vão se sair muito bem. E esses ternos azuis para os homens vão dar um aspecto muito profissional.

— Sou totalmente a favor de nos exibirmos — falou Monica. — Dei uma olhada na cozinha e lá tem comida suficiente para uma travessia do Atlântico.

— E as bebidas podem embebedar alguém por um ano inteiro — disse Dillon. — Mas eu não pretendo comer a bordo esta noite. E não vejo como a chuva possa nos fazer mal com todo esse equipamento, então, por que não desembarcamos e comemos em um lugar aconchegante?

— Por que não? — concordou Ferguson. — Acho uma ideia excelente.

Meia hora mais tarde, eles chegaram ao píer com o bote auxiliar, o amarraram e desembarcaram em terra firme, escolhendo um pub ali perto que revelou abrigar um enorme restaurante. Não havia muitos clientes — era baixa temporada —, mas o vinho correu solto e a comida era magnífica, e todos tiveram uma noite maravilhosa. Helen foi a primeira a tentar falar de trabalho.

— Charles, você já bolou algum plano de ação?

— Ataque frontal.

— O que pode levar a um tiroteio bem intenso.

— Não só pode, como *vai* levar a um tiroteio bem intenso — disse Dillon.

— E você pretende matar todo mundo?

— Quinn sabe como as coisas funcionam. Já está na ativa há tempo suficiente — argumentou Billy. — Há uns dois anos, ele colocou, Dillon, um grande amigo nosso e eu em perigo nas Docklands e fez um acordo com um grupo de velhos guerrilheiros do IRA para matar o general ali, entre outras coisas mais.

— E imagino que eles fracassaram, porque o general continua aqui.

— Na última vez em que os vi, estavam boiando e sendo levados pelo rio. Porém Quinn conseguiu escapar.

— Mas não desta vez — disse Dillon.

— Tem tanta certeza assim?

— Já vejo até o caixão se fechando.

Uma espécie de calafrio pareceu atravessar a mesa. Monica ficou um pouco encabulada. Ferguson pediu a conta.

— Vamos voltar, pessoal. Amanhã temos que sair cedo. — E se levantaram.

Mais tarde, bem mais tarde, quando estava escuro de fato, a *Avenger* balançava ancorada, com a correnteza vindo da entrada do porto, só as luzes do convés acesas. Era hora de todos irem se deitar. Dillon, inquieto, se viu sozinho e foi até a popa, onde a cobertura o protegia da chuva, que caía prateada na luz amarela. Bem além da entrada do porto, ele viu as luzes de navegação verdes e vermelhas de um navio passando pelo estreito de Lorn. De repente, teve uma daquelas sensações de "o que isso significa?" e se sentou. Tirou a cigarreira prateada do bolso e acendeu um cigarro.

A porta rangeu atrás dele e Monica falou:

— Posso pegar um também?

— Faz mal à saúde, menina. — Deu seu cigarro e acendeu outro. Ela se sentou em uma das cadeiras giratórias.

— Aqui é bonito — comentou ela. — A chuva, o mar, os barcos ancorados com as luzes de navegação acesas. Você gosta de chuva?

— Ela está nos ossos, se você é da Irlanda do Norte. Eu ando na chuva, sim, e sempre gostei da cidade à noite, das ruas molhadas se estendendo na escuridão do outono, enquanto eu caminho fechado no meu próprio mundo, a sensação de que alguma coisa absolutamente maravilhosa vai aparecer na próxima esquina.

— Nos dias de hoje, é mais provável que seja um assaltante.

— Como você é cínica, mas talvez tenha razão. Talvez eu veja tudo com os olhos que tinha na juventude. Londres à noite. Eu adorava.

— Mas você é irlandês.

— Minha mãe morreu quando nasci. Então, depois de alguns anos, meu pai se mudou para Londres, para trabalhar. Nós morávamos em Kilburn. Frequentei uma escola com um bom departamento de teatro e isso me levou a me candidatar para uma bolsa na Royal Academy of Dramatic Art, como você já sabe.

— Mas aí você mudou de ramo rápido. O que aconteceu, Sean?

— Eu consegui ignorar os primeiros anos dos Conflitos, mas então meu pai foi fazer uma viagem a Belfast, ficou preso no meio de um tiroteio e acabou morto pelos paramilitares ingleses.

— E você voltou para casa e se juntou à gloriosa causa?

— Exato. Fui mandado para um campo de treinamento na Argélia, que lidava com jovens idealistas como eu, mas que precisavam aprender a matar pessoas.

Seguiu-se um momento de silêncio. Finalmente, ela disse:

— É o que se esperaria de um rapaz que teve o pai morto.

Ele acendeu mais um cigarro.

— Acabou que fiquei muito bom em matar pessoas. Não tenha ilusões a meu respeito, Monica. Como alguém já disse, Wyatt Earp matou 17 pessoas. Eu não tenho a menor ideia de qual seja a minha contagem, só sei que é mais. Não me transforme em um herói com a bandeira da Irlanda em uma das mãos e um revólver na outra, como uma pintura da Revolta da Páscoa na parede de um bar de Dublin. Quando tentei explodir o John Major e todo o gabinete de guerra, em fevereiro de 1991, eu estava sendo muito bem-pago, assim como quando eu trabalhava para os israelenses e a OLP. Eu jogo para os dois lados. E foi isso o que Ferguson apreciou em mim, quando me chantageou e me fez passar para o lado dele.

— Você não tem nada que possa te redimir?

— Imagino que eu toque razoavelmente bem um pianinho de bar.

Ficaram sentados em silêncio sob a luz amarela, com a chuva caindo do teto.

— Você não pode fazer com que eu o odeie por causa do que fez, Sean. Significaria que eu também teria de odiar meu irmão, e não posso fazer isso. Você é um homem bom, Sean, mesmo que não queira acreditar nisso. É o que acho.

A dor que ele sentiu foi imensa, porque foi uma das últimas palavras que Hannah Bernstein, o forte braço-direito de Ferguson, havia lhe dito à beira da morte, em Rosedene. Por um momento, ele precisou fazer força para respirar.

Monica segurou seu braço.

— O que foi?

— Uma pessoa muito íntima minha, que jamais conseguiu perdoar meu passado, disse essas mesmas palavras antes de morrer. Foi lá em Rosedene, e acho muito difícil falar sobre esse assunto.

— Desculpe.

Ele se recompôs.

— Deixe para lá, menina. Eu estou bem. Me deixe ensinar uma coisa a você. — Entre eles havia uma abertura na parede da cabine. — Preste atenção. — Puxou uma argola e apareceu um monte de fusíveis. Tirou uma pistola do bolso. — Walther PPK, a seu serviço.

É só apontar e puxar o gatilho. — Ela encaixava certinho entre os fusíveis e ele fechou a porta. — É muito útil se alguém passar por cima do parapeito e tentar querer te pegar.

— Muito obrigada.

— É claro que vou fazer a mesma coisa na casa de máquinas. Vou te mostrar. — Ele a levantou. — Agora você está no negócio da morte, meu amor.

— É mesmo? — De repente, ela passou a mão direita por trás do pescoço dele e o beijou intensa e longamente. Depois se soltou. — E isso, Sr. Dillon, é a vida. Pense nisso.

— Vou pensar.

— Ótimo. Agora estou cansada e você pode me levar até o bar, preparar uma saideira, e então vou dormir um pouco. Só não fique me contando sobre o homem horrível que você é, porque fica chato.

Ela abriu a porta, entrou e ele hesitou, mas em seguida foi atrás, mais surpreso do que se sentia havia muitos anos.

Mais tarde, Dillon se ocupou conferindo as armas, especialmente a espingarda de cano curto, carregando-a com dois cartuchos e verificando se tudo funcionava da maneira correta. Já fazia muito tempo que ele não manuseava uma espingarda, uma arma letal, ainda mais uma com balas de aço. Os sicilianos a chamavam de *Lapara* e era uma das favoritas da Máfia.

Ferguson apareceu no salão.

— Meu Deus. Isso deve dar conta do serviço.

— Essa é a fama que ela tem. Tudo o mais está em ordem. Você vai estar bem familiarizado com tudo.

— Está com seu colete de nylon e titânio?

— Jamais viria sem ele. Trouxe dois; o outro, eu dei para Monica, caso ela vá parar no meio de um tiroteio. Tomamos uma saideira. Ela já foi dormir.

— Muito gentil da sua parte. Ela é uma boa mulher. — Ele hesitou, como se prestes a fazer um comentário, mas mudou de ideia.

— Vou conferir a casa de máquinas. Acho que os outros já estão dormindo.

— Vou acompanhá-lo. Mas primeiro vou pegar uma bebida. Você aceita?

— Um café. — Ferguson sorriu. — Mas com um toquezinho de uísque.

Dillon se juntou a ele pouco depois e o encontrou em uma das duas cadeiras giratórias do leme, conferindo os controles. Entregou-lhe uma caneca e se sentou. Ferguson estava mais que satisfeito, se recostou e tomou seu café.

— Experimente abrir essa portinhola. Está cheia de fusíveis.

Ferguson abriu e encontrou a Walther.

— Obra sua?

— É. Nada como ter todos os confortos de casa. Monica tomou uma saideira comigo aqui em cima e viu quando botei essa arma aí. Eu já havia mostrado a ela a Walther em uma abertura parecida, no deque da popa, perto das cadeiras.

— Imagino que essa seja uma informação útil, mas ninguém vai esperar que ela seja capaz de usar uma arma dessas, uma reitora de Cambridge.

— Bem, o único outro reitor de Cambridge que conheço é seu primo Hal Stone, que esteve à sua altura várias vezes.

— Verdade. — Ferguson bebeu mais um pouco do café e Dillon decidiu tirá-lo da tristeza.

— Sei o que está tentando me dizer, Charles. A vida dela virou um inferno nesses últimos tempos, tendo inclusive descoberto coisas inacreditáveis sobre o irmão. Ela já tem problemas suficientes tendo que aceitar tudo isso, sem um desgraçado como eu em sua vida.

— Você realmente sabe usar as palavras, Dillon. É um talento que sempre admirei.

— Também devo dizer que todos esses doutorados indicam uma mulher com o tipo de intelecto que a permite estar acima de qualquer falsa imagem romântica que se costuma ligar a um homem como eu.

Ele bebeu seu uísque e Ferguson disse:

— Meu Deus, sempre pensei que você fosse inteligente, mas vejo que estava enganado. Você obviamente não entende nada de mulher. — Balançou a cabeça. — Vamos entrar. Amanhã vai ser um dia longo.

E foi o que fizeram.

Eles não saíram antes das 7h e Ferguson estava no leme quando se afastaram do cais. Fazia uma manhã cinzenta e feia, com um vento frontal jogando a chuva contra eles, e, uma vez saindo da entrada do cais, o mar começou a se agitar e ele diminuiu a marcha dos poderosos motores, apreciando todo o processo.

Helen e Monica o encontraram, enquanto Billy e Dillon conferiam meticulosamente cada arma lá embaixo, carregando as pistolas e as metralhadoras de mão Uzi. As balas de ponta oca para as Colts também não foram esquecidas e ficaram dispostas em cima da mesa do salão, com os coldres de tornozelo. Billy examinou a espingarda de cano curto.

— Nossa, essa dá conta do recado, hein?

— É para isso que foi feita — disse Dillon.

Billy balançou a cabeça.

— Desta vez nós realmente vamos para uma guerra.

— E eu pensei que essa fosse justamente a intenção.

Monica apareceu e se sentou, olhando. Billy falou:

— O que você vai levar?

Dillon levantou uma velha bolsa e a abriu. Ergueu uma bíblia e uma estola violeta.

— Caso eu tenha que ouvir uma confissão. Camisa preta, colarinho de padre branco, e que tal isto aqui? — Ele tirou um chapéu de feltro macio e preto e o pôs na cabeça. Depois pegou um par de óculos escuros da Zeiss e também os colocou. — É a última moda no Vaticano. O que você acha?

Monica interferiu:

— Ponha tudo isso com um terno preto e vai parecer o próprio demônio.

— Agora você está me ofendendo, mas lembre-se de que vou estar na Irlanda, onde um padre recebe mais respeito imediato do que em qualquer lugar do mundo. — Pegou um envelope pardo. — Mil libras em notas de 50 para Mickeen Oge Flynn. Já ia me esquecendo.

Ela disse:

— Olhe só para você. Representando de novo. Faz isso com um pé nas costas, não?

— Quer dizer que você descobriu tudo? — Falava como se estivessem sozinhos. — Muito inteligente, mas essa performance não é no palco, meu amor, é na vida real.

— E você acha que eu não sei? — Balançou a cabeça. — Que se dane. Vou ver o que está acontecendo no convés.

Ela saiu e Billy falou:

— Acho que ela não está feliz.

— Dá para perceber.

— Talvez vocês estejam indo muito rápido.

— É mesmo? — disse Dillon. — Muito obrigado por me dizer. Vou para minha cabine, conferir o meu hábito e meus pertences.

Pegou a bolsa e saiu. Billy disse baixinho:

— Não dá para acreditar. Dillon apaixonado?

Um instante depois, Monica voltou.

— Ele saiu?

— Saiu.

— Ótimo. Gostaria de te pedir um favor. — Pegou a Walther na mesa. — Poderia me ensinar como se maneja uma coisa dessas?

Billy sorriu.

— Será um prazer, Lady Starling.

Na casa de máquinas, as coisas estavam tornando-se interessantes. Ferguson começou a aumentar a velocidade, enfrentando o tempo ruim que o ameaçava do leste e as ondas que ficaram mais altas. Helen Black havia tido bastante experiência em navegação em seus tempos na ativa.

— Difícil de guiar?

— Que nada. Isso aqui eu piloto como se fosse um sonho. — Ele se levantou, ainda controlando o leme. — Assuma daqui. Vou pegar um café. Pode meter o pé um pouco e ganhar mais velocidade.

Helen fez isso e a *Avenger* se lançou à frente, entrando em uma cortina de chuva e nevoeiro, até que ela viu, para seu espanto, que estavam a mais de 45 nós. E de repente se sentiu feliz. Feliz de verdade, pela primeira vez, desde que o marido morreu.

Ela ficou no comando por uma hora e meia, depois o devolveu a Ferguson, desceu e foi se juntar a Monica na cozinha, onde providenciaram um lanche matinal para as dez horas. Havia minestrone direto da lata, diversos tipos de sanduíche — de salada até presunto —, rosbife e uma pizza de queijo, tomate e cebola. Tudo estava em um dos lados da mesa do salão.

— Maravilhoso — disse Billy. — Já estou com fome.

— É impressionante o que se pode fazer com um micro-ondas — comentou Helen. — Só Deus sabe como os velhos marinheiros conseguiram contornar o cabo Horn.

Dillon tomou sopa e se serviu de um prato de sanduíches. Juntou-se a Ferguson na casa de máquinas.

— Estamos avançando mesmo. Quando devemos chegar a Collyban?

— Lá pelas 11h30. Isto aqui voa. Nunca pilotei nada parecido.

— Ótimo. Não fica a mais que 65 quilômetros do complexo da Belov e da pista de pouso deles.

— Sempre partindo do princípio de que a estimativa que Roper fez para o pouso do Falcon com Volkov seja precisa.

— Pela minha experiência, ele não erra nunca. — Dillon tinha esvaziado o prato e o colocava na mesa. — Pode ir comer alguma coisa. Eu fico aqui.

Foi o que Ferguson fez e Dillon se sentou, as mãos no leme. Monica chegou trazendo uma caneca.

— Chá. Com um pouco de uísque. Eu decidi arriscar.

— Que mulher. Desconfio que você vai acabar se revelando um achado. — Ele bebeu um pouco do chá e apoiou a caneca no parapeito. — Como se sente? Enjoada?

— Helen me deu um comprimido ontem à noite, e liguei para Rosedene, no Codex que Charles arranjou para mim. Tenho boas notícias, Sean: Harry já consegue se sentar. — Ao lado dele, ela colocou a mão de Dillon entre as suas. — Estou sem palavras, é um alívio tão grande.

— Você já disse tudo o que era necessário e fico feliz por Harry. — Ele se levantou. — Sente aqui e assuma o controle. Vou dar um alô para Roper.

Monica fez o que ele disse e acabou sendo mais fácil do que imaginava. Dillon abriu sua velha cigarreira de prata, colocou dois cigarros na boca, acendeu e colocou um nos lábios dela.

— Quer dizer que agora eu virei a Bette Davis em *A estranha passageira*? O que você está tramando?

— Eu sou o último dos grandes românticos.

— Esse dia ainda vai chegar. — Ficou ali sentada, com uma das mãos no leme, bastante feliz, enquanto fumava um cigarro na companhia daquele homem extraordinário que havia entrado na sua vida, daquele homem extremamente perigoso.

Dillon falou com Roper:

— Como você está?

— Preferia ser você aí nesse barco, igual a um toureiro, entrando na zona de perigo, e eu preferia ser eu mesmo, agachado ao lado de uma bomba em uma rua de Belfast, mas esse tempo já passou e o agora é o que importa.

— Ah, está em um daqueles dias, não é? Pois fique aí mesmo. Tem um velho provérbio espanhol que diz *Falar dos touros é uma coisa muito diferente de estar no meio de uma arena.*

— E o que isso significa?

— É uma questão existencialista. Se você procurar muito alguma coisa, ela não vai acontecer, mas em algum lugar mais à frente, algo maravilhoso pode aparecer na esquina.

— O que aconteceu com você? Tudo bem, tudo bem. Você conseguiu converter até Billy em um filósofo moral, mas isso é ridículo. O que está fazendo agora?

— Estou naquilo que deve ser o controle deste barco, deixando Monica guiá-lo um pouco.

— Não dá para acreditar. Ela te pegou de jeito, não é? Mas você não pode se desconcentrar por causa dela, não com o que vem por aí. Se fosse só Volkov, seria fácil, mas Grigorin e Makeev são da Spetznaz. O que pretende fazer com eles?

— Matar os dois.

— E você acha que vai ser fácil?

— Eu tenho a Santa Madre Igreja ao meu lado, e também o padre Martin Sharkey. Existe um ditado no lugar onde nasci que, se você não é capaz de confiar em um padre na Irlanda, onde é que vai confiar?

— E essa pérola da sabedoria deve significar o quê?

— Que, para Volkov e a turma dele, eu sou só um padre, alguém que não é para ser levado a sério. Tenha fé, meu velho, e me chame quando estiver mais próximo da hora da chegada do Falcon.

Desligou. Monica balançou a cabeça.

— Totalmente pirado.

— Bem, eu sou de County Down e todos somos meio maluquinhos lá. — Começou a teclar um número.

— E agora? Para quem você está ligando?

— Meu tio, em Collyban. — A ligação foi atendida imediatamente e Dillon falou: — Sou eu, Mickeen, Sean. Pronto para me receber?

O homem obviamente já estava bebendo.

— Sean, meu garoto. Eu mesmo não consigo acreditar, mas estou pronto, sim. Inclusive com uma banheira da Ford.

— Uma banheira velha, eu imagino.

— Por mil libras, o que poderia esperar? Mas ela anda bem, isso eu posso garantir. Quando vai chegar?

— Eu disse que ao meio-dia e, com um pouco de sorte, vai ser isso mesmo. Tem mais alguém na sua casa?

— Só costumo ter um mecânico, Paddy O'Rourke. Foi ele quem trabalhou no carro, mas vou lhe dar uma folga esta tarde.

— Você é um bom homem; não fique muito assustado com minha aparência. Não quero que morra por minha causa.

— Então tudo pronto? — perguntou Monica.

— Parece que sim, e não falta muito. — Ergueu o Codex. — A beleza deste troço aqui é que nada atrapalha as ligações. Elas sempre se completam e em segundos já podem escutar minha voz. Depois que eu sair do barco, vocês seguem até Drumore, ancoram perto do porto e me esperam.

— Até você terminar?

— Mais ou menos isso. Ferguson sabe se virar, Billy eu posso garantir que é extraordinário. E Helen é o próprio soldado.

Ela continuou com a mão direita no leme e tirou a Walther do bolso esquerdo da capa amarela que vestia.

— Pedi a Billy para me dar uma aula rápida sobre como usar isto aqui.

Ele voltou a ficar furioso.

— Pois não devia, porra. Ninguém espera isso de você. É inaceitável.

O sorriso dela veio na mesma hora, com um brilho interno impressionante.

— Coitado de você, Sean. Eu te peguei. Você se importa comigo.

Havia um fio de desespero na voz dele.

— Isso já foi longe demais, meu amor. Eu não sou a pessoa certa para uma mulher como você. Nunca poderia ser.

— Você pode ser quem você quiser, então deixe de falar besteira. Vá se trocar e peça a Charles para assumir o comando.

A tranquilidade e a certeza dela o derrotaram inteiramente.

— Vou fazer isso. Depois a gente se vê.

Era como uma apresentação, como se preparar para uma peça. Calças e sapatos pretos, camisa preta e o colarinho branco dos clérigos. Apoiou o pé direito em um banquinho, ajustou o coldre de couro no tornozelo e ali guardou a Colt .25 com balas de ponta oca. O paletó preto com a carteira, um passaporte falso em nome do padre Martin Sharkey, nascido em Banbridge, County Down, Irlanda do Norte, uma carteira com 200 libras mais um cartão de crédito falso da União Católica. Os óculos Zeiss completavam o visual adequado, o chapéu de feltro se encaixava certinho e a capa de chuva preta era perfeita. Certamente ele não era mais o Dillon que os outros conheciam das outras vezes em que esteve em Drumore.

Na velha bolsa estavam a estola violeta, a Bíblia, o dinheiro de Mickeen e, na cama estreita, uma metralhadora de mão Uzi, com a coronha dobrada, a espingarda de cano curto e uma Walther PPK com silenciador, além de uma granada de fragmentação manual. A porta se abriu e Monica se esgueirou. Ficou olhando para ele.

— Meu Deus! — Balançou a cabeça, sem acreditar. — Já estamos chegando.

Ele colocou a Uzi e a espingarda de cano curto na bolsa, com a munição, e enfiou a Walther no bolso direito da capa de chuva

— Como estou?

— Bem, não sei o que o National Theatre diria, mas Hollywood iria adorar.

Ele pegou um par de luvas pretas e apanhou a bolsa.

— Então estamos prontos. Vamos embora.

Em um segundo, os braços dela estavam em volta do pescoço dele.

— Você *é* mesmo muito doido, sabe?

— Eu sei.

Ela se esticou um pouco e o beijou demoradamente.

— Se você não voltar, nunca vou te perdoar. Agora vamos. — Abriu a porta e saiu.

Todos estavam na casa de máquinas quando Monica entrou acompanhada de Dillon. Billy disse:

— Até Harry ficaria impressionado.

— Ficou perfeito, Sean — elogiou Ferguson. — E bem na hora. Está chovendo muito e com uma bela neblina. Collyban está a estibordo, mas não dá para ver. As montanhas de Mourne descem até o mar ou seja lá o que diz aquela música. Vou me aproximar mais, porque, apesar do tempo, com as novas maravilhas da tecnologia, a tela de navegação nos dá um panorama perfeito. Vamos passar em frente ao ponto e lá estarão as reentrâncias no penhasco, aonde quase ninguém vai, e o cais de pedra. Acho que podemos atracar ali mesmo, sem precisar dos botes auxiliares. Helen, você sabe usar essas cordas, então leve Billy com você. Vai demorar mais alguns minutos.

Helen já estava a caminho, seguida por Billy. Instantes depois, estava na proa, com uma corda à mão e um guarda-chuva fechado na outra, pronta para pular, com Billy no meio do convés. O cais apareceu em meio à neblina, grandes pedras de granito de uma outra era. Helen tinha jogado as grandes defesas amarelas pelo lado e Billy fez o mesmo, então se aproximaram bem do cais e ambos arremessaram as cordas.

— Boa sorte — disse Monica, mas Dillon já havia saído e descia pelo convés. Passou por Helen, que disse "Cuidado" e lhe entregou o guarda-chuva.

Billy gritou:

— Se cuida.

Momentos depois, já estavam de volta a bordo e a *Avenger* se afastou, aumentando a velocidade e sumindo na chuva. A única companhia que ele tinha agora eram as gaivotas incomodadas que faziam círculos acima, guinchando com raiva.

— Ah, fiquem quietinhas, ok? — gritou Dillon, levantando o guarda-chuva e caminhando sobre o cais até a estradinha que subia para as montanhas.

DRUMORE PLACE

14

A Flynn's Garage, conforme escrito na placa, ficava na entrada de Collyban e era o lar de Mickeen Oge fazia 40 anos; as antigas bombas de gasolina na entrada atestavam isso. Suas portas estavam fechadas, dando um ar de desolação ao lugar, e a casa ficava um pouco acima do morro e parecia ter uns duzentos anos. Havia um pequeno celeiro com a porta aberta, com dois bodes dentro olhando pacientemente para a chuva que caía do lado de fora.

Mickeen Oge estava em seu escritório, um homem pequeno e meio corcunda de 78 anos, em um terno de tweed muito velho, cabelos compridos caindo quase até o colarinho. Era impaciente e extremamente temperamental, já havia tomado uma bebida e decidiu tomar outra, despejando uísque irlandês em um copo. Foi até a janela, olhando para fora enquanto bebia, e soltou um palavrão quando viu um padre de guarda-chuva se aproximando do pátio da frente.

Abriu a portinhola do portão principal e saiu:

— Eu já fechei, padre. O senhor vai ter de ir ao Malone's, perto da igreja.

Dillon passou por ele e parou um momento olhando em sua direção, com o guarda-chuva em uma das mãos, a velha bolsa de tecido na outra e através da estranha cor dos óculos sob o chapéu de feltro.

— Fechou uma ova, seu desgraçado. Você é muito burro de ficar aí fora nessa chuva. É o suficiente para um cara da sua idade pegar pneumonia.

Mickeen ficou atônito.

— Sean? É você mesmo?

— Não, é o padre Martin Sharkey. E então, vamos entrar?

O velho se virou e entrou pela portinhola. Dillon o seguiu.

O cheiro era típico das oficinas: óleo, gasolina e automóveis de um tipo ou de outro, estacionados aqui e ali. O escritório era totalmente desarrumado. Dillon se sentou em uma cadeira ao lado da mesa e Mickeen ficou do outro lado, pegou mais um copo e serviu o visitante

— Que você morra na Irlanda.

— É um belo sentimento, que pode muito bem se concretizar daqui a algumas horas.

— É tão sério assim? — Mickeen balançou a cabeça. — Eu me lembro bem dos velhos tempos, há uns vinte anos ou até mais. Quando você fazia o papel do padre Sharkey, era sempre em situações muito complicadas. Você falou de Drumore, que precisava ver alguém por lá...

— Lembra de Michael Quinn?

— O que era chefe de pessoal naquele tempo?

— Hoje ele cuida dos assuntos de segurança da Belov International, a partir de Drumore Place, em Louth.

— Não fica a mais de 72 quilômetros daqui, atravessando a fronteira. Olhe, Sean, o IRA Provisional está metido nisso?

— Esse tempo já passou, Mickeen. Dito isso, Quinn tentou me matar e também acabar com alguns amigos meus em Londres, no ano passado, e fracassou. Ele também mandou um ex-radical matar outro amigo meu, em Londres, alguns dias atrás.

— E conseguiu?

— A missão não deu certo e quem morreu foi a mulher do meu amigo, por engano.

— Meu Deus, Sean.

— De modo que Quinn tem que pagar por isso, e o homem que encomendou esse trabalho a ele também, e assim por diante. Não encontramos uns casos assim nos Conflitos?

— Com certeza.

Dillon pegou a garrafa e se serviu de mais uísque.

— Sei que eu não devia, porque vou dirigir, mas aqui é a Irlanda, e quem já ouviu falar de algum policial parando o carro de um padre para ver se ele andou bebendo?

— Vou me lembrar disso e começar a usar uma gola de padre. — Mickeen bebeu de um gole só. — Ao trabalho.

— Como sempre. — Dillon colocou a bolsa velha na mesa, retirou o envelope pardo e um maço de notas dele. — Mil libras, meu velho, em notas de 50 fresquinhas. Não vá gastar tudo de uma vez.

— Claro que não. No que eu iria gastar? Eu estava brincando, Sean. Afinal, isso é um assunto de família. Mancharia minha alma te cobrar um centavo. E não discuta comigo.

Dillon lhe deu um leve abraço, devolveu o dinheiro ao envelope e à bolsa.

— Você é um velho sentimentaloide.

— Exato. Agora, vamos ver seu carro.

Ele foi na frente até a garagem, apertou um botão e a porta se abriu rangendo e revelando as bombas de gasolina. Virou-se, caminhou até um dos carros e deu um tapinha na capota. Tinha sido limpo recentemente e estava preto como a noite.

— Que carro é? — perguntou Dillon.

— Ford Anglia.

— E ele saiu da Arca de Noé?

— Nem queira saber. É velho, mas confiável. Excelente de se dirigir, Sean, palavra de honra, e combina com seu disfarce de simples homem de Deus. O tanque está cheio.

Dillon colocou a bolsa no banco de trás e abraçou Mickeen.

— Foi muito bom te ver. No fim das contas, família é tudo, como você diz.

— Tentando me fazer chorar? Se mande. Saia daqui.

Dillon se colocou atrás do volante e ligou o motor. Passou a cabeça pela janela.

— Parece perfeito.

— Eu não falei? Então, caia fora daqui e Deus ajude Michael Quinn.

— Quer dizer que você ainda confia no padre Sharkey?

— Eu confio em Sean Dillon, seu idiota. Senão, eu não teria preparado esse carro para você. Agora, se mande e trate de fazer o que tem de ser feito.

O Falcon, que já estava bem longe do espaço aéreo russo, subia sobre o norte da Alemanha e se equilibrava a 13 mil metros. Volkov encontrava-se sozinho na cabine traseira e olhava pelo corredor para a cabine da frente, onde podia ver Makeev e Grigorin, cada um de um lado do corredor. A porta do cockpit se abriu e o piloto, capitão Sono, saiu e desceu o corredor.

— É um grande prazer ser seu piloto de novo, general. Há algo que eu possa fazer pelo senhor?

— Há, sim. Tente se lembrar que meu nome é Ivan Petrovsky. Achei que isso já devia estar claro. Não mencione meu nome em nenhuma conversa que tiver com a torre de comando.

— Entendi perfeitamente. Todas as suas ordens nesse sentido foram atendidas plenamente e assim continuarão. Apenas que, quando me dirijo ao senhor ao vivo... — ele hesitou — ... fica mais difícil, porque sei quem o senhor é.

Volkov era suficientemente humano para se sentir lisonjeado.

— É muito bom descobrir na minha idade que se é tão importante. — Sorriu. — Muito bem. Pode continuar a pilotar.

— Mais alguma ordem, senhor?

— Certifique-se de que uma limusine estará à nossa espera. Não precisa de motorista. E diga aos capitães Makeev e Grigorin para virem aqui.

Eles foram na mesma hora: dois homens jovens, inteligentes e durões, com uma experiência considerável em confrontos.

— General — disse Makeev, o mais velho —, como podemos servi-lo?

— Pegando a vodca que está na caixa de gelo atrás de mim e enchendo três copos. — Makeev sorriu e Grigorin fez o ordenado. Volkov ergueu seu copo. — Ao presidente Putin. À mãe-pátria. — Esvaziou-o num gole só, e seus comandados também. — Mais um. — Empurrou o copo à frente. — E então nós vamos conversar.

Ele contou tudo, inclusive de Miller em Kosovo e em Beirute, e das atividades de Ferguson, Dillon e dos Salters. Foi bastante sincero sobre a conexão russa e os vários fracassos da Máfia de Londres por causa dos Salters, e admitiu a própria ligação com a al Qaeda por meio do Intermediário e os trabalhos que fez com o IRA, ao longo de muitos anos. Quando terminou, evidentemente, ele os encheu de elogios.

— Tudo o que falei aqui, o presidente sabe. Ele é um homem que está fazendo a Federação Russa voltar a ser grande aos olhos do mundo.

— E com sucesso, camarada general — disse Grigorin, os olhos se incendiando.

— Agradeço por me chamarem assim — falou Volkov. — Que sejamos camaradas juntos, como nos velhos tempos. É assim que deve ser. E a nossa missão foi requisitada pelo próprio presidente. — Esticou o braço para pegar a garrafa e voltou a encher os copos. — Seus comentários são bem-vindos.

— Bem, a al Qaeda e todo o mundo muçulmano podem muito bem apodrecer no inferno. Nós dois servimos no Afeganistão e na Chechênia — lembrou Makeev.

Grigorin disse:

— Então o general Ferguson e os gângsteres que emprega fizeram de palhaços os homens da Máfia de Moscou em Londres. Esses oligarcas e as pessoas que trabalham para eles põem em desgraça o nome de todos os russos.

— São uns ordinários — rosnou Makeev. — Os Salters também não me impressionam muito, nem esse pessoal do IRA Provisional.

— Nem o tal do Sean Dillon? — perguntou Volkov.

Os dois se olharam, como que para saber a opinião um do outro, e Makeev deu de ombros.

— Não é nada de mais.

— Então, se eu designasse vocês dois para a embaixada de Londres, estariam dispostos a me servir?

— Em que sentido, general?

— Tenho certeza de que encontraríamos alguma função compatível com o seu talento, no entanto isso é mais para a frente. No momento, temos de lidar com o problema imediato que é a questão de Michael Quinn.

— E o que, exatamente, o general gostaria que fizéssemos quanto a isso? — perguntou Grigorin.

— Matem-no. É claro que ele tem guarda-costas e esse antigo pessoal do IRA pode ser um problema.

Makeev se virou para Grigorin e ambos sorriram. Voltou-se para Volkov.

— Ah, mas nós já lidamos com seguranças antes, camarada general.

— Excelente — disse Volkov. — Nossa chegada será uma espécie de surpresa, espero que bem agradável. Não é preciso alarmá-lo. Eu sempre acho que esfaqueá-lo com um sorriso é o mais sensato. Agora vão comer. Preciso trabalhar.

— É claro. — Makeev fez um gesto para Grigorin e os dois voltaram à cabine.

Volkov abriu a pasta, pegou um dossiê e começou a ler.

* * *

Dillon tinha passado por Warrenpoint, cenário de um dos maiores desastres sofridos pelo exército inglês nas mãos do IRA, em toda a história dos Conflitos. Atravessou a fronteira com a República da Irlanda em County Louth, ao norte de Dundalk, sem qualquer obstáculo ou contratempo, fazendo uma pequena pausa e se lembrando dos velhos tempos nas fronteiras, com os policiais e soldados. Era como se aquilo nunca tivesse acontecido. Sentado no Ford, à beira de uma estrada onde o vento batia com força, ele sentiu uma certa desolação, perguntando-se o porquê de tudo o que havia acontecido.

Saltou, acendeu um cigarro e ficou ali fumando, pensando no passado, mas isso era idiotice, e se lembrou de um ótimo escritor que tinha falado algo muito óbvio. O passado era um país distante e nele as pessoas agiam de outra maneira. Pegou o Codex e discou para Roper.

— Ligando para passar minha posição.

— Onde você está?

— Já andei bastante. Passei por Warren Point, na Baía de Carlingford, e acabei de atravessar a fronteira. O tempo está horrível e meio deprimente.

— Agora vai passar por Dundalk?

— Exatamente. Alguma notícia da *Avenger*?

— No momento, não. Foi tudo bem com Mickeen?

— Tudo perfeito. Ele ficou muito sentimental quando me viu e se recusou a aceitar o dinheiro, mas me arranjou um Ford Anglia preto de uns 20 anos, em excelentes condições. Acho que daria até para ganhar um dinheiro com ele em Londres. Alguma informação sobre o voo do Falcon?

— É claro. Estou conectado ao controle aéreo de Dublin. A chegada ainda está prevista para as três da tarde.

— Ótimo.

— Tem mais um detalhe. O tempo horrível de março não é o único problema por aí. Também escurece bem cedo. O que estou dizendo é que fica escuro como um breu.

— Vou me lembrar disso. — Dillon voltou ao Ford e seguiu viagem até Dundalk.

A bordo da *Avenger*, Ferguson estava no leme, e Monica e Helen, no convés superior, na chuva, ambas com as capas amarelas. Elas também descobriram dois chapéus de capitão, que agora usavam na cabeça.

Ferguson tinha teclado Drumore como destino e os detalhes completos do pequeno porto apareciam na tela. Só havia cinco barcos atracados no pequeno cais de pedra, e a área indicada para os visitantes que quisessem lançar âncora ficava a 100 metros de distância. Não havia nada lá. Dois ou três botes infláveis estavam na areia, na pequena faixa de praia depois das pedras do cais, mas nada além disso.

— Não é exatamente o lugar mais emocionante do mundo — disse Monica.

— Na minha última vez aqui, era bem movimentado à noite — contou Helen. — Mais além da cidade, fica a mansão de Drumore Place, no morro. Só existem umas trinta casas, e ali onde se vê aquela pequena amurada de pedra é um estacionamento na frente do pub local, o Royal George.

— Pensei que todos aqui fossem republicanos. Por que deram o nome de um rei a um pub?

— É um pub bem antigo e só os irlandeses poderiam saber a resposta.

A voz de Ferguson soou pelo alto-falante, ao lado do leme do convés superior.

— Essa é a área destinada a visitantes, portanto, vou lançar âncora aqui, senhoras.

Acionou um botão na caixa de controle do leme e a âncora desceu automaticamente. Virou-se para Billy:

— Vou ligar para Roper.

Feito, e a resposta foi imediata.

— Onde vocês estão?

— Acabamos de ancorar em Drumore. O tempo está como você previu. Horrível.

— Bem, ouvi que choveu muito na Irlanda. Mas ainda são duas da tarde e vocês se saíram muito bem.

— Esta lancha é incrível. Estamos com duas belas mulheres de capa amarela e chapéus de capitão no convés superior, mas duvido que alguém vá ver. E Dillon?

— Tudo correu com perfeição e o tio dele lhe arranjou um Ford Anglia velho.

— Não sabia que isso ainda existia.

— Eu disse que era velho, não disse? O Falcon ainda está com o horário de chegada previsto para as três.

— Não sei se devo ligar para Dillon.

— Eu não ligaria. Nunca se sabe onde ele pode estar. Ele vai te telefonar quando for necessário.

Helen e Monica permaneceram um pouco mais no convés superior. Um homem de guarda-chuva e um cachorro na coleira caminhavam pelo cais e pararam, obviamente para admirar o barco. Depois se viraram e foram embora. Dois homens saíram do comando de um barco de pesca e olharam na direção da lancha, depois saíram da chuva.

— Não estamos chamando tanta atenção — comentou Monica.

— Vamos descer e ter uma palavrinha com Charles.

Na verdade, Patrick Ryan, o dono do pub Royal George, estava mais do que interessado neles. Sua mãe, Mary, que era cozinheira em Drumore Place, encontrava-se sentada na sala, tomando um drinque com Hamilton, o mordomo da mansão. Sentados em uma mesa ao lado da janela, três homens que cuidavam da segurança de Quinn, todos de blazer azul-marinho e calças jeans, como se aquela roupa fosse uniforme. Seus nomes eram Nolan, Tone e Logan, e comiam um cozido irlandês. Ryan tirou uma câmera digital e um binóculo da Zeiss de trás do bar. Dirigiu-se à grande porta da frente e a abriu, tirou algumas fotos e depois focou o binóculo nas duas mulheres.

— Meu Deus, tem duas gostosonas lá — falou.

Nolan, um brutamontes com cabelos embaraçados e barba por fazer, foi até lá e tomou o binóculo.

— Deixe eu dar uma olhada. — Ajustou o foco e assobiou. — Olhe só o que nós temos aqui, rapazes. Eu não me incomodaria nem um pouco de traçar uma delas.

Logan juntou-se a ele, que lhe passou o binóculo.

— Meu Deus! — disse Logan. — Eu pegava qualquer uma.

— Ou as duas — sugeriu Nolan, enquanto, naquele instante, Helen e Monica desciam e encontravam Ferguson e Billy saboreando um café na cozinha.

— Eu estava pensando — disse Monica — que não estamos chamando muita atenção aqui. E se eu e Helen desembarcássemos e fôssemos até aquele pub?

— Eu diria que é uma péssima ideia.

— E se eu fosse com elas? — perguntou Billy.

— Duvido que um tripulante fizesse algo assim. — Monica balançou a cabeça. — No máximo levaria no bote auxiliar. Esse é o trabalho dos tripulantes.

Billy riu.

— Eu consigo entender essa lógica e isso passaria a mensagem aos moradores. Vou levá-las e esperar por elas, igual a um marujo obediente.

— Meia hora — sentenciou Ferguson. — É o tempo que temos. É isso, então mãos à obra.

No Falcon que se aproximava rapidamente de seu destino, o capitão Sono se aproximou de Volkov.

— Lamento incomodá-lo, general, mas posso perguntar quanto tempo o senhor pretende ficar em Drumore? É que não ficou claro.

— Dois dias. Três, no máximo. Por quê?

— Nós estamos com um pequeno defeito em uma das turbinas. Nada para ficar alarmado. Podemos pousar em segurança, mas eu não me atreveria a voar de volta para Moscou sem uma checagem adequada, e não podemos fazer isso no nosso destino.

— E o que sugere?

— Conversei com a unidade da Belov em Dublin. Se eu deixá-lo e seguir direto para o aeroporto de lá, eles têm certeza de que podem resolver o problema em dois dias, no máximo.

— Então é isso o que você tem de fazer. Quanto tempo falta para aterrissar?

— Meia hora.

— Ótimo.

Mais ou menos a essa hora, Dillon ligou para Ferguson.

— Como vão as coisas?

— Estamos no porto, em segurança, mas o tempo está horrível. Apenas esta maldita chuva. As duas desembarcaram muito bem-vestidas para curtir as delícias do Royal George. Billy levou-as no bote auxiliar. Daqui eu posso vê-lo nos degraus do atracadouro, esperando por elas.

— Bem, elas devem causar um verdadeiro alvoroço nos frequentadores do bar.

— Onde você está?

— Tem uma capela católica perto da estrada que leva ao complexo da Belov. E com uma vista excelente para a pista de pouso. Vou poder ver a aterrissagem.

— E depois?

— Eu não sei, Charles. Daqui, o modo mais direto de se chegar a Drumore é pela estrada que segue o contorno dos penhascos, descendo até a aldeia, e de lá até a mansão. Vou esperar para ver. Tem um caminho pelo interior, porém é mais longo. Deixe comigo e não me telefone.

— Se é assim que quer...

Dillon estava coberto de razão quanto ao efeito que Helen e Monica causariam no Royal George. Sra. Ryan tinha pego o binóculo para observar o barco, e viu as duas subindo.

— Ai, meu Deus! — falou. — Duas mulheres saíram do barco e estão vindo para cá.

Ryan rodeou o bar e deu uma olhada sobre o ombro da mãe. Nolan e Logan também se levantaram rápido e Nolan tirou o binóculo das mãos da velha, mas nem precisava, porque Helen e Monica já haviam subido metade do caminho. A Sra. Ryan foi para trás do balcão, e Ryan, ao escritório, para ligar para Drumore Place.

Quando atenderam, ele falou:

— Está acontecendo algo fora do comum, Sr. Quinn. Tem um barco estranho no porto.

Quinn ficou imediatamente alarmado.

— Estranho como? Quem é? Dá para dizer?

— É o tipo de barco que deve ter custado 1 milhão, e não de euros. Duas mulheres desembarcaram e parecem ter saído de uma revista. Sua mãe está aqui, com Hamilton. E também Nolan, Logan e Tone.

— Posso imaginar o que esses três fariam com duas putas ricas. Mas não quero nenhum problema no momento.

— Mas sua mãe está aqui, eu disse.

— Bom, procure manter tudo sob controle.

Ryan olhou para o bar. Helen e Monica sentavam-se a uma pequena mesa redonda. Elas haviam tirado os chapéus e Hamilton lhes levava dois copos de gim-tônica grandes em uma bandeja. Ryan tirou duas fotos, com lentes em *close-up*.

— Não é maravilhoso, querida? — perguntou Monica. — É tão divertido.

— Totalmente — concordou Helen. — Beba.

— Eu vou beber, sim. Pode acreditar que estou precisando. Essa maldita viagem. Eu daria tudo por um cigarro, mas acho que não se permite mais fumar em um pub irlandês.

Os três seguranças olharam embasbacados para elas, depois cochicharam entre si, mas logo Nolan se levantou e foi até elas, com um maço de cigarros na mão. Ofereceu-lhes.

— É claro que você pode pegar um cigarro destes e desrespeitar a lei. Ryan não vai se incomodar.

— Que amor. — Monica pegou um dos cigarros e também aproveitou o isqueiro que prontamente se acendia.

Ele olhou para os amigos e acenou, depois puxou uma cadeira, sentou-se e pôs a mão na perna dela.

— Mais dois drinques e acho que nós dois vamos nos dar muito bem.

Um burburinho correu entre todos no bar.

— Eu acho que não — disse Helen, e então se virou para Monica. — Você acha, querida?

— É claro que não. Aliás, a gente já estava de saída.

Nolan explodiu.

— Vocês vão ficar exatamente onde estão, suas piranhas metidas. — Deu um murro na mesa, derrubando um copo. — Você vem até aqui com sua amiga e ri da nossa cara. Está na hora de ensinar uma lição a vocês.

— Chega, Nolan. Deixe as duas em paz — ordenou Ryan. — Quinn não vai gostar.

— Vá se foder — disse Nolan, e a mão de Monica se ergueu sobre a mesa, exibindo uma Colt .25 com silenciador e balas de ponta oca. Com o revólver, ela alisou o rosto do segurança.

— Levante-se, afaste-se e vá se sentar com seus amigos, como um bom menino.

Ela mesma se levantou, pegando o chapéu com a mão esquerda, e Helen a acompanhou.

— Nós vamos sair agora e todo mundo aqui vai ficar bem quietinho.

Nolan se virou abruptamente e ficou de pé, de costas para a porta.

— Vocês não vão a lugar nenhum, e você não vai atirar com esse brinquedinho. Com quem acham que estão falando?

Havia um vaso com flores artificiais em uma estante à sua esquerda. Quando Monica disparou, a arma com silenciador fez um barulho breve e surdo, mas o vaso se quebrou. A Sra. Ryan gritou e Nolan saiu correndo da frente da porta, rápido e de cabeça baixa, e seus dois amigos se levantaram, totalmente incrédulos.

— Pedimos desculpas a todos — disse Helen.

Elas saíram direto, juntas. Enquanto desciam para o porto, Monica começou a tremer.

— Você está bem? — perguntou Helen.

— Eu não acredito no que acabei de fazer.

— Mas fez, e Charles vai ficar uma fera.

Chegaram ao bote auxiliar e entraram.

— Tudo bem? — perguntou Billy, enquanto ligava o motor do barquinho.

— Não. Não está nada bem — disse Monica. — Acho que a casa acabou de cair.

Ferguson estava tranquilo, mas ainda irritado.

— E agora, o que vamos fazer? Eu sabia que era um erro.

— Se eu puder dizer alguma coisa, Charles — disse Helen —, Monica e eu só estávamos pondo em prática seu plano. Duas putas ricas saindo da lancha de um milionário e chamando atenção em um pub local. Ninguém poderia ter previsto o que aconteceu. Depois de 15 anos na Polícia Militar, eu posso distinguir um bandido quando vejo, e é exatamente isso o que eles são.

Monica acrescentou:

— É interessante que o dono do pub tenha tentado conter o ataque deles dizendo que Quinn não ia gostar daquilo.

Billy, o gângster acostumado com as ruas, resumiu tudo.

— É claro que ela poderia ter permanecido ali sentada, enquanto o boçal ficava a apalpando, e Deus sabe o que iria acontecer com toda aquela bebida correndo. — Virou-se para Monica: — Eu a ensinei a lidar com a Walther quando me pediu. De onde saiu essa Colt?

— Essa parte foi ideia minha — disse Helen. — Aliás, eu também tinha uma na bota, como sempre.

— Que ótimo — disse Ferguson. — Um tiroteio digno de faroeste. A questão é que Quinn só pode tirar uma conclusão disso. Que nem tudo é o que parece ser a bordo da *Avenger*, e que nós não temos exatamente boas intenções. — Voltou a falar com Billy: — Em algum momento, talvez tenhamos de repelir uma invasão depois que escurecer. Espalhe as devidas armas pelos pontos estratégicos. E é melhor vocês duas se familiarizarem com o que ele arrumar — acrescentou para Monica e Helen.

— Tem uma coisa que ainda me intriga — disse Monica. — Eu sei que a cidade é pequena, mas deve ter pelo menos algumas pessoas circulando. O que elas vão pensar disso tudo?

— É simples. Elas se escondem e ficam de cabeça baixa. É uma velha tradição republicana, Monica. Não diga nada e depois também não diga nada. Isso tem um efeito muito forte sobre essa gente.

— E a polícia? Deve haver uma delegacia local.

— Imagino que a esta hora já esteja fechada. — Billy sorriu. — Alguém roubou umas vacas a 25 quilômetros daqui ou coisa parecida. Esta continua a ser a região do IRA. Ou está em paz ou não está.

O Codex de Ferguson tocou. Era Dillon.

— É só para avisar que o Falcon está chegando. Já dá para ouvir à distância. Tudo bem aí?

— Infelizmente, não. — Ferguson lhe deu a má notícia em poucas palavras.

Dillon ficou espantado.

— E Monica fez isso? Quem ela pensa que é? A Annie Oakley?

— Não foi culpa dela, mas aconteceu. Só que isso muda nossos planos.

— Totalmente. Agora tenho que ir. O Falcon já está bem perto.

O Falcon fez uma aterrissagem perfeita e Grigorin e Makeev, em estado de alerta, já estavam prontos quando o avião deu a volta na pista e parou ao lado do pequeno prédio de escritórios. O segundo piloto, Yeltsin, abriu a porta com escada embutida, os degraus desceram e Volkov saltou, seguido por Grigorin e Makeev com as malas. Um homem se aproximou com um guarda-chuva preto, enquanto a escada era recolhida e a porta voltava a se fechar. O Falcon partiu na mesma hora.

— O senhor é...? — perguntou Volkov em inglês ao homem de guarda-chuva.

— Pushkin, Sr. Petrovsky. — Ele hesitou e disse em russo: — Mas eu sei quem é o senhor. Sou o controlador de tráfego aéreo. Já vi o senhor no complexo russo.

— Ah, um russo. Por essa eu não esperava. Nem pensei nisso. Vamos lá para dentro. — Dirigiram-se para o interior. — O senhor tem um carro pronto para nós?

— Um Mercedes, general. Está estacionado lá fora.

— O senhor seguiu as instruções que passei?

— Totalmente, general. Sua chegada não foi sequer mencionada.

Lá fora, os motores do Falcon rugiram na pista e o avião decolou.

— Sim, os capitães Makeev e Grigorin são da GRU e levam muito a sério tudo o que se refere à minha segurança. Este é um assunto de segurança nacional, por determinação do presidente Putin, e quero anunciar minha chegada pessoalmente ao Sr. Michael Quinn.

— É claro — disse Pushkin, totalmente subserviente e, nesse momento, seu celular tocou. Ficou amedrontado e então respondeu ao aparelho. — Pushkin falando. — Olhou para Volkov. — Sim, Sr. Quinn, foi só um Falcon da Belov que pousou com um pacote de remédios para o hospital das freiras. Já decolou para Dublin. Sim, senhor. Obrigado.

— Bom homem — elogiou Volkov em russo e lhe deu um tapinha no ombro. — Vamos partir agora. É claro que, se descobrirmos que estamos sendo esperados, meus amigos aqui evidentemente vão voltar para descobrir como um mal-entendido desses pôde ter ocorrido.

Pushkin olhou para os rostos ameaçadores de Makeev e Grigorin e quase perdeu o fôlego.

— Foi tudo como eu disse, camarada general. Eu juro.

— Tenho certeza que sim.

Pushkin os levou até o Mercedes, abriu a porta traseira para Volkov e fechou-a, quase se curvando. Grigorin sentou-se ao volante, Makeev ocupou o assento do carona, e partiram. Dillon, de pé ao lado do Ford, observava tudo, pois o que acontecesse em seguida seria crucial. Se eles dobrassem à esquerda, era sinal de que iam pegar a estrada para o interior; se dobrassem à direita, a estrada para o litoral. Seguiram pela direita e, a 200 metros de distância, ele tinha tempo suficiente para se sentar ao volante do Ford, pegar a estrada litorânea e andar na frente deles.

Dirigia bem rápido, com o Ford Anglia funcionando maravilhosamente bem. Mickeen Oge estava certo sobre o desempenho do motor. Acelerou até chegar a 120 quilômetros por hora, pela estrada sinuosa sobre os penhascos, com a chuva e a névoa vindo de um mar turbulento. Pelo retrovisor, não havia nem sinal do Mercedes, mas ele também dirigia a uma velocidade perigosamente alta.

Logo à frente, havia uma falésia à direita e, do lado esquerdo, um belvedere, com espaço talvez para uns três automóveis, e uma cerca de madeira. Parou ali, saltou do carro e foi até a cerca. Era uma projeção do penhasco, uma altura de uns 33 metros até o mar. Ele se virou, voltou a entrar no Ford e pegou a espingarda de cano curto da velha bolsa e deixou-a próxima da mão esquerda, com o motor ligado.

O que pretendia fazer tinha de ser selvagem e brutal. E sem piedade. Guardou os óculos escuros Zeiss no bolso e esperou, olhando pela janela da esquerda e sabendo que o Mercedes fazia a curva e vinha em sua direção. Dillon ficou ali até o último instante possível e depois engatou o carro em marcha a ré e entrou a toda velocidade na estrada.

Volkov gritou assustado e Grigorin, na direção do Mercedes, xingou, meteu o pé no freio e o carro derrapou, girando 180 graus, indo parar no belvedere, a menos de 1 metro da cerca.

Makeev pulou do banco do carona e se levantou, gritando em inglês:

— Mas o que está acontecendo?

Grigorin tinha baixado o vidro e a raiva cobria todo o seu rosto.

Dillon matou Makeev primeiro, atirando com a espingarda de cano curto sobre a capota do Ford, estourando seus miolos, e o disparo seguinte atingiu o meio do rosto de Grigorin enquanto ele ainda estava ao volante. O barulho foi muito alto, ecoando na chuva, e as gaivotas reclamaram furiosas. Dillon colocou mais duas balas de aço na espingarda e abriu com força a porta traseira.

Volkov estava encolhido no banco, sem ter para onde fugir. Olhava para a cara da morte e sabia disso.

— Bem-vindo à Irlanda. Eu sou Dillon. Se você tiver um revólver, passe para mim, senão vou estourar seus miolos.

— Isso é uma loucura. Se você me matar, o presidente Putin não vai medir esforços para vingar minha morte. E eu não estou armado. Seria assassinato.

— Mas você não está aqui — argumentou Dillon. — Isso é o melhor de tudo. Só um cara chamado Petrovsky. Isto é por muita coisa que você fez, mas vamos dizer que é, principalmente, pela linda mulher do major Miller.

Ele abriu a porta do motorista, esticou-se por cima do corpo de Grigorin e soltou o freio de mão. Depois, bateu a porta traseira. Com um pequeno empurrão e a ajuda de uma pequena inclinação do solo, o Mercedes arrebentou a cerca de madeira, enquanto Volkov tentava abrir a porta, e aí acabou. A traseira do carro se inclinou e Dillon seguiu até a beira do penhasco e o viu mergulhar 30 metros até o mar lá embaixo. Viu-o provocar um enorme jorro de água ao atingir a superfície e começar a afundar.

Ainda restava Makeev, estirado ao lado. Dillon virou o corpo dele, levantou-o pelo cinto, arrastou até a beira do penhasco e simplesmente o deixou cair. Makeev bateu na falésia uma vez e então desceu em queda livre, indo atingir a água no lugar onde o Mercedes já havia afundado.

* * *

Ele não foi para Drumore, mas deu meia-volta no Ford e retornou à capela perto do complexo da Belov, estacionou e entrou. Havia um banheiro, onde checou suas roupas. A manga direita da capa de chuva tinha vestígios de sangue, de quando se debruçou sobre o corpo de Grigorin para soltar o freio de mão. Ali era arrumado e limpo, com muitas toalhas de papel e água quente, e ele conseguiu fazer um trabalho aceitável na manga.

Foi até a capela. A luz do sacrário brilhava, a Virgem e o Menino Jesus na escuridão de um lado e as velas flamejando. Isso o transportou de volta à infância, às velas, ao incenso e à água benta, mas não havia mais como voltar àquela época. Saiu para a entrada e o tempo estava fechado. Não era à toa que a igreja estava às escuras. Telefonou para Roper.

— Está feito. — Foi só o que falou.

Roper pareceu não acreditar.

— Volkov? O avião dele pousou em Dublin. Está marcado para voltar daqui a dois dias.

— E os dois palhaços da GRU também. Usei a espingarda de cano curto e empurrei o Mercedes de um penhasco. Volkov ainda estava vivo no banco de trás.

— Uma maneira não tão boa de se morrer.

— Não me senti bonzinho. De qualquer maneira, como dizem na Sicília, Ivan Volkov está dormindo com os peixes.

— Você já contou a Ferguson?

— Não, mas vou contar.

— E agora?

— Vai escurecer daqui a pouco. Acho que vou deixar as coisas como estão até a hora de atacar. Um padre desconhecido pode provocar comentários na aldeia, mas estou meio isolado. Sempre existe a opção de dirigir aqui pelo campo por uma hora. E Harry?

— Melhorando, mas ainda muito fraco. Quer que eu conte a ele?

— Fica a seu critério.

Então ele ligou para Ferguson, que atendeu na mesma hora.

— O que está acontecendo?

— Volkov e seus capangas estão fora de combate.

— Putin não vai gostar nada disso.

— Ele nunca vai saber o que aconteceu. O Falcon deve voltar de Dublin daqui a dois dias para pegar Volkov. Os pilotos sabem que ele foi deixado aqui, mas com identidade falsa. Isso será um problema para Putin, independentemente de como se veja essa questão.

— Você vai vir para cá?

— Acho que não. Acabei de dar a boa notícia a Roper. Como eu disse a ele, acho que vou ficar dirigindo por uma hora, até ficar bem escuro. Aí me junto a vocês.

— O que acha que devemos fazer?

— Por que o senhor mesmo não pensa nesse assunto, general? Acabei de matar três pessoas. Andei muito ocupado.

Ele desligou e Ferguson se virou para encarar três rostos ansiosos.

— Era Dillon. Ele matou Volkov e os capangas.

— Todos os três? Minha nossa — disse Billy.

— Mas ele está bem? Vai voltar? — perguntou Monica.

— Sim, vai dirigir por mais um tempo até escurecer, então vai voltar.

— E o que acontece agora? — perguntou Monica.

— Para ser honesto, não sei. Do jeito que Volkov planejou, Quinn nem sequer sabia de sua chegada. Isso significa que ele não vai ficar abalado com sua morte porque nem sabia que ele estava aqui.

— É uma situação interessante — comentou Helen.

— Para dizer o mínimo. Vamos ver o que Dillon pensa.

Em Drumore Place, as coisas estavam inquietas. Quinn encontrava-se sentado perto da lareira do salão, bebendo uísque, e a mãe no sofá, do outro lado da mesa de vidro.

— Foi horrível — disse ela. — Quando ela sacou aquela arma e atirou no vaso, meu coração quase parou.

Nolan, Tone e Logan estavam postados atrás do sofá e Quinn falou:

— Será que o mundo inteiro enlouqueceu? O que uma mulher como essa estaria fazendo com um revólver? Não faz sentido.

Ryan veio do escritório.

— Eu tirei umas fotos com minha câmera digital. Novinha, é de primeira linha. Você passa tudo para o computador, manda imprimir e as fotos saem assim.

Quinn olhou para elas, para o barco, as duas mulheres se dirigindo ao pub, os *close-ups* das mulheres sentadas bebendo, sem chapéu. Ele explodiu e se levantou em um pulo.

— Caramba, eu conheço uma delas. Lady Starling, irmã daquele maldito Harry Miller. Nossa inimiga.

— Mas como o senhor a conhece, Sr. Quinn? — perguntou Nolan.

— Da televisão, seu imbecil. Teve um enterro um dia desses. Da mulher de Miller. Foi um grande evento. O primeiro-ministro estava lá. Esta mulher aqui foi apresentada pelo repórter como Monica, Lady Starling, e ele disse que era irmã de Miller.

— Foi essa aí que disparou — confirmou Nolan. — O que ela estaria fazendo aqui?

— Só Deus sabe. Eu não sei quem é a outra, mas esta com certeza é a irmã de Miller.

— Mas o que as duas fazem aqui?

— Posso garantir que não é nada bom.

— O senhor reconhece mais alguém do noticiário na TV?

— Foi só um minuto no jornal noturno. E não mostrou muita gente.

— A questão é que elas não devem estar sozinhas no barco — disse Nolan. — Talvez a gente devesse dar uma olhada.

Quinn concordou.

— Vejam o que podem fazer, e eu vou alertar mais uns dois caras. Estejam armados até os dentes, mas se conseguirem capturar essa mulher especificamente, pode ser mais do que útil. Talvez até valha um bônus. Digamos umas 5 mil libras.

— Tudo bem. Vou colocar as mãos nela — disse Nolan. — Vamos lá, pessoal.

Eles saíram e Quinn tocou uma campainha. O mordomo entrou.

— O que posso trazer para o senhor?

— Absolutamente nada. Quero que você leve minha mãe agora mesmo para passar a noite na casa de tia Kitty. — Ela começou a protestar e ele disse: — Fique quieta. Eu já tenho coisas demais na cabeça e quero você fora disso. — Empurrou-a de leve na direção da porta, e eles foram embora.

Foi até o armário, abriu a gaveta e encontrou uma velha pistola Browning. Estava carregada, é claro, e ele se sentiu seguro só de tê-la junto. De quem ele devia ter medo? Daqueles filhos da puta do Ferguson e do Dillon, que havia sido um bom camarada nos velhos tempos. Quem poderia estar com aquelas mulheres na lancha? Ele de repente pensou no óbvio e procurou Volkov pelo celular codificado, mas não obteve resposta, nenhuma ajuda ou segurança, só um grande silêncio, enquanto ia até a porta e chamava Riley a plenos pulmões.

Um homem baixo e enérgico, de cabelos ruivos, veio correndo da cozinha.

— Sim, Sr. Quinn. O que houve?

— Nolan, Tone e Logan foram até o porto. Nós podemos sofrer um ataque. Quero que você, Hagen, McGuire e Brown se posicionem na porta da frente, na dos fundos, no terraço e nas portas francesas. Quero que usem os AK-47 sem pestanejar.

Riley saiu e Quinn foi até o armário lateral. Enquanto se servia de uma generosa dose de uísque, suas mãos tremiam.

A *Avenger* estava às escuras quando a noite caiu. No convés superior, Billy havia tirado a capa amarela, pois isso o transformava em um belo alvo. Aliás, todos removeram as capas, procurando no barco alguma roupa mais escura e adequada. Ferguson estava na casa de máquinas com uma metralhadora Uzi de mão. Helen e Monica, na popa. As luzes de navegação estavam acesas, mas era só isso.

— Não dá para ver muita coisa — disse Monica.

— Pelo menos, as sombras nos dão alguma proteção.

Na verdade, Nolan, um veterano da guerra do Iraque, tinha um binóculo noturno que lhe permitia ver um mundo esverdeado, com Billy no convés superior e uma leve impressão de Ferguson na casa de máquinas. Mas as duas mulheres na popa estavam bem visíveis.

— Tudo bem — disse e passou o binóculo para os outros. — Essas duas podem ser capturadas sem muito esforço. Vamos usar os dois botes a remo. Vocês ficam com um, e eu, Tone e Logan usamos o outro. Vamos sair de mansinho pelo lado do cais e simplesmente fazer a abordagem.

Dillon estava do lado de fora de Drumore, perto de uma oficina fechada, com alguns lugares para estacionar no pátio da frente. Entrou em uma das vagas, pegou a velha bolsa e ligou para Ferguson.

— Tudo bem com vocês?

— Aparentemente, sim. Onde você está?

— Na entrada da cidade. Parei em frente a uma oficina fechada. Vou descer e me juntar a vocês. Ligo quando chegar aí.

— Bom garoto. Vamos ficar a sua espera.

Tone se aproximou pelo meio da lancha, sem fazer barulho e embarcou passando por baixo do corrimão. Ele se levantou com um Smith & Wesson na mão e tropeçou. Na popa, Helen se virou na mesma hora e atirou com a Walther com silenciador. Ele caiu para trás, por cima do corrimão, alertando Billy no convés superior.

Monica, com uma Walther, ao lado do corrimão da popa, virou-se para ver o que estava acontecendo, mas Logan e Nolan tinham se esgueirado às suas costas e Logan esticou o braço e agarrou sua perna. Ela se debateu freneticamente, meio que se virando e atirando nele, a Walther com silenciador fazendo um baque, mas enquanto ele caía e a soltava, Nolan se esticou e a agarrou.

— Venha aqui para baixo, sua puta.

Ela foi derrubada e aterrissou no barco inflável ao lado dele. Logan estava com metade do corpo na água e Nolan o empurrou para fora e a acertou no queixo.

— Isso deve te acalmar — disse e empurrou o bote para longe, sendo engolido pela escuridão, enquanto Helen se debruçava para ver e Billy chegava tarde demais.

Ferguson ligou o farol de busca na casa de máquinas e esquadrinhou o porto, mas não havia nada lá, porque Nolan, desconfiando que algo do gênero pudesse acontecer, tinha remado na direção dos barcos de pesca que passavam a noite no cais, saindo pelo lado da praia onde havia degraus para a amurada de pedras. Monica havia desmaiado. Ele a carregava por cima do ombro esquerdo, atravessando as ruas com facilidade. Com Logan e Tone mortos, as 5 mil libras iam ficar só para ele. Depois, ainda havia a questão do que eles fariam com a mulher. E ele ficou bastante excitado enquanto subia o morro.

Dillon tinha acabado de chegar ao cais, quando o bote auxiliar surgiu da escuridão e chegou à praia. Billy desligou o motor e saiu, atrás de Ferguson e Helen. Cada um levava uma Uzi na mão.

— O que aconteceu? — perguntou Dillon.

Ferguson contou a ele.

— Devem ser os capangas de Quinn. Só pode.

— Também acho — concordou Dillon. — E dois já morreram? É um bom começo.

— O que você sugere? — perguntou Helen. — A gente não pode simplesmente entrar pela porta da frente.

— Eu posso — disse Dillon, tranquilamente. — Mas vocês seriam mais úteis em outros lugares.

— O que você quer dizer com isso? — perguntou Ferguson.

— Imagino que Monica estava com o Codex dela.

— Estava — disse Helen. — Eu estava com ela quando vestimos as roupas pretas. Guardou o telefone no bolso esquerdo da camisa.

— Ótimo. Se eu apertar a tecla de retorno, o número dela vai aparecer automaticamente.

— É, mas ela está nas mãos de Quinn. Ele já deve ter encontrado o telefone e, se não, vai ouvi-lo tocar.

— É exatamente isso que quero. Vamos. Estamos perdendo tempo aqui. — Ele foi na frente, enquanto subiam o morro. — Vou dizer a Quinn que faço um acordo, o que ele quiser, desde que ela seja devolvida em segurança. Vou dizer que irei sozinho.

— Ele vai te matar — disse Billy.

— Na hora, não. Ele vai querer ganhar alguma coisa, qualquer coisa, de modo que vai querer saber quais são minhas intenções.

— Quer dizer que você vai entrar direto pela porta da frente? — perguntou Ferguson.

— E de bolsa na mão. Digamos que tenho uma oferta que ele não poderá recusar.

— E nós?

— Billy conhece a casa e o terreno como a palma da mão. Nós demos um pulo lá há dois anos e até nos despedimos do próprio Joseph Belov. Lembra, Billy? Entrar e agir o mais rápido possível. — Teclou o código e, em segundos, foi atendido. Helen, Ferguson e Billy apressaram o passo.

No salão, Monica, pálida e toda molhada, estava sentada no sofá, envolta em um cobertor cinza. Nolan estava em pé atrás dela, e Reilly, ao lado de Quinn, com o AK-47. Monica tremia, com o rosto inchado e um copo de conhaque nas mãos.

— Beba isso, Lady Starling. Vai evitar que pegue uma pneumonia.

— O senhor prometeu 5 mil libras, Sr. Quinn. Agora que Tone e Logan estão mortos, eu tenho direito ao valor integral.

— Tudo bem. Eu já ouvi.

— E ela?

— Caramba, você parece um cachorro puxando a coleira! Então, o que está acontecendo? — perguntou a Monica. — Quem são aqueles homens no barco?

— Não tenho nada a dizer, a não ser que você é um assassino desprezível, responsável pela morte da minha cunhada.

— Meu Deus, mulher, aquilo foi um erro. Era para ter sido seu irmão, e ele realmente merecia morrer.

O Codex que tinha tirado do bolso dela era à prova d'água e estava sobre a mesa. De repente, ele tocou.

— Agora sim.

Quinn atendeu. Dillon falou:

— É o senhor na linha, Sr. Quinn?

— Sou eu, sim. Quem é o senhor?

— Sean Dillon. Rastejamos uma vez juntos em um duto de esgoto em Derry, para fugir dos paramilitares ingleses.

— Bons tempos, Sean. E o que você quer agora?

— Lady Starling. E não me diga que ela não está com você.

— Ah, está falando da Monica? Ela está aqui, sim. Muito molhada, mas envolta em um cobertor e sentada no meu sofá. O que quer com ela?

— Um acordo. Só isso.

— Um acordo?

— Não faça isso, Sean — gritou Monica.

— Muito bem, e o que você teria a me oferecer que fosse do meu agrado? — perguntou Quinn. — Estou com Lady Starling. Estou com todas as cartas na mão.

— Estamos perdendo tempo no telefone. Vou bater na sua porta. O que você fizer a partir daí vai ser por sua conta. — Dillon começou a subir em direção à casa.

Na mesma hora, a porta da cozinha, nos fundos, se abriu e McGuire saiu e olhou para o quintal. Tudo estava em silêncio. Ele se virou para voltar e Billy Salter o matou com a Uzi com silenciador, arrastando-o para dentro. Passou por cima do corpo, fechou a porta, e, lembrando-se das escadas dos fundos, subiu com cuidado.

Ferguson passou acocorado entre os arbustos, com Helen ao lado.

— Estou velho demais para essas coisas — sussurrou.

As portas francesas se estendiam para a esquerda e uma cortina de veludo balançava ao vento. Podiam ouvir vozes baixinho.

— Eu vou entrar. Você fica aqui e me dá cobertura — disse Ferguson.

Subiu as escadas para o terraço e caminhou na direção da janela aberta. Brown apareceu dando a volta pelo canto esquerdo, carregando o AK em frente ao corpo. Helen se levantou e atirou nele com a Uzi várias vezes, e ele caiu da balaustrada.

Ferguson voltou e murmurou:

— Quantos restam, só Deus sabe. Vamos até o solário, um dando cobertura ao outro. A esta hora, Dillon já deve ter entrado.

— Se é que deixaram ele entrar — sussurrou Helen, e voltaram a passar pelos arbustos.

Mas Dillon já havia tocado a campainha fazia uns dez minutos, e Quinn se pôs de pé.

— Deve ser o filho da puta — disse. — Abra a porta, Riley, e, você, fique de olho na mulher — ordenou a Nolan. Foi até o armário e pegou a Browning.

— Ah, pode deixar que eu fico — garantiu Nolan, passando a mão na cabeça de Monica, enquanto ela tentava se esquivar.

Quinn tinha servido uísque em um copo e engolido de uma vez. Atravessou a arcada que levava ao salão. Podia ver a porta da frente escancarada e Dillon no batente, de frente para Riley, com a velha bolsa na mão esquerda.

— Mãos para cima, porra. — Riley enfiou o cano do AK no seu estômago. — Passe a arma para cá.

— Qual delas? — perguntou Dillon, em um dos maiores blefes de sua vida.

— É você, Sean? — quis saber Quinn.

— Como eu sempre fui, Michael, e se armas forem o que seu amigo aqui deseja, ele pode escolher. Para começar, tem uma Uzi. — Ele a tirou da bolsa, empurrou de lado o AK de Riley e colocou-a na mão dele. — E uma PPK com silenciador. Isso basta para você?

Passou direto por Riley e seguiu até Quinn, abrindo a bolsa.

— E tem bastante armamento aqui. Você ficaria surpreso só de saber. Então, vamos entrar e ver se a mulher ainda está inteira.

O rosto de Quinn ficou completamente atônito, mas ele também franzia a testa e o seguiu, com a Browning de prontidão.

— Sem truques agora, hein? Já te conheço há muito tempo.

Dillon foi até a mesa, onde apoiou a bolsa.

Monica tentou se levantar, mas Nolan, que agora usava um revólver, a empurrou de volta e ela sentiu uma raiva estranha.

— Você é um idiota. Eles vão matá-lo, Sean.

— Não o Michael, meu amor. Ele sempre foi mais curioso do que devia. Antes de me matar, ele vai querer saber o que estou fazendo aqui, em um ato suicida como este, e vai querer que eu conte tudo, antes de me dispensar.

Do alto das escadas dos fundos, Billy havia conseguido chegar até a galeria acima do salão. Estava escura, e ele, totalmente invisível aos outros, mas na sala estavam Riley, que tinha trocado o AK pela Uzi, Quinn com a Browning, e Nolan, agora mantendo Monica de pé e de costas para ele, com a mão esquerda no rosto dela e o cano do revólver pousado em seu ombro. Era arriscado demais tentar um tiro, especialmente por causa dela, mas ele conhecia Dillon e ficou esperando.

— Quanto à minha próxima mágica, vamos ver o que temos aqui. — Dillon pegou o envelope de papel pardo com o dinheiro que era para Mickeen, tirou de dentro o maço de notas, rasgou a fita de papel e jogou as notas para o ar, como chuva. — Você já viu algo assim antes? Notas de 50 libras. Todas são de 50.

Como ele esperava, causou um alvoroço. Riley disse "Minha nossa" e deu vários passos à frente, ajoelhando-se em uma das pernas e tentando pegar as notas com a mão direita, enquanto segurava a Uzi com a esquerda.

— Parou, parou. Não quero nada disso. — Quinn avançou, pegou uma nota de 50 e a analisou. — O que você está planejando?

Do lado de fora, Ferguson tinha chegado ao fim do terraço e olhou para dentro, pela janela do solário. Satisfeito, virou-se e Hagen dava a volta pelos fundos do solário, com o AK preparado. Helen saiu dos arbustos atirando e ele caiu para trás disparando o AK, que não tinha silenciador.

O som foi ouvido nitidamente no salão. Quinn se virou e olhou para a arcada que levava ao salão.

— O que foi isso?

— Não faço a menor ideia. — Quinn estava tão próximo que Dillon foi capaz de passar a mão direita sobre seu ombro e puxá-lo para perto. No mesmo instante, colocou a mão esquerda na sua bolsa velha e tirou uma granada de fragmentação. — Mas eu sei o que é isto. — Tirou o pino com os dentes e segurou a alavanca enquanto o pino quicava na mesa.

Kelly levantou a Uzi em ameaça e Nolan apontou o revólver.

— Eu não faria isso — disse Dillon. — Porque se eu soltar esta alavanca, ela não só vai matar a mim e Quinn, obviamente, como qualquer pessoa em um raio de 12 metros.

— Não seja idiota — falou Quinn, desesperado. — Vai acabar matando a mulher também.

— Mas você pretendia fazer isso, não? E provavelmente depois de se aproveitar dela.

Quinn resolveu arriscar.

— Não acredito em nada disso. Mate-a, Nolan.

Na galeria, Billy não quis esperar para ver o que Nolan ia fazer e atirou na cabeça dele. Monica se desviou e Dillon gritou:

— Saia correndo daqui. Vá para o jardim.

Foi Riley quem saiu correndo, virando-se e disparando para o corredor, dando de cara com Ferguson, que atirou nele na mesma hora.

Na confusão, Quinn conseguiu se livrar de Dillon e correu para Monica, agarrando-a pelo pescoço e encostando a Browning ao seu lado. Ele começou a andar para trás, arrastando-a bruscamente.

— Não sei o que você vai fazer com essa granada, Sean, mas eu vou sair daqui com a Lady e isso é um fato.

Chegou até as portas francesas atrás dele e a abriu com o pé, ficando bem atrás de Monica, com todos olhando.

— Isto aqui também é um fato. — Dillon se ajoelhou na perna esquerda, sacou a Colt .25 de bala oca do coldre do tornozelo direito e acertou Quinn no meio dos olhos, sem hesitar.

Quinn foi projetado para trás, arrebentando as portas francesas que davam para a varanda, enquanto Monica pulava de lado e Dillon ia atrás dele. Ficou olhando para Quinn e se lembrando de Derry, há muitos e muitos anos, com algo que parecia arrependimento, então se virou e voltou a entrar, ainda segurando a granada com a mão esquerda e a Colt com a direita.

— Eu sinto muito — disse para Monica. — Acho que assustei você.

Atravessou a sala, colocando a Colt no bolso, pegou o pino da mesa e o recolocou na granada, que depois foi devolvida à bolsa velha. Billy e Helen pegaram as notas de 50 e Helen devolveu todas ao envelope pardo, que também foi guardado na bolsa.

— É muita gentileza sua — disse Dillon.

— Se não quiser o dinheiro, pelo menos não o desperdice.

— Então já acabou? — perguntou Billy.

— Há um velho ditado de que nada nunca termina por completo, mas uma coisa é certa. A gente deve sair daqui o mais rápido possível. — Virou-se para Ferguson: — Você não concorda?

— Enquanto ainda tivermos tempo. — Ferguson olhou em volta. — Deus sabe o que nossos amigos russos vão achar disso tudo. Vamos embora.

Encaminhou-se para fora, parando na porta de entrada, apagando todas as luzes e deixando o necrotério em que Drumore Place havia se transformado na mais completa escuridão.

* * *

Vinte minutos mais tarde, já se lançavam ao mar, com Ferguson no comando. Ele dirigia a *Avenger* a toda a velocidade, cortando a noite como que para deixar para trás os acontecimentos de Drumore Place o mais rápido possível. De sua cabine, Dillon ligou para Roper.

— Acabou.

— Fala do Quinn?

— E de sete capangas dele.

— Um resultado e tanto.

— São 11 no total, se contarmos Volkov e os homens dele.

— Eu me pergunto o que Putin vai achar disso tudo.

— Nada demais, espero. Ele não gosta de confusão. Volkov e o pessoal da GRU estão no fundo do mar, e duvido que algum dia alguém os encontre. Eles serão um mistério permanente. Acho que a segurança da GRU vai limpar a bagunça na Drumore House logo e encerrar as atividades locais da Belov International.

— Quer dizer que Volkov, Quinn, Fahy e Ali Hassim foram todos responsáveis de alguma maneira pela morte da esposa de Miller, e todos pagaram o preço.

— Agora só falta o Intermediário.

— Bem, nesse ponto não posso ajudar, Sean. Toda minha famosa experiência no campo da informática, em todos os recônditos do ciberespaço, toda essa minha mágica fracassou.

— Picasso dizia que os computadores só dão respostas.

— O meu não está dando nem isso.

— Talvez seja complicado demais para seu computador. Quer dizer, talvez a solução seja mais simples.

— É. Vou levar isso em consideração — disse Roper.

— Como está Harry?

— Troquei algumas palavras com ele. Está rouco e fazendo tudo muito devagar, mas Maggie diz que está sentado e conseguiu até ler um pouco.

— É animador. Agora tenho que desligar. Vejo você logo.

* * *

Ele olhou para o salão e encontrou Monica e Helen com uma taça de vinho e Billy bebendo um chá verde. Na mesa, os restos de uma refeição.

— Quer comer alguma coisa? — perguntou Monica.

— Na verdade, não. Mas talvez Ferguson queira. Vou fazer companhia a ele na casa de máquinas.

Encontrou-o ouvindo a previsão do tempo no rádio.

— Os ventos estão entre 5 e 6 nós — disse ele. — Podia ser pior. Como você está?

— Relaxando. Eu conversei com Roper. Disse que Harry está melhorando. Posso contar a conversa toda, se quiser.

— Quero, sim. E o que os outros estão fazendo?

— Jantaram e agora estão tomando um drinque.

— Um resultado muito satisfatório. Os russos não vão gostar, isso atrapalhou o esquema deles, mas também não vão fazer nada. Só limpar aquela sujeira. É tudo o que podem fazer no momento.

— E vão se vingar, na próxima vez.

— É lógico. É assim que funciona, Sean.

Ele saiu e Dillon ficou ali, com o leme no automático, e acendeu um cigarro. Depois de um tempo, a porta se abriu e Monica o encontrou. Pegou-lhe o cigarro dos lábios, deu uns tragos e depois o colocou de volta. Ele falou:

— Tive de correr aquele risco com Quinn.

— Eu nunca duvidei de você.

— Disseram que você teve que dar um tiro em alguém.

— Um homem muito desprezível, um amigo de Nolan que estava ajudando a me sequestrar.

— Para você, isso é um problema?

— Não tive nem tempo de pensar se é. Minha vida mudou tanto nas últimas semanas que acabei ficando diferente. Não sei o que isso significa.

— Pode significar que você deve respirar fundo e voltar às torres de marfim de Cambridge e aos jantares nas altas esferas. Você causaria a maior comoção entre os alunos se eles soubessem o que aprontou.

— Mas eles não vão saber, não é? — Pegou a mão esquerda dele com força. — Mas você sabe.

Ficaram sentados juntos, enquanto a *Avenger* avançava pela noite.

LONDRES

CONFRONTO FINAL

15

Às duas horas daquela mesma manhã, em Holland Park, Roper estava diante dos monitores, com um copo de uísque na mão, colocando no computador todo o material que havia juntado sobre o caso Miller, tudo o que julgava com algum significado, até assuntos anteriores à época de Miller que tivessem alguma relação com o Intermediário.

A ligação com a al Qaeda; com Dreq Khan, que havia recebido a incumbência de montar o Exército de Deus; o envolvimento com o IRA Provisional durante os últimos anos dos Conflitos; Volkov, sua relevante ligação com os russos. O Intermediário tinha de ser um homem de certa estatura internacional. Pela voz, tinha de ser ocidental, embora ninguém jamais houvesse sugerido que pudesse ser americano. Um inglês da classe alta, pois, como alguém o havia descrito, tinha uma fala afetada.

Esticou o braço para pegar o uísque, bebeu um pouco e disse em voz baixa:

— Mas esse verme também fala árabe muito bem. — Riu. — E Dillon também, e Harry Miller também. O que isso significa?

O sargento Doyle apareceu.

— Aí está o senhor de novo, major Roper, exagerando no trabalho. O que vou fazer com o senhor?

— Acabei de ter uma ótima conversa com Dillon e o general Ferguson. Eles estão voltando da missão na Irlanda, e foi sucesso total. Chegarão de manhã a Oban, onde Lacey e Parry já os aguardam. Provavelmente estarão conosco por volta do meio-dia.

— Isso é muito bom, senhor. Posso lhe arranjar alguma coisa?

— Sim. Responder a um enigma que não consigo resolver.

— Que enigma?

— Quem é esse maldito Intermediário. Você está aqui há bastante tempo para saber que ele foi citado em muitos casos importantes.

— É verdade, senhor. Qual é o problema?

— É a identidade dele, sargento. Você faz parte da Polícia Militar há tempo suficiente para saber que a prioridade máxima em qualquer crime é saber quem se está procurando, e tudo o que temos aqui é uma voz ao telefone. Para todos com quem ele esteve envolvido, mesmo alguém do nível do general Ivan Volkov, encarregado da segurança do presidente Putin, ele sempre foi uma voz ao telefone. E todos, nesse caso, o descrevem como alguém que lembra um professor de Oxford que fala árabe.

Doyle disse:

— Bem, com seu perdão, major, mas talvez ele *seja* um professor de Oxford que fala árabe. No nosso trabalho, já apareceram vermes muito curiosos, produzidos pelo sistema educacional de Cambridge, não é mesmo?

— Tem toda razão. Burgess, Maclean e Kim Philby. Todos trabalhavam para a KGB. Juntei alguns dos fatos relevantes como um documentário, e não é muito grande. Vou passar de novo e quero sua opinião. Observe com seus olhos de policial.

Acendeu um cigarro e se recostou na cadeira. Doyle, interessado de verdade, assistiu com atenção. Quando acabou, ele disse:

— O senhor realmente preparou um material muito bom. Na verdade, montou uma acusação tão convincente, que qualquer tribunal do mundo o consideraria culpado.

— Culpado! Um homem anônimo!

— De onde o senhor conseguiu as fotos de Fahy?

— Isso foi obra de Teague e da equipe de remoção. Eles o encontraram quando foram limpar o apartamento e a oficina.

— O que achei mais interessante foi a confissão de Fahy, enquanto morria. Senti certa compaixão pelo filho da puta, mas foi por causa da mulher dele.

— Então você é um homem decente.

— As declarações sobre a confissão, dadas por Miller e Dillon, ficaram rigorosamente idênticas. O motoboy de roupa de couro preta entregando um envelope com uma chave é algo tão bizarro que tem que ser verdade.

— Acha que ele era o Intermediário?

— Não, isso não.

— Como pode ter tanta certeza?

— Faro de policial, major Roper. Depois de anos de prática, aprende-se a se guiar pelo instinto. As primeiras suspeitas estão certas na maior parte do tempo.

— E as suas dizem que esse sujeito da motocicleta não era o Intermediário?

— Não parece muito provável. O Intermediário foi convencido por Fahy a fazer aquele cheque administrativo. Que eu saiba, qualquer um que tivesse esse cheque poderia tê-lo sacado. Foi por isso que o mensageiro só entregou um envelope com uma chave. Ele não sabia que era para um armário em um banho turco. O Intermediário só disse o lugar a Fahy pelo telefone.

— Tem razão. É uma questão interessante.

— Eu acessei a lista de sócios daquele lugar. Não existe nenhum cartão em nome de Smith & Company e é impossível verificar todos os Smiths residentes em Londres. Por esse caminho, não chegaremos a lugar algum.

— Imagino que não. O senhor acha que isso tenha algo a ver com o universo gay?

— Duvido. Esse tempo já passou. Agora todo mundo entra e sai de um lugar desses, sem o menor problema.

— Imagino que foi por isso que ele escolheu um lugar assim — comentou Doyle. — Bonito e tranquilo. As pessoas cuidando das próprias vidas.

— Quando diz "ele", está falando do Intermediário?

— Quem mais poderia ser? O motoboy só entregou a chave e não tinha como saber de onde era. Se o Intermediário fosse tão cuidadoso, ele nunca se arriscaria a fazer outra pessoa levar o envelope ao armário. Ele mesmo faria isso. — Balançou a cabeça. — Colocou o cheque administrativo no armário e então deu a chave para o mensageiro em outro lugar.

Roper tomou outro uísque.

— Tudo tão simples, tão maravilhosamente óbvio. Por que não percebi antes?

— O senhor queria que o computador pensasse sozinho, mas isso não acontece. A distância que falta até terem um pensamento conceitual ainda é bem grande.

Os dedos de Roper dançaram sobre o teclado, e na tela apareceu *The Turkish Rooms*.

— Aí está, Tony. Uma sala a vapor, uma massagem em uma mesa de mármore e uma piscina de água gelada. Você ia adorar.

— Estou vendo. — Doyle sorriu. — Quer que eu dê uma olhada no lugar?

— Só depois que me arranjar um sanduíche de bacon e uma xícara de chá. O lugar abre às 9h30. — Pegou um cigarro. — Você sabia que Londres tem mais câmeras de circuito interno de TV do que qualquer outro lugar do mundo? — Ele riu. — Talvez a gente dê sorte.

Depois que Doyle saiu, Roper continuou olhando para os monitores. A dor, como sempre, marcava presença em seu corpo destruído, porém ele aguentou firme pegando o analgésico mais forte, serviu-se de mais uma boa dose de uísque e ficou relembrando toda a questão. Talvez o Intermediário estivesse fazendo exatamente a mesma coisa em outro lugar, pensando no que fazer, imaginando o que poderia acontecer.

Roper saiu pelo corredor até o hall de entrada, abriu a porta da frente, entrou com a cadeira na varandinha e acendeu um cigarro, olhando para o pátio molhado de chuva, convicto de que estava no fim de um caso, de um jeito que nunca havia sentido antes. Doyle encontrou-o ali quando entrou no pátio e desceu do carro.

— O senhor está bem?

— Já me senti melhor, Tony. Como se saiu?

— Muito bem. Um sujeito de agasalho chamado Harvey estava de plantão. Foi da infantaria de elite. Mostrei minha carteira de identidade e ele foi muito gentil. Ganhei um tour pelo lugar e tomamos uma xícara de café na cafeteria. Ganhei um desconto de dez por cento por ser um soldado da ativa.

— E a questão da segurança? Do que eles dispõem?

— Existem câmeras de circuito interno de TV na entrada e no interior. Ele brincou com isso e a falta de privacidade nos vestiários, mas disse que isso é por conta de todas as normas de saúde e de segurança que eles têm de atender atualmente.

— Às vezes elas são úteis — disse Roper.

— Acha que será capaz de entrar no sistema deles, senhor?

— Se a CIA consegue invadir as estações de metrô de Londres, eu devo conseguir hackear o sistema do *Turkish Rooms*.

Mas ele hesitou, e Doyle disse:

— O senhor está preocupado com esse caso, não? O que, exatamente, o senhor está procurando?

— Você quer dizer *quem* estou procurando. Agora que estamos perto de descobrir a identidade do Intermediário... Me pergunto se quero mesmo saber. — Balançou a cabeça. — Agora não posso ser incomodado, sargento — disse e voltou para a sala dos computadores.

* * *

Invadir o sistema se revelou tão fácil quanto imaginava. Uma vez lá dentro, encontrou uma série de câmeras, mas só estava interessado na que cobria o vestiário! Adiantou até a data correta, então diminuiu o ritmo até o relógio mostrar 12h. Observou com atenção e deu zoom para conseguir um *close-up*. Não havia ninguém no vestiário, como Fahy havia dito, então, quando o relógio indicou 12h20, um homem de capa de chuva apareceu. Roper só pôde vê-lo de costas, pois entrou depressa pela direita. Abriu o número sete, tirou um envelope pardo lá de dentro, virou-se, fazendo uma pequena pausa para abri-lo e tirar o que era perceptivelmente um cheque administrativo. Roper reconheceu Sean Fahy com nitidez. Era, sem dúvida, o mesmo homem das três ou quatro fotos que Teague havia obtido da oficina. Fahy nem sorriu. Apenas trancou o armário, conforme orientado, e foi embora.

Roper voltou as imagens até antes da chegada de Fahy e passou tudo para o computador. Quando ficou satisfeito com o resultado, foi até as 9h30, hora da abertura do estabelecimento, e começou a assistir. Eram 10h15 quando dois senhores entraram conversando. Cada um abriu um armário e tirou um roupão. Eles se despiram, conversando de maneira amigável, vestiram os roupões e penduraram as roupas nos armários. Fecharam e trancaram, desaparecendo em direção a outra parte do edifício, ainda conversando. Depois disso, não havia mais nada, e Roper acelerou a gravação. Onze da manhã, nada ainda. Onze e quinze, e ele já começava a pensar se havia feito alguma coisa errada, mas então algo aconteceu, como torcia para que acontecesse. Um homem de capa de chuva azul-marinho entrou em cena, exatamente como Fahy, chegando rapidamente pela direita, de um ângulo pelo qual Roper só podia ver suas costas. Levava dois envelopes pardos na mão esquerda, colocou um no armário, depois pegou a chave e a guardou no outro. Virou-se, lacrando o envelope — tudo tão simples —, atrapalhando-se com um guarda-chuva pendurado no punho, e foi embora. Roper ampliou a imagem e o viu sair pela porta, ciente, sem a menor sombra de dúvida, de que havia finalmente descoberto o Intermediário.

O mau tempo adiou a decolagem em Oban, e eram 15 horas quando finalmente pousaram em Farley. Ferguson decidiu seguir direto para seu apartamento em Cavendish Place e se ofereceu para deixar Helen na casa dela, em seu Daimler.

Ela beijou Dillon e Billy no rosto e deu um forte abraço em Monica.

— Foram dias memoráveis. Mas não vou dizer que a gente tem que repetir essa experiência, porque não me parece apropriado.

— Exato — respondeu Monica.

Harry chegou naquele mesmo instante no Bentley, em resposta ao telefonema de Billy. Saiu e abraçou o sobrinho.

— Foi dar uma de menino levado de novo, não é?

— Todos nós demos — disse Dillon. — Mas agora não vamos entrar nesse assunto. Billy já vai contar os detalhes mais picantes. Se você puder deixar Monica no Rosedene, isso ajudaria. Eles vão me deixar em Stable Mews, em um carro do aeroporto.

— Sean — pediu ela —, você poderia me acompanhar até Rosedene?

— Se é isso o que você quer...

— Eu gostaria. — Ela pegou de leve na sua mão por alguns instantes.

— Então é claro que eu vou.

— Nos encontramos depois — disse Ferguson e todos partiram.

Em Rosedene, Maggie Duncan saiu de sua sala e os encontrou na recepção.

— Ainda bem que voltaram. Ele vai gostar de ver vocês.

— Ele está bem, não está? — perguntou Monica, ansiosa.

— A verdade é que ele ainda não se recuperou totalmente. Mas ele vai gostar de vê-los.

Dillon disse a Monica:

— Vai na frente e fique um pouco a sós com ele. Eu vou usar as belas instalações daqui e tomar um banho. Vejo você daqui a pouco.

Ela deu um rápido beijo nele e seguiu pelo corredor.

— Jamais pensei que veria isso acontecer — disse Maggie.

— Nem vai ver. — Ele balançou a cabeça. — Maggie, você sabe muito bem que tipo de homem eu sou e a vida que levo. Você já vem me remendando há anos. Ela é uma mulher, maravilhosa, e pode parecer antiquado dizer isso, mas é boa demais para mim. Essa é a verdade.

— E você já disse isso para ela? — Maggie sorriu. — Eu não entendo os homens. Vá tomar seu banho, Sean.

E voltou para sua sala.

Bem mais tarde, depois de pegar uma camisa nova emprestada da lavanderia, Dillon apareceu no quarto de Miller e o encontrou sentado e recostado na cama, com o rosto bastante abatido. Monica estava sentada ao seu lado, segurando sua mão, e parecia muito preocupada.

— Aí está você — disse ele. — E usando todos seus velhos truques. Acabei de fazer Monica me contar tudo. Volkov já era? E Quinn também? — Miller balançou a cabeça. — Se tem uma coisa que podem dizer sobre nós dois, Sean, é que o número de mortes que já causamos é considerável. Deitado aqui, me sentindo mal e com pena de mim mesmo, começo a me perguntar se tudo isso vale a pena. Nada vai trazer Olivia de volta mesmo.

Seu cansaço era evidente, e foi nesse momento que Dillon percebeu o quanto ele havia sido ferido.

— Só falta o Intermediário.

— De repente, não estou nem um pouco interessado nisso. Acabei de descobrir que minha irmã entrou para o clube depois de matar seu primeiro alvo em Drumore. Eu me pergunto onde tudo isso vai acabar e se vale mesmo a pena.

Foi acometido por uma tosse. Monica chamou a enfermeira, que entrou, seguida por Maggie. Dillon falou:

— Vou deixá-los a sós.

Foi até a recepção, saiu para a varandinha da frente e fumou um cigarro, observando a chuva. Depois de algum tempo, Monica juntou-se a ele e ficou ao seu lado, o braço esquerdo em volta da cintura dele, como se à procura de segurança.

— Ele não está bem, Sean.

— Pude perceber.

— Não é só o corpo. É o espírito. — Eles se viraram para entrar e viram Bellamy saindo de sua sala.

— Ah, vocês estão aí. Fico feliz, porque precisamos trocar uma palavrinha.

— Imagino que sim — disse Monica.

— Em primeiro lugar, ele não está nada bem fisicamente. Algumas infecções sérias dos ferimentos não ajudaram em nada. Para ser franco, suspeito de que a faca usada pela jovem estava envenenada, no mínimo, contaminada de alguma forma. Estou fazendo uma checagem disso agora, então vamos ver o que descobrimos. Outra questão é a saúde mental. Ele sente uma enorme culpa por ter matado a garota. E também se sente terrivelmente mal porque a esposa morreu no lugar dele, quando ele era o alvo. Neste momento, não é possível ter qualquer conversa sensata com ele sobre esse assunto. Se a senhora não fizer objeção, Lady Starling, eu gostaria de chamar um colega, um dos melhores psiquiatras de Londres, assim que possível, para examiná-lo e sugerir a terapia mais adequada.

— Eu gostaria muito. — Ela se virou para Dillon: — Ele acabou de me dizer que devia renunciar ao mandato.

Dillon ficou possesso.

— Não permita que ele faça uma besteira dessas. Ele é o mocinho nessa história toda. Volkov, Hassim, Fahy e Quinn é que foram os bandidos, todos eles, responsáveis por muita crueldade, e de propósito.

— Eu sei — disse ela. — E aquele maldito Intermediário continua à solta por aí. — Estava quase chorando. — Preciso voltar para o lado dele, Sean. Vou passar a noite aqui. — Ela lhe deu um leve abraço e saiu.

— Pois é — disse Bellamy. — É muita infelicidade. Agora vou falar com meu colega. Vejo você mais tarde, Sean.

Ele voltou para a sala e Dillon, até o alpendre, quando o Bentley de Harry Salter surgiu, com Billy ao volante. Os dois pareciam sérios, e Harry pôs a cabeça para fora da janela.

— Ainda bem que você está aqui. Entre rápido.

Dillon não discutiu, só falando depois que Billy deu a partida:

— Onde é o incêndio?

— Ferguson ligou para mim no Dark Man — disse Harry. — Mandou que apanhássemos você aqui e nos juntássemos a ele e a Roper em Holland Park.

— Para quê?

— Disse que íamos descobrir quando chegássemos lá, mas que nada nunca foi tão importante quanto isso.

— Então mande ver nesse acelerador, Billy — falou Dillon.

Em Holland Park, na sala dos computadores, os Salters, Dillon e Ferguson assistiram ao desenrolar dos acontecimentos em *The Turkish Rooms*. No último instante, quando o Intermediário se virou para ir embora, Roper congelou a imagem. Seguiu-se um breve momento de silêncio, então Ferguson falou:

— É algo tão absurdo que chega a tirar o fôlego.

— Eu, realmente, não tenho muito o que dizer — comentou Dillon, dando de ombros. — E agora? O que a gente faz com ele?

— Eu sei o que quero fazer — opinou Harry. — Enterrar esse desgraçado. De preferência, vivo.

Billy concordou.

— Apoiado.

Seguiu-se mais uma longa pausa, e Roper falou:

— Então, como vai lidar com isso, general? Vai partir para um confronto aberto?

Ferguson se virou para Harry.

— Você ainda tem aqueles barcos particulares no Tâmisa?

— Tenho, sim. O *River Queen* e o *Bluebell*.

— No píer de Westminster. Digamos às 19 horas. — Virou-se para Dillon: — Está bem para você? O *River Queen*?

— Sem problemas, mas será que ele vai aparecer?

— Vai, se eu mostrar que a situação é muito importante.

— E então o que acontece? — perguntou Dillon. — Essa é a questão.

— Não faço a menor ideia. As implicações são enormes. Vamos dançar conforme a música. — Ferguson se levantou e se dirigiu a Roper: — Acho que você devia estar lá, com todo esse material. — Indicou a imagem congelada e se virou para Harry: — Você tem uma televisão a bordo?

— Na sala.

— Eu dou um jeito — disse Roper. — Billy e Harry podem me ajudar.

— E mais ninguém — ordenou Ferguson. — Este é um assunto muito pessoal para todos nós. Vou sair agora e entrar em contato com ele. Se o plano não funcionar, eu informo vocês e decidimos outra coisa.

Ele saiu e Harry disse:

— Sempre existe a possibilidade de esperar uma noite chuvosa de sábado e, quando o filho da puta estiver voltando para casa, apenas meter uma bala na cabeça dele.

— Se a vida fosse assim tão perfeita... — disse Dillon. — Mas vamos começar. Temos muito o que fazer.

Píer de Westminster, às 18h30. A chuva tinha aumentado, enquanto a noite caía. Harry e Dillon já estavam havia algum tempo a bordo do *River Queen*, envolvidos com os preparativos, e agora Billy chegava na van com Roper. Ele o tirou do carro às pressas e o levou ao acesso de cadeira de rodas do barco. Verificou que a cadeira de Roper havia passado, então seguiu em frente. Abriu a porta do salão do andar de baixo e Roper o seguiu.

Havia uma televisão em um dos cantos, no alto. Dillon e Harry bebiam de pé no pequeno bar.

— A televisão que você queria está ali, com o aparelho de DVD.

— Eu gravei um disco. Ponha lá para mim, Billy, e me dê um drinque, Harry. Ferguson ainda não deu sinal?

Ouviram um carro parar.

— Deve ser ele.

Ele subiu até o deque para abrir a passagem de novo e viu Ferguson pagando um táxi. O carro foi embora e Ferguson veio até ele.

Ferguson subiu pela passarela.

— Um táxi parecia a coisa mais sensata a se usar.

— Eu me pergunto se ele vai pensar o mesmo.

— Quem sabe? Junte-se aos outros, sairemos assim que ele chegar.

Billy desceu e Ferguson se virou, esperando. Tudo estava muito calmo, só o barulho do trânsito a distância, então um homem pequeno, carregando um grande guarda-chuva preto aberto, saiu da escuridão. Ficou ali de pé, olhando para Ferguson, o rosto amarelo nas luzes do cais, e o cabelo obviamente bem branco: Simon Carter, vice-diretor dos Serviços de Segurança.

— Aí está você — recepcionou Ferguson. — Não quis vir de táxi?

— Vim a pé do parlamento. Para que tudo isso? Achei que todas essas coisas misteriosas tinham acabado com a Guerra Fria. O que poderia ser tão importante para termos de nos encontrar assim?

Ele seguiu até a passarela e embarcou. Ferguson soltou os ganchos. Havia uma corda comum amarrada a uma viga no convés. Ferguson a soltou, foi até o meio do barco e fez o mesmo. O *River Queen* começou a se afastar na mesma hora sendo levado pela correnteza e o motor roncou. Na casa de máquinas, Billy deu a partida.

— Que é isso? — quis saber Carter.

— É um cruzeiro noturno pelo rio, Simon. Talvez possamos ir até Chelsea, enquanto discutimos alguns negócios. Lamento pela chuva. Ela sempre aparece onde menos se espera. Também chovia em uma estrada litorânea em Louth quando Dillon armou uma emboscada para Volkov e os dois homens da GRU com ele, e os matou.

Chovia em Drumore ontem à noite quando acabamos de vez com Michael Quinn e companhia, em Drumore Place.

Carter estava estupefato.

— Do que você está falando?

A porta do salão se abriu e Dillon falou:

— Entre, Sr. Carter.

E Carter, guiado pela mão de Ferguson em suas costas, não teve alternativa, a não ser entrar.

A gravação terminou como em Holland Park, com a imagem congelada do Intermediário se virando para ir embora. Billy, no comando, tinha aberto as janelas enquanto subiam pelo rio em direção a Chelsea, mesmo com a chuva, e estava com a porta dos fundos da casa de máquinas aberta no alto da escada que levava até o salão lá embaixo, para poder ouvir o que se passava.

— E então, o que tem a dizer? — exigiu Ferguson. — Essa imagem acaba com você. Não restam dúvidas quanto a sua culpa.

— Deixe de ser idiota. Culpa de quê? Eu não passei de uma voz no telefone para muita gente, em muitos anos. Só isso.

— Para Volkov e, por meio dele, para o próprio presidente da Federação Russa — disse Roper. — Isso é uma grande traição.

— Nem Kim Philby ou Guy Burgess podem ser comparados ao que você fez — falou Ferguson. — Só as ligações com a al Qaeda e as implicações internacionais são, por si sós, inacreditáveis. Além do fato de que tudo passava pelas mãos de Volkov.

— E vou repetir. Mesmo nessas horas, eu era só uma voz e nunca me encontrei com nenhum deles. Como se prova uma voz? Vocês sempre agiram fora da lei. Olhem só para o que vocês mesmos fazem, a atitude do mais absoluto desrespeito pelo sistema jurídico. Ou seja, por que levar um suspeito a julgamento se podem matá-lo e deixar a unidade de remoção cuidar das consequências? Eu sei tudo sobre vocês.

— Você não conseguiu acertar Miller em Beirute, mas, pelo que me lembro, você estava viajando, e eu deixei de citar o voo que saía de Farley. Fiz a mesma coisa quando voamos para Oban anteontem e enganei você de novo. Dillon matou Volkov, e todos nós demos cabo de Quinn e dos capangas dele. Caso você ainda não tenha entendido direito, Abdul, mandado por Hassim, esfaqueou Fahy em seu nome, mas Fahy atirou nele e o matou. Depois, fez uma confissão às portas da morte para Miller e Dillon. Tanto ele como Abdul foram removidos pela equipe de limpeza. Mais tarde, naquela noite, Miller executou Hassim.

O rosto de Carter estava contorcido de fúria.

— Vejo que Miller não está aqui com vocês. Será que certa garota o acertou com uma faca? Será que ela foi removida também? Obrigado, Ferguson. Só preciso olhar para sua cara para saber. Aquela faca recebeu um veneno incrivelmente forte. Se Miller ainda não morreu, será só uma questão de tempo.

— Seu filho da puta — gritou Harry Salter.

— Meu Deus, ele sabe falar! Olhe! — O desprezo de Carter era absoluto. — Você jamais gostou de mim, Ferguson, porque eu era um burocrata e nunca servi nas trincheiras, mas pelo menos o meu trabalho exige inteligência. De que outro modo eu teria chegado a vice-diretor dos Serviços de Segurança? Eu jamais gostei de você, nem da sua ideia absurda de comandar o exército particular do primeiro-ministro, ou do seu atirador do IRA.

— Deus o abençoe — disse Dillon. — É uma bênção que um homem tão grandioso quanto Vossa Excelência me permita estar no mesmo ambiente que o senhor.

— Seu cão irlandês assassino. — Carter riu, ferozmente. — Vou contar como foi que comecei, embora isso não vá ajudá-lo em nada, Ferguson. Foi com o professor Dreq Khan. Há alguns anos, o MI6 ouviu de fontes paquistanesas que ele tinha se encontrado com Osama no Afeganistão e ficou impressionadíssimo. É claro que isso foi parar na minha mesa, e eu aproveitei a oportunidade. Você estava tendo sérios problemas com os muçulmanos ingleses naquela época, por isso não resisti a aproveitar a oportunidade.

Inventei o Intermediário, liguei para Dreq Khan, disse que representava Osama e a al Qaeda e passei-lhe informações confidenciais que ajudavam a causa. Khan acreditou em mim, o homem misterioso, a voz no telefone, pois eu também sabia falar árabe, graças a Oxford. Achei tão divertido que fiz o mesmo com Volkov, quando ele entrou no jogo.

— E depois não conseguiu mais parar?

— Não me deixaram. Depois de um tempo, veio uma mensagem do próprio Osama direto para mim. Meu disfarce foi descoberto, eu nunca soube direito como, mas foi.

— E você recebeu instruções — comentou Dillon — para manter o Intermediário em ação, senão...

— Algo desse tipo. E era tão fácil de eu me proteger. Veja o caso de Miller em Washington. Eu sabia exatamente o que tinha acontecido, porque estava com o primeiro-ministro quando Ferguson relatou os acontecimentos, mas não podia contar nada a Quinn ou a Volkov nesse caso, por motivos óbvios.

— Muito inteligente — disse Ferguson.

— Eu sempre fui. Então, o que vão fazer comigo? Me mandar para a Scotland Yard? Me colocar no tribunal de Old Bailey? Experimentem, e eu abro o bico. Vou expor tudo aquilo em que vocês puseram as mãos, todos vocês, e vou incluir tudo o que fizeram em Washington com Blake Johnson, agindo em nome do presidente americano. Não omitirei nada. Você não pode se dar a esse luxo, Ferguson, nem o governo, nem o primeiro-ministro. Então, por que vocês não vão todos para o inferno? Todos. Você falou em Chelsea? Eu vou ficar por aqui.

Ele se virou, abriu a porta e saiu. Parou para pegar o guarda-chuva e subiu os seis degraus para o convés, iluminado pelas luzes de serviço, com Billy ao leme, a janela aberta. Carter parou e olhou para dentro.

— Ah, é você, seu porco? Não se preocupe. Você vai seguir pelo mesmo caminho deles.

Billy gritou:

— Rota de colisão, manobra brusca.

Ele girou o leme todo e, quando o *River Queen* deu meia-volta, Dillon, Ferguson e Harry, no salão, perderam o equilíbrio e caíram, o deque se inclinou e Roper, na cadeira de rodas, foi bater em uma mesa.

No convés superior, Carter foi jogado violentamente para o lado e tentou se apoiar com o guarda-chuva, mas acabou caindo de bruços quando o convés se inclinou ainda mais, deslizando para trás e passando por baixo do corrimão — uma situação em que sua baixa estatura não ajudava em nada. Sua cabeça se levantou enquanto ele tentava se segurar no corrimão. Billy ainda viu de relance um rosto desesperado à luz da mesa de comando, e então ele desapareceu na escuridão. Billy voltou a girar o leme, colocando o barco de volta ao curso e, quando as coisas se acalmaram, Dillon subiu a escada do salão, atrás dele.

— O que foi isso?

— Achei que fosse bater em algo, mas me enganei. Sabe como são essas coisas... chuva, escuridão... Infelizmente, Carter caiu e escorregou por baixo do corrimão. Vou dar meia-volta e levar a gente de volta a Westminster. — Ele sorriu com uma expressão selvagem. — Pelo menos, essa é a minha versão dos fatos, comandante, e vou mantê-la.

Dillon voltou para o salão.

— Quando Billy virou o leme, Carter perdeu o equilíbrio e caiu no rio. Passou por baixo do corrimão.

— Uma história bem razoável — concordou Harry. — Mas ele ganhou o que merecia e ninguém encostou um dedo nele. Não sei o que vocês acham, mas um drinque cairia bem. Será que devemos contar a nossa história?

— Você é que sabe tudo de rio — disse Ferguson.

— É um fato bem conhecido que mais da metade dos que caem no rio nunca mais aparecem. A correnteza leva para o mar. E tem mais um detalhe: Ele não veio de táxi, e sim a pé. De modo que ninguém sabe que ele esteve aqui.

— Então vamos deixar tudo por conta do rio. Também vou tomar um uísque escocês.

— Eu também quero um, já que Carter estava errado em uma coisa — disse Roper.

— Qual? — perguntou Ferguson.

— A faca da garota muçulmana, o veneno. Monica me telefonou pouco antes de Billy vir me pegar. Bellamy já recebeu o laudo do patologista. Eles identificaram o veneno e arranjaram um antídoto, que já foi entregue em Rosedene.

— Por que será que isso me dá vontade de comemorar? — perguntou Ferguson.

— Todos deveríamos comemorar — disse Dillon, e saiu para ficar no convés superior, sentindo-se bastante feliz, enquanto Billy levava o *River Queen* para o píer de Westminster.

Bem mais tarde, quando todos se dispersaram, Dillon saltou de um táxi em Rosedene e entrou no hospital. Ferguson havia lhe dado a tarefa de contar a Monica e Miller tudo o que tinha acontecido. A recepção estava calma, sem sinal de Maggie, só uma jovem estagiária de plantão à noite, mas ela sabia quem ele era.

— Como vai o major?

— Um pouco melhor. Está recebendo uma medicação nova. Lady Starling está com ele. — Ela era da Irlanda do Norte e fã de Dillon. — Tenho certeza de que adorariam vê-lo. Eu os ouvi conversando há alguns minutos.

— Você é uma grande garota, Molly. Vou acatar sua sugestão.

Seguiu pelo corredor, bateu à porta e entrou. Miller de fato parecia um pouco melhor, no encosto inclinado, mas Monica estava maravilhada. Deu um pulo e pegou na mão dele.

— Deixei uma mensagem com Roper para você. Uma notícia tão boa. Ele deu o recado?

— Na hora, não. Tínhamos que tratar de um assunto muito sério, mas agora já sei e fico muito feliz por você, Harry, é uma ótima notícia. Será que você está em condições de ouvir a minha?

— É tão importante assim?

— É o fim, no que diz respeito à morte de Olivia. Roper finalmente descobriu quem era o Intermediário, alguém que você conhece bem.

— Quem é?

— Simon Carter.

Houve um olhar do mais absoluto espanto no rosto de Miller e foi como se a vida voltasse a se mexer dentro dele.

— Que maluquice é essa? O vice-diretor dos Serviços de Segurança é o Intermediário? Impossível.

— Nós o temos numa gravação do circuito interno de TV de um banho turco, colocando um envelope com um cheque administrativo para Fahy no armário número sete. Ele foi confrontado por Ferguson, Roper e pelos Salters, e confessou tudo.

— Confessou?

— Se gabou. Nos desafiou a fazer alguma coisa em relação a tudo isso. Disse que ia arruinar a vida de todo mundo, inclusive acabaria com o governo, se fosse parar em um tribunal, e disse que já tinha dado cabo de você porque foi o responsável pela menina muçulmana e pela faca envenenada na mão dela. Está morto, agora.

— Vocês o mataram?

— Nem tocamos nele. Vou contar como foi.

Quando terminou, Miller balançou a cabeça.

— Aquele merda foi ao enterro dela, com o primeiro-ministro. Me cumprimentou, ofereceu os pêsames. — Mexeu a cabeça novamente, se lamentando. — O vice-diretor dos Serviços de Segurança. Como algo assim pôde acontecer?

— Eles vão ter que encontrar outro. E até tenho uma sugestão para o primeiro-ministro, e talvez ele realmente a acate. É claro que você teria que renunciar à sua cadeira no parlamento.

— Você deve estar louco.

— Pense nisso. Boa noite, meu amor — disse para Monica. — Estou indo.

Na varandinha da frente, ele ligou para um táxi e ficou ali, observando a chuva. Pegou um cigarro e, quando o acendia, Monica apareceu às suas costas e o pegou da sua mão.

— Estou muito feliz por você — disse ele. — Pelo Harry.

— Eu também. Estou feliz por todos os motivos possíveis. Vou vê-lo de novo?

— Acho que eu seria muito burro se dissesse que não.

— Você é sensato. Vamos viver um dia de cada vez.

Ela devolveu o cigarro a ele, pegou em seu braço e, juntos, ficaram esperando o táxi.

Este livro foi composto na tipologia Minion Pro,
em corpo 10,5/15 e impresso em papel off-set 90g/m² no
Sistema Cameron da Divisão Gráfica da Distribuidora Record.